U0084101

古典文獻研究輯刊

初 編

潘美月・杜潔祥 主編

第27冊

高本漢《詩經注釋》研究

呂珍玉 著

國家圖書館出版品預行編目資料

高本漢《詩經注釋》研究／呂珍玉著／— 初版 — 台北縣永和市：花木蘭文化工作坊，2005〔民94〕

序 2＋目 3＋231 面；19×26 公分（古典文獻研究輯刊 初編：第 27 冊）

ISBN：986-7128-11-7（精裝）

1. 詩經－注釋 2. 詩經－研究與考訂

831.12　　　　　　　　　　　　　　　　　94019455

ISBN 986-7128-11-7

9 789867 128119

古典文獻研究輯刊

初　編　第二七冊　　　　　　　ISBN：986-7128-11-7

高本漢《詩經注釋》研究

作　　者　呂珍玉
主　　編　潘美月　杜潔祥
企劃出版　北京大學文化資源研究中心
出　　版　花木蘭文化工作坊
發 行 所　花木蘭文化工作坊
發 行 人　高小娟
聯絡地址　台北縣永和市中正路五九五號七樓之三
　　　　　電話：02-2923-1455／傳眞：02-2923-1452
電子信箱　sut81518@ms59.hinet.net
初　　版　2005 年 12 月
定　　價　初編 40 冊（精裝）新台幣 62,000 元

高本漢《詩經注釋》研究

呂珍玉　著

作者簡介

呂珍玉，1954 年生，臺灣桃園人。1991 年考入東海大學中國文學研究所博士班，師從方師鐸、周法高、李孝定、龍宇純等教授，研究中國語言文字之學，1997 年完成《高本漢詩經注釋研究》，獲得博士學位。現任東海大學中國文學系副教授，講授詩選及習作、詩經、訓詁學等課程。主要著作有《從全唐詩中六句詩看四句詩及八句詩之定體並附論六言詩》及單篇論文〈詩經居字用法歧異考辨〉、〈讀屈萬里先生詩經詮釋疑義〉、〈詩經之敘述視點及視點、聚焦模糊詩篇詩旨問題探討〉、〈詩經末章變調詩篇研究〉、〈詩經名言研究〉等近二十篇。

提　要

　　高本漢《詩經注釋》為《詩經》字句訓詁重要著作之一，素來備受學界推重；尤其是態度客觀、方法嚴審，最受稱道。撰者檢閱此書，發現存在引文、推論過程、語法、古音、釋義等錯綜複雜問題，一般評價似待商榷。

　　本文先從高氏書中實際歸納其訓詁原則及方法，發現其訓詁原則——反對經生氣、釋義須有證據、證據須出於先秦、反對任意改字改讀、儘量用常見義、反對濫說語詞，雖為一般訓詁通則，但高氏在訓釋過程中往往過於主觀拘泥，犯下不少缺失。因而除了反對經生氣、反對濫說語詞外，其他原則都值得檢討。其訓詁方法——網羅古訓、疏通異文、校勘訛誤、因聲求義、審文求義、歸納相同詞求義，除較重視同源詞及語詞探究外，大致援用清儒。

　　繼而探討高氏本此原則與方法訓釋之優缺點。大體上其成績有——洞矚各家之是非、證成前人之訓釋、疏通各家之異說、正濫用假借之失、正濫用語詞之失五項，其中以批評清儒濫用假借與語詞貢獻較大。至於其缺失，竟多達十六類——蹈襲改字改讀之失、外人語感不同之失、割裂詞義之失、堅採常義之失、望文生義之失、增字解經之失、堅持先秦例證之失、強為比附詞義之失、不辨語法差異之失、處理假借不當之失、不辨虛詞實詞之失、忽視文意貫串之失、草率歸納詞義之失、重視三家不當之失、同源訓釋寬泛之失、訓釋標準不一之失。其中堅採常義、堅持先秦例證都屬訓詁態度問題，實稱不上客觀。其他則屬文字、音韻、訓詁、語法知識問題；尤其避談假借，以形釋義，更開清儒因聲求義訓詁倒車。

　　《詩經注釋》打破傳統教化說詩，網羅相關文獻，客觀排比材料，開創古籍訓解新形式，在本世紀《詩經》字句訓釋上有一定地位，但對其訓詁問題，亦應全面客觀予以檢討。

目錄

自 序

　　《高本漢詩經注釋》一書是民國86年1月珍玉在東海大學中國文學研究所的博士畢業論文，曾榮獲國家科學委員會86年度研究成果獎。撰寫期間得到龍宇純教授許多指導，得以順利完成。龍老師治學嚴謹認真，學生不敢稍有怠惰。記得一次搭公車到台大宿舍探望老師，望著窗外一棟棟高樓，想到渺小的自己也要完成一座大樓，不覺暗自落淚。直到看到老師，才穩定情緒，認清這是一條一定要走完的艱辛路。在撰寫過程中，老師經常不厭其煩的指出我的錯誤，教誨我論文拿出去就不能收回來修改，使我戒慎小心，不敢敷衍草率。能遇到一位引領治學、為人的良師，我是何其慶幸！而在博士論文口試時，承張以仁、楊承祖、胡楚生、文幸福等幾位教授指正，減少許多錯誤，獲益良多。論文出版之際，謹向幾位老師致上最高的敬意與謝意。

　　遠在北歐的高本漢是上個世紀最偉大的漢學家之一，他一生熱衷於中國語言文字的研究，簡直比中國人更像中國人，他甚至利用音義雙關為自己的名字Bernhard Karlgren取了個十足中國味道名字高本漢。博學多聞的他，不論在中國文字、語言、音韻、語法、詞彙、文獻考訂、經書注釋翻譯、考古、古器物考訂等方面都有卓越的研究成績。選擇研究他的《詩經注釋》，先是被他強烈的思辨精神，新穎客觀的研究方法所感動，果然他山之石可以攻錯，讓我開始思索傳統注解的許多問題。本書雖然指出他的一些錯誤，但在撰寫過程中，每次閱讀他的意見，都很佩服他網羅古訓、審慎辨析、講求證據、重視方法、實事求是的研究精神，以他為鏡子，照見了自己的許多瑕疵。認識一位既陌生又熟悉的遠方朋友，和他談論《詩經》，學習他的研究方法，是寶貴而難忘的經驗。

　　本書共分一、高本漢先生生平事略與漢學研究論著；二、董同龢先生與《詩經注釋》中文譯本；三、《詩經注釋》之寫作背景、全書體例與學界評價；四、《詩經注釋》對前代注家之批評與訓詁原則；五、《詩經注釋》之訓詁方法；六、《詩經注釋》之訓詁成績；七、《詩經注釋》之訓詁缺失（上）；八、《詩經注釋》之訓詁缺失（中）；九、《詩經注釋》之訓詁缺失（下）等九章，研究結果發現《詩經注釋》使用的訓詁方法，除了為被訓解字標注上古、中古、現代音值之外，還嚴格採用網羅古訓、疏通異文、校勘訛誤、因聲求義、審文求義、歸納相同詞求義

等精密訓詁方法。有洞矚各家之是非、證成前人之訓釋、疏通各家之異說、正濫用假借之失、正濫用語詞之失等等優點；但因拘泥原則，忽視客觀事實，甚至於疏於遵守自己所定原則，而犯下不少錯誤，例如：蹈襲改字改讀之失、外人語感不同之失、割裂詞義之失、堅採常義之失、強為比附詞義之失、不辨語法差異之失、處理假借不當之失、不辨虛詞實詞之失、忽視文意貫串之失、草率歸納詞義之失、重視三家不當之失、同源訓釋寬泛之失、訓釋標準不一之失等等。雖然有不少缺失，但無損於他漢學界泰斗的美譽，可見學術研究新方法、新論點之可貴。

當前的《詩經》研究，受到西方各種文化批評理論及讀者接受理論影響，雖然也取得一些獨到的見解；不過亦經常看到泛濫套用理論，詮解詩義完全無視文字，而在言外巧立新說，爭奇鬥豔，無人肯再學習清儒、高本漢等小學家，做辛苦的字詞訓解功夫。《詩經》的研究將走上什麼樣的道路？不禁令人憂心忡忡。高本漢先生《詩經注釋》一書堅持字詞訓解，並做了最好的示範，無疑的這是研究《詩經》的第一步，任誰都不可能繞道而行。脫離文本空談《詩經》，其危機可以預見，書局將出現更多各自表述，或不知所云的《詩經》賞析、讀本、新詮……。八年後重讀當時的博士論文，這種感覺更加強烈沉重。期望讀者能正視《詩經》這門學術的命運，學習高本漢先生的研究精神，在他的研究基礎上，為《詩經》訓解工作做出更多成績來。

本書得以出版和廣大讀者見面，十分感謝《古典文獻研究輯刊》主編潘美月老師、杜潔祥先生，以及花木蘭文化工作坊負責人高小娟小姐的費心與辛勞，謹致萬分謝忱。書中錯誤之處自是難免，期望賢達方家不吝予以諟正。

珍玉撰於東海大學
人文大樓 H541 研究室
2005 年 9 月 20 日

緒　言

　　高本漢先生爲本世紀偉大的漢學家之一，他的漢學研究是多方面的，舉凡中國
文字、語言、音韻、語法、詞彙、文獻考訂、經書注釋翻譯、考古、古器物考證等
他都涉獵，而且成就備受世人推崇，尤其是在中國音韻、古器物的考訂方面，貢獻
最大。本文選擇其《詩經注釋》爲研究對象，主要由於本書是一部以現代語文學的
科學方法研究《詩經》的創始著作，對於清代學者所使用的訓詁方法及訓詁成果提
出諸多批評，特別是他科學的訓詁方法，使得學界視野大開，反而不太注意書中釋
義的錯誤情形。例如董同龢先生在譯序中說：「總之，這部著作的重點在注釋，價值
也在注釋。我一再介紹，不是因爲我覺得他每一條都是不易之論，而是因爲我實在
欣賞他的方法。」又說：「我翻譯高氏這部著作，第一個動機就在於我覺得這是二十
世紀中期承歷代詩學發展而產生的一部有時代性的書。它固然是高氏一家之言，同
時也確實是詩學在整個學術潮流中向前邁進一大步的表現。」趙制陽先生說：「高氏
的詩經注釋，如他所定的詞義，所譯的文句來看，其成績不算是很理想的。這並不
影響這部書的價值。因爲一部有新方法新觀念的書，即使一部分說詞不當，仍只是
它的白璧之瑕，……」〔註1〕對於董、趙二氏之論，個人深覺未安。到底高氏書中
一千二百多條訓釋，其中錯誤情形如何呢？歷來學者只零碎舉出他說得正確或錯誤
的少數幾條，未見較爲全面的研究，使得我們在使用本書時，往往不知高氏所言正
確性如何？解決這樣的疑慮，當然便是予以全面的徹底檢討。本人淺學，平日檢閱
此書，發現高氏在引文、推論過程、語法、釋義，甚至所根據的古音等等方面所犯
的錯誤，十分錯綜複雜，並且數量似乎不少。心想，既然高氏的方法符合現代科學，
應用起來竟然造成許多錯誤，到底問題出在那裡？因此決意以「高本漢詩經注釋研

〔註1〕見趙制陽，〈高本漢詩經注釋評介〉，《東海中文學報》第一期（民國 68 年 11 月）。

究」爲題，進行全面深入的剖析，希望能對高氏書中所用到的訓詁原則與方法有更
具體的了解，同時更注意其優點與缺點所在，以及每一條的理據與可信度如何。但
爲篇幅所限，一切都只能作重點分類說明，而在每一項目之下，求其儘量多舉例子，
論其缺失時，並在每一項目的結尾，將書中同類缺失的條目及文句依次列出，並略
述致誤原因，詳細情形，實在無法一一討論，這是本文感到十分遺憾的。

第一章　高本漢先生生平事略與漢學研究論著

第一節　生平事略

　　高本漢先生於西元 1889 年（民國前 22 年）10 月 15 日，生於瑞典南部的洋可平（Jŏnkŏping）城，他的全名是 Klas Bernhard Johammes Karlgren，通常只用較為省略的 Bernhard Karlgren，在以前有人把他的名字譯成「珂羅倔倫」，他則利用音義雙關，把 Karlgren 一字譯成「高」，Bernhard 一字譯成「本漢」，為自己取了個十足中國味道的名字「高本漢」。

　　關於高氏大學以前的求學經歷，以及他和漢學的因緣，梅祖麟先生曾經翻譯他的學生——丹麥籍語言學家易家樂（Soren Egerod）紀念高氏的演講稿〔註1〕中說到：
　　　高本漢在洋可平（Jŏnkŏping）中學求學時代已經聰明過人，興趣廣泛。十五歲剛出頭，他已經會用方言寫故事，同時也紀錄高氏家避暑所去的斯馬蘭（Smalnnd）地區的方言讀音。1908 年（十九歲）發表第一篇著作「用當地方言紀錄的德付他（Tveta）和慕（Mo）縣的民間故事」，次年發表「瑞典中部方言和南部方言的界線（附地圖）」。1909 年 9 月 15 日（二十歲）畢業於鳥帕沙拉大學（Uppsala University），主修俄文，受業師是研究斯拉夫語和方言學的倫得爾（J. A. Lundell），他在為人和為學方面以後對高氏都有極大的影響。畢業後高氏得到一小筆獎學金，從十月到十二月在俄國聖彼得堡跟伊凡諾夫（A. I. Ivanoff）讀書。由於倫得爾的推薦，

〔註1〕見梅祖麟，〈高本漢和漢語的因緣〉，《傳記文學》三十九卷二期（民國 70 年 8 月）。

高本漢又得到一筆獎學金，足以支援他到中國去研究方言。在這以前，我們並不曉得高本漢曾對遠東發生興趣；我們只能假設是這筆獎學金的機遇，才把這作育英才，深謀遠慮的老師和這多才多藝、肯冒險進取的學生拉在一起。1910 年高本漢走上他那不平凡的旅程〔註2〕。他在中國居留了兩年，獎學金用完了，就在山西太原的府學教法文和英文，藉以維持生活。至於英文他是在來華的船上學的，以前在學校裡沒有人教過他！年方弱冠的高本漢在華第一年間所得的成果，簡直不可思議。幾個月間學會了說中國話，可以做實地調查。同時他讀中文的程度也足以擬訂一個三千字的方言調查表。於是他經常風塵僕僕地從一個村鎮到另一個村鎮，只帶一匹馬和一個僕人，穿著舉止都像中國人。因爲他爲人機智而正直，到處人緣很好，屢次遇險也能安然脫身。……

根據易家樂的講稿，高氏在大學時主要是研究俄文和方言學，並不懂中文，也從未對遠東有特殊的興趣，但因老師的鼓勵和正好有獎學金提供他到中國調查方言的偶然機會，因而改變他終身和漢學研究結下不解之緣。1912 年高氏返回歐洲，1912 至 1914 年間又在巴黎研究，1915 年，他 26 歲，獲得烏帕沙拉大學文學博士學位，博士論文就是以他在中國各地作方言調查工作爲資料，用法文寫成的《中國音韻學研究》一書。他獲得博士學位後，留在母校任漢學副教授三年。1918 至 1939 年，受聘到哥騰堡大學（University of Göteborg）任遠東語言文化課程教授，並於 1927 年出任代理校長，1931 年起接任校長。後來離開哥騰堡大學，轉任斯德哥爾摩的遠東博物館館長。1959 年，他七十歲，從遠東博物館退休，仍孜孜不倦地從事研究著書。

高氏在學術研究方面的成就與榮譽是國際性的，他是瑞典皇家學院、瑞典歷史文學院、丹麥皇家學院的會員，又是大不列顛愛爾蘭皇家亞細亞學會、巴黎亞細亞學院、河內法蘭西遠東博物院的名譽會員，以及美國語言學會的榮譽會員，我國中央研究院亦曾禮聘他擔任通信研究員，參與最高學術研究機構的研究工作。

高氏不僅獲得漢學研究的卓越成就，所教過的學生，也出了幾位世界知名漢學家，如丹麥哥本哈根大學教授兼東亞學院院長易家樂（Soren Egerod）、美國哥倫比亞大學教授畢漢思（Hans Bielenstein）、澳洲國立大學教授馬悅然（Malmqvist M. Göran D.）等，都是他的高足，他可以說是漢學的重要播種者。

〔註2〕張世祿所譯之高本漢著《漢語詞類》一書，文前所附高氏自擬小傳，記載他自 1909 年至 1912 年間在中國研究，而其弟子易家樂記高氏於 1910 年來中國研究，應是由於高氏於 1909 年 9 月大學畢業後，曾赴俄國學習兩個月，來中國的時間可能在 1909 年和 1010 年之交，所產生的小誤差。

1978 年 10 月 20 日，高氏在斯德哥爾摩附近的寓所逝世，享壽八十九歲。當時《瑞典日報》以頭條新聞報導這個不幸的消息，並稱揚他爲「全世界最偉大的漢學權威」。《斯堪的納維亞日報》和斯德哥爾摩的《每日新聞報》也稱他是「漢學研究方面創時代的學者」。做爲一個遠在北歐的學者，高氏除了天才外，全靠他艱苦的努力，一生致力於中國學術的精神，這使他在漢學研究領域表現傑出，本世紀能和他齊名的西方漢學家，恐怕只有法國的伯希和（Paul Pelliot）一人了。

第二節　漢學研究論著

高氏畢生從事漢學研究，著作豐富，可稱本世紀最受矚目的漢學家。臺灣大學教授陳舜政曾撰〈高本漢著作目錄〉〔註3〕，將高氏的全部著作以年代爲系統，詳列其歷年著作、發表刊物卷期年月及中文或其他文字翻譯本刊載刊物卷期出版處，除方便查尋檢索外，讀者亦可藉此知道高氏治學旨趣的演變。由於陳文搜集高氏著作詳盡正確，因此本節主要利用他的資料，並補充該文發表後高氏的論著。由於高氏的論著十分豐富，本節僅選擇他在漢學研究方面較有成就的五方面加以介紹，於分類上依學術研究範疇，再以年代爲系統，對於高氏重要著作之內容與價值，並給予簡要的介紹，以見高氏於漢學研究之博通，及其勤奮寫作之精神。

一、文字、語言與聲韻類

1、〈評 Maurice Gourant 氏之中國話，北方官話之文法〉（1914）

"Review of Maurice Courant, La langue chinoise parlée, Grammaire du Kwan-hwa septentrional." Paris et Lyon, 1914.

此文以英文發表，載在《通報》（*T'oung Pao*），荷蘭，Leyde，第十五卷。

2、《中國音韻學研究》（1915-1926）

Études sur la phonologie chinoise

此文以法文發表。載在《東方研究學報》（*Archives d'Études Orientales*）第十五卷。荷蘭 Leyde，斯德哥爾摩。

此文分別於 1915、1916、1919、1926 年陸續刊行，1915 年首次發表者即爲高氏在烏帕沙拉大學所提出之博士論文，以後不斷增補，成爲一部 898 頁的大書。本書共分五部分（1）敘論（2）古代漢語（3）現代方言的描寫語音學（4）歷

〔註 3〕見陳舜政，〈高本漢著作目錄〉，《書目季刊》第四卷第一期（民國 58 年 9 月）。

史的研究（5）方音字典。有 1940 年中央研究院趙元任、羅常培、李方桂三位語言學大師中文譯本，增補及訂正高氏不足與錯誤，使本書成為中國音韻學重要著作，上海商務印書館出版。

3、〈漢語學者的工作與方法〉（1917）

"Den sinologiska lingvistikens uppgifter och metoder"

此文以瑞典文發表。載在《瑞典人文雜誌》第一卷第九號。瑞典，哥騰堡。

4、《國語語音讀本，附國語發音概述》（1918）

A Mandarin phonetic reader in the Pekinese dialect.with an introductory essay on the pronounciation

此文以英文發表，載在《東方研究學報》（*Archives d'Études Orientales*）第十三卷，斯德哥爾摩。

5、《中國語與中國文》（1918）

此文原係以瑞典文發表，書名 *Ordet och pennan i Mittens rike* 為瑞典出版公司所刊行。1923 年，英國倫敦牛津大學出版社編印之「語文叢書」將該文英譯，題名為 *Sound and Symbol in Chinese*。1932 年上海商務印書館印行「百科小叢書」，有張世祿翻譯之《中國語與中國文》即根據牛津大學之英譯本。本書和《中國語言學研究》、《中國語之性質及其歷史》皆為介紹中國語文通俗性書籍，以語言做材料，論述中國古代文化特性，以及語言結構，思惟形式等問題。

6、〈古代漢語的重建問題〉（1922）

"The Reconstruction of Ancient Chinese"

此文以英文發表，載在《通報》（*T'oung Pao,* Leyde）第二十一卷。林語堂有中文譯本題名為〈答馬斯貝羅論切韻音〉，載在 1923 年北平出版之《國學季刊》第一卷。

本文答覆馬伯樂的唐代長安的方音，對他 1919 年在《中國音韻學》研究裡所擬訂的切韻音有三點重要修正。

7、〈漢字解析新論〉（1923）

"Contribution a l'Analyse des Caracteres Chinois "

此文以法文發表，載在《亞洲專刊》（*Asia Major*, Leipzig, London）郝斯紀念號（Hirth Anniversary Volume）。

8、《漢和語文解析字典》（1923）

Analytic Dictionary of Chinese and SnoJapanese

此書以英文發表，出版地：Geuthner, Paris 本書收 1350 套諧聲字，每字附注官

話、廣州話和切韻三種讀音，並加訓釋，本書為高氏探測上古音的開始的著作。胡適曾在〈左傳眞僞考序〉稱讚本書：「上集三百年古音研究之大成，而下闢後來無窮學者的新門徑。」趙元任譯〈高本漢的諧聲說〉（載清華研究院《國學論叢》第一卷二號）、王靜如譯〈中國古音切韻之系統及其演變〉（載《中央研究院集刊》第二本）為高氏此書敘論部分之節譯。

9、〈形聲字之本質〉（1925）

"A Principle In the Phoneitc　Compounds of the Chinese Script"

此文以英文發表，載在《亞洲專刊》（*Asia Major,* Leipzig, London）第二卷。上條趙元任所譯之〈高本漢的諧聲說〉，其第二部材料即是本文。

10、〈評 Alfred Forke 氏「中國原始象形文字論」〉

"Review of Alfred Forke：Der Ursprung der Chinesen auf Grund ihrer alten Bilderschrift"（Hamburg 1925）

此文以英文發表，載在《德意志文學報》（*Deutsche Literaturzeitung*, Berlin）第四十七卷。

11、《中國語言學研究》（1926）

Philology and ancient China

此文以英文發表，載在挪威《比較文學研究叢書》A 卷（*Instituttet for sammenlignende Kulturforskning Serie A：Forelesninger*），出版者為 Oslo 市之 H.Aschehoug & Co.本書有賀昌群中文譯本《中國語言學研究》，1926 年上海商務印書館國學小叢書之一。

12、〈漫談中國語文問題〉（1927）

"Till det Kinesiska problemet"

此文以挪威文發表，載在挪威《現代雜誌》（*Samtiden*, Oslo）第三十八卷。

13、〈評 George Deniker 氏「北平話之聲韻結構」〉（1927）

"Review of Deniker, George：Le Mecanisme Phonologique du parler de Pékin, 1925"

此文以英文發表，載在德國《東方文學報》（*Orientalistische Literaturzeitung*, Leipzig）第三十卷。

14、〈上古中國音當中的幾個問題〉（1928）

"Problems in Archaic Chinese"

此文以英文發表，載在英國倫敦《皇家亞洲學會學報》（*Journal of the Royal Asiatic Society*, London）。有趙元任譯文載在《史語所集刊》第一本第三分，為高氏正式擬構上古音系的開始作品。

15、〈漢字羅馬法〉（1928）

"The Romanization of Chinese"

此文爲 1928 年 1 月 19 日在英國倫敦「中國學會」（The China Society）會上所宣讀之論文。其後該會爲之出版，這是討論中國新文字問題的文章。

16、〈評 Teodor Bröring 氏「山東南部之語音及聲調」〉（1928）

"Review of Bröring，Teodor：Laut und Ton in Süd-Schantung（mit Anhang）" Hamburg 1927

此文以英文發表，載在德國《東方文學報》（Orientalistische Literaturzeitung, Leipzig）第三十一卷。

17、〈藏語與漢語〉（1931）

"Tibetan and Chinese"

此文以英文發表，載在《通報》（T'oung Pao, Leyde）第二十八卷，有唐虞中文譯文載《中法大學月刊》第四卷第三號。

18、〈詩經研究〉（1932）

"Shï King Researches"

此文以英文發表，載在《遠東博物館館刊》（BMFEA, Stockholm）第四期，爲高氏考訂上古音讀的重要結論。董同龢〈與高本漢先生商榷自由押韻說兼論上古楚方音特色〉一文，載《史語所集刊》七卷四號，爲對高氏此文作概括性之譯述。

19、〈老子韻考〉（1932）

"The Poetical Parts in Lao-ts'I"

此文以英文發表，載在《哥騰堡大學年報》（Göteborgs Högskolas Arsskrift, Göteborg）第三十八卷第三號。本文應用〈詩經研究〉裡所擬的上古音來考證《老子》的有韻部分，卷末附載《書經》、《莊子》、《荀子》、《呂氏春秋》、《管子》、《韓非子》、《淮南子》、《逸周書》八部古書裡的押韻舉例，本文和上文同爲高氏考訂上古音讀的重要結論。有張世祿譯文載《說文月刊》一二三期、董同龢譯文載《史語所集刊》第七卷第四號。

20、〈漢語詞類〉（1933）

"Word families in Chinese"

此文以英文發表，載在《遠東博物館館刊》（BMFEA, Stockholm）第五期。有張世祿中文譯本，列爲商務印書館國學小叢書之一種。本書根據古音系統，研究語詞義類，從語源學的觀點，比較漢語形態。全書分兩部分，第一部分討論若干有關上古語詞擬構的問題，第二部分說明其分類方法和結果。

21、〈從國語中的不規則送氣音看土耳其語中的轉承音〉（1933）

"Some Turkish Transcription in the Light of Irregular Aspirates in Mandarin"

此文以英文發表，載在中央研究院《慶祝蔡元培先生六十五歲論文集》。

22、〈論詩經頌的押韻〉（1935）

"The Rime in the Sung Section of the Shï King"

此文以英文發表，載在《哥騰堡大學年報》（*Gőteborgs Högskolas Arsskrift, Gőteborg*）第四十一卷。

23、〈論周人的文字〉（1936）

"On the script of the Chou Dynasty"

此文以英文發表，載在瑞典《遠東博物館館刊》（*BMFEA, Stockholm*）第八期。

24、《漢文典》（或譯為《中日造字諧聲論》）（1940）

Grammata Serica, Script and Phonetics in Chinese and Sino-Japanese

此文以英文發表，載在《遠東博物館館刊》第十二期。本書收錄了許多《詩經》裡的字，主要目的是系統化的表現中國上古音的系統，以及從音韻的觀點研究中國文字。

25、《漢語通論》（1946）

Fran Kinas Sprakvärld

此文以瑞典文發表，載在瑞典哥騰堡大學《研究與講議》（Gőteborgs Högskola, *Forskningar och Főreläsningar*）。

26、《漢語入門》（1948）

Kinesisk Elementarbok

此文以瑞典文發表，由瑞典斯德哥爾摩 Hugo Gebers（Stockholm）公司出版。

27、《中國語之性質及其歷史》（1949）

The Chinese language an essay on its nature and history

此文 1949 年在紐約出版，有杜其容中文譯本，由中華叢書編審委員會出版。

28、《古代漢語音韻概要》（1954）

Compendium of phonetics in ancient and archaic Chinese

此文以英文發表，載在瑞典《遠東博物館館刊》第二十六期。

29、〈中國音韻系列中的同語根詞〉（1956）

"Cognate Words in the Chinese Phonetic Series"

此文以英文發表，載在瑞典《遠東博物館館刊》第二十八期。

30、《漢文典續編》（1957）

Grammata Serica Recensa

此文以英文發表，載在瑞典《遠東博物館館刊》第二十九期。

31、〈上古漢語的聲調問題〉（1960）

"Tones in Archaic Chinese"

此文以英文發表，載在瑞典《遠東博物館館刊》第三十二期。

32、〈論上古漢語之韻尾 d 與 r〉（1962）

"Final d and r in Archaic Chinese"

此文以英文發表，載在瑞典《遠東博物館館刊》第三十四期。

33、〈漢以前文獻中的假借字〉（一）（1963）

"Loan Characters in Pre-Han Texts"

此文以英文發表，載在瑞典《遠東博物館館刊》第三十五期。

高氏為替中國古代經書做注釋工作，自本年起，前後五年，逐年將他所蒐集到的假借字 2200 餘條出版，以慎重處理古籍中最為棘手的假借字問題。陳舜政將高氏這些文章譯成中文，並改書名為《先秦文獻假借字例》，由中華叢書編審委員會出版。

34、〈漢以前文獻中之假借字〉（二）（1964）

"Loan Charaters in Pre-Han Texts II."

本文承上年之作。載在瑞典《遠東博物館館刊》第三十六期。

35、〈漢以前文獻中之假借字〉（三）（1965）

"Loan Characters in Pre-Han Texts III"

本文承上年之作。載在瑞典《遠東博物館館刊》第三十七期。

36、〈漢以前文獻中之假借字〉（四）（1966）

"Loan Charaters in Pre-Han Texts IV"

本文承上年之作。載在瑞典《遠東博物館館刊》第三十八期。

37、〈漢以前文獻中之假借字〉（五）（1967）

"Loan Charaters in Pre-Han Texts V"

本文承上年之作。載在瑞典《遠東博物館館刊》第三十九期。

38、〈高本漢「漢以前文獻中之假借字」索引〉（1967）

"Index to Bernhard Karlgren：Loan Characters in Pre-Han Texts"

此文以英文發表，載在瑞典《遠東博物館館刊》第三十九期。

39、《中國聲韻學大綱》

Compendium of phonetics in ancient and archaic Chinese

本書主要對中國歷史音韻學中，中古及上古音韻系統的擬測及從上古到中古語言漸變的情形作一綜述，並兼提及從中古到現代繁複方言的演變。有 1968 年香港中文大學張洪年中文譯本，由中華叢書編審委員會出版。

二、語法與文獻考訂類

1、〈原始中國語為變化語說〉（1920）

"Le Proto-Chinois，langue flexionelle"

此文以法文發表，載在《亞洲學報》（*Journal Asiatique*），巴黎，第十五卷第十一號。有馮承鈞中文譯文，載《東方雜誌》二十六卷第五期。高氏本文從文法的研究窺探中國上古的某種方言裡尚有形式變化的遺跡，因而假定原始中國語原來也是一種變化語，古代語詞的形式，不像現代單純。他測定中國古音的系統，以古音時期的語詞形式為基礎，根據語言演變的歷史以窺探上古語言的實際情形；一方面從比較文法的研究，以為可以成立考訂古代文獻的一種標準，另一方面又從上古音的探測，更進而作為建樹東方比較語言學的企圖。

2、〈左傳真偽考及其他〉（1926）

"On the Authenticity and Nature of the Tso Chuan"

此文以英文發表，載在瑞典《哥騰堡大學年報》第三十二卷第三號。本文有陸侃如譯文，曾登北大研究所《國學門月刊》第六、七、八號，上海新月書店、商務印書館皆曾出版單行本。

本文以文法比較方法證明《左傳》的特殊文法組織非西元第一世紀的劉歆所能作偽，又其文法組織與國語最近，而且與魯語不同，否認歷來以為魯君子左丘明所作的說法。高氏認為語言不但有歷史上、時間上的不同，而且有地理上、空間上的不同，每部古書都有其方言性質，因此考訂古書基礎工作就是考訂其方言出處，從中探尋古字通假情形。高氏以歐西考訂學的方法研究《左傳》真偽問題，在中國考訂古書史上可說開先例。

3、〈中國古書的真偽〉（1929）

"The Authenticity of ancient Chinese texts"

此文以英文發表，載在瑞典《遠東博物館館刊》第一期。中文譯本有王靜如譯〈論考證中國古書真偽之方法〉，係概括性之譯述，並非原著之全文，載《中央研究院集刊》第二本。另有陸侃如譯文，係全文譯本，載在《師大月刊》第二卷，1936 年商務印書館出版的《左傳真偽考》亦收此文。

4、〈書經中的代名詞厥字〉（1933）

　　"The Pronoun Küe in the Shï King"

　　此文以英文發表，載在瑞典《哥騰堡大學年報》第三十九卷第二號。有陸侃如
　　中文譯文，載在《文學年報》第二卷。1936 年商務印書館出版的《左傳真偽考
　　及其他》亦收此文。

5、〈漢語文法初探〉（1951）

　　"Excursions in Chinese Grammar"

　　此文以英文發表，載在瑞典《遠東博物館館刊》第二十三期。

6、〈漢語文法新探〉（1953）

　　"New excursions in Chinese Grammar"

　　此文以英文發表，載在瑞典《遠東博物館館刊》第二十四期。

三、經書之注釋與翻譯類

（一）經書之注釋

1、〈詩國風注釋〉（1942）

　　"Glosses on the Kuo Feng odes"

　　此文以英文發表，載在瑞典《遠東博物館館刊》第十四期。

2、〈詩小雅注釋〉（1944）

　　"Glosses on the Siao Ya odes"

　　此文以英文發表，載在瑞典《遠東博物館館刊》第十六期。

3、〈詩大雅與頌注釋〉（1946）

　　"Glosses on the Ta ya and Sung odes"

　　此文以英文發表，載在瑞典《遠東博物館館刊》第十八期。1960 年，董同龢將
　　高氏注釋《詩經》之三篇論文合譯為《高本漢詩經注釋》，由中華叢書編審委員
　　會出版。

4、〈尚書注釋〉（一）（1948）

　　"Glosses on the Book of Documents"

　　此文以英文發表，載在瑞典《遠東博物館館刊》第二十期。本期刊出注釋，自
　　「堯典」至「梓材」。

5、〈尚書注釋〉（二）（1949）

　　"Glosses on the Book of Documents（II）"

此文以英文發表，載在瑞典《遠東博物館館刊》第二十一期。本期刊出注釋，自「召誥」至「秦誓」，全文完。

陳舜政將高氏注釋《尚書》之兩篇文章合譯爲《高本漢尚書注釋》，民國五十九年由中華叢書編審委員會出版。

6、〈左傳注釋〉（1968）

　　Glosses on Tso-Chuan

此文以英文發表，載在瑞典《遠東博物館館刊》第四十一期，有陳舜政中文譯本，書名《高本漢左傳注釋》，民國六十一年由中華叢書編審委員會出版。

陳氏在譯序中盛讚本書在訓詁方面的成就：作爲一位古代漢語學者，高氏的古代語音估定及假借學說，直到今天恐亦無出其右者，況且每一組假借字，高氏都引了足夠而可靠的例證來支援他的說法，案語精簡確實，不容置疑。

7、〈禮記注釋〉（1971）

　　Glosses on Li-Ki

此文以英文發表，載在《遠東博物館館刊》第四十三期。全文注釋共計 545 條，較《禮記》本文篇幅爲短。高氏本書開始注意名物方面的討論，並充分利用〈先秦文獻假借字例〉中所建立的一套假借系統。本文有陳舜政譯本，書名《高本漢禮記注釋》，民國七十年由中華叢書編審委員會出版。

（二）經書之翻譯

1、〈詩國風與小雅英譯〉（1944）

　　"The Book of Odes，Kuo feng and Siao ya"

此文以英文發表，載在瑞典《遠東博物館館刊》第十六期。

2、〈詩大雅與頌英譯〉（1945）

　　"The Book of Odes，Ta ya and Sung"，載在瑞典《遠東博物館館刊》第十七期。

3、《英譯詩經》（附詩經原文）（1950）

　　The Book of Odes

此文以英文發表，曾載在瑞典《遠東博物館館刊》第十六、十七期，後來由該館出版。

4、〈英譯尚書〉（1950）

　　"The Book of Documents"

此文以英文發表，載在瑞典《遠東博物館館刊》第二十二期。

四、考古與古器物考證類

1、〈評安特生氏「中國考古記」〉（1924）

　　"Review of J.G.Andersson"

　　此文以英文發表，載在 Litteris（Lund, Copenhagen, Heidelberg Paris, London）第一卷。

2、〈評 W.Perceval Yetts 氏「George Eumorfopoulos 氏所藏之中韓古物目錄」第一卷：「青銅器：彝器與兵器等」〉（1929）

　　"Review of W.Perceval Yetts：The George Eumorfopoulos Collection Catalogue of the Chinese and Corean Bronzes, Sculpture, Jades, Jewellery and Miscellaneous Objects, Vol.I：Bronzes：Ritual and Vessels，Weapons etc." London 1929

　　此文以英文發表，載在《東方研究院院刊》（*Bulletin of the School of Oriental Studies*, London）第五卷。

3、〈評 W.Perceval Yetts 氏「George Eumorfopoulos 氏所藏之中韓古物目錄」第二卷「青銅器：鐘、鼓、鏡等」〉（1930）

　　"Vol.II：Bronzes：Bells, Drums，Mirrors etc." London 1930

　　本文繼上文專評 W.P.Yetts 氏原書之第二卷，載在《東方研究院院刊》第六卷。

4、〈早期中國之鏡銘〉（1934）

　　"Early Chinese mirror inscriptions"

　　此文以英文發表，載在瑞典《遠東博物館館刊》第六期。

5、〈編鐘年代考〉（1934）

　　"On the date of the Piao-bells"

　　此文以英文發表，載在《遠東博物館館刊》第六期。

6、〈中國青銅器中之殷與周〉（1936）

　　"Yin and Chou in Chinese Bronzes"

　　此文以英文發表，載在《遠東博物館館刊》第八期。

7、〈中國青銅器新論〉（1937）

　　"New studies on Chinese Bronzes"

　　此文以英文發表，載在《遠東博物館館刊》第九期。

8、〈中國青銅器的年代問題〉（1937）

　　"The Dating of Chinese Bronzes"

　　此文以英文發表，載在英國《皇家亞洲學會學報》（*Journal of the Royal Asiatic Society*, London）

9、〈青銅器物別錄〉（1938）

"Notes on a Kin-ts'un album"

此文以英文發表，載在《遠東博物館館刊》第十期。

10、〈淮河流域出土之商代器物紋飾款式考〉（1939）

"The Origin of Yin décor features in the Huai Style"

此文以英文發表，載在荷蘭阿姆斯特丹 *Maandblad voor beeld* 第十四期。

11、〈淮漢流域出土器物之比較研究〉（1941）

"Huai and Han"

此文以英文發表，載在《遠東博物館館刊》第十三期。

12、〈中國史前禮器拾零〉（1942）

"Some ritual objects of prehistoric China"

此文以英文發表，載在《遠東博物館館刊》第十四期。

13、〈談中國早期的幾位彝器製作家〉（1944）

"Some early Chinese bronze master"

此文以英文發表，載在《遠東博物館館刊》第十六期。

14、〈殷商兵器及用器小識〉（1945）

"Some weapons and tools of the Shang Dynasty"

此文以英文發表，載在《遠東博物館館刊》第十七期。

15、〈再論商代彝器之紋飾款式兩種。兼評 Catherine Grassl 氏之「中國青銅器新考」〉

（1946）

"Once again the A and B stytles in Yin ornamentation.Review of Cathcrine Grassl：New Researches on Chinese Bronzes." *The Art Bulletin*, March 1943

此文以英文發表，載在《遠東博物館館刊》第十八期。

16、〈Hellström 氏所藏之青銅器〉（1948）

"Bronzes in the Hellström collection."

此文以英文發表，載在《遠東博物館館刊》第二十期。

17、〈瑞典遠東博物館所藏青銅器偶記〉（1949）

"Some Bronzes in the Museum of Far Eastern Antiquities."

此文以英文發表，載在《遠東博物館館刊》第二十一期。

18、〈早期青銅器紋型譜錄〉（1951）

"Notes on the Grammar of early bronze décor."

此文以英文發表，載在《遠東博物館館刊》第二十三期。

19、〈Alfred F. Pillsbury 所藏中國青銅器目錄〉（1952）

　　"A Catalogue of the Chinese Bronzes in the Alfred F. Pillsbury Collection."

　　此文以英文發表，載在美國《明尼亞波裏斯藝術院院刊》，明尼蘇達大學出版社
　　出版。

20、〈瑞典遠東博物館新藏青銅器記〉（1952）

　　"Some New Bronzes in the Museum of Far Eastern Antiquities."

　　此文以英文發表，載在《遠東博物館館刊》第二十四期。

21、〈青銅器四件略記〉（1954）

　　"Notes on Four Bronzes."

　　此文以英文發表，載在《遠東博物館館刊》第二十六期。

22、〈Wessén 氏所藏之青銅器〉（1958）

　　"Bronzes in the Wessén Collection."

　　此文以英文發表，載在《遠東博物館館刊》第三十期。

23、〈青銅器著錄剳記〉（一）（1959）

　　"Marginalia on some Bronzes Albums."

　　此文以英文發表，載在《遠東博物館館刊》第三十一期。

24、〈青銅器著錄剳記〉（二）（1960）

　　〈Marginalia on some Bronzes Albums II."

　　此文以英文發表，載在《遠東博物館館刊》第三十二期。

25、〈青銅器物雜記〉（1961）

　　"Miscellaneous Notes on some Bronzes."

　　此文以英文發表，載在《遠東博物館館刊》第三十三期。

26、〈說漢以前之鏡數件〉（1963）

　　"Some Pre-Han Mirrors."

　　此文以英文發表，載在《遠東博物館館刊》第三十五期。

27、〈記瑞典兩家所收藏之中國帶鉤〉（1966）

　　"Chinese Agraffes in two Swedish Collection."

　　此文以英文發表，載在《遠東博物館館刊》第三十八期。

28、〈早期中國之鏡鑑〉（1968）

　　"Early Chinese Mirrors."

　　此文以英文發表，載在《遠東博物館館刊》第四十期。

五、文學與文化類

1、〈論兩首中國散文詩：1、陶淵明的歸去來辭；2、歐陽修的醉翁亭記〉（1920）

"Tva kinesiska prosadikter：1. Hemkomsten av T'ao Yüanming, 2. Den druckne gubbens paviljong av Ou-yang Siu"

此文以瑞典文發表，載在《文與圖》（*Ord och Bild*）第二十九卷。

2、〈談中國文學〉（1924）

"Fran Kinas bokvärld"

此文以瑞典文發表，載在瑞典斯德哥爾摩《文學雜誌》（*Biblioteksbladet*）第九卷。

3、〈中國與日本之宗教〉（1924）

"Kinas og Japans Religioner"

此文以瑞典文發表，載在 Edvard Lehman 主編之《宗教畫史》（*Illustreret Religionshistorie*）。丹麥文版由 G.E.Gad 主編，在哥本哈根出版。第二版改由 John Pedersen 主編，在 1948 年出版，本文見於第二版。

4、〈中國與日本之文化〉（1928）

"kina, Japan"

此文以北歐通用文寫成，載在〈北歐通用文版世界史〉第十五卷。原書由瑞典斯德哥爾摩 Norstedt & Söner 圖書公司出版。

5、〈中國哲學概述〉（1929）

"Fran Kinas tankevärld"

此文以瑞典文發表，瑞典斯德哥爾摩 Norstedt & Söner 圖書公司出版。

6、〈古代中國的幾種生殖象徵〉（1930）

"Some fecundity symbols in Ancient China"

此文以英文發表，載在《遠東博物館刊》第二期。

7、〈屈原的天問，兼論 August Conrady 氏「中國藝術史中最古之文獻」〉（1931）

"Das T'ien-Wen des K'üh Yüan. Review of August Conrady：Das älteste Dokument zur chinesischen Kunstgeschichtc."

此文以德文發表，載在來比錫《亞洲專刊》（*Asia Major*）1931 及《東方文學報》（*Orientalistische Literturzeitung*, Leipzig）第三十四卷。

8、〈評 L.H.Dudley Buxton 氏「中國之土與民」〉（1929）

"Review of L.H.Dudley Buxton：China, the land and the people."

此文以英文發表，載在《德意志文學報》第五十二卷。

9、〈評 E Haenisch 氏「中國文學之教授方法」〉（1932）

　　"Review of Haenisch, E：Lehrgang der chinesischen Schriftsprache. "

　　此文以英文發表，載在來比錫《東方文學報》（*Orientalistische Literaturzeitung*）

　　第三十五卷。

10、〈中國古代之傳說與崇拜〉（1946）

　　"Legends and Cults in ancient China"

　　此文以英文發表，載在瑞典《遠東博物館館刊》第十八期。

11、〈論幾種周代的祭祀〉（1968）

　　"Some Sacrifices in Chou China. "

　　此文以英文發表，載在瑞典《遠東博物館館刊》第四十期。

　　綜觀高氏之漢學論著，幾乎遍及中國學術各個範疇，較中國人更熱心於中國學術。一般認為他在中國音韻學、銅器花紋分析、經學、古書考訂等方面都有相當的成就〔註 4〕。就高氏的漢學研究領域及成就而言，實不愧為本世紀傑出漢學家，其為《詩經》注釋亦具備相關之學術研究條件。

〔註 4〕如屈萬里，〈簡評高本漢的詩經注釋和英譯詩經〉、胡光麃〈百年來影響我國的六十洋客〉、王天昌〈瑞典漢學家高本漢先生〉等文，皆有如是稱許之意。

第二章　董同龢先生與《詩經注釋》中文譯本

第一節　董先生傳略與重要論著

　　有關董同龢先生之生平與論著，徐高阮所撰〈董同龢先生小傳〉、丁邦新所撰〈謹記語言學家董同龢先生〉二文記載甚詳[註1]，茲參二文略述董先生生平與重要論著。

　　董同龢先生，江蘇如皋人，民國前一年（1911）九月十二日生，二十一至二十五年就讀國立清華大學中國文學系。大學時代，向王力學習音韻學，受他的影響最大。他的聽講筆記，經王力整理成《漢語音韻學》一書，為中國語言學界膾炙人口的掌故。董先生大學時代對《切韻》研究最感興趣，學士論文即為《切韻指掌圖的幾個問題》。由於出色的研究成果，因此大學剛畢業，即通過考試進入中央研究院歷史語言研究所。

　　董先生從二十五年大學畢業進史語所，在趙元任、李方桂指導下工作，直到去世之前，前後三十年，雖然幾經戰亂播遷，不但未放下研究工作，反而有極大的成就。三十二年完成《上古音韻表稿》，同年升副研究員。除音韻史研究外，他在雲南和四川都有方言調查的經驗，二十五年在趙元任領導下調查湖北方言，於三十七年出版百萬餘言《湖北方言調查報告》，一部最完整的研究方言巨著，大部份整理工作，即由他負責。後來比利時賀登崧神父批評《湖北方言調查報告》用方言調查字表研究的辦法，等於給擬測的古音找到註腳。董先生認為他的批評有理，因而脫離漢字

〔註 1〕徐文見《史語所集刊》第三十六本上冊，丁文見《幼獅月刊》第四十卷第六期。

羈絆，完全以記錄口語的方式，收集華陽涼水井客家話材料，用描述語言學的方法，分析語音系統，後來在《史語所集刊》發表，題目爲〈華陽涼水井客家話記音〉。三十四年，對日抗戰結束，史語所遷回南京，董先生將戰爭期中積累無法發表之論文，在二三年內陸續發表。三十五年董先生和周法高先生同時各自研究廣韻重紐問題的成就，分別獲得中央研究院楊銓獎金。

三十七年史語所遷至臺灣，董先生更盡全力於語言學研究和人才訓練。三十八年升任研究員，兼任臺灣大學教授。以後幾十年他忙於繁重的教書、寫作、調查工作，中間也曾數度出國講學研究：四十三年至四十五年在美國哈佛大學訪問研究二年；四十八年至四十九年又往美國西雅圖華盛頓大學任客座教授講學一年；四十九年至五十年擔任中國東亞學術研究計畫委員會委員；五十年擔任哈佛訪問學人聯誼會中國分會主席。

遷臺後董先生有幾部重要著作，一部是《中國語音史》（四十三年），該書原是他在臺大教聲韻學的講義，付印時受篇幅限制而刪去好幾章，後來鄭再發按照遺稿補正，在他去世後五年，由家屬重排出版，經廣文書局發行，並改回本名《漢語音韻學》；又於四十六年完成《語言學大綱》，爲中國此類著作的第一部，直到他過世後一年，五十三年才出版。同時他致力於臺灣的語言調查，他的第一個成果爲閩南語的調查，出版著作有〈四個閩南方言〉，也是以描述語言學方法寫作，發表於史語所集刊第三十本（四十九年）；另一部爲他的遺稿《記臺灣的一種閩南話》，在他逝世四年後，由史語所出版爲專書。他的第二個成果爲臺灣高山族語言的調查，四十七年起他親自領隊到阿里山記錄鄒語，並細加分析調查的材料，前後歷經四年，以英文寫成 *A Descriptive Study of the Taiwan Tsou Language, Formosa*（鄒語研究）一書，此書在他去世後一年才出版〔註 2〕，是描述高山族語言的名著。他翻譯的高本漢《詩經注釋》中文本，則是四十九年由中華叢書編審委員會印行。他在寫作《鄒語研究》的同時，於五十一年及五十二年寒假，率領學生調查高雄縣的南鄒語，並期望陸續研究所有的高山族語，出版一系列的報告，惜天不假年，就在五十二年寒假到高雄調查時，感到體力不行，返回臺北後，發現肝病，已不能治，於民國五十二年六月十八日病逝臺北台大醫院。

〔註 2〕此根據丁文所記，徐文記載爲董先生逝世後二年才出版。經查《鄒語研究》爲中央研究院史語所研究專刊之四十八，民國 53 年 7 月出版。

第二節　翻譯《詩經注釋》之動機

董先生大約於民國四十七年前後，受當時教育部長張其昀（曉峰）之約，爲中華叢書翻譯高本漢的《詩經注釋》〔註3〕，他在譯序中提到翻譯本書的動機：

> 我翻譯高氏這部著作，第一個動機就在於我覺得這是二十世紀中期承歷代詩學發展而產生的一部有時代性的書。它固然是高氏的一家之言，同時也確實是詩學在整個學術潮流中向前邁進了一大步的表現。我翻譯這部書，還有一個目的，就是想讓有志趣的年輕學者多多的領悟：我們讀的雖是古書，而現代的工具和方法又是多麼重要。

從董先生這段話，可見他對高氏《詩經注釋》的評價極高。它所以具有時代性，是因爲高氏能利用現代語言學的方法，從事傳統訓詁學的研究，在前人研究的成果上，又向前跨越了一大步，而且他所使用的現代工具與方法，正可以提供我們今日從事學術研究寶貴的借鏡。

董先生自己亦受到高氏《詩經注釋》相當大的影響，丁邦新在〈謹記語言學家董同龢先生〉一文〔註4〕提到：

> 從翻譯高本漢的《詩經注釋》開始，先生對訓詁學發生濃厚的興趣。他晚年在臺大中文系連續幾年開設「古籍訓解討論」的課，主要目的是要把語言學的研究結合傳統的訓詁學，開闢新訓詁學的天地。訓詁學自然離不開假借，所以先生討論「假借字問題」，並鄭重介紹高本漢的詩經研究。……

這段話更可以印證董先生肯定高本漢在《詩經注釋》中所使用的方法，而希望透過實際的教學活動，啓發青年學子繼續朝這個方向努力，爲古籍訓解工作做出更好的成績來。

董先生遺稿〈古籍訓解和古語字義的研究———一個工作計畫的擬議——〉一文亦說到：「1958-1959 學年也許受了高氏詩經注釋的刺激，我立意做一次大膽的嘗試，又得到臺大中文系系主任臺先生的支援，找了幾位年輕的朋友，每星期舉行一次"古籍訓解討論"。」〔註5〕鄭再發於董先生本篇遺稿附註一亦提到：「……董先生最近兩年，

〔註3〕高本漢書原分〈國風注釋〉、〈小雅注釋〉、〈大雅和頌注釋〉三期載於《遠東博物館館刊》第十四期（1942 年出版）、第十六期（1944 年出版）和第十八期（1946 年出版），《詩經注釋》係董先生譯本書名。

〔註4〕丁文載《幼獅月刊》第四十卷第六期，又載《中國語言學論集》，幼獅出版社，1979年2月再版。

〔註5〕本文係董先生於民國 50 年 2 月 21 日在史語所講論會上演講的草稿，董先生去世後，

曾一再跟同學表示他的兩大願望：一個是藉臺灣山地語言的調查與研究，把語言學確確實實的移植到國內來；另一個是用現代語言學的觀點，來建立真正可以稱得上一門學術的訓詁學……」這些記載，在在顯示董先生受到高氏《詩經注釋》以現代語言學觀點，從事古籍訓解之啓發，企圖建立一種新的訓詁學。亦可見他翻譯《詩經注釋》動機之強烈，及對從事訓詁學術研究者今後研究方法與方向之殷切期待。

第三節　對《詩經注釋》之批評

　　無疑的董先生對《詩經注釋》所採取的現代語言學知識和治學方法給予極大的肯定，這也是他認爲高本漢所用的方法比清儒進步的地方。在譯序董先生指出《詩經注釋》的優點有四：

第一、處理材料比較有系統

　　討論每一條有問題的字句，都是先臚列各家異文或異說，然後察看它們是否在先秦文籍中有例証，或者在訓詁上有根據。因爲分項引述審核各家的說法，材料雖然繁複，倒也有條不紊。這種西洋式的辦法是傳統「注疏」或「劄記」的體裁辦不到的。

第二、取捨之間有一定的標準

　　比較幾個說法的優劣，高氏最著重它們是否有先秦文籍中的實例做佐證；如果都有佐證的話，再看證據的多寡和可靠性，如果有兩個或兩個以上的說法都可以成立，次一步的標準就是對照上下文中相關的句子，看那一個最合用。如果所有的說法都沒有先秦文籍中的實例爲佐證，那就要看在訓詁上——或由字形的結構上說，或由本義和引伸義來說，或由音的假借來說，又或由他自己所謂「詞群」的觀念來說——是那一個說法最合理。訓詁上不只一個說法可以講通的時候，還是利用上下文來決定。又如兩個說法在他看來都是一樣可用的，結果他總是取較古的一個（往往便是漢儒的說法），他的理由是：較古的說法得之於周代傳授的可能性多。

第三、處理假借字問題極其嚴格愼重

　　高氏不輕言假借，對於前人所說某字是某字的假借，他必定用現代古音學知識來看那兩個字古代確否同音，再看古書裡有沒有確實可靠的例證。然而，即使音也全同，例證也有，只要照字講還有法子講通，他仍然不去相信那是假借字。因此他經常批評馬瑞辰輕言假借，以及清儒將古音不全同而相近的字，也說成假借，漫無

節制利用一聲之轉解釋字義。由於中國語的同音字多，若輕言假借，簡直可以把一句詩隨便照自己的意思去講，那是不足爲訓的。因此高氏將清儒一向都看做有假借關係的字，只當作一個「詞群」中的字。這個觀念雖然在現代語言學上還待商討，卻比我們舊有的「一聲之轉」是確實而可信多了。

第四、見於各篇的同一語詞合併討論

高氏訓釋疑難字句時，十分全面的用歸納法將全書同一語詞比較分析，推論其義。例如討論〈召南・采蘩篇〉中的「被之祁祁」，就把〈小雅・大田篇〉的「興雨祁祁」，〈大雅・韓奕篇〉的「祁祁如雲」，〈豳風・七月篇〉「采蘩祁祁」，以及〈商頌・玄鳥篇〉的「來假祁祁」一併提出。這樣互相參照，的確順利解決了許多不好解決的問題。清人也偶爾有這樣做的，不過不如高氏徹底。

也就是說高氏做到了五四運動以來「用科學知識和方法整理國故」的口號下想要做，而未能做到的。高氏將《詩經》有系統的做了 1200 餘條的字句訓詁工作，這種實在而全面的訓詁工作，是前所未見的。

董先生除了肯定高氏《詩經注釋》的優點之外，在譯序中，也從大處擇要提出此書的幾項缺點：

第一、材料蒐集不足

民國以來各學術刊物上發表的有關《詩經》字義詮釋的文章，其中持之有故，而言之成理的自然不在少數，都值得重視，然而高氏都未加採用。

第二、始終沒有怎麼利用語法觀念做字義詮釋

高氏爲傑出的語言學家，以語法做爲詮釋字義的幫助，在他而言，絕非不能，然而他卻太過於謹慎，以爲古代語法體系還沒有建立起來，因此不能作有效的利用。於是近人對《詩經》中若干有貢獻的語法現象的研究，也不被他所採用。其實有些《詩經》中虛字的研究，實際上就是《詩經》語言結構的探討，對我們瞭解《詩經》的文句是很有幫助的。再者，古代語法的研究有了長足的進步，我們對《詩經》字句的認識自然會比現實易於著手，而且，高氏所謂由句中主語省略和語詞沒有形式變化而起的困難，那時也就不是困難了。

第三、實字意義的決定，嚴格以先秦古籍中是否有相同用例而定

高氏這種觀念犯了極大的錯誤，因爲這好像假定，見於《詩經》的字在其他古籍一定也有，而且今存先秦典籍就是原有的全部，這是大有問題的。古注或字典中對某些字的解釋在今存先秦典籍中找不到相同用例的，未必都不足取信。古注家講師承，《爾雅》等字典多用古籍舊解，錯誤自是難免，固然不能奉爲金科玉律，卻也

不失爲備抉擇的資料之一。

　　除上述三點外，其他像高本漢非常重視揚雄的《方言》，以爲那是西漢口語的實際，代表古語的遺留，以及高氏過度批評清代治詩各家等，都是董先生對高氏所提出的批評。

　　董先生指出高氏《詩經注釋》的優點和缺點，不外乎希望現代學者學習其優點，補足其缺點，能多幾個現代陳奐、馬瑞辰。董先生的見解大致爲學界所接受，撰者基本上亦同意董先生的看法，但發現高氏本書處理假借字並不嚴格愼重，而且有刻意避談假借的傾向，忽視古書書寫背景靠口傳，重音不重形的客觀事實；第八章第四節處理假借不當之失，將詳作討論。

第四節　《詩經注釋》董譯本之優點

　　由於董同龢先生的英文造詣高，再加上他對中國文字、音韻、語言、古籍的熟悉，因此根據龍師宇純說他只在短短的一個暑假，就把高氏具有時代意義的鉅著《詩經注釋》譯完，這樣的專業知識和辛勤的工作精神，是鮮有人能和他相比的。《詩經注釋》譯本幫不諳英文，或英文程度不佳的研究者讀懂高氏原著，並且給原著作了適當的勘誤、補充，讀者從中可獲得東西方傑出學者的研究成果，學習到他們的訓詁方法和研究態度。

　　本文以董先生譯本爲討論高氏《詩經注釋》的依據，也節省查對原材料的許多工夫，董譯確實是極好的譯本。除了文字、人名、地名、編排序號的更正，僅就訂誤、補充、批評等項，分別舉例說明如下。

一、訂正高氏錯誤
（爲方便檢查原材料，後文舉例皆冠《詩經注釋》討論字句之序號）

1、誤解傳注

五一八　弗問弗仕，勿罔君子〈小雅・節南山〉

　　高氏引鄭箋「勿」當作「末」，並翻譯這兩句：「你不要問，你不要察看；末了（人民）欺騙君子。」又說「勿」*mi̯wət 和當「不」講的「末」*mwɑt 誠然有語源關係；但鄭玄把當「末尾」講的「末」假借爲「勿」太大膽了。

　　董先生指出，其實鄭玄於下文又云：「則下民末罔其上矣」，孔疏引申作：「則末略欺罔其上」。「末罔」是個複詞，高氏原文作「finally」顯然錯了。

2、古音錯誤

六一二　否難知也〈小雅·何人斯〉

　　高氏不同意鄭玄、馬瑞辰之說，而另闢一說：「否」字確是時常等於「不」字，不過「不」卻有幾個讀法，一個是*piǔg/piəu/fou，另一個是*pwət/puət/pu，董先生批評高氏古音錯誤，「不」字在唐以前只讀如「否」、「咅」，讀 pu 是近代的事，只能追溯到南宋，切韻裡「不」絕對沒有 puət 音，上古音更是虛無飄渺了。

3、引書錯誤

八三三　誕先登于岸〈大雅·皇矣〉

　　高氏引毛傳訓「誕」爲「大」，董先生訂正訓「誕」爲「大」乃鄭箋，而非毛傳。

4、校勘錯誤

一〇六二　無不克鞏……式救爾後〈大雅·瞻卬〉

　　高氏引毛詩作「無不克鞏……式救爾後」。「鞏」*ki̯ung/ki̯wong/kung 和「後」*g'u/ɤəu/hou 不協韻。

　　又引魯詩作「式救爾訛」，「訛」*ngwâ/nguâ/ngo 和「鞏」更不協韻。高氏以爲兩個本子末一字不同，又都不能協韻，因此原來是一個比較能和「鞏」*kung協韻的字。他以爲毛詩的「後」字，是因爲《詩經》常有如「保艾爾後」〈小雅·南山有臺〉之類的末句而誤的。於是他根據〈文王篇〉的「無遏爾躬」把末句改作「式救爾躬」，並解釋改後韻爲*ki̯ung-kiông還是不好，不過也就是可以的了。同時舉《詩經》中許多這樣押韻的例子，作爲改字的佐證。

　　董先生訂正他的錯誤說：「依中國學者，"鞏"和"後"可以協韻，雖然不是正常的韻。但"後"的上古音是*ɤug，這種韻從前人稱爲"合韻"或"對轉"，正如"講"*kung從"冓"*kug得聲。」

5、引例錯誤

七九　終風且暴〈邶風·終風〉

　　此條高氏肯定王念孫訓解的成就，並補充說：

> 王念孫等以爲詩經裡的「終……且……」的「終」和同樣常見的「既……且……」的「既」是一樣的。「終（既）……且……」就是「又……又……」。參看小雅常棣：既安且寧，大雅卷阿：既庶且多，又：既閑且馳。「終……且……」的例又見小雅六月，巧言，大田，大雅烝民，商頌那。同樣的，邶風燕燕有：終溫且惠，北門有：終窶且貧，小雅甫田有：終善且有。特別有決定的是商頌那有：既和且平，小雅伐木有：終和且平。因此這裡的

「終風且暴」就是「又颳風，天氣又壞」。

高氏這段話說得不錯，但末了他又舉了一些相類的句式如鄭風叔于田：洵美且仁，魯頌閟宮：孔曼且碩，鄘風載馳：眾穉且狂，秦風駟鐵：碩大且篤，認為這些例子可以加強這一說。董先生指出這些例是否和「終（既）……且……」同一類型，實在大有問題。高氏此處確實不察，而畫蛇添足了。

6、引文不當

一九五　有狐綏綏〈王風・黍離〉

此條高氏引毛傳作：「綏綏，匹行貌。」而說這句話的意思似乎是「一雌一雄，一對一對的走」；但是〈齊風・南山〉又有「雄狐綏綏」，鄭箋申述毛傳說：「行求匹偶」。

董先生指出〈齊風・南山〉：「雄狐綏綏」，毛傳：「雄狐相隨，綏綏然無別，失陰陽之匹。」鄭箋：「雄狐行求匹耦於南山之上，形貌綏綏然。」鄭箋是直接申述那裡的毛傳。高氏沒有引那裡的毛傳，引鄭箋也只是斷章，恐怕不完全是原意。

7、解文法錯誤

六〇五　遇犬獲之〈小雅・巧言〉

此條Ｂ說——王肅用「遇」的平常意義，「它遇到狗，（狗就）捉住它。」高氏批評這在文法上說不通，照這個意思，我們不如說「遇到的狗捉住它」。

接著他又引Ｃ說——《釋文》引舊讀為「愚犬獲之」：「（狡黠的兔子滿處跳），一個笨狗也捉得住他。」《莊子・則陽》：「為物而愚不識」，《釋文》云：「"愚"*ngˇiu 或作"遇"*ngˇiuo」，所以，毛詩的「遇」可以照樣的是「愚」的假借字。

高氏認為Ｃ說能表達出「儦」和「愚」的對比，而且文法上沒有錯誤。

董先生於附註訂正高氏之誤說：「原文 The meeting dog……，十足的西洋文法。譯者倒覺得上一說（珍玉案：指Ｂ說）照古文法沒有什麼說不通。」

8、翻譯不切

六〇〇　相彼投兔，尚或先之〈小雅・小弁〉

高氏主張此句應說成：「看那（投棄，被逐）突跳的兔子，或者還有人走到它前面（救它）。」

董先生訂正他的錯誤說：「原文以"step in front of him"譯"先"字都錯了。"先"在這裡明明是動詞，指"搶先、佔先"。如此，高氏後一句的解釋非改動一下不可。」

二、補充高氏的不足

1、補充高氏資料不全

八一二　刑于寡妻〈大雅・思齊〉

高氏引毛傳：「寡妻，適妻也。」並說這是和君子時常自稱「寡人」相當的，「寡人」的意思有許多解說。《禮記・坊記》鄭注釋爲「寡德之人」是一般承認的，所以這是自謙的說法。董先生補充高氏所引資料不全於附註說：「本篇鄭箋：寡妻，寡有之妻，言賢也，高氏漏了。」

2、指出高氏的出處

九九七　滌滌山川〈大雅・雲漢〉

高氏引毛傳：「滌滌，旱氣也。」並說陳奐以爲「滌」和〈王風・中谷有蓷篇〉的「脩」語源上有關係，不見得可信。馬瑞辰以爲「滌」是「薇」的假借字，但我們用不著用假借字來講。「滌」指「洗」（見禮記）、「清掃」（豳風七月篇），例子很多；這裡正是用它的引伸義「掃淨、剝裸」。說旱氣掃清了山上青綠的草木和枯竭了的河水。

董先生找到高氏這個說法的出處，於附註說：「朱氏詩集傳：滌滌，言山無木，川無水，如滌而除之也。高氏根據似乎在此。」

3、補充高氏釋義

一一一五　莫予荓蜂，自求辛螫〈周頌・小毖〉

高氏說朱熹用「蜂」的本義確是對的。第一句有「蜂」，第二句又有「螫」；如說「蜂」假借作別的字而指「致使、牽曳」或「碰撞」或「事」，那就太奇怪了。「蜂」和「螫」可以互相證明，這樣的比喻眞是明白而絕妙；而將此句說成：「沒有人使我被蜂刺，我自己找來的毒刺。換言之，那是我的錯，我笨。」

董先生補充說：「原文 wasp-stung。高氏把"蜂"講作被動動詞。我們是不是可以把這句說作"沒有人給我引來了蜂"呢？」顯然經過董先生補充之後，整句更合於中國人的語法習慣，通順多了。

4、補正高說不足

一一四　其虛其邪〈邶風・北風〉

高氏先舉A說，解毛傳「虛，虛也」爲「謙虛」。又引朱熹釋「虛」爲「寬貌」，又說意思不太清楚。董先生補充說：「譯者覺得朱氏顯然和A說相合。朱熹又說"邪，一作徐，緩也。"高氏沒有提起。」

5、補充引例不夠

四四五　樂只君子〈小雅·南山有臺〉

此條高氏不知「樂只君子」和「樂旨君子」那一句的說法合乎《詩經》原文。董先生補充說:「周南樛木和小雅采菽都有"樂只君子"高氏忘了引證了。」〔註6〕

6、改正音讀,以助解釋

六八七　有渰萋萋〈小雅·大田〉

毛詩作「渰」*i̯ɑm/i̯ǎm/yen;韓詩外傳引韓詩作「弇」*i̯ɑm/i̯ǎm/yen(語源上和「渰」是一個詞);《呂氏春秋·務本》引魯詩作「晻」*əm/âm/an;《漢書》引齊詩作「黤」*əm/âm/an(語源和「晻」是一個詞)。董先生補充說:「這兩個字(珍玉案:指「晻」、「黤」)上古音當是*âm,看拙著《上古音韻表稿》。改過之後,高氏的說法可以更好一點。」

三、批評高氏注釋

董先生對高注不滿意的批評有下列數端:

1、增字解釋傳注

一○五一　仍執醜虜〈大雅·常武〉

高氏說朱熹以為「仍」訓「就」,意思如老子「攘臂而仍之」的「仍」。老子那個「仍」字又作「扔」,歷來有「拉」和「推」兩種講法。朱氏顯然用後一個,而把「就」說作「向前推進」,並將此句串講成:「他推進而捉到許多俘虜。」

董先生指出:「朱熹除去訓"仍"為"就",又引《老子》,就再沒有別的話了。」

高氏訓釋此句確實以己意增釋不少文字,這是不妥的。

2、未細辨各家異同

一○五三　不測不克〈大雅·常武〉

此條鄭箋訓為:「不可測度,不可攻勝。」高氏未予採用。而採 Waley 訓「不測」為「不可測量」,並就 Waley 的訓釋串講為:「不可測量,不可攻勝。」

董先生在附註指出:「鄭箋"不可測度"高氏譯作 Inscrutable,又引 Waley 作 Inmeasurable 譯成"不可測量",不知道高氏想如何分別 Waley 和鄭箋。」

此條鄭箋確實無異於 Waley 的說法,高氏並未徹底瞭解他們,而作選擇。

〔註6〕撰者認為董先生補充得很好。高氏注釋一向重歸納《詩經》其他篇章相同句子,加以比較,但在這裡,他忘了引證,因而無法判斷異文,也把魯詩的「樂旨君子」句中「旨」字解釋為「好」,異於一般當語助的說法,造成難以抉擇的兩種釋義,自我困擾。

3、對注釋瞭解不足

四二七　于公先王〈小雅・天保〉

此條B說，朱熹以為「公」就是普通「公侯」的「公」。高氏按朱熹的意思把此句串講成：「對于公和先王。」

事實上高氏並未徹底瞭解朱傳的意思，董先生於附註指出：「朱傳"公"，"先公也"。高氏所說略有問題。」

4、注釋不妥或錯誤

二八六　職思其居〈唐風・蟋蟀〉

毛傳訓「職」為「主」，高氏以「職」字為副詞，和《孟子・梁惠王》「直不百步耳」的「直」一樣當「只」字講。並引〈小雅・十月之交〉「職競由人」、〈小雅・巧言〉「職為亂階」、〈小雅・大東〉「職勞不來」、〈大雅・抑〉「亦職維疾」、〈大雅・桑柔〉「民之未戾，職盜為寇」、〈大雅・召旻〉「胡不自替，職兄（況）斯引」等相關語料，認為「職」作副詞用，而有「僅只」的意思完全成立。

董先生附註說：「高氏的解說和傳統的訓"職"為"主"並沒有大的不同，問題在高氏不知道"主"也可以解釋為副詞"主要的、專門的"，英文的 Primarily 或 Principally 和 Particularly。"主要的"……和"只"意義正相同，譯者在上面譯高氏的話，企圖隨他的意思把"主"作動詞用，有時反覺費力。」

四、肯定高氏的說法

董先生譯本除了訂正、補充、批評高氏外，對於高氏注釋可取處，亦予以肯定。

五八一　（a）或聖或否（b）或哲或謀（c）或肅或艾〈小雅・小旻〉

高氏以為這些句子是正反對舉：「有些人聰明，有些人不，有些人聰明，有些（只是）多謀；有些人恭敬，有些人（只是）（被治理）被迫聽從。」

董先生引鄭箋：「有通聖者，有聖者。」而說高氏的解說或者是對的。像這是特別說出來的，其他肯定高氏的地方應亦不少。

董先生譯本可說是完全尊重高氏原著，但對高氏所犯錯誤也確實加註指出，提供讀者研讀此書不少便利。董譯本又有一特別之處：即所引注釋在每篇各條之先增加《詩經》原文；但此實編譯館之建議，董先生初覺與自來注詩著作體例不合，不欲採納，後乃接受，於今視之，實便讀者。

第三章 《詩經注釋》之寫作背景、全書體例與學界評價

第一節 寫作背景

　　高氏是在怎樣的情形下為《詩經》注釋，他的詩經學觀念如何？對於清代學術及有關《詩經》方面研究的情況，是必須加以探討的。

　　朱守亮《詩經評釋》緒論中，除不計清初外，分清代《詩經》學者之派別為十一類，茲不錄朱氏論述各學者研究內容特點，僅就所分派別，依其論述次序，擇其所列學者與著作如下〔註1〕：

1、研究漢學，並採毛鄭者

　　　陳啓源《毛詩稽古篇》、李黼平《毛詩紬義》、戴震《毛鄭詩考證》、馬瑞辰《毛詩傳箋通釋》、胡承珙《毛詩後箋》。

2、舍鄭用毛，為古文派正宗者

　　　陳奐《毛詩傳疏》。

3、調合毛鄭，不專主一家者

　　　戴震《毛鄭詩考證》、朱珔《毛傳鄭箋破字不破義辨》。

4、治三家詩者

　　　莊存璵《毛詩說》、范家相《三家詩拾遺》、魏源《詩古微》、丁晏《王氏詩考補注補遺》、馮登府《三家詩異文疏證》、阮元《三家詩補遺》、陳喬樅《三家詩遺說考》、迮鶴壽《齊詩翼奉學》、王先謙《三家詩義集疏》。

〔註1〕參朱守亮，《詩經評釋》，（台北：臺灣學生書局，民國77年8月，一版二刷）。

5、治《詩經》譜序者

戴震考正《詩譜》、呂騫《詩譜補亡後訂》、丁晏《詩譜考正》、胡元儀《毛詩譜》、姜炳璋《詩序補義》、龔鑑《毛詩序說》、汪大任《詩序辨正》、夏鼎武《詩序辨》。

6、治《詩經》小學者

段玉裁《詩經小學》、陳喬樅《毛詩鄭箋改字說》、《四家詩遺文考》、李富孫《詩經異文釋》、周邵蓮《詩考異字箋餘》、顧炎武《詩本音》、孔廣森《詩聲類》、苗夔《毛詩韻訂》、江有誥《詩經韻讀》、丁以此《毛詩正韻》。

7、治《詩經》博物者

毛奇齡《續詩傳鳥名》、姚炳《詩識名解》、牟應震《毛詩名物考》、陳大章《詩傳名物集覽》。

8、治《詩經》地理者

朱右曾《詩地理徵》、尹繼美《詩地理考略》。

9、治《詩經》禮教者

包世榮《毛詩禮徵》、朱廉《毛詩補禮》。

10、識其旨歸，品評析論者

牛運震《詩志》、于祉《三百篇詩評》、龍起濤《毛詩補正》、王鴻緒《詩經傳說彙纂》。

11、自立門戶，不囿漢宋者

姚際恆《詩經通論》、崔述《讀風偶識》、方玉潤《詩經原始》。

清代《詩經》研究可以說是蓬勃向各方面發展的，但高氏序言對清代《詩經》學者批評如下：

到了清朝，有一批傑出的學者，致力於詩經語言文字的研究，如段玉裁、王念孫、王引之、馬瑞辰、陳奐、王先謙等人，從事難字難句的解釋和諸家異文的考訂。他們以為字句的確實意義，決不是像朱熹那樣隨便猜就可以的，必須從古文籍、古字書和古傳注中紬繹而得。於是他們一方面反對朱熹的臆測，一方面重新以毛傳、三家詩異文注釋作依據下考證功夫。他們訓釋的精密程度遠勝漢唐，可說是清儒的一大進步，可是說教式的全詩意旨的解說，又被他們尊重起來，恢復了漢儒的說法。這樣一來，詩經學的進展，就算一個大圈子繞回去了。在清儒中，有反漢又反宋而獨樹一幟的學者，如崔述、姚際恆等。不過他們僅有不受前人羈絆的膽識，

　　論證卻未免過於簡短，方法也太不嚴謹，並且有時候意見不夠成熟，使人
不能十分信服。

　　可見高氏對清儒《詩經》研究偏向於漢儒說教式的詩旨解說相當不滿，一些重
要的著作如陳啓源《毛詩稽古篇》、段玉裁《毛詩故訓傳定本》、李黼平《毛詩紬義》、
胡承珙《毛詩後箋》、陳奐《詩毛氏傳疏》、陳喬樅《三家詩遺說考》等都遵序復漢
儒舊說。梁啓超《中國近三百年學術史》在總結清代學者整理《詩經》的成績，也
肯定清儒詩學在訓詁名物方面成績優良，而在詩旨方面卻不能滿意，主要是因爲受
毛序的束縛太過了﹝註 2﹞。高氏在序言提到傳統《詩經》注家一直背負著詩序這個
沈重的包袱，不能不說是研究的局限，因此他要徹底打破詩序，以現代語言學實證
方法研究《詩經》。同時對清儒不受羈絆的著作，如《讀風偶識》、《詩經通論》又嫌
論證簡短，方法欠嚴謹。甚至他在序言還提到至於民國以來的《詩經》研究（高氏
以所見古史辨的文章爲主），許多學者有勇氣全盤擺脫詩序的桎梏，拋棄《詩經》傳
道的觀念，這是進步的地方，但都只是短篇的討論，還沒有全盤用這種新觀念說詩
的著作出現。在這樣的詩學研究背景下，高氏《詩經注釋》顯爲彌補清儒這兩層缺
陷及繼民國以來學者，用新觀念爲《詩經》作更全面的研究而起。

　　梁啓超《清代學術概論》最是推崇正統派戴段二王研究方法講求證據的科學精
神，高氏亦十分肯定王氏父子的訓詁、考證功夫，但他在《詩經注釋》序，對清儒
訓詁表現較佳的正統派及朱駿聲、馬瑞辰等人，仍從以下三點批評他們無現代語文
學方法：

1、篤信《爾雅》、《說文》等字書，不知毛詩傳箋與《說文》、《爾雅》之說，互相
　　因襲，不能解決疑難。

2、《爾雅》、《說文》、《廣雅》等實爲有系統之字書，清代學者雖長於此三書研究，
　　能自經典中尋出每字根源，但不知字書之字，與《方言》之字性質不一，因而
　　清儒之見無異於毛傳鄭箋或其他古傳注注釋。故如於毛詩有異，求之《爾雅》、
　　《說文》，仍無以決定然否，必須自《方言》及《詩經》以外先秦文籍求旁證。

3、輕言假借（尤其是馬瑞辰），不論是否同音，古音有無例證，照字義能否說通，
　　直將一句詩任己意講，不足爲訓。

　　可見高氏的《詩經注釋》是一部承襲清儒及民國以來學者研究成果，而以新觀
念、新方法，全盤爲《詩經》訓釋之作。

────────────────

﹝註 2﹞見梁啓超，《中國近三百年學術史》（台北：中華書局，民國 45 年 2 月），頁 185。

第二節　全書體例

　　高氏《詩經注釋》是繼清儒胡承珙《毛詩後箋》、陳奐《詩毛氏傳疏》、馬瑞辰《毛詩傳箋通釋》之後，模仿這些書的體例，但更爲全面分項引述各注家對《詩經》各篇疑難字句不同說法之作。尤難得的是高氏將繁複的材料有條不紊的呈現在讀者面前，一一加以審核，這又是傳統「注疏」和「箚記」體裁辦不到的。對高書的訓釋體例，有必要加以介紹。

一、選擇訓釋字句之標準

　　高氏在序言中自述選擇訓釋對象大致依以下幾個標準：

1、有異文可以比勘

　　高氏在所訓釋的 1200 餘條疑難字句中，只有極少條沒有異文，顯然高氏認爲這些異文影響字義的訓釋，是應該加以選擇解釋的對象。例如：

　　三三七　可以樂飢〈陳風・衡門〉

　　毛傳：「樂飢，可以樂道忘飢。」高氏認爲毛氏是用「樂」的普通意義。

　　《說文》引作「可以瘵飢」，鄭箋就是據此加以解說。《說文》訓「瘵」爲「治」，高氏依其意串講爲：「我可以治療我的飢餓。」

　　魯詩（列女傳引）和韓詩（韓詩外傳引）作「可以療飢」，「療」講作普通意義的「治療」。

　　此句有「樂」、「瘵」、「療」三個異文，因而造成毛傳訓爲「樂道」和《說文》、鄭箋、魯詩、韓詩訓爲「治療」之不同。最後高氏選擇「治療」，而不用「樂道」，後者既是經生氣的說法，還必需增字解經。

　　高氏的難句訓釋幾乎都是具有不同異文，而須要經過比勘，以求得更佳說法的句子。

2、漢儒解說各家不同

　　由於漢代距離《詩經》的時代最近，三家詩和毛詩各立學官；鄭玄和許愼又爲漢代最受推重之學者，兩人時代如此相近，這些同具地位的《詩經》代表注家說法不一，高氏則選擇加以注釋，例如：

　　六三　于嗟乎騶虞〈召南・騶虞〉

　　毛傳訓「騶虞」爲「義獸，白虎黑文，不食生物」。魯詩（新書引）訓「騶」爲「天子的獵園」，「虞」爲「獵園中管理鳥獸的官」。韓詩（周禮賈公彥疏引）則以爲

「騶虞」就是「天子管理鳥獸的官」。

由於毛傳和魯詩、韓詩訓釋不同，因而高氏加以分析各家優劣。毛傳與文義不合，壹發五犯、壹發五豵的獵人，不能和不食生物的義獸比擬。魯詩釋「騶」為「天子的獵園」，在古書中無佐證。韓詩的說法有證據，「騶」用作「管馬的人」，在《禮記》、《周禮》、《戰國策》等書中常見；「虞」用作「林官，鳥獸官」，《尚書》等書中也常有。兩字連用，參看《商子·今世》，騶虞以相監不可。除了先秦典籍證例之外，高氏更引齊詩釋《禮記·射儀》說「騶虞，樂官備也。」證明韓詩的說法。這是毛詩和三家詩訓釋不同之例。

一七二　施罛濊濊〈衛風·碩人〉

毛傳訓濊濊為「施之水中」，韓詩訓為「流貌」，《說文》訓為「礙流」，朱熹訓為「罟入聲也」，《釋文》引馬融訓為「大魚網，目大豁豁」，各家說法不同。由於不能從古籍中找到直接的例證以為取捨的標準，因而高氏引〈大雅·卷阿〉的「翽翽其羽」，毛傳訓為「眾多」，鄭箋訓為「翅聲」。〈魯頌·泮水〉又有「鸞聲噦噦」，三句字形雖異，但高氏認為都是講作聲音比較好。這是毛詩、鄭箋、韓詩、《說文》訓釋不同之例。

3、宋儒與舊注不同

高氏因朱熹的意見在歷史上很重要，因此所謂宋儒主要以朱子為主，其他宋代學者的說法幾乎未見引用。例如：

八○　謔浪笑敖〈邶風·終風〉

毛傳：「言戲謔不敬。」高氏以為無佐證。韓詩：「浪，起也。」高氏又認為解釋不清楚，因而找出朱熹的注解「浪，放蕩也。」這是高氏肯定朱熹說法之例。也有朱熹說得不好，但因他代表《詩經》注解的重要人物，高氏也引出他的說法和其他家並列，加以分析審視，又如：

八七　睍睆黃鳥〈邶風·終風〉

毛傳：「睍睆，好貌。」《說文》：「目出貌。」朱熹：「睍睆，清和圓轉。」韓詩作「簡簡黃鳥」。其實高氏已先對毛傳的「睍睆」，怎麼從「睍睆」、「見睆」到作「睆睍」，作了極可能的推測，並加解釋「睍睆」的意思就是「明顯而光亮」，也就是「耀眼」，也就是「好看」。朱熹之解說偏向指鳥鳴聲的悅耳好聽，於句中亦可說通，但無佐證。高氏在訓釋體例上是十分注意朱熹的意見和舊注是否相同，因而縱使不可採用，許多時候，他還是並列朱熹的意見。

4、近代注家新說可取

從高氏書中可以知道這裡所謂的近代注家，主要指的是清代學者和外國《詩經》譯者，至於民國以來學者除了于省吾、丁聲樹的說法偶而被引用外，其他可取的說法，幾乎未見引用。但對清儒和外國學者就不一樣了，雖然高氏極力批評他們，但對他們有新見的地方，必仔細審核，如果可用，高氏必肯定他們的說法。例如：

二〇五　暵其濕矣〈王風・中谷有蓷〉

毛傳把「濕」字就當普通的「潮濕」講，這樣的解釋合乎高氏採用常義的原則，但和上章「暵其脩矣」句「脩」當「乾」講，以及第一章「暵其乾矣」不相應，所以他採王引之把「濕」字講作「暵」的假借字，「暵」《一切經音義》訓「欲燥」，《廣雅》訓「曝」，如此這句是：「乾的枯焦了。」雖然在文籍上無例證，但和上二章相應，王氏新說確實比舊注好。因此高氏採其說，而放棄他採用常義的原則。又如：

一〇五一　仍執醜虜〈大雅・常武〉

毛傳訓「仍」為「就」，高氏列後代注家不同解說如下：

A.孔疏：《爾雅》訓「仍」為「因」，和毛傳訓「就」是一樣的。陳奐又說：就其繹騷震驚，執其醜眾而威服之也。高氏批評「仍」字這麼講沒有例證。

B.朱熹以為「仍」訓「就」，意思如《老子》「攘臂而仍之」的「仍」。

C.Legge 把毛傳的「就」講作「立刻」。

高氏以為「就」在較晚的中國語裡才有「立刻」的意思，古典時代卻沒有，「仍」則從來沒有當「立刻」講的。因此他引 Waley 把「仍」說作「一再」，並補充他的說法：「仍」的基本意義就是「反復、重複」；又指「眾多」，和縣篇的「陾」是一個詞，（在注釋七九三條「捄之陾陾」，他引毛傳訓「陾陾」為「眾」也。毛詩的「陾」是「仍」的假借字，基本意義是「仍舊，相隨」。《國語・周語》：「晉仍無道」。韋昭注：「數也」；《論語・先進》：「仍舊貫」。）所以《爾雅》又訓「仍」為「厚」，如此這句詩是：「他不斷增多的捉住俘虜」。

此例亦可以說明他山之石可以攻錯，外國人在注釋《詩經》時，往往可以擺脫傳統包袱，而趨向於簡單、明瞭。高氏在選擇訓釋字句時，這種情形也是他所注意到的。

二、比較各家訓釋之優劣

高氏以上述所提之標準選擇訓釋字句後，依篇次選擇該篇須要訓釋的字句，然後有條不紊的臚列出他認為比較重要的幾家不同意見，以便分析、審視。這種較客觀科學的，通過比對的訓詁方法，較傳統注疏、筆記式的訓詁方法簡扼清晰得多。

這是在清儒之後對傳統注釋形式所作的大改進，其方法如：

四六六　　四牡奕奕〈小雅・車攻〉

毛傳沒有注釋，高氏並列重要各家說法，並加註己見如下：

A. 韓詩（文選注引）訓「奕」為「盛」；所以：「四匹雄馬很大」。參看〈大雅・韓奕〉：「奕奕梁山」（毛傳訓「奕」為「大」）；〈小雅・巧言〉：「奕奕寢廟」；《國語・周語》：「奕世載德」。「奕」當「大」講，西漢通行（方言）。

B. 孔疏：「奕奕，閑習也」；「四匹雄馬很熟練」。「奕」這麼講沒有佐證。

C. 朱熹：「奕奕，連絡布散之貌」；所以：「四匹雄馬（的隊）成一個長的行列。」「奕」這麼講也沒有佐證。是朱氏緣下文「會同有繹」猜想的。

高氏的注釋全都以這種簡明扼要的方式，條列各家不同訓釋，然後加以串講、分析檢討，從比較中，選擇較好的說法。像這句，他選擇A說，因為A說訓「奕」為「大」，和第一章「四牡龐龐」正好相應。「奕奕」清楚的描寫馬本身，而不是朱熹所說是寫馬的位置。同時A說在《詩經》其他篇相同的句子也可以說通，在先秦文籍，亦有相同的用法，並且A說在西漢方言中是流行的說法，而B、C兩說無佐證。

三、各篇相同字句並列討論

前條高氏從並列資料中選取A說之後，他又舉〈大雅・韓奕〉「四牡奕奕，孔修且張」相同形式句子，證明A說可信。此外他更歸納《詩經》各篇其他相同形式字句，將相同語料一併討論，以得到更多的佐証，因此接下來他舉了三個句子和「四牡奕奕」加以比較：

（一）〈魯頌・閟宮〉：新廟奕奕

A. 鄭箋：「奕奕，姣美也」；「新廟很好看」。

B. 這裡的「奕奕」決不應該和〈小雅・巧言〉「寢廟奕奕」的「奕奕」不同；所以：「新廟很大」。

（二）〈商頌・那〉：萬舞有奕

毛傳訓「奕」為「閑」，意義很模稜。「閑」字可以有好幾個講法，其中主要的是「嫻習」和「大」。

A. 鄭箋以為毛氏是用「嫻習」：「萬舞嫻習」。朱熹講作：「萬舞有秩序」，意思是一樣的。但是「奕」指「嫻習」沒有佐證。

B. 馬瑞辰以為毛氏用「大」的意義：「萬舞盛大」。這正是「奕」字的平常意義，有許多例證，所以可用。

（三）〈小雅・頍弁〉：憂心奕奕

A. 毛傳：「奕奕無所薄」；所以：「我憂傷的心不安定」。

B. 魯詩：「《爾雅・釋訓》怲怲，奕奕，憂也」：「我憂傷的心很愁」。但是如郝懿行所說，下一章有「憂心怲怲」，毛傳訓「怲」爲「憂盛滿也」，所以「怲怲」和「奕奕」都應當是「憂愁很多」的意思。

這樣並列相同語料加以討論，高氏得到「奕奕」有訓「大」、「多」等意思，而推翻傳統毛、鄭訓爲「姣美」、「嫻習」、「無所薄」等無佐證的釋義。對於相同語料的歸納比較上，高氏確實做得比清代學者更爲徹底。高氏受比較語言學的影響，應用於訓詁工作，自然是最系統而科學的方法，同時將相同字句並列討論，還可以歸納《詩經》同一詞彙的不同用法，亦有助於建立上古詞彙系統。（珍玉案：只可惜高氏對詞義的歸納仍嫌粗糙，出現不少釋義上的問題，詳參第九章第二節草率歸納詞義之失。）

四、討論難字擬注上古、中古、現代音值

高氏書中最爲特殊的體例，莫過於在討論難字時都擬注上古、中古、現代音值，例如：

三九三　四國是皇〈豳風・破斧〉

毛傳：「皇，匡也。」齊詩（王應麟詩考引）作「四國是匡」。高氏說「匡」在這裡是個同音假借字。本字音*g'wâng/ɣwâng/huang（分別為上古、中古、現代音值），意義和「匡」一樣，語源上和「匡」（*k'i̯ang/k'i̯wang/k'uang）有關係。

假借和語源的探討爲訓詁中相當重要的工作，兩者都必須聲音上有關係（同源還須意義上有關係），清代學者講一聲之轉或聲近義通，於音上往往失之寬泛，因此高氏不輕談一聲之轉和假借，而將每個難字標上音值，看彼此聲母、韻母之關係，即使完全同音，如果照字講能講通，他仍然不用假借去講那個字，這是相當慎重的做法。除了假借之外，高氏講語根、詞群也必須透過音的關係加以分辨，因此高氏標注音值的做法，爲談假借和同源做了必要的準備工作。

第三節　學界評價

上章第三節已討論譯者董同龢先生指出本書之優缺點，董先生之意見大致爲學

界所接受；如屈萬里先生〈簡評高本漢的詩經注釋和英譯詩經〉一文〔註3〕，除指出本書「關於各詩著成的時代多不注意討論」、「不注意地理的探討」、「不注意名物的探討」、「說解之誤」等缺點外，就十分同意董先生之意見，並且肯定本書之成就說：

> 高氏這兩部大著（特別是詩經注釋），雖然不免有些可商之處；但在解釋字義方面，確有很多高明的見解，足為我們中國的學者所取資。無疑的，它們將是不朽之作。

趙制陽先生和董先生亦有許多相同的見解，他在〈高本漢詩經注釋評介〉一文〔註4〕，除指出高氏書中有待商榷的例子——誤解古人本義的例子、因不諳中國文法而致誤的例子、因不明詩旨而誤斷詞義的例子、譯文不合中文語調以致不通的例子外，亦於結論處肯定本書的幾項成就：

一、學術研究是需要有進步的觀念與方法的。高氏說詩不主一家，以歸納類比的方法求取詞義。這雖是民國以來我國學者早在提倡的，但沒有像高氏所做那樣的具體而詳實；這是值得我們取法的。

二、高氏窮畢生之力研究漢學；常為詩經中一個詞語的解釋，從詩經各篇中找資料，還旁及其他文籍，這種治學的精神是值得我們學習的。

三、高氏研究工作之所以高過我國一般學者，是由於他利用語言學的知識。他藉上古音的審定，判斷前人聲訓的是否合理，這確是比較進步的。

四、高氏「詩經注釋」如以他所定的詞義，所譯的文句來看，其成績不算是很理想的。這並不影響這部書的價值。因為一部有新方法新觀念的書，即使有一部份說詞不當，仍只是它的白璧之瑕，尤其是對一位文化背景完全不同的人，自不宜過分苛求。……

楊師承祖《詩經講義甲稿》〔註5〕對本書亦持較為肯定之評價說：

> 是書專討訓詁，方法嚴審，於毛鄭朱子及清代諸家之說，一加辨核，多能得中，亦往往有新見可取，匪特西儒注詩之巨擘，其治學方法，尤足為吾人所資鑑。

陳舜政先生〈簡述高本漢關於經學的著作〉一文〔註6〕基本上同意董、屈兩先生對於《詩經注釋》之批評，對本書亦持極高評價：

〔註3〕文載《國立中央圖書館館刊》新一卷第一期。
〔註4〕文載《東海中文學報》第一期。
〔註5〕本講稿係楊師承祖 1969 年在新加坡南洋大學中文系講義油印本。
〔註6〕本文見於王靜芝等著《經學研究論集》（台北：黎明文化事業股份有限公司，民國70年1月初版）。

這兩本書（珍玉案：指《詩經注釋》和《尚書注釋》）是高氏最具綜合性，用力最深的兩部大書，我們似乎可以說是高氏的代表性著作。無論它們有怎樣的微詞，但是高氏在解釋字義這方面，表現了他雄厚的語言學造詣，這是其他學者們所難望其項背的。

縱使《詩經注釋》客觀上存在各種缺點，但是學界對它的評價仍以肯定居多，在《詩經》的研究上，它依然是一部如董先生在譯序所說的「二十世紀中期承歷代詩學發展而產生的一部有時代性的書」，或如屈先生所說的「不朽之作」，由此可見新觀念、新方法之學術魅力了。

第四章 《詩經注釋》對前代注家之批評與訓詁原則

第一節 對前代注家之批評

　　詩經學有綿長的歷史，貫穿其中的主要問題有：一、經今古文之爭，二、漢學、宋學分立；再加上如清代學者魏源在《詩古微》卷一所說：「夫詩有作詩者之心，而又有采詩編詩者之心焉；有說詩者之義，而又有賦詩引詩者之義焉。」皮錫瑞在《經學通論》提出的「論詩比他經尤難明」，由於存在這些縱橫錯綜的問題，加上詩的本質不同於散文，精簡的語言，增大讀詩理解之空間，因而有所謂「詩無達詁」。

　　無疑的《詩經》是傳統文獻中，解釋最為紛歧的一部經書。從先秦典籍中的引詩述事，如《左傳》記載各國使者賦詩、引詩，以為外交詞令；先秦思想家為闡釋思想亦常引詩，往往由於作者使用之場合不同，造成不同的釋義。到了西漢，說詩有齊、魯、韓、毛四家，前三家以今文說詩，毛詩以古文說詩，由於今古文經文字句互有不同，而形成不同釋義。又三家興於利祿，多採雜說，毛傳雖長於訓詁，但因附上衛宏詩序，高氏認為其後鄭玄、孔穎達所建立起來的詩經學說，難免受其影響，流於附會說教。直到宋代朱熹《詩集傳》雖大膽攻擊詩序，但他以道學觀念說詩，於訓釋詞義，又常出於主觀臆斷，反而是一大退步。到了清代段玉裁、王念孫、王引之、馬瑞辰、陳奐、王先謙等學者，相繼從事難字難句解釋及諸家異文考訂，訓釋的精密程度遠勝漢唐，可說是清儒一大進步；然漢儒說教式全詩意旨解說，又被尊重起來，詩經學的進展，又一個大圈子繞回去。崔述、姚際恆雖能獨樹一幟反漢反宋，惜論證簡短，方法欠嚴謹。直到民國以來學者始全盤擺脫詩序桎梏，拋棄

《詩經》傳道觀念，然亦只有短篇討論，未見全盤以此新觀念說詩之作。

基本上高氏認為傳統注家最大毛病是經學觀念無法脫離教化、道學附庸。在觀察過高氏的詩經學觀念後，本節擬繼續討論他對前代注家訓釋的批評。高氏書中引用傳統注釋材料主要為毛傳、三家詩釋義、鄭箋、孔疏、朱傳、以及清儒所作有關《詩經》的注釋（主要以段玉裁、王氏父子、胡承珙、馬瑞辰、陳奐、朱駿聲、王先謙等幾家為主），他的詩經學觀念是進步的，在訓釋時並未固定採取某家之說法，純視是否有佐證，或者是否合乎他的訓詁原則而為取捨之標準；他對前代注家之批評，亦不持定見，欲瞭解他的意見如何，只能透過他對每條難解字句所提出的分析取捨去瞭解。下面是從書中歸納所得。

一、對毛傳之批評

毛傳在傳統注釋中，以其時代最早，距離《詩經》最近，而且長於訓詁，因而最為高氏所尊重，但毛傳之訓詁仍有相當多問題，高氏注釋亦予以指出，約有以下幾點：

1、經生氣

二五　肅肅兔罝〈周南・兔罝〉

毛傳釋「肅」為「敬」，高氏認為不論是指捉兔子的網可敬或捉兔子的武夫態度恭敬，都相當學究氣。

二二四　三英粲兮〈唐風・羔裘〉

高氏說「三英」為「裘飾」，而毛傳卻釋「三英」為「三德」，鄭箋亦用毛氏書獸子氣之說法。

2、前後不一致

三八七　烝在桑野〈豳風・東山〉

毛傳釋「烝」為「寘」。高氏認為毛氏所說的「寘」是「陳」或「塵」的假借字；因為鄭箋申述毛傳訓為「久」。本篇第三章「烝在栗薪」毛傳訓「烝」為「眾」。同樣的句型，完全平行的句子，毛氏竟然前後所釋不一。

3、將難講字說成摹聲字

一一三一　穮之挃挃〈周頌・良耜〉

毛傳訓「挃挃」為「穫聲」（說文同），高氏以為古注家於訓解時，有喜將難講字說作摹聲字的強烈意向。

4、無佐證

二三五　風雨瀟瀟〈鄭風・風雨〉

　　毛傳訓「瀟瀟」爲「暴疾」，高氏認爲古代文籍中找不到例證。

二九四　白石粼粼〈唐風・揚之水〉

　　毛傳訓「粼粼」爲「清澈」，高氏認爲石頭不可能是透明的，毛傳的說法沒有佐證。

四五二　六月棲棲〈小雅・六月〉

　　毛傳訓「棲棲」爲「簡閱貌」，高氏認爲無佐證。

5、意旨不明

三八六　勿士行枚〈豳風・東山〉

　　高氏認爲毛傳訓「枚」爲「微」，毛氏的意旨何在？後來的注家意見不一致。像孔疏以爲毛氏訓「枚」爲「微」，是指士兵銜在嘴裡保持不說話的小東西，而陳奐則以爲毛傳讀作「行微」，指「做細微的事」。

四三〇附　民靡有黎〈大雅・桑柔〉

　　高氏認爲 毛傳訓「黎」爲「齊」，意旨何在？引起眾說紛紜，結果仍不清楚，像鄭箋就相反的說成「不齊」，更是難懂。

二、對三家之批評

　　對於三家詩釋義，高氏多半採取尊重以及利用三家詩釋義來證補毛詩的重視態度；但他對三家詩釋義亦有批評，歸納有如下幾點。

1、經生氣

四　寤寐思服〈周南・關雎〉

　　高氏認爲魯詩（郭璞《爾雅注》引）訓「服」爲「事」，依其意此句應訓爲：「他醒著睡著都想念到他的職責」，這樣的釋義太學究氣了。

2、無佐證

一九八　曷其有佸〈王風・君子于役〉

　　毛傳訓「佸」爲「會」，高氏認爲毛傳以爲「佸」和「會」在語源上有關係。而韓詩（《釋文》引）訓「佸，至也」，大概是因爲第一章有「曷至哉」和這一句相當，其實兩句的結構並不完全平行，所以三家詩釋義不足爲據。

二〇九　大車啍啍〈王風・大車〉

　　高氏認爲韓詩（《玉篇》引）作「大車𨏍𨏍」，「𨏍」，《切韻》和《玉篇》音 *t'wər/t'uâi/t'uei，訓「車盛貌」，無佐證，並且在押韻上也不太好，這一句和第一章

的「大車檻檻」相對,「檻檻」既是車子的聲音,「啍啍」也應該是車子的聲音。

3、韻腳不協

二四八　子之還兮〈齊風‧還〉

高氏認為齊詩(《漢書‧地理志》引)作「子之營兮」,以「營」為地名。齊詩文字於韻腳不合。

三、對鄭箋之批評

1、經生氣

二二五　不寁故也〈鄭風‧遵大路〉

高氏認為鄭箋訓為:「我乃以莊公不速於先君之道」,十分經生氣的將一首被棄的人(大概是女子)訴怨之詩,說成是莊公之詩。

六〇六　往來行言〈小雅‧巧言〉

毛傳沒有注釋。鄭箋以為「善者往亦可行,來亦可行,於彼亦可,於己亦可,是之謂行也。」他所說的「行」是(道德上)可行的意思,高氏認為這樣的訓釋過於經生氣。

2、無佐證

一六三　碩人之軸〈衛風‧考槃〉

鄭箋訓「軸」為「病」,《爾雅》有「逐,病也」。高氏認為鄭氏大概是把「軸」當作「逐」的假借字,但訓「軸」或「逐」為「病」,並沒有任何文籍上的佐證。

3、附會、揣測、望文生義

五九五　不屬于毛,不罹於裡〈小雅‧小弁〉

鄭箋以為這兩句是反問:「今我獨不得父皮膚之氣嗎?獨不處母之胞胎乎?」高氏認為照字講當是:「我不附屬於(我父親的)毛髮嗎?我不依附於(我母親的)內裡嗎?」鄭箋的說法是十分勉強的揣測。

六六一　先祖是皇〈小雅‧楚茨〉

鄭箋訓「皇」為「旺」,但不是用《爾雅》「美」的意思,而是假借作「往」,同於〈信南山〉「先祖是皇」,鄭箋訓為:「皇之言旺也,先祖之靈歸旺。」高氏認為他的解釋是無依據而無價值的揣測。

六七八　倬彼甫田,歲取十千〈小雅‧甫田〉

毛傳:「十千,多也。」鄭箋加以補充說:「彼大古之時,以丈夫稅田也。歲取十千,於井田之法,則一成之數也。九夫為井,井稅一夫,其田百畝。井十為通,

通稅十夫，其田萬畝。欲見其數，從井通起，故曰十千。」高氏批評鄭箋乃臆說。

4、無根據改字

二三二　俟我乎堂兮〈鄭風・丰〉

鄭箋說「堂」當爲「棖」；「棖，門梱上木近邊者。」鄭氏的理論是等候的人應當在室外，因爲第一章有「俟我乎巷兮」，高氏認爲這樣沒有根據的改讀是不足爲訓的。

三六七　田畯至喜〈豳風・七月〉

鄭箋以爲「喜」是「饎」的省體〔註1〕，高氏依其意說成：「田畯來到而且受款待。」並批評鄭氏沒有充分的理由改讀。

5、不合上下文義

九七八　瞻言百里〈大雅・桑柔〉

鄭箋把「瞻」和「言」講作兩個並列的動詞，他說：

「聖人所視而言者百里。」高氏認爲「言」字在此句只能當語助詞，鄭箋將它釋爲動詞，並不合乎上下文義。

6、不知所云

一一二七　匪且有且，匪今斯今〈周頌・載芟〉

鄭箋訓爲「心非云且而有且」，孔疏以爲鄭氏所說的「且」是語助詞，但高氏認爲仍很難瞭解鄭氏所說是什麼意思。

四、對孔疏之批評

由於孔穎達爲毛傳、鄭箋作正義堅守疏不破注原則，因而異於毛鄭之說並不多，高氏注釋往往以羅列毛鄭之說爲主，對於孔疏的引用並不多，於是書中對孔疏的批評也相對的罕見，雖然如此，亦舉數例以見。

1、經生氣

一一五附　愛莫助之〈大雅・烝民〉

高氏說毛傳：「愛，隱也。」是將「愛」假借爲「薆」。孔穎達加以申說爲「其德義深遠而隱」，高氏認爲十分學究氣。

2、猜測臆說

一一八七　景員維河〈商頌・玄鳥〉

〔註1〕此分明是假借，但高氏純從字形上說省體，而不考慮音義關係。

毛傳訓「景」為「大」，訓「員」為「均」，意思很隱晦。孔穎達申解為「殷王之政甚大均矣，維如河之潤物」。高氏批評孔穎達的申說乃臆說。

3、引述錯誤

二三九　出其闍闍〈鄭風・出其東門〉

高氏說毛傳訓「闍」為「曲城」，「闍」為「城臺」，孔疏引《說文》作「闍闍，城曲重門」，將「闍闍」當成一個複詞，但是今傳《說文》是：「闍，城內重門；闍，闍闍。」因此他認為這很可能說：「闍」就是「闍」的城臺，而孔氏的引述錯了。

4、牽強、無佐證

四六六　四牡奕奕〈小雅・車攻〉

毛傳沒有注釋，韓詩訓「奕」為「盛」。孔疏訓「奕奕」為「閑習」，並且在〈商頌・那〉「萬舞有奕」句，也訓「奕」為「閑習」，高氏認為他的說法無佐證，並羅列《詩經》相同詞彙加以對照，分析訓「盛大」可用於各句之說法。

五、對朱傳之批評

一般人對朱熹說詩之瞭解，總以為他打破詩序傳統說教方式，事實上朱傳並未見明顯突破傳統之處；不僅如此，他的淫詩說，更是受到後人不少詬病。於字句訓詁方面，朱傳遠不能和毛傳相比，高氏在自序就批評他說

> 當他（指朱熹——引者）面臨難講的字句的時候，他就完全不顧訓詁
> 學的方法，毫無根據的自己謅出些解釋來。至於那些新的解釋不能在古文
> 籍、古字書或經典的傳注中得到證明，他是完全不管的，只要照他的猜想，
> 他能找到一個講法，可以合於上下文，他就心滿意足了。

這是高氏對朱熹的整體批評。在高氏書中，大致可以歸納如下幾點他對朱傳極為不客氣的批評。

1、經生氣

一八四附　戎成不退，饑成不遂〈小雅・雨無正〉

朱熹訓釋此句說：「戎，兵；遂，進也。易曰：不能退，不能遂，是也。……言兵寇已成，而王之為惡不退；饑饉已成，而王之遷善不遂。」高氏批評他的說法十分經生氣。

二五二　折柳樊圃，狂夫瞿瞿〈齊風・東方未明〉

高氏先批評毛傳訓「瞿瞿」為「無守之貌」無根據。又批評鄭箋加以譬喻說：「柳木之不可以為樊，猶是狂夫不任挈壺氏之事。」是經生氣不可用的說法。更批評朱

熹訓「瞿瞿」爲「驚顧之貌」，並進一步說：「折柳樊圃，雖不足恃；然狂夫見之，猶驚顧而不敢越；以比辰夜之限甚明。」只怕比毛鄭還要經生氣。

2、增字解經

七二一　如食宜饇，如酌孔取〈小雅・角弓〉

朱熹訓爲：「食之已多而宜飽矣，酌之所取亦已甚矣。」高氏批評朱子加了一些原文裡沒有的意思。

3、牽強

一九二　能不我甲〈衛風・芄蘭〉

朱熹：「甲，長也；言其才能不足以長於我也。」高氏批評朱子的說法很牽強，並且「能」字也不能這樣講。

4、可笑說法

九一　濟盈不濡軌〈邶風・匏有苦葉〉

朱熹訓「軌」爲「車轍」；高氏依其意作：「渡口的水雖滿，不至於沾濕車轍。」並批評他的說法可笑且不通情理。

五二九　瘋憂以痒〈小雅・正月〉

朱熹訓「瘋憂」爲「幽憂」（雨無正篇同）。高氏認爲朱子所以作如此之訓解是以爲「鼠」就是「像老鼠」，也就是「隱藏的」，這是可笑的訓詁。

七四六　牂羊墳首，三星在罶〈小雅・苕之華〉

毛傳云：「牂羊墳大，言無是道也。」鄭箋申毛云：「喻周已衰，求其復興，不可得也。」毛傳又云：「三星在罶，言不可久也」；鄭箋：「喻周將亡，如心星之光耀見於魚笱之中，其去須臾也。」朱熹覺得毛鄭二氏的比喻不可通，以爲這兩句和下文「人可以食，鮮可以飽」相關，因此他訓解爲：「牂羊，牝羊也。墳，大也。羊瘠則首大也⋯⋯中無魚而水靜，但見三星之光而已。」高氏指出朱子如此解決困難的方法十分可笑。

5、望文生義、附會、無佐證

三八八　町畽鹿場〈豳風・東山〉

高氏認爲朱熹訓「町畽」爲「舍旁隙地」，這句依朱子之意應作：「房屋旁邊的空地變了鹿場。」高氏批評朱子這麼說沒有佐證，似乎是望文生義解說。

七一八　翩其反矣〈小雅・角弓〉

高氏認爲朱熹用「翩」的平常意義「飛」，而依其意說成：「它的反彈很大。」並說照朱子的說法，這句的比喻是：「待兄弟們好，他們就像弓弦被拉似的向你而來；

但如待他們不好，他們就像弓弦放鬆了似的離你而去。」高氏認為朱熹這樣的說法流於附會。

　　二〇一　**揚之水**〈王風・揚之水〉

　　高氏認為朱熹訓「揚」為「悠揚」，「水緩流之貌」，未若毛傳訓「揚」為「激揚」，有《淮南子・本經》「以揚激波」，《呂氏春秋・必己》「舟中之人盡揚播入於河」之有佐證。

6、將難講字說成摹聲字

　　九三〇　**喪亂蔑資**〈大雅・板〉

　　朱熹訓「蔑」猶「滅」；「資」與「咨」同，「嗟歎聲也」。高氏批評朱子的假借說沒有根據，也不必要，《詩經》中的句尾嘆詞很多，「咨」卻沒有那麼用的。

六、對清儒之批評

　　清代學者對於傳統文籍之訓釋，可以說是做出最有成就的總結。然而高氏在書中仍對他們提出諸多批評，雖然多半是高氏錯誤，但他亦提出許多值得思索的訓詁問題。茲歸納高氏書中對清代學者之批評如下：

1、臆測

　　六〇三　**亂是用餤**〈小雅・巧言〉

　　陳奐：《說文》有「燄」字，訓「炎光」，或作「燄」，誤為「餤」字。高氏認為如此這句詩是：「亂事因此像火燄」，這完全是臆測。

　　一〇四六　**不留不處**〈大雅・常武〉

　　高氏批評陳奐因為毛傳有「誅其君，弔其民」，而以為「留」是「劉」的假借字，指「殺」；「處」則是及物動詞，指「安止」；「不」字則是語助詞。並說照陳奐的意思，這一句就和「劉處」一樣應訓為「殺而安止」。他批評這是清代學者臆斷的典型的例；他們會把最簡單的句子扭成稀奇古怪的模樣。

2、採用過晚材料

　　二〇四　**條其歗矣**〈王風・中谷有蓷〉

　　馬瑞辰以為「條」*d'iôg/d'ieu/t'iao 是「瞟（睄）」*t'iôk/t'iek/t'i（失望，沮喪）的假借字，高氏依其義將此句串講為：「她的吟唱低沈」。高氏認為「睄」字最早見於左思的詩（三世紀），用來證明漢以前的字義，是毫無價值的。

3、將難講字說成語詞

　　清代學者從事訓釋典籍工作，徹底瞭解實字易解，虛字難明的道理，因而在虛

詞研究方面，做出前所未有的成績，劉淇的《助字辨略》、王引之的《經傳釋詞》都是歸納先秦文籍中虛詞的重要著作。高氏對於清儒的語詞說法，並不全然贊同，例見第六章第五節「正濫用語詞之失」，此不贅述。

4、無根據改字

　　清代學者在訓釋《詩經》難字時，不免發生不必要的改字情形，高氏雖然指出清儒的謬誤，但自己在為《詩經》訓釋時，所犯之錯，尤甚於清儒，詳參第七章第一節「蹈襲改字改讀之失」。高氏批評清儒改字正確之例不多，舉以下二例以明高氏亦重視不必要改字的問題。

　　六四九　祇自重兮〈小雅・無將大車〉

　　高氏採鄭箋訓「重」為「累」，用平常的意義。馬瑞辰則以為「重」是「腫」的省體，如《左傳・成公六年》的「重腿」，杜預注以為就是「足腫」。高氏認為這一句和第一章的「祇自疧兮」並不相同，而和本章第二句的「維塵雝兮」相應，和第二章「維塵冥冥……不出於頻」，意思相類。《釋文》「雝（雍）」或作「壅」，鄭箋訓為「蔽」，如《荀子・成相》「上壅蔽」。高氏認為依馬瑞辰的說法「你只將使你自己腫病」，連貫上文「無思百憂」，若說人有憂愁就會腫，那是可笑的說法。

　　九七五　滅我立王〈大雅・桑柔〉

　　馬瑞辰以為「立」是「粒」的省體〔註2〕，「王」的意義是「長」，高氏依其意串講為：「毀滅了我們的五穀之長。」並批評馬瑞辰的說法顯得十分怪異，不如朱熹以常義訓為：「它毀滅了我們立的王」。

第二節　訓詁原則

　　董先生在譯序提出高氏之訓詁觀念有三：一、不把三百篇當經看；二、擺脫詩序的羈絆；三、不主一家。高氏在原序中亦提到希望能對清儒訓詁，提出本現代語言學方法、引用資料要求確實可用等補足，這些都因前人訓釋的問題而發。前節歸納高氏對傳統《詩經》重要注家之批評，大致亦可以看出他對傳統注釋最為不滿之處不外乎經生氣、增字解經、揣測無佐證、採用過晚資料、無根據改字、未照顧上下文、將難講字說成語詞等。因而面對歷來各家聚訟紛紜的注釋，高氏不固守毛詩或三家詩，亦不固守注疏或集傳，一切講求證據。我們從他對傳統注家訓釋的批評，將他訓詁的重要原則歸納為以下六點：

〔註2〕此亦分明是假借，但高氏亦不考慮兩字音義關係。

一、反對經生氣

傳統《詩經》注家最沈重的包袱就是把三百篇當經看，拿經書來作教化倫理的注腳。漢唐書生如此，就是疑序的朱熹雖在有些可爭辯的地方，跳脫傳統的束縛，反抗傳統注釋，但在多數情形下，他仍無法擺脫詩序扳起臉孔說詩，這樣的注詩態度一直延續到清朝。在此前題下，自然每一篇詩都離不開讚美天子、后妃或諸侯，或是譏刺國中種種道德敗壞，以作為政治、倫理的教科書。高氏在原序中有些過份的批評：

> 所以在中國，二千多年來，研究和注釋詩經的學者，真是數以千計，而有關詩經的文獻，也真是卷帙浩繁，然而由具有科學頭腦的現代學者看來，那些著作，大半都是些沒有價值的，可以置之不顧，因為總有百分之九十五是些傳道說教的浮詞。……

因此他以一個文化背景完全不同，又受過現代語言學訓練的外國學者，可以不顧傳統沈重的包袱，重新為《詩經》的字句、詩旨作科學化、系統化的整理工作，這是高氏訓詁的根本原則，基本上高氏這個原則應用於《詩經注釋》所舉疑難字詞訓釋比較沒有問題。例如：

四〇七　周爰咨諏〈小雅・皇皇者華〉

「周」本來指「周圍、周遍」，而毛傳卻訓為「忠信」。毛傳的說法見於《國語・魯語》和《左傳・襄公四年》，《國語》云：「忠信為周」，《左傳》云：「君教使臣曰，必咨於周……。」毛傳的說法雖有較早的文籍佐證，但高氏批評它卻不免經生氣，而採朱熹用常義，訓「周」為「遍」；將此句說成：「我在各處咨詢。」

五八七　我日斯邁，而月斯征〈小雅・小宛〉

所有注家都以為「邁」和「征」都是「行」，不過解說全句卻各有不同。鄭箋硬將「我」指「王」，說成：「王日此行，謂日視廟也；而月此行，謂月視廟也。」高氏批評其經生氣得可怕，而將此句簡單的說成：「我們每日前進，我們每月向前。」

六八四　曾孫是若〈小雅・大田〉

鄭箋訓「若」為「順」，高氏說依其意是：「曾孫順應這個（以順民事，不奪其時）。」高氏批評他的說法非常書獃子氣，而訓「若」為「依從」，以為和「諾」字在語源上有密切的關係，而將此句串講為：「曾孫（依從）許諾他（滿意）。」

二、釋義須有證據

王力最服膺王氏父子的訓詁態度，他曾說：「王氏父子治學是謹嚴的。事實上他們不是簡單地把兩個聲同或聲近的字擺在一起，硬說它們相通，而是（一）引了不

少的證據（二）舉了不少例子。」〔註3〕王氏父子於訓詁上的最大成就就是破讀假借字、推求同源字，通過聲音以探求語源，最重要必需從先秦的語言中尋找信而有徵的線索，以六藝群書的實際語言資料爲依據，才能避免主觀臆斷，得出正確可靠的結論。高氏亦頗能繼承王氏父子講求證據之優點，除本持儘量以先秦文獻爲證的訓詁原則外，於證據的講求最爲重視。書中一再可以看到他析論何家訓解較優時所堅持的先秦證例、《詩經》本身證例、較多的證據；或者不採用那家的訓解時提出「雖可講得很好很自然，但證據不足不用」的意見。他對證據要求的科學態度，是本書訓詁的重要原則之一，茲舉高氏應用此原則取得成績數例以爲說明。

一七二　施罛濊濊〈衛風·碩人〉

「濊濊」各家說法差異極大，高氏先並列各家之說，並加說明、串講。

毛傳：「施之水中」，我們不清楚毛氏是說「施之水中」的動作還是聲音。

朱熹：「罛入聲也」；所以：「他們下網濊濊的響。」

韓詩：「濊濊，流貌」；所以：「他們下網，網隨水流。」

《說文》：作「施罛濊濊」，訓「礙流」；所以：「他們下網，網阻礙水流。」

《釋文》引馬融：「濊濊，大魚網，目大豁豁」；所以：「他們下網，網眼很大。」

由於這幾家的說法極難取捨，亦不能從古籍中找到直接的證據，高氏因引〈大雅·卷阿〉「翽翽其羽」、〈魯頌·泮水〉「鸞聲噦噦」等間接的例證，認爲三處都是講作聲音好：「施罛濊濊」是「下網的聲音」，「翽翽其羽」是「翅膀扇動的聲音」，「鸞聲噦噦」是「鸞鈴的聲音」。

四五六　玁狁匪茹〈小雅·六月〉

馬瑞辰訓「茹」爲「柔」：「玁狁不柔和」。有《楚辭·離騷》「攬茹蕙」；《韓非子·亡徵》「柔茹而寡斷」爲證例。但高氏不採此說，而用鄭箋據〈邶風·柏舟〉「不可以茹」的毛傳訓「茹」爲「度」（本句毛傳未釋），把此句說成：「玁狁不度量」。並引〈周頌·臣工〉「來咨來茹」，鄭箋亦訓「度」等《詩經》本身句例爲證。

觀察《詩經》中匪X的句子形式，「匪」後既可以接動詞，如「匪來貿絲」〈衛風·氓〉、「匪適株林」〈陳風·株林〉、「匪降自天」〈小雅·十月之交〉等例；亦可以後接狀詞，如「彼交匪敖」〈小雅·桑扈〉、「匪飢匪渴」〈小雅·車舝〉、「匪安匪遊」、「匪安匪舒」、「匪疚匪棘」〈大雅·江漢〉等例，因此高氏認爲馬瑞辰的說法雖然也很好，但傳統毛傳說法的佐證也很強，尤其合於《詩經》，「來咨來茹」十分有

〔註3〕見王力〈訓詁學上的一些問題〉「關於古音通叚」，收入《王力文集》第十九卷（山東：山東教育出版社，1996年6月一版一刷），頁194。

決定性。這是高氏尊重較早說法及《詩經》本身證例的態度。

五四三　又窘陰雨〈小雅・正月〉

毛傳：「窘，困也。」高氏說有《戰國策・韓策》「秦楚挾韓以窘魏」；《列子・黃帝》「窘於饑寒」等例證；其他的例還很多，古書常見。

鄭箋：「窘，仍也。」；高氏依其意說成：「又有頻仍的陰雨」。《爾雅》：「郡、臻、仍、迺、侯，乃也。」因為「仍」不能是「乃」，朱駿聲很正確的指出這裡應該是兩個訓釋，中間丟了一個「也」字，原來當是：「郡，臻，仍也；迺，侯，乃也。」如此「郡」和「臻」都訓「仍」，而鄭箋是根據《爾雅》，以為「窘」是「郡」的假借字，然而「郡」和「窘」當「仍」講，在先秦文籍中都沒有例證。最早的例只是《漢書・敘傳》的「窘世薦亡」（「窘」和「薦」同義），高氏因毛傳的例證較鄭箋好得多而採之。

三、證據須出於先秦

高氏在原序中嚴格提出清儒引證資料不合乎科學方法有二：一、對於古字典和他們的定義，都懷有迷信性的尊重心。二、引用古書文句的時候，中國學者又往往不去分別時代確實夠早而真能引為佐證的資料，和時代太晚而不足依據的材料。就《詩經注釋》全書而言，高氏亦指出前代注家普遍皆犯此毛病，而不僅於清儒。

高氏認為前代注家訓釋《詩經》常拿字書或後人文籍上的材料為證，並不合適，因為字書材料許多來自《詩經》，再拿它來證《詩經》，是不合乎科學方法的，後代文獻，更不能為《詩經》佐證。因此他堅持訓釋難字不用只見於字書，或後人文籍，而不見於先秦文籍的證例，並且最好是《詩經》本身的證例，若無先秦證例，迫不得已才用漢代證例，但僅止於《方言》，因該書保存先秦語言最多。他本持這個原則為難字訓釋，固然得到不少成績，但又由於過於拘泥，於實際訓釋過程中，亦有行不通的時候，第八章第一節「堅持先秦例證之失」再詳論。茲引高氏訓釋以先秦文獻為證，而得到成績數例說明之。

四一九　釃酒有衍〈小雅・伐木〉

毛傳訓「衍」為「美」，高氏認為無佐證；因採朱熹訓「衍」為「多」，以「衍」當「溢，多，豐富」講是普通的，如《荀子・賦篇》「暴人衍矣」；《管子・山至數》「伏尸滿衍」，有先秦文籍例證。

四三五　行道遲遲〈小雅・采薇〉

毛傳訓「遲遲」為「長遠」。高氏認為「遲」本來是「遲緩」，又可以有「長久，

長遠」的意思。〈邶風・谷風〉有完全相同的一句，毛傳云：「遲遲，舒行貌」，後代注家也同意毛氏之說，此處另作解釋，毫無理由。這是高氏堅持《詩經》本身例證，得到較好說法之例。

四六三　蠢爾蠻荊〈小雅・采芑〉

朱熹訓「蠢」爲「動而無知之貌」，高氏認爲「蠢」無附帶「笨」的意思，他舉《尚書・大誥》「西土人亦不靜，越茲蠢」；又「允蠢鰥寡」；《莊子・天地》「蠢動而相使」；《左傳・昭二十四年》「今王室實蠢蠢」；《禮記・鄉飲酒義》「春之爲言蠢也」等先秦證例，甚至西漢口語《方言》「蠢，作也」，證明「蠢」只有「動」，而無「笨」的意思，所以此句是說：「荊蠻人蠢動」。

四、反對任意改字改讀

雖然爲難字訓釋，往往無法依原字說通，必須換個音同音近，或字形類似的字，使問題迎刃而解，但高氏注釋儘量依原文訓解，而不任意改字。上節已提出他對前代注家無根據改字訓釋的批評，雖然他自己也不免犯任意改字改讀之毛病（參第七章第一節蹈襲改字改讀之失），但他對前代注家，尤其清儒，逞古音知識，任意以假借釋義，提出最爲嚴厲的批評，足見他反對任意改字改讀的訓詁原則。例如：

四八三　朝宗於海〈小雅・沔水〉

毛傳訓爲：「水猶有所朝宗」，高氏認爲由毛傳的措詞，可知毛氏以爲這句詩是比喻。鄭箋又引《周禮》加以申述：「諸侯春見天子曰朝，夏見曰宗」，毛鄭的說法在封建時代比喻十分自然。另一種省體假借的說法，《說文》：「潀，水朝宗於海」，顯然是說《尚書》和《詩經》的「朝宗於海」，而「潀」是「潮」的省體，孫星衍注解《尚書》以爲「宗」是「淙」的假借字，雖亦可通，但高氏認爲毛鄭照原來的文字可以說得很好，而且有證據，不必要以假借或省體訓釋。

五七八　維邇言是爭〈小雅・小旻〉

高氏採毛傳「爭爲近言」，將此句說成：「他們只爭著說淺窄的話。」而不用馬瑞辰以爲「爭」是「諍」的假借，訓爲「善」。能用平常字義說解的，高氏儘量不以假借訓釋。

七四三　維其勞矣〈小雅・漸漸之石〉

毛傳沒有訓釋，是用「勞」字的平常講法。鄭箋把「勞」當「遼」的假借，高氏認爲這是不必要的假借訓釋。

九七〇　孔棘我圉〈大雅・桑柔〉

毛傳訓「圉」為「垂」（邊境）。高氏認為「圉」的基本意義是「封禁」；「邊境」則是引申義，〈召旻篇〉「我居圉卒荒」，《左傳》亦常見此用法。因而他以為沒有理由用鄭箋將「圉」當作「御」之假借。

一一六三　克咸厥功〈魯頌·閟宮〉

高氏採馬瑞辰訓「咸」為「同」，也就是「備」的意思，而將此句串講為：「他能使他的工作完備」；馬氏的說法有《禮記·樂記》「咸池備矣」；《國語·魯語》「小賜不咸」（韋昭注：咸，徧也）等證例。而不採陳奐以為「咸」是「減」的省體〔註4〕，在這裡是「滅絕」的意思；「克」是「克服」，而把此句說成：「克服和滅絕是他的功績」。高氏以其不必要改字，又無實證。

五、儘量用常見義

高氏在為難字訓釋時，本持儘量採用最簡單、常見意思的原則，更避免改字改讀以假借訓釋字義，亦儘量採用本義，不用引申義。這個原則固然不錯，也使高氏糾正前人訓解時喜歡改字，以假借說義，或用引申義等毛病。但高氏應用本原則時，由於過於拘泥，反倒忽視了許多相關訓詁知識的應用，第七章第四節「堅採常義之失」將詳論。茲舉高氏本此原則訓釋，而得到成績數例以為說明。

一一〇　有懷於衛〈邶風·泉水〉

毛傳沒有解釋「懷」，高氏因而以為他用普通的意思，將此句說成：「我想到衛」。而不用鄭箋：「懷，至也」，又進一步說：「我有所至念於衛」。高氏認為鄭箋的說法將「懷」當作表動作的動詞，是根據《爾雅》的「懷，至也；懷，來也；懷，歸也」，西漢口語方言仍流行將「懷」說成「來，歸」。高氏認為鄭箋這一組說法是從「懷」和「歸」語源相同作解說，他未採用，而用「懷」的最平常用法。

四二一　無酒酤我〈小雅·伐木〉

毛傳訓「酤」為「一宿酒也」。馬瑞辰在訓詁上為毛傳的說法找根據，主張「酤」和當「粗略」講的「盬，苦，楛，沽」同屬一個詞，以己意加以改讀，高氏認為毫無必要。而且依毛氏的意思，連上句「有酒湑我」，說成：「如果有酒，他們為我們濾；如果沒有酒，他們給我們隔宿做成的酒」，這裡「湑」、「酤」都應當作動詞用，如依毛傳的說法有些勉強。於是他採鄭箋以常用的意思訓「酤」為「買」，將此句說成：「如果沒有酒，他們為我們買。」並引先秦文籍材料「……以酤酒」（墨子非儒篇）、「宋人有酤酒」（韓非子外儲右上）、「沽酒市脯不食」（論語鄉黨）、「沽諸」（子

〔註4〕同註1、註2，高氏避談假借之例，書中比比可見。

罕篇）等爲證，清楚簡單又有證例。

四九一　不我肯穀〈小雅·黃鳥〉

高氏採毛傳訓「穀」爲「善」，將此句說成：「他們不肯對我好。」他認爲《詩經》中幾乎所有的「穀」都當「善」講，十分普通。而不用馬瑞辰訓「穀」爲「養」，由「穀」的引申義而來的說法。此句兩說都通，馬氏的說法可能更自然些，但高氏以其非普通常用的意思而不用，可見他對此原則的堅持態度。

六、反對濫說語詞

從高氏對前代注家的批評，我們發現他反對將難講字以語詞搪塞，而注重語詞作用的探討。雖然清代學者在語詞研究上已有相當的成究，但古漢語虛詞迄今仍有許多問題尚待解決，此乃不爭事實。高氏對語詞作用的觀察，確能彌補前人語詞研究之不足。雖然高氏亦不免犯不辨虛詞實詞之失（參第八章第五節），但偶而也能糾正前人謬誤，舉以下數例說明之：

六〇　舒而脫脫兮〈召南·野有死麕〉

高氏採毛傳訓「脫」爲「舒遲」，而將此句串講成：「慢慢的，舒舒服服的。」他是將「舒」說成有實在意義的「緩慢」，而不採馬瑞辰將「舒」說成語詞，又以爲「脫」是「娧」的假借字，說文訓「娧」爲「好」。馬瑞辰舉許多「舒」字作語詞的例子——〈陳風·月出篇〉「舒窈糾兮」、「舒懮受兮」、「舒夭紹兮」三「舒」皆語詞，又〈小雅·小弁〉「君子不惠，不舒究之」，即言「不究之」，〈大雅·常武〉「王舒保作」，即言「王保作」謂安行也。其實馬氏所舉陳風詩中「舒」字，在句中確實很難說出它們的實在意義，可是〈小弁〉「不舒究之」，〈常武〉「王舒保作」句中「舒」字皆可釋爲狀詞「徐緩」，何況這些句子和「舒而」結構並不同，馬氏拿來類比，並不合適。

一五九　猗重較兮〈衛風·淇奧〉

朱熹訓「猗」爲「歎詞」，「重較」爲「卿士之車」。高氏不同意朱子將「猗」說成語詞，因爲此句文字在許多地方是「倚重較兮」（如皇侃論語疏，楊倞荀子注，李善文選注，孔穎達儀禮疏），應說成：「他倚靠在雙較上」，由於字形相似，毛詩很容易誤作「猗」，因而造成朱子訓當「語詞」之誤。

九九〇　自郊徂宮〈大雅·雲漢〉

陳奐引《禮記·禮器》：「魯人將有事於上帝，必先有事於頖宮」，鄭注說「頖宮」一本作「郊宮」，「頖宮」和「郊宮」是一樣的。陳氏又說「徂」字只是個語助詞，

這句就和「自郊宮」一樣。陳奐只為了把「郊宮」說為一詞，而不用「徂」的常見義「往」。高氏批評陳氏的講法不合理，因為《詩經》中「自」和「徂」對用，例子很多，如〈既醉篇〉「自西徂東」；〈周頌・絲衣篇〉「自堂徂基」。

高氏從前人訓釋缺點而提出「反對經生氣」、「釋義須有證據」、「證據須出於先秦」、「反對任意改字改讀」、「儘量用常見義」、「反對濫說語詞」等六項訓詁原則，這些原則對訓詁工作者而言，可以說是相當平實，相當根本，在為古書訓釋時一定得考慮這些原則。本此原則從事古籍訓解，應該很實在，可以得到不少成績；可惜高氏往往因為拘泥原則，而忽視客觀事實，有時甚至疏於遵守他自己立下的原則，而犯下不少錯誤。

第五章　《詩經注釋》之訓詁方法

　　在概述過高氏對前代《詩經》注家的批評及其訓詁原則後，對高氏備受學界稱許，應用現代語言學的新訓詁方法，有必要加以探討。

　　高氏在訓解疑難字句之前，往往先做網羅古訓、疏通異文、校勘訛誤等初步工作，然後再運用因聲求義、審文求義等訓詁方法為疑難字句訓解，至於他沒有把握的字句，則不強為之解。網羅古訓、疏通異文、校勘訛誤等，雖然不屬於真正解釋字義的訓詁方法，但這些都是訓釋疑難字句之前必須處理的問題，也是必不可少的準備工作，經過這些步驟，才能完全釐清疑難字句周圍相關的種種問題，可以毫無顧慮的進入到意義的訓釋。因此把這些工作也列入本章，因為它們和訓詁密不可分，姑且視之為高氏的訓詁方法，也唯有如此，才能瞭解高氏訓解疑難字句的整個過程。

　　高氏的這些訓釋步驟與方法，其實清代學者早已運用，他不過援用而已。但以他一個外國人，竟然對我國如此龐大重要，如此解釋紛紜的經書，企圖提出超越前人的說法，我們除了瞭解他的相關專業知識、訓詁態度原則之外，最重要的就是從《詩經注釋》中，找出他的訓詁方法。本章就高氏的訓釋步驟方法，舉例析論他所應用的方法，希望從中找到他為古籍訓解所作的方法示範。

第一節　網羅古訓

　　所謂古訓指的是歷代《詩經》注家的訓解，以及字書或其他文籍與所釋難字相關之資料。高氏《詩經注釋》訓解一千二百餘條疑難字句，第一件要事，就是不憚煩地先收集重要注家討論的意見，將這些不同的意見排比整理，參以字書或其他文籍之相關資料，以他專業的訓詁知識，從中推繹，或疏通各家之說法，或評其優劣得失，或補充不全，期望在舊注、舊材料的基礎上，用更客觀的方法將疑難字句解

釋清楚。例如：

二七一　好人提提〈魏風・葛屨〉

    A. 毛傳：「提提，安諦也」；高氏依其意說成：「美好的人安詳」。有《淮南子・說林》「提提者射」；《荀子・修身》「不由禮則勃亂提僈」（提僈是緩慢而不小心）；又「難進曰偍」等證例。

    B. 魯詩（爾雅引，郭璞注同）作「好人媞媞」。魯詩派之內有兩個解釋：《爾雅》和郭璞訓「媞媞」爲「安」，於是：「美好的人安靜」。王逸（楚辭注）訓「媞媞」爲「好貌」，於是：「美好的人漂亮」。關於後者，參看東方朔七諫「西施媞媞」。

    C. 另一家（白帖和說文繫傳引）作「好人褆褆」。「褆」《說文》訓「衣厚」，《玉篇》訓「衣服端正貌」。高氏依其意說成：「美好的人穿著盛裝。」但沒有例證。

高氏先羅列各家說法，然後從先秦文籍中找出相關的資料，加以對照補充，對於不同的異文，也引《說文》、《爾雅》、《玉篇》的訓釋，將這些相關的資料，通通羅列出來，加以分析，以爲：「我們很容易接受C說，因爲這句是緊接上面一段衣物的描寫"摻摻女手，可以縫裳，要之襋之，好人服之"，現在"好人提提"，正好是"美好的人穿著盛裝"了。不過C說一點證據都沒有，而A說卻有佐證，所以還是A說最保險。」

七五○　有芃者狐〈小雅・何草不黃〉

    A. 毛傳：「芃，小獸貌。」高氏依其意說成：「那小小的狐狸。……」並說古書中沒有這樣用的。

    B. 朱熹：「芃，尾長貌。」高氏依其意說成：「那長尾的狐狸。」並說這是根據〈黍苗篇〉毛傳：「芃，長大貌。」看下文C。

    C. 馬瑞辰以爲「芃」是「豐盛，多」，如〈鄘風・載馳篇〉「芃芃其麥」（毛傳：芃，方盛長也）；〈曹風・下泉篇〉「芃芃黍苗」（毛傳：芃，美貌）；〈小雅・黍苗篇〉又有「芃芃黍苗」（毛傳：芃，長大貌）；〈大雅・棫樸篇〉「芃芃棫樸」（毛傳：芃，木盛貌）。所以本篇的「芃」是說狐狸的毛豐盛，此句應說成：「有個厚毛的狐狸」。

    D. 朱駿聲以爲「芃」是「駍」的假借字，《說文》訓「駍」爲「馬疾行」。高氏依其意說成：「有個走得很快的馬」；並說不過「駍」字不見於先秦古書，而且這種假借也不可能。

高氏一面羅列各家不同的說法，一面批評毛傳、朱熹、朱駿聲說錯之處，最後

他提出自己的看法:「〈黍苗篇〉毛傳訓"芃"爲"長大"（指黍苗），顯然是"豐盛"的另一個說法，因爲〈下泉篇〉有同樣的一句而他訓"芃"爲"美"。所以〈黍苗篇〉毛傳並不能支援朱熹"長尾"的解釋。」因而他認爲馬瑞辰的說法最可取。

網羅古訓爲訓詁工作中不可少的初步功夫，如何判斷古訓是否可用？需要相當的專業知識及客觀態度，否則難免流於迷信古訓，全盤加以接受，或誤解古訓，而妄作主張。雖然高氏在推繹何說爲優的過程中，專業知識及客觀態度的展現，猶待商榷，但他提出的尊重古訓，客觀排比資料，實事求是，有脈絡可尋的訓詁方法，確實是傳統傳箋注釋體裁無法做到的。

第二節　疏通異文

古書在漫長的流傳傳抄過程中，免不了出現個別文字差異。這些異文若不加以辨識，往往影響古書的閱讀。《詩經》可以說是異文最複雜的一部經書，從先秦典籍《左傳》、《國策》、《荀子》等書引詩就開始不斷出現異文；到了漢代說詩，更有使用古文的毛詩和使用今文的三家詩，不僅在詩的文字上常有不同，更因說詩目的不同，而在解說上有極大的差異。漢以後字書如《爾雅》、《說文》、《玉篇》等，韻書如《切韻》、《廣韻》、《集韻》等，音義之書如《釋文》，類書如《初學記》、《白帖》、《御覽》等，或其他古注傳抄《詩經》文字，更是各具不同形貌。這些異文包括省體字、繁體字、或體字、假借字、同源字、同義字等等，在訓釋字句時，必須先加以考察對照，才能對所釋文字有正確的認識，若是省體、繁體、或體字，則只是書寫形式不同，並不影響意義的訓釋；若是假借字，在校勘時，不但不必改字，在對照的過程中，還可以幫助我們更清楚文義，做爲訓詁時的佐證。這樣利用不同傳本進行古籍對照的工夫，早在西漢劉向校書已開先例，後來更廣泛的被應用到訓詁、音韻、文字、語法、修辭研究以及各種考證工作之中。這種應用到清代達到鼎盛，錢大昕利用古書異文研究古音；王氏父子利用古書異文進行訓詁，皆做了極好的示範。高氏和王氏父子同樣重視異文的對照工作，從《詩經注釋》可以看出他對各書異文的重視，尤其是二家詩出現和毛詩不同的異文，他必定一一予以指出。有時候他也以三家詩證補毛詩，但多半時候，他無法說出這些異文何者才是《詩經》原來的文字。他在書中對於各書何以產生不同異文，解釋得十分清楚，而對照這些異文，對疑難字句的瞭解，也有很大的幫助。茲歸納高氏書中所分析異文產生之因，以及他如何透過對照異文爲疑難字句訓釋。

一、省體字

一般所謂的省體字是指毛詩和其他傳本相較，字形上省略部分形體，但音義並無不同。然而高氏對照異文所謂的省體，幾乎純從字形上觀察，而不考慮音義的關係。例如：

三九一　皇駁其馬〈豳風・東山〉

毛傳：「黃白曰皇，騮白曰駁。」「皇」，孫炎和郭璞的《爾雅》注引詩都作「騜」，高氏說這表示魯詩作「騜」，而毛詩的「皇」是省體。

六五三　靖共爾位〈小雅・小明〉

此條「共」字不好瞭解，鄭箋訓「共」為「具」，高氏說鄭箋以為「共」是「供」的省體，而不同意其說；因引韓詩「靜恭爾位」，說毛詩「共」當是「恭」的省體，又說毛詩的「靖」也和韓詩的「靜」一樣，而把此句說成：「安靜的尊敬你的官職」。

除了引韓詩之外，高氏又引治齊詩的人的著作，說也可以看出是用「靜」字（春秋繁露）和「恭」字（禮記緇衣篇）。做完了異文的比勘工作之後，高氏又引本篇第一章「念彼共人」，批評鄭箋訓為「供給官職的人」、Waley 釋為「供養我的人」皆誤；因為此句《鹽鐵論》（齊詩派）引詩正作「念彼恭人」。

一一七四　魯邦所詹〈魯頌・閟宮〉

高氏引韓詩（韓詩外傳）作「魯邦所瞻」，將此句串講成：「魯國所仰視到的地方」。並說毛詩的「詹」，顯然是韓詩「瞻」的省體，《詩經》原文當是「瞻」。〈小雅・采綠篇〉有「六日不詹」，毛傳將它和「魯邦是詹」皆訓為「至」；朱熹卻說：「詹與瞻同……過期而不相見也。」高氏認為雖然《方言》有「詹，至也」，但先秦古書中卻沒有實例佐證，因此他以韓詩證補毛詩，以為毛詩「詹」乃韓詩「瞻」之省體。

以上三例，除「皇駁其馬」合乎省體條件外，其餘皆為假借，而高氏不辨，誤說成省體。

二、繁體字

所謂的繁體字和省體字一樣，都是音義不變，同一個字的不同寫法，只是繁體字是增加形構，和省體字省略部分形體正好相反。但高氏對照異文所謂的繁體，幾乎也都全是從字形上觀察，而不考慮音義相同的條件，例如：

二三五　風雨瀟瀟〈鄭風・風雨〉

毛傳將「瀟瀟」釋為「暴疾」，和〈召南・小星〉「肅肅宵征」的「肅」語源相

同，段玉裁以為「瀟」是「潚」的假借字，《說文》訓「潚」為「深清」，朱熹以為「瀟瀟」乃「風雨之聲」，這些前人的注解高氏都不滿意，而引《御覽》此句作「風雨蕭蕭」，「蕭蕭」的意思可以從《楚辭‧九辯》「蕭瑟兮草木搖落」、《戰國策‧燕策》「風蕭蕭兮易水寒」（「蕭蕭」和「寒」相對）看出，並且和第一章「風雨淒淒」（風雨很冷）意思可以對稱。高氏說「瀟」為借音字（珍玉案：瀟出於蕭，蕭是借音字，加水旁之瀟瀟，據淒淒之从水，不再是借音字。）大概就是「蕭」的繁體。高氏引《御覽》異文，並在先秦典籍為它找出訓詁證例，又從詩的複沓疊章為「瀟瀟」做訓釋，確實而周密。

一一八八　玄王桓撥〈商頌‧長發〉

高氏引韓詩（《釋文》引）作「玄王桓發」，訓「發」為「明」，並申講為：「玄王勇武而光明。」他並加解說韓詩異體字「發」可能是毛詩「撥」的省體，但由於和本句押韻有「遂視既發」，兩個「發」字自相諧韻，不如毛詩「撥」和「發」押韻好，因此以毛詩作省體之異體字較接近《詩經》原來文字。

上舉二例，其中「玄王桓撥」也是假借，並不合於繁體條件。

三、或體字

一般所謂的或體字必須具備當然的音義相同而字形不同的條件，它不同於省體、繁體字，在於無字形上明顯的省簡或增繁；它不同於假借字，在於假借字並非當然的音同，而是由音借而相同，且無意義的關係；但高氏對照異文所謂的或體字，幾乎也全都不考慮音義關係，例如：

七四〇　滮池北流〈小雅‧白華〉

「滮池」《說文》作「淲沱」，高氏說「淲」是省體，「沱」是或體。

九八　匍匐救之〈邶風‧谷風〉

高氏說毛詩作「匍匐」，訓為「爬行」，鄭箋引申說作「盡力」。這個聯緜詞魯詩和齊詩作「扶服」，在其他古書還有許多不同的寫法，如《左傳‧昭公十三年》傳「蒲伏」，同書二十年「扶伏」，《戰國策‧秦策》「蒲服」，縱使寫法不同，但這些詞音義皆相關。

上舉二例，「匍匐救之」並非當然的音義相同，而是由音借而相同，也只能說是假借，而非或體。

四、假借字

　　所謂假借字一般是指音同音近而義異的借音字〔註 1〕。由於漢字同音現象十分普遍，因此通常遇到說不通的古字，很容易用同音字爲之解說，而無法則可尋。高氏書中儘可能不用假借注釋，他在對照各書異文時，特別注意普通、自然、平常的意思，而不說爲假借字。遇到可能要用假借訓釋時，他必十分嚴謹的加以分辨，除先標示音值，比對讀音是否相同或相近，並且盡可能找到先秦文籍證例，才肯用假借的說法。

　　一五一　有匪君子〈衛風・淇奧〉

　　高氏引齊詩、魯詩皆作「有斐君子」，毛傳訓「匪」爲「文章貌」，並引《論語・公冶長》「斐然成章」及〈小雅・巷伯〉「萋兮匪兮，成是貝錦」以申「匪」爲「斐」之假借字。

　　三二〇　有紀有堂〈秦風・終南〉

　　此條《白帖》引三家詩作「有杞有棠」異於毛詩，且爲後代注家所引用，像王引之《經義述聞》即說「紀」讀爲「杞」，「堂」讀爲「棠」。高氏申說第一章有「有條有梅」，並引唐柳宗元文「紀堂條梅，秦風詠焉」，即將「紀」當「杞」的假借字。並說先秦文籍《公羊傳・桓公二年》的「紀侯」，《左傳》作「杞侯」；《左傳・定公五年》的「堂谿」，《楚辭》作「棠谿」等，這些都是假借之例證。

五、同源字

　　王力在〈同源字論〉說：「凡音義皆近，音近義同，或音同義近的字，叫做同源字。這些字都有同一來源，或者是同時產生的，如"背"和"負"；或者是先後產生的，如"犛"（犛牛）和"旄"（用犛牛尾裝飾的旗子）。同源字常常是以某一概念爲中心，而以語音的細微差別（或同音）同時以字形的差別，表示相近或相關的幾種概念。」〔註 2〕

　　《詩經》異文中屬於同源現象的相當多，高氏往往從彼此同源關係，而將難字訓釋。例如：

　　七八　報我不述〈邶風・日月〉

　　高氏說毛傳訓「述」爲「循」，鄭箋把這個暗昧的注釋申述作「不循義理」。韓

〔註 1〕此係就一般假借之定義而言，高氏後來著《先秦假借字例》更加細分，認爲也有義同之假借，但他在本書把音同義同之字當成同源。
〔註 2〕見王力〈同源字論〉，《中國語文》（1978 年 1 期）。

詩作「報我不術」，訓「術」爲「法」。魯詩作「不遹」訓爲「不蹟」；郭璞注：「不循軌跡」。「術」（*ə̑ʰi̯wət/dźʰi̯uət/shu）的本義是「路」，而「述」（*dʰi̯wət/dźʰi̯uət/shu）的本義是「循路」，語源相同。可是「遹」（*gi̯wɛt/i̯uĕt/yü）只和「述」同義，如在《尚書・康誥》作「循」講；並不如某些晚期的注家所說，他們語源相同。

高氏先分析「述」、「術」同源，「述」、「遹」只是同義，然後說不論用那個字，這句詩的意思總是清楚的：「你不依正道報答我。」

三八〇　徹彼桑土〈豳風・鴟鴞〉

高氏說毛傳訓「桑土」爲「桑根」，「土」在這裡讀*dʰo/dʰuo/tu，和普通的「土」字（音*tʰo/tʰuo/tʰu）在語源上有關係（樹木有「土」的部分）。韓詩作「桑杜」，音義同。「杜」當「根」講，西漢口語流行（方言）。

高氏注意到《詩經》異文間的同源關係，使得對詞的本義能有更確切的瞭解，對詞彙的形成歷史開始注意，這是在漢語史研究偏重語音、語法之外，也開始注意詞彙研究的新訓詁方法。

六、同義字

所謂同義字實際上是指詞義有同有異的近義詞，它們具有部分意義相同，或在一定語言環境中意義相同的詞義屬性和詞性相同的語法屬性〔註 3〕。同義字和或體字，雖然都是意思上有關係的字，但是同義字沒有聲音上的關係，而或體字有聲音上的關係。由於古漢語的同義字非常豐富，《詩經》傳本因爲同義關係產生的異文也相當多，例如：

三二　江之永矣〈周南・漢廣〉

高氏說毛傳：「永，長也。」韓詩作「江之漾矣」。「漾」釋爲「長」。「漾」字的水旁是多添的。《爾雅》：「羕，長也」；《說文》引詩「江之羕矣」，義訓和毛傳同。金文鄒子妝簠（奇觚室吉金文述 5：26）的「羕保用」和常見的「永保用」相同。《大戴禮・夏小正》「時有養夜」，養者，長也。

對於毛傳和韓詩不同異文，高氏說「永」和「漾」雖然意義相同，卻不是同一個詞，甚至於不是同源的字，我們不能決定《詩經》原來用哪一個。這裡高氏注意到「永」和「漾」是同義字，而非同一個詞或同源詞（珍玉案：主要由於聲母有喻三、喻四之別），確實可取。

四三六　我出我車〈小雅・出車〉

〔註 3〕參洪成玉〈古漢語同義詞及其辨析方法〉，《中國語文》（1983 年 6 期）。

高氏說毛詩作「我出我車」，魯詩作「我出我輿」，義同。同樣的第三章毛詩有「出車彭彭」，魯詩作「出輿彭彭」。

七、存　疑

　　高氏在對照異文時，除了分辨省體字、繁體字、或體字、同源字、同義字以協助字義訓釋外，還經常將無法決定《詩經》原文何者為是之異文予以指出。

　　由於古書以口傳為主，因而在傳抄時免不了出現不同異文，高氏在比勘異文時，有時候利用韻腳字必須同音，判斷異文何者為是，若非韻腳字，他往往從文法、文義上判定；然而要推測《詩經》原文作那個字，確實是相當困難，因而高氏書中多半不能判定《詩經》原文應是那個字，而以存疑處理，舉例說明之：

一〇七　王纘之事〈大雅・崧高〉

　　高氏先列各家異文，並述其義：

（一）毛詩作「王纘之事」，這句詩是：「王繼續使他任事」，也就是：「使他承繼他的祖先任事」。參看〈烝民篇〉「纘戎祖考」。

（二）韓詩作「王踐之事」，訓「踐」為「任」：「王給他職位」。高氏認為這是比較活的講法。「踐」本來是「踏上，走上」，如「踐位」；所以確實的講，這句詩是：「王使他在職位上」。

（三）魯詩作「王薦之事」。「薦」的意義是「進」，所以：「王進他的職位」。

　　此條可能由於異文既非韻腳字，三家不同說法於文義上又都說得通，因此高氏說不能決定原文為何。

三一九　顏如渥丹〈秦風・終南〉

　　高氏先列各家異文，並述其義：

（一）毛詩作「顏如渥丹」，意思是：「他的臉好像塗了丹砂」。

（二）韓詩（《釋文》引）作「顏如渥沰」，「沰」的意義是「紅」……好像塗了紅顏色。

（三）韓詩（韓詩外傳引）作「顏如渥赭」，「赭」也是「紅」……好像塗了紅顏色。

　　可能由於異文非韻腳字，高氏因而說很難決定三個同義詞那個是《詩經》原文。

二〇六　啜其泣矣〈王風・中谷有蓷〉

　　高氏先列各家異文，並述其義：

（一）毛傳訓「啜，泣貌」，這句是：「她嗚咽的哭泣」。

（二）韓詩（韓詩外傳）引作「惙其泣矣」，〈召南・草蟲〉「憂心惙惙」，毛傳訓「惙」爲「憂」。這句是：「傷心的哭泣」。

可能由於兩個異文於文意皆能說通，高氏因此說不能決定《詩經》原來是那一個字。

高氏書中確實花了不少功夫於對照不同傳本異文，這可以說是他注釋的首要步驟。今人朱廷獻〈詩經異文集證〉一文〔註 4〕可以說是繼高氏之後最全面考證《詩經》異文之作，對於《詩經》的訓解有一定的幫助。

第三節　校勘訛誤

俞樾《古書疑義舉例》序說：「……夫自大小篆而隸書，而眞書，自竹簡而縑素，而紙，其爲變也屢矣。執今日傳刻之書，而以爲古人之眞本，譬猶聞人言筍可食，歸而煮其簀也。嗟夫，此古書疑義所以日滋也歟。」這段話說明古書在傳刻過程中難免出現不同文字，後人整理或研究古籍必需注意校勘，否則持錯誤本子，以誤字穿鑿附會，當然要離眞實愈遠。俞氏之譬喻對讀古書不講校勘，而鑿空立說的人眞是一針見血指出其謬。古書流傳、傳刻過程中，致誤之因相當多，王念孫校《淮南子》，歸納《淮南子》致誤之由有六十二例，爲古書校釋發明通則，類舉成例，垂爲範型〔註 5〕，之後經過許多學者努力找出古籍校勘可尋範例，如俞樾《古書疑義舉例》枚舉三十七例，陳垣《元典章校補釋例》枚舉爲五十例，王叔岷先生《斠讎學》枚舉爲一百二十二例，他們從校勘古書中歸納出之通則，可以做爲後人校勘時依循之範例。除了歸納通則之外，前人對古書校勘亦提出實際操作方法，孫詒讓在《箚迻・敘》說王念孫校勘古書的方法爲「以舊栞精校爲據依，而究其微恉，通其大例，精孴博考，不參成見。諟正文字誤舛，或求之於本書，或旁證之要籍及援引之類書，而以聲類通轉爲之錧鍵。」陳垣在所撰《元典章校補釋例》中提出「對校法」、「本校法」、「他校法」、及「理校法」等四種校勘方法〔註6〕，基本上這四種方法並無異於王氏的校勘方法，並且這四種校勘方法很難單獨只用一種，往往交互使用。高氏在他的注釋書中亦相當注重校勘，茲以陳垣的校法四則說明高氏的校勘方法。

〔註 4〕文載中興大學《文史學報》第十四期（民國 73 年 6 月）。
〔註 5〕見胡師楚生所撰〈高郵王氏父子校釋古籍之方法與成就〉，中興大學《文史學報》第十六期（民國 75 年 3 月）。
〔註 6〕參陳垣《元典章校補釋例》第四十三〈校法四則〉，陳氏此書後來由中華書局出版，更名爲《校勘學釋例》。

一、對校法

陳垣所謂的對校法，是以同書之祖本或別本對讀，遇不同之處，則注於其旁。漢代有齊、魯、韓、毛四家傳詩，雖然今僅存毛詩，三家詩則自魏以後逐漸散佚，但仍有不少被後代文籍或類書保存下來，這些三家詩材料，為《詩經》的最早不同版本，在校勘上是十分珍貴的材料。宋王應麟《詩考》首開搜集三家詩遺說，該書文後附異文異字異義及逸詩，使治詩者能夠由各家異字異義而審異致同，開闢了《詩經》異文的校勘工作。高氏書中最重視三家詩異文，經常拿三家詩和毛詩對校，判定《詩經》原來較為可能的用字。

五八〇　**民雖靡膴**〈小雅・小旻〉

高氏列出毛詩韓詩異文，並述其義。

（一）毛傳未釋「膴」字。〈節南山篇〉「則無膴仕」，傳訓「膴」為「厚」（釋文音*mi̯wo），應用到本篇，這句是：「雖然人民不多。」

（二）韓詩（《釋文》引）作「民雖靡腜」，訓「腜」為「無幾何」，無異於毛詩毛傳。同樣的〈大雅・緜篇〉的「周原膴膴」，《文選》注引韓詩作「周原腜腜」，訓「腜」為「美」，也和毛詩毛傳相同。「腜」音*mwəg，《左傳・僖公二十八年》「原田每每」和「腜腜」是一樣的。

接著他析論說，毛詩和韓詩意義相同，但韓詩的「腜」*mwəg比毛詩的「膴」*xmi̯wo合乎用韻，尤其在〈緜篇〉。〈緜篇〉的韻腳是：腜*mwəg，飴*di̯əg，謀 mi̯ŭg，龜*kiwə，如第一句用「膴」*xmi̯wo，就不諧韻了。本篇的韻腳「止」*tˆi̯əg，「否」*pi̯ŭg，「腜」* mwəg，「謀」*mi̯ŭg，如第三句改用「膴」，我們只好說只有一、二、四入韻，雖然可以，但是總不大好。

此條高氏以三家詩異文來和毛詩對校，然後又用韻腳字進行理校。

二七六　**上慎旃哉**〈魏風・陟岵〉

高氏說毛傳未釋「上」。魯詩（隸釋引漢石經）作「尚慎旃（哉）」，「尚」字表願望。《儀禮・鄉射禮》的「上渥焉」，今文作「尚渥焉」。毛詩的「上」為魯詩「尚」的假借字。

此條高氏以魯詩對校，發現毛詩用的是假借字，在訓解時不僅不必改字，而且在對校比勘的同時，將難字訓釋完成。訓詁與校勘同出一源的密切關係，於此可見。

一〇五八　**豈曰不極，伊胡不慝**〈大雅・瞻卬〉

高氏說「伊胡不慝」，韓詩作「伊胡為慝」，《文選》注引韓詩訓「嫕」為「悅」，陳喬樅和馬瑞辰以為「嫕」是「嫕」的或體。但「嫕」音*iər/iei/yi，在此不能和上面韻腳「忒」*t'ək等諧韻。「嫕」字也不見於任何古籍。所以這是一個不能自圓其

說的揣測。

此條高氏先行對校，然後用理校，審其不能諧韻，不見於古籍，無證例，而批評清人無根據以揣測訓釋。

二、本校法

陳垣所謂的本校法是以本書前後互證，而決摘其異同，則知其中之謬誤。本校法不須藉用他書，從歸納本書一貫用法（如行文慣例、遣詞造句、風格之類）來分辨與此相異句子之訛誤，例如：

一○三五 江漢浮浮，武夫滔滔〈大雅・江漢〉

由於毛傳訓「浮浮」為「眾強貌」；「滔滔」為「廣大貌」，無法將此句說通。清代學者王引之和陳奐因而以為毛詩的文字錯了，原來當是「江漢滔滔，武夫浮浮」，意思是：「江水和漢水廣而大，戰士們眾而強。」他們引證〈小雅・四月篇〉的「滔滔江漢」（本校法），《風俗通義》引魯詩作「江漢陶陶」（對校法），陳奐以為「陶」是「滔」的異文。高氏認為他們的見解大概正確，並對王、陳兩人改正的毛詩是否就是《詩經》原來的面目加以說明。他認為依孔疏引韓詩，第二句作「武夫滔滔」，和現行毛詩是一樣的。毛詩文字的顛倒，或許因為抄寫的人受了韓詩的影響，而它本來的面目和魯詩卻都是「江漢滔滔，武夫浮浮」（理校法）。陳奐說魯詩的「陶」就是「滔」的異文，可以由好幾處別的異文來證明，如〈唐風・蟋蟀篇〉的「日月其慆」，韓詩作「日月其陶」。「江漢滔滔」又可以由〈小雅・四月篇〉的「滔滔江漢」來證實（本校法），確實可取。

此條高氏繼承清代學者成說，綜合本校法、對校法、理校法，而把毛詩顛倒文字之訛誤說通。

三、他校法

陳垣所謂的他校法，是以他書校本書。凡其書有採自前人者，可以前人之書校之；有為後人所引用者，可以後人之書校之；其史料有為同時之書所並載者，可以同時之書校之。例如：

二一○ 毳衣如璊〈王風・大車〉

高氏先列各家異文及訓釋如下：

（一）毛傳訓「璊」為「䎳」；《說文》：「璊，玉䎳色也。」所以這一句是：「毳衣顏色像紅玉」。

（二）《說文》引詩作「毳衣如璊」，訓「璊」爲「以毳爲纑；色如虋，故謂之璊；虋，禾之赤苗也。」《說文》用當「紅色禾苗」講的*mwən來解釋當「紅色氈」講的*mwən。這句詩是：「毳衣像紅色的禾苗（稷，黍）」。

（三）韓詩（列子注引）作「毳衣如虋」，「虋」音*bʻi̯wən，訓爲「異色之衣」。《爾雅》訓「虋」爲「枲實」，照這麼講，這句話的意思是：「毳衣（顏色）像麻（或麻子）」。

高氏認爲上章「毳衣如菼」和這一句相當，因此《說文》和韓詩用植物的顏色比毛詩用玉的顏色好，至於字音，毛詩又可以和《說文》互相印證，因此《說文》作「毳衣如璊」是較好的。

四九九　君子攸芋〈小雅・斯干〉

毛傳訓「芋」爲「大」，高氏認爲這表示「芋」是「訏」的假借字，依毛傳「風雨攸除，鳥鼠攸去，君子攸芋」，這幾句是：「風雨辟除的地方，鳥鼠驅離的地方，君子偉大的地方。」

鄭箋以爲「芋」當作「幠」，「幠，覆也。」「芋」音*xi̯wo，「幠」音*xmwo，高氏認爲鄭氏的改讀不能接受。

接著高氏又引揚雄和《周禮》注引詩作「君子攸宇」的三種可能解釋：

1、「宇」是「訏」的假借字，意義和毛傳相同。《爾雅》訓「宇」爲「大」，《荀子・非十二子篇》：「矞宇」，有些人以爲也是「大」。

2、「宇」本來指「屋宇」，因此也指「蓋覆」（國語晉語：君之德宇，韋昭注：宇，覆也）；這句詩是：「君子覆蓋的地方。」

3、「宇」當「居」講（由「屋宇」的意義引伸而來），如《逸周書・作雒篇》「俾康叔宇于殷」；如此這句詩是：「君子住的地方。」

高氏以爲毛傳將「芋」訓「大」和上下文不合，於是他用後人引詩資料，爲毛詩作校勘，發現毛詩用了音近的假借字，這是正確的。（珍玉案：但是最後高氏選擇「覆蓋」，而不用「居」，將此句串講爲：君子覆蓋的地方，並不合於中國人的表達習慣和語感。《經義述聞》卷六對此條有精闢之訓解，可參。）

四、理校法

理校法是校勘古書時，因爲沒有足夠的資料可供參證或資料不足以確定是非，而以其他相關的知識爲基礎以作出推斷，這是最考驗校勘者個人學識，與推斷能力，也是最困難的校勘方法。段玉裁所謂「校書之難，非照本改字，不訛不漏之難，定

其是非之難。」〔註 7〕陳垣所謂「遇無古本可據，或數本互異，而無所適從之時，則須用此法，此法須通識爲之，否則鹵莽滅裂，以不誤爲誤，而糾紛愈甚矣，故最高妙者此法，最危險者亦此法。」〔註 8〕這些都是指推理校勘。高氏書中於證據難求時，常用以下幾種方法推理校勘。

（一）據形勘誤

王引之在《經義述聞・通說下》曾指出文字形訛的原因，有一般的形近而誤、古文相似而誤、隸書相似而誤、篆文相似而誤、或體相似而誤、草書相似而誤等六種，並且說「不通篆隸之體，不可得而更正也。」可見熟悉文字形體及其演變，對於古書訓解之重要。例如：

三五　惄如調飢〈周南・汝墳〉

《說文》引作「惄如朝飢」，蔡邕有一首詩用這一句作「惄如且飢」，高氏認爲「且飢」分明是從「旦飢」（早晨的飢餓）錯來的。

五八九　宜岸宜獄〈小雅・小宛〉

高氏說馬瑞辰根據鄭箋「仍得曰宜……哀哉我窮盡寡財之人，仍有訟獄之事。」推斷鄭氏的本子原來作「且岸且獄」，今傳毛詩的「宜」，因爲和「且」形體相近，是錯誤而來的。

高氏根據《鹽鐵論》、韋昭《漢書注》、《說文》、《風俗通》等許多很早的引詩都已經作「宜」，推斷「宜」並不是錯字。並疏通鄭箋「宜」應作「看來還要」、「易於」的意思，《左傳・成公六年》有「宜不能久」句，而把此句串講成：「（可憐我們的窮盡和孤獨的人），他們還要坐監入獄。」

七一六　平平左右〈小雅・采菽〉

毛傳訓「平平」爲「辯治」，以爲「平」和「辯」是語源上相關的字，而「辯」和「辨」原來又只是一個詞。

傳統注家對「平平」和「辯治」、「便便」、「辨蕃」等關係已有相當認識，清代學者亦從「平」、「釆」字形關係探討，但高氏以一個域外漢學家也能注意這個問題，雖是複述前人意見，亦有必要提出作爲其重視據形校勘之例。

「平」《詩經》原文應作「釆」，一般都以爲「釆」是「辨」的初文，不過《廣韻》音*b'ǎn（平聲），而「辨（辯）」都是上聲；並不完全相同，只是同一個詞根的字。《說文》有「釆」的古文，省作「」，和「平」字的篆文「」很像。由此

〔註 7〕見段玉裁《經韻樓集》卷十二〈與諸同志論校書之難書〉。
〔註 8〕見陳垣《元典章校補釋例》第四十三〈校法四則〉。

可知今傳毛詩的「平平左右」，實在是由原來的「釆釆左右」錯誤而來的。《釋文》引韓詩「便便左右」，訓「便便」為「閑雅」，大意和毛傳的「辯治」相同而不夠確切。《論語·鄉黨篇》「便便言」;《爾雅》:「便便，辯也。」古文《尚書·堯典》的「平章」(「釆章」之誤)，《史記索引》今文本作「辨章」，《史記》作「便章」。又《尚書·洪範》:「無黨無偏，王道平平」，「平」和「偏」*p'ian 押韻，這些都可以證明毛詩的「平」是「釆」的錯字。

（二）依音勘誤

由於《詩經》的特殊詩歌體裁形式，校勘者往往可以利用古代音韻和《詩經》用韻方式的知識加以推理校勘。清代學者戴震即利用古合韻為《詩經》推理校勘而得到不少成績。高氏書中也常利用《詩經》押韻習慣去推理校勘，例如:

三九八　赤舄几几〈豳風·狼跋〉

毛詩作「赤舄几几」，毛傳訓「几几」為「絢貌」(鞋梁裝飾品的樣子)。《說文》作「赤舄掔掔」、「掔」(*k'ăn/k'ăn/k'ien) 的意思是「堅固」(見莊子)，面臨兩個不同的異文，高氏用推理校勘，認為毛詩「几」字 (kiɛr/kji/ki) 和上面「尾」字 (mi̯wər) 押韻，而《說文》的「掔」並不押韻 (珍玉案:几掔雙聲對轉，掔尾，不如几尾音接近)，因此毛詩比較正確。

五一七　天子是毗〈小雅·節南山〉

毛詩作「天子是毗」，王肅引作「天子是埤」;《荀子·在宥》引詩作「天子是庳 (痺)」;《隋書·律曆志》引詩作「天子是裨」。

高氏認為「裨」分明是「埤」的假借字，「埤」和毛詩的「毗」同義。參看《爾雅》:「埤，厚也」;〈邶風·北門篇〉「政事一埤益我」。不過高氏認為庳、痺、裨、埤等異文和本章韻腳字氏、維、迷、師不諧韻，毛詩的「毗」才合適。大概是漢以前的舊注曾經用「埤」來解釋「毗」，後來在王肅荀子等所見的本子裡便誤為正文了。

（三）審文勘誤

高氏除了利用押韻協助校勘外，還依據《詩經》中特有的文法、構詞、疊章、複沓等修辭習慣推理校勘，例如利用疊章複沓特色校勘:

二五七　盧令令〈齊風·盧令〉

毛詩作「盧令令」，《白帖》引作「盧重令」，高氏根據《詩經》疊章複沓的修辭特色，將此句和第二章「盧重環」(狗有雙環)，第三章「盧重鋂」(狗有雙複環)對照，以為此句也應作「盧重令」(狗有雙鈴)。

第四節　因聲求義

　　漢字包含形、音、義三要素，段玉裁認為學者考字要「因形以得其音，因音以得其義」〔註9〕，清代學者更普遍意識到音義關係最為密切，文字只是記錄語音的符號，必須通過語言以表達概念，因而訓釋時不再拘牽於字形，使得因聲求義的方法更為廣泛的被運用。王念孫在《廣雅疏證》序云：

　　　　竊以訓詁之旨，本於聲音。故有聲同字異，聲近義同；雖或類聚群分，實亦同條共貫。譬如振裘必提其領，舉網必挈其綱，故曰「本立而道生」，「知天下之至嘖而不可亂也」。此之不寤，則有字別為音，音別為義，或望文虛造而違古義，或墨守成訓而尟會通，易簡之理既失，而大道多歧矣。

　　　　今則就古音以求古義，引申觸類，不限形體。

　　這段話可以說是王氏父子訓詁方法之總要點，王氏父子把推求本字作為因聲求義的重要內容，後來並發展出關於假借的理論，也是他們能後出轉精的依據。王氏父子在訓詁上的重要貢獻——探尋同源字、破除假借字，即為不限形體，就古音以求古義之實踐。高氏因聲求義所使用的訓詁方法，大致無異於王氏父子，但在使用假借訓釋時較之王氏父子等清代學者更顯小心翼翼，儘量以常義為主，而不談假借〔註10〕。至於探求語源，在以文字、音韻、文法為主的傳統訓詁方法中，並不是那麼被注重。因此傳統訓詁在這三方面都能建立系統，唯獨屬於語源研究的詞彙系統一直未建立。其實語源研究的萌芽並不晚，從劉熙《釋名》書中的一些同源詞資料、揚雄《方言》的轉語材料，到宋代學者的「右文說」開始詞族研究的濫觴，一直到清代學者的右文、聲轉研究，如戴震的「轉語」二十章、孔廣森的「陰陽對轉說」、程瑤田的「果臝轉語記」、阮元的「釋門」、「釋且」、王念孫的「釋大」、章太炎的「文始」等，這些研究漢語詞族的重要著作，都是企圖建立漢語詞彙系統，探尋詞彙來源及彼此關係的重要訓詁成就。高氏在他們之後寫了一部《漢語詞類》，是第一位專門為研究漢語詞族而寫的書，雖然王力指出他的不少錯誤〔註11〕，但他將語源帶入科學化研究，亦功不可沒。在本書所用的訓詁方法中，最特殊的是他探尋了許多難字的語源和詞群，這是一般訓詁書所缺乏的。除了探求本字、探求語源之外，高氏

〔註 9〕見《廣雅疏證》序。

〔註10〕高氏的假借幾乎都是同音假借，有時候兩字雖然同音，可以用假借說通，但高氏亦不採用。至於音近（疊韻相轉）或音轉（雙聲相轉）的假借，高氏書中極少使用，可見他對以假借訓釋之態度。但他刻意不用假借訓釋，而採常見意義，犯下更為嚴重的錯誤。

〔註11〕王力在《同源字典》序對高本漢的詞類有許多批評。

亦常以《方言》爲訓詁之佐證，茲分別例舉之：

一、以本字釋義

　　本字和假借字是相對的。從字形上表現出的意義，跟它在使用時所記錄的詞義相符合的字就叫做「本字」，反之，把一個字當作記音符號，字形與所記錄的詞義並無關聯的就叫作「假借字」。推求本字，就是推求假借字的本字，這個工作古代又叫作破字、讀破、易字。

　　由於古書往往借用音同音近之字，而造成閱讀上的困難，因此必須推求這些假借字的本字，才能克服障礙，讀通古書。朱駿聲說：「不知假借者，不可讀古書。」〔註12〕王引之在《經義述聞》引述其父王念孫的一段話說：

　　　　訓詁之旨存乎聲音，字之聲同、聲近者，經傳往往假借，學者以聲求義，破其假借之字，而讀以本字，則渙然冰釋；如其假借之字而強爲之解，則詰籀爲病矣。故毛公詩傳多易假借之字而訓以本字，已開改讀之先。至鄭康成箋詩注禮，婁云某讀爲某，而假借之例大明。後人或病康成破字者，不知古字之多假借也。

　　這段話是王氏父子假借理論的重要內容。足見破讀假借字，推求本字，對於讀古書之重要。朱駿聲又說：「不明古音，不足以識假借。」〔註13〕假借字只起記音的作用，對於它和本字的關係，必須通過語音去追求。因爲假借字的出現，多數是上古的事情，所以推求本字，必須用上古的語音系統，假借字和本字之間是音同和音近的關係〔註14〕。清代學者由於對古音研究有重大收穫，因而應用在經傳訓詁上，最傑出之成就莫過於破讀假借字。

　　但由於他們的音轉理論不夠謹嚴，因而對假借的認定，往往失之過寬。高氏書中多處指出王氏父子、馬瑞辰、朱駿聲等人濫用假借，而提出他儘量不用假借，以常義能說通爲訓詁原則，高氏循此原則，異於傳統假借說的結果，雖有相當多值得商榷的地方（詳參第八章第四節處理假借不當之失），但亦獲得一些成績。茲舉例說明他如何推求本字，以訓釋假借字。

　　三七　百兩御之〈召南・鵲巢〉

　　高氏說毛傳沒有直接的注釋，鄭箋訓「御」爲「迎」，「御」字《釋文》讀

〔註12〕見《說文通訓定聲》自序。
〔註13〕同註12。
〔註14〕音近包括雙聲韻部相轉或疊韻聲紐相轉。

*ng̯io/ng̯iwo/yü 和第二句的居」*k̯io/k̯iwo/kü 押韻。「御」在這裡假借作「迓」*ngȧ/nga/ya，意爲「迎接」，《尚書》、《左傳》皆有此用法。

高氏在討論假借問題時，必先標示相關字之音值，這樣的作法更爲方便檢查所討論字的聲、韻母結構。像此句「御」、「迓」同屬疑母魚部，聲紐韻部相同，毫無問題可以假借。

接著高氏舉「迓」借爲「御」的先秦文籍證例，《禮記‧曲禮》「大夫士必自御之」；〈小雅‧甫田〉「以御田祖」；《莊子‧至樂》「魯侯御而觴之於廟」；《韓非子‧外儲說右上》「子以二目御之」。由於有這些先秦典籍的例證；同時《釋文》本篇及《尚書》孔傳引作「百兩迓之」，「迓」亦訓爲「迎」，因此高氏認爲「迓」乃「御」之本字。

一二七 中心養養〈邶風‧二子乘舟〉

高氏說「養養」毛傳訓爲「養養然憂不知所定。」《爾雅》：「悠悠、洋洋，思也。」邢昺疏以爲和「中心養養」這句詩有關係，而且代表魯詩異文。

高氏企圖將毛傳和《爾雅》之訓解說得更爲清楚，於是從古音推求本字，疏通各家說法，並加以解釋。他說「養」和「洋」都是「恙」的假借字（三個字都讀*z̯iang/i̯ang/yang）。這三個字同屬喻母陽部，聲紐韻部相同，毫無問題可如高氏說成假借。接著他引《爾雅》訓「恙」爲「憂」，本義是「病痛」。〈小雅‧正月〉「癙憂以痒」（*z̯iang）又作「痒」；《莊子‧至樂》「若果養乎」；《呂氏春秋‧直諫》「吾今見民之洋洋然東走，而不知所處。」這些文籍皆可證明「洋」、「養」意義相同，高氏推求其本字爲「恙」，至於作「憂」解，則是從「恙」的本義「病痛」引申而來。

四二四 何福不除〈小雅‧天保〉

高氏先列各家訓釋：

（一）毛傳訓「除」爲「開」。

（二）朱熹訓爲「除舊而生新」。

（三）馬瑞辰以爲〈小明篇〉的「除」依鄭箋是代表「余」字，「餘」一般作「我」講，和「予」又是一個字。「予」字除去指「我」，又常常當「給」講。

然後一一批評這些說法牽強無據，並提出更好的訓釋。他說「除」就是「儲」*d'io/d'iwo/ch'u 的同音假借（珍玉案：同屬定母魚部），並將此句串講爲：「（天使你多才能），什麼幸福不爲你儲積呢？」他的證據是《易經》萃卦中正有這樣的假借（萃，象詞釋爲「聚」）：「萃，君子以除器，戒不虞」，「除」就是「聚積」，而石經和幾個別的本子都改作「儲」。此外，此句「儲」作「聚積」和下文「以莫不庶」，「庶」作「多」亦可對照爲證。

高氏這種和王氏父子一樣的「考之文義，參之古音」從音義多方互證推求的訓詁方法，確實解決不少疑難字句之訓詁問題。

二、以同源詞釋義

王力在他的《同源字典》序說：「清儒在文字學上的成就是空前的，他們確有研究同源字的能力。段玉裁、王念孫主張以聲音明訓詁，這正是研究同源字的方法。段玉裁在《說文解字注》中，王念孫在《廣雅疏證》中，不少地方講某字和某字相通，或某字與某字實同一字。王筠講分別字、累增字，徐灝講古今字，其實都是同源字。」但清儒對同源字的研究都比較零碎，因為他們主要站在文字角度，而不是站在語源角度看問題。高本漢的《漢語詞類》最先專門對漢字語源提出研究，而《詩經注釋》可以說是他後來以語源訓釋古書的應用。書中他儘可能不用假借，而推求難字之語源，從語音的聯繫看詞義的聯繫，而將難字訓釋。

高氏書中最為一般訓詁書所缺乏的訓詁方法，應屬以同源詞釋義了。他通過推求詞根、詞群，探求詞與詞之間的關係，以建立研究詞彙系統的訓詁方法，為更清楚高氏以同源詞釋義的訓詁方法，茲就高氏《詩經注釋》中應用這些方法的步驟，舉例說明如下。由於《詩經注釋》非探討同源詞專書，因此高氏探求語源，分析字義的過程相當簡略，恐怕他的方法不是說得很清楚，必要時亦為之補充。

三二三　鬱彼北林〈秦風・晨風〉

高氏同意毛傳訓「鬱」為「積」（聚積）。《左傳・昭公二十九年》有「鬱湮」，是「淤塞」的意思。但此句有不同異文，魯詩作「宛彼北林」，由於「宛」的普通意義在此無法說通，高氏認為它是「菀」的假借或省體，意義是繁茂，又可省作「苑」。齊詩作「溫彼北林」，「溫」的本義在這裡也說不通，因而高氏判斷它是「薀」字（薀積）的省體，又寫作「蘊」。

高氏認為這些字有一個共同的詞根，它的基本意義是「密茂、滿塞」，而音讀有 *i̯wăn/i̯wan/Yüan（菀、苑、宛）（珍玉案：屬影母元部），*i̯wən/i̯uən/yün（薀、蘊）（珍玉案：屬影母文部）*i̯wət/i̯uət/yü（鬱、菀、苑、宛）（珍玉案：屬影母物部）的不同。

珍玉案：訓詁家推求語根，大體有以聲母為綱或以韻部為綱；而此條係以聲母為綱，這些字的語根同在影母，「宛」、「昷」為其衍生字之字根。

三三九　可與晤歌、可以晤語、可與晤言〈陳風・東門之池〉

毛傳訓「晤」（ngô/nguo/wu）為「遇」，鄭箋：「晤猶對也。」高氏認為「午、

迕、遻、忤、仵、啎、酤、悟、俉、捂」等字〔註15〕，在中國語裡都屬同一詞根，音是 *ngô/nguo/wu 基本意義是「相遇、相對……」。有《荀子・富國》「午其軍」，楊倞注：「午，遇也」；《管子・君臣》「反迕之行」等許多先秦文籍佐證。（珍玉案：這些字都同音，屬疑母魚部，「午」、「吾」為其衍生字根。）

從以上二例，可知高氏從推求詞根的過程中，解釋音義，並將屬於同一詞根的詞彙系統建立起來。

八二七 奄有四方〈大雅・皇矣〉

高氏以為毛傳訓「奄」為「大」，只是一種引申義。「奄」的基本意義是「掩蓋」（爾雅訓「覆」），如《淮南子・脩務》「萬物至眾而知不足以奄之」（高誘注：奄，蓋也）。《淮南子》雖是比較晚的文籍；不過「奄」的本義是「掩蓋」則是無可置疑的，因為「奄」和「掩、弇、擪」相同（都音*iɑm，上聲），同屬一個大的詞群，和「陰」等有關係。「掩蓋」的意義，加以引申則是「籠蓋」，如上面所引《淮南子》的例證（知識不能掩蓋，只能籠蓋）。所以「奄有四方」本來是：「寬廣的領有四方之國。」

高氏所引的奄、掩、弇、擪都屬影母談部，它們的意義都和覆蓋有關，引申為「掩蓋」、「籠蓋」，這些字屬於這一個詞群，音同義近，為同一詞群的同源字。

八五一 麀鹿濯濯〈大雅・靈臺〉

毛傳訓「濯濯」為「娛遊」，陳奐以為「濯」是「趯、躍」的假借字。《廣雅》訓為「肥」，沒有先秦證例，因此高氏不同意這些說法，而找出「濯」的詞群，系聯和它同一詞群的字，使意思更為清楚。他認為「濯濯」的意思是「亮」，這句指「鹿有光澤」。〈崧高篇〉「鉤膺濯濯」（毛傳訓「濯濯」為「光明」）。「濯」平常當「洗」講，由「洗」引申為「清潔」、「光亮」。不過高氏又覺得意義的引申正是方向相反的：由「光亮」引申作「使光亮」、「洗淨」、「洗」。這是因為「濯」字屬於一個意義是「光亮、照」的大詞群：「的」*tiok（光亮），「燭」*dḭok（照），「灼」*t̂ḭok（光亮），「曜，耀」*diog（照），「朝」*tiog（早晨）（亮），「昭」*t̂ḭog（亮）……茲將高氏所說屬於這個詞群的字排列如下，看它們的音義關係：

濯	定	藥	入（定、宵、去）	瀚也，從水翟聲
的	端	藥	入	明也，從日勺聲
燭	定	藥	入	火光也，從火䍿聲

〔註15〕「遻」字高氏原作「遟」，此依董先生附註訂正。

燿（曜）	定	藥	入	照也，从火翟聲
照	端	宵	去	明也，从火昭聲
朝	定	宵	平	且也，从倝舟聲〔註16〕
昭	端	宵	平	日明也，从日召聲

這些字聲母（端定）相近，同屬舌音，韻部（宵藥）主要元音同爲去入，是同源關係，它的意義包含「洗淨」、「火光」、「日光」三個層次，關係密切，分屬三個較小的詞群，彼此同源。由於音義相關，又可以合爲一個大的詞群。這是高氏撇開講假借，由於假借無法含蓋這些詞義，而用詞群訓詁，建立詞彙關係的訓詁方法。

從同源詞觀點求義爲高氏最具特色的訓詁方法，由於無法一一例舉他這項訓詁方法的成就，茲大略舉出他應用此法頗具成績諸條如下：二一、揖揖兮〈周南·螽斯〉、二九、薄言袺之，薄言襭之〈周南·芣苢〉、六八、不可選也〈邶風·柏舟〉、一四九、瞻彼淇奧〈衛風·淇奧〉、一八八、佩玉之儺（衛風·竹竿）、二一三、緇衣之蓆兮〈鄭風·緇衣〉、五一五、維周之氏〈小雅·節南山〉、五六四、淪胥以鋪〈小雅·雨無正〉、六七五、維禹甸之〈小雅·信南山〉、六七八、倬彼甫田，歲取十千〈小雅·甫田〉、七〇八、錫爾純嘏〈小雅·賓之初筵〉、八四四、臨衝閑閑，崇墉言言〈大雅·皇矣〉、八六五、以弗無子〈大雅·生民〉、八九九、思輯用光〈大雅·公劉〉。

三、以《方言》證義

高氏訓詁的重要原則是必須在先秦文籍中有證據，因他認爲漢以後文獻的時代太晚，不足做爲依據的材料〔註17〕，但他對揚雄的《方言》卻另眼看待，以爲那是西漢口語的實錄，代表古語的遺留。

三二七　夏屋渠渠〈秦風·權輿〉

鄭箋據《爾雅》「握，具也」，以爲「屋」是「握」的假借字，而訓「屋」爲「具」；「渠渠」猶「勤勤」。高氏認爲鄭箋的說法不好，因而引毛傳：「夏，大也。」此說

〔註16〕此依說文。事實上「朝」字義爲「旦」乃音的假借關係，說文以从倝舟聲諧聲釋之，並不可信。龍師宇純〈有關古韻分部的兩點意見〉一文（載《中華文化復興月刊》第十一卷第四期），對「朝」、「舟」之關係，有深入之分析。龍師歸納《詩經》協「舟」字之韻，全屬幽部，而協「朝」字之韻，則全屬宵部，由於詩韻和諧聲間互相矛盾，因而「朝」字从「舟」聲是有問題的。爲檢討兩字之古韻分部，接著龍師分析這兩字的古文字，發現「朝」字既不以「舟」字爲聲符，亦不以「倝」爲意符。

〔註17〕董先生在譯序曾批評高氏過於重視先秦文獻材料，等於假定出現於《詩經》的文字，也一定可以在先秦文獻中找到，這是相當不合理的。

見於《爾雅》，古書亦常見，西漢口語《方言》還流行（珍玉案：《方言》卷一，碩、
沈、巨、濯、訏、敦、夏、于，大也。）而說「渠渠」魯詩訓爲「盛」，「夏屋」即
爲「大屋」，是有實例的複詞，「渠渠」訓爲「盛」也有佐證。

六〇六　往來行言〈小雅・巧言〉

高氏說鄭箋以爲「行」是（道德上）可行的意思，十分惹生氣。朱熹把「行」
講作「行道」，陳奐以爲「行」是「路」，和朱熹接近。

高氏對鄭箋、朱熹、陳奐的說法都不滿意，而引馬瑞辰：「爾雅釋詁：行，言也。
郭注：今江東通謂言爲行。是行言二字平行而同義，猶云語言耳。」高氏重視漢代
《方言》資料佐證〔註18〕。

六四四　旅力方剛〈小雅・北山〉

毛傳訓「旅」爲「眾」，《尚書・秦誓》、《僞孔傳》和《國語・周語》韋注都把
「旅力」講作「眾力」。

高氏認爲朱熹將「旅」視爲「膂」的省體比較好，「膂力」見於《方言》（珍玉
案：方言卷六踂，膂力也，東齊曰踂，宋魯曰膂，膂，田力也。戴震疏證：謂耕墾
也。案玉篇踂，足多力也，膂亦通作旅，詩小雅旅力方剛，毛傳旅，眾也，失之。
膂，田力也之膂，當作墾。後卷之二內，墾力也，注云耕墾用力，可證此條膂字之
訛。廣雅踂，膂，墾力也，義本此。）而將此句串講爲：「我的脊骨和筋肉都很堅實。」

第五節　審文求義

　　所謂的文法，即前人所謂的「審詞氣」。楊樹達曾說：「讀書兼通訓詁、文法，
二事明，則古書無不可讀。」〔註19〕，又說：「余平生持論，謂讀古書當通訓詁、
審詞氣，二者如車之兩輪，不可或缺。通訓詁者前人所謂小學也；審詞氣者，今人
所謂文法之學也。……」〔註20〕楊氏所說的訓詁，是由文字、音韻之原理，結合故
訓，以考定詞義。至於他講的詞氣、文法，應指古人用詞、造句、修辭，行文中一
些比較特殊的規律。這方面王引之在《經義述聞》中已提到一些，俞樾《古書疑義

〔註18〕此條高氏採《方言》將「行」、「言」視爲平行同義已足夠了，他又在馬瑞辰的解釋上
　　　　再加說明：如此，「行」就是「流行，流行的話」；而這句詩是「往來的人流行的話」，
　　　　眞是增字解經畫蛇添足，不足爲取了。俞樾「釋行言」把此句說成「流言」，接下句
　　　　「心焉屬之」（內心辨別它），相當貼切。或許高氏的意見正是俞樾所說的，但因外
　　　　國人語感不同而表達成如此彆扭的樣子吧！
〔註19〕見〈詩匪風發兮匪車偈兮解〉。
〔註20〕見曾星笠《尚書正誤》序。

舉例》提到更多，俞氏之書所以被人稱爲「發古今未有之奇」，即在於他能就古人用詞、造句、修辭、行文上的一些特點「約舉其例」，使人「以治群書，庶疑義冰釋」〔註21〕。文法、詞氣對古書訓解之重要不言而喻，清代學者能在傳統以文字、音韻、訓詁結合爲主，而疏於文法、詞彙的訓解古書方式中，提出許多前人未發之見，確實可信。高氏對於漢語語法亦非外行，但董先生批評他「似乎始終沒有怎麼利用語法的觀念來做字義詮釋的幫助。……大概他是十分謹愼，以爲古代語法的體系還沒建立起來，不能作有效的利用。」〔註22〕高氏書中確實有很多地方如董先生所說未利用文法知識，但亦有用語法觀念，克服難字訓釋，而得到成績的，下面是他常用的方法舉例。

一、注意特殊詞彙

大多數的漢語詞由一個音節的方塊字構成，但有些漢語詞不是單音節，而是由不可拆開的兩個甚至多個漢字組成，這種特殊詞，往往容易被拆開分訓，而造成錯誤。也有些漢語詞雖可拆開分訓，但上下兩字同義，卻往往被分解爲不同意義。高氏書中亦注意這類特殊詞，舉例說明如下。

（一）聯緜詞

高氏書中十分籠統不分的將聯緜詞也稱爲「複詞」，或「同義複詞」（珍玉案：例如三三四、市也婆娑。）這是極大的錯誤。構成聯緜詞的兩個字一定要有聲音上的關係，而且如章太炎所說的「合兩字爲一詞，兩聲共一義。」同時形無定寫；但構成複詞（即同義複詞）的兩個字，並無聲音上的關係，只是兩字同義，或循其他方式構成。由於它們完全不同，在討論時還是分開，以免混淆不同的兩個名詞。

八三二　無然畔援〈大雅・皇矣〉

各家對「畔援」的解釋有分訓也有合訓，高氏先引述並加串講說明。毛傳訓「畔」爲「畔道」，「援」爲「取」（普通的講法）所以：「不要那樣犯法和貪取」。齊詩（漢書敘傳引）作「畔換」，孟康注：「畔，反也，換，易也（換字平常的意義）。」顏師古說得活一點：「強恣之貌」，也就和「跋扈」一樣。鄭箋用毛詩的「畔援」是「怠惰」。

〔註21〕見劉師培《古書疑義舉例補》。
〔註22〕見董同龢先生譯序，高氏書中確實有許多地方如董先生所說可以利用文法知識說得更好，但他未用。

對於這些紛雜的意見，高氏找到〈大雅・卷阿〉「伴奐爾遊矣」句做爲對照。毛傳訓「伴奐」爲「廣大有文章」，鄭箋訓「伴奐」爲「縱弛」之意，朱熹訓爲「閑暇」，鄭箋和朱熹的說法可由下文相類的一句「優遊爾休矣」得到證實，因此高氏認爲「無然畔援」，毛傳用「援」的本義是錯了，它是個複詞（珍玉案：應爲聯緜詞，高氏和複詞不分），有「畔援」*b'wân-gˆiwân；「畔換」，「伴換」*b'wân-gˆ'wân；「伴奐」*p'wân-xwân, b'wân-gˆ'wân 等許多寫法和音讀，但意義卻相同。這個複詞（珍玉案：此又見高氏不分聯緜詞和複詞）的基本意義似乎是「犯法」，高氏以爲「畔」和「換」皆有改變之意。換言之：「不受法律的約束」，再說得簡單一點：「沒有紀律」。因此，一方面他可以指「鬆弛」，另一方面也可以指「不受約束」或「跋扈」〔註23〕。

九三八 女炰烋于中國〈大雅・蕩〉

高氏引用《文選注》引作「女咆哮於中國」，他認爲這裡的「咆哮」和毛詩的「炰烋」*b'ôg-xôg同音。「咆」是「吼叫」（指虎等），見《淮南子・覽冥》。「哮」是「虓」的或體，「虓」也指「吼叫」（指虎等），見〈常武篇〉。語源上有關係的又有「咻」*xiog和毛詩的「烋」同是從「休」得聲，見《孟子・滕文公下》〔註24〕。

（二）複 詞

高氏書中稱同義複詞，又稱連文、連語，他所說的連文、連語和一般所說的聯緜詞不相同，並且有時候他也將同義複詞和聯緜詞不加分辨的統稱爲複詞。複詞是由上下兩個單音節詞平列而成的詞，王氏父子訓解古書經常說「古人行文不避重複」、「古人自有複語」、「往往平列二字，上下同義者，解者分爲二義，反失其指」，以及俞樾《古書疑義舉例》七十七條「兩字一義而誤解例」都是指複詞而言。由於

〔註23〕基本上高氏將「畔援」視爲聯緜詞是正確的，因此引以爲例，但高氏在引述說明各家看法的過程中，犯了一些錯誤，毛傳「犯法」的說法和「鬆弛」、「跋扈」意義並無必然的關連，高氏根本就不應該在毛傳分訓「畔援」兩字爲「犯法和貪取」中任取「犯法」這一部分，而和其他家以聯緜詞訓解得到「縱馳」、「閑暇」，「跋扈」等意思硬加牽連比附。

〔註24〕此條高氏引《文選》注引「咆哮」是正確的，但串講爲：「你在中國亂叫」，實在不合於中國人的表達方式。不如訓爲「驕滿」或「自矜氣健之貌」。至於高氏批評毛傳「炰烋」猶「彭亨」只是根據薄弱的音近，這主要是因爲韻部一屬幽部，一屬陽部，相差太遠了；但彭亨無疑的是疊韻聯緜字，若依最早干寶（四世紀）的《易經・大有》注，訓爲「驕滿貌」，和本篇鄭箋訓「炰烋」爲「自矜氣健之貌」，這和高氏訓「咆哮」爲「吼叫」，都是指一個人驕傲的樣子，只不過是意思的引申而已。至於「彭亨」和「炰烋」、「咆哮」如果音無關係，前人也不可能將它們看成一個相同的詞，其中音的變化或者經過不同的轉變層次了，我們今天無法說得清楚，倒也不必否定它們是一個詞。

複詞尚未固定成聯合式合成詞（即並列詞組），因而更容易使人曲解附會。《詩經注釋》第二〇〇條「招我由房」、「招我由敖」，馬瑞辰就以為「由房」是「遊放」的假借字，「由敖」是「遊敖（遨）」的假借字，將不是複詞視為複詞，高氏對此有很好的批評：

> 從音韻的觀點說這是十分可能的，而且〈齊風‧載馳〉也確有一個複詞「遊敖」。但在中文裡，同音字非常之多，作訓詁的人一定要十分小心。假若他可以任意用一個同音的字代替《詩經》中某句的某個字，那麼他就可以隨心所欲的來講那一句。正因為同音字具有很大的誘惑力，我們就應當格外警覺，除非顯然是錯字或者照字講實在講不通，總不背棄歷代相傳的文句。

此句古代四家並無異文，也看不出文句有錯，照字講也不是絕對講不通。於是高氏指出馬瑞辰隨意竄改四家並無異文的相傳文句，把不是複詞誤認為複詞。馬瑞辰的說法雖頗新穎有理，但高氏未採其說，而採毛傳分訓成兩義，且能說通的講法，可見他注意複詞的辨識。又如：

四二三　俾爾單厚〈小雅‧天保〉

毛傳訓「單」為「信」，或曰「單，厚也」，高氏認為依毛傳或曰的講法，如此「單厚」是個複詞。魯詩（潛夫論）作「俾爾亶厚」，《爾雅》「亶」也訓「厚」。〈大雅‧桑柔〉「逢天僤怒」，毛傳訓「僤」為「厚」，「僤」就是「單」的繁體，《釋文》又作「亶」。

鄭箋訓「單，盡也」；又以為「厚」是指「王的寬大」。照這麼講「單」應當代表「殫」。《禮記‧祭義》「歲既單矣」；《左傳‧襄公二十七年》「單斃其死」；《尚書‧洛誥》「乃單文祖德」，鄭氏也訓「單」為「盡」。

高氏認為本篇講天對王的賜予，本句又和下一句「俾爾多益」完全平行，「單」既又和「厚」連用，把「單厚」講成一個複詞就更好了。

一一四二　我應受之〈周頌‧賚〉

毛傳（據爾雅）〔註25〕訓「應」為「當」。高氏解釋毛傳的意思並非如 Legge 所說的「我們應該接受（這個王國）」，也不是如 Waley 所說的「我們照他的工作接受」。他說毛氏的「當」實在是「相當，對當」，有「對方」的意思；所以說到有贈與的行動時，就是「受者」。「應受」實際上是個複詞，意義就是「接受」；而這句詩

〔註25〕關於毛傳與《爾雅》時代早晚之問題，朱熹以為是《爾雅》抄毛傳，高氏訓釋原則亦盡可能不用漢代以後字書為證例，因為這些字書多抄襲毛傳，不可再用來證毛傳；但高氏書中不知何以出現許多毛傳據《爾雅》的話。

是：「我們接受了它。」有《國語・周語》「叔父實應且憎」。

　　在這裡由於「應」和「膺」的關係有必要再加說明，因此高氏申說：「應」這麼講是由本義引申而來的呢？還是它假借為「膺」呢？高氏在八五七條「媚茲一人，應侯順德」〈大雅・下武〉曾討論這個問題。

　　《左傳・襄公十三年》的「應受多福」和《漢書・王莽傳》的「膺受元命」，以及《後漢書・光武紀》的「膺受多福」相當。（「膺」字在尚書各篇中常見，不過真的尚書各篇中沒有見過。國語魯語的「膺保明德」則是另一個比喻。）《楚辭・天問》「何以膺之」，王逸注云：「膺，受也。」「應」假借為「膺」還可以證之於〈魯頌・閟宮篇〉（珍玉案：指「戎狄是膺」）。〈閟宮篇〉的「膺」也是作動詞用，意義不是由「胸」引申為「受」，而是引申為「抵抗」。

　　以上兩條是否以同義複詞視之，往往造成釋義的極大差別，因此同義複詞是《詩經》中很值得注意的構詞形式。適當解釋古人複語，對於難句往往可以迎刃而解，但不去分析複語的特殊構詞形式和詞義，而妄自將兩字分解為不同的意義，必然在訓釋時因之謬以千里。

二、嚴辨虛詞實詞

　　王引之說：「經典之文，字各有義；而字之為語詞者，則無義之可言，但以其足句耳。語詞而以實詞解之，則捍格難通。」〔註26〕可見分清實詞虛詞，對讀古書之重要。清代學者對於語詞的辨識相當重視，因研究語詞而編成的字典，有劉淇《助字辨略》、王引之《經傳釋詞》等書，對於後人讀古書有莫大的幫助。然而高氏書中對清代學者訓釋古書最為不滿者，除了濫用假借外，就屬將說不通的字講成虛詞了。他最不滿清代學者未能說出語詞的作用，而以無義、發語詞、句中助詞搪塞，因而在書中對於語助詞的辨識異於清代學者的地方很多，雖然多半是高氏錯（參第八章第五節不辨虛詞實詞之失），但是他主張能說通的字，絕不可輕意地以「詞也」帶過，及重視語詞的語法作用，是相當有見地的，偶而也能正清代學者或舊說錯誤，第六章第五節「正濫用語詞之失」將詳論，茲先舉二例說明之：

　　五三七　彼求我則，如不我得〈小雅・正月〉

　　鄭箋釋為：「王之始徵求我，如恐不得我。」高氏說因為他的解釋把「則」字遺漏了，因此馬瑞辰等人說「則」是個沒有意義的語尾助詞。但高氏認為「則」字從不曾那麼用，他以為本章描寫正人君子的詩人情感，詩人譴責一般官吏的無能；「如」

〔註26〕見《經義述聞》卷三十二「語詞誤解以實義」。

還是等於「而」，他將此句串講為：「他們（尋找我的法則）模仿我，但是不及我（不能和我競爭）。」

高氏將「則」以實義訓釋，較之鄭玄、馬瑞辰等人語詞說法為優。此條于省吾《澤螺居詩經新證》以古文字證「則」、「敗」古通，雖不以語詞訓釋，但「敗」並不合乎此句用韻，因此不如高氏之說合於韻腳，又簡單自然。

五五七附　式居屢驕〈小雅・角弓〉

陳奐將「居」說成語詞，但高氏以為「居」應如《國語》的「居處恭」，是說「生活方式恭敬」，這裡的「式居屢驕」則是說：「在他們的生活方式中，他們（空虛）無價值而驕慢。」

如依陳奐的說法「式居屢驕」四字其二無義，也很難說出「居」在句中之作用。龍師宇純〈試釋詩經式字用義〉一文，將「式」字訓為虛詞，猶言「庶幾」，而義為「希冀」，若以一字易之則猶「幸」，將此句說成：「若不肯遺惠於民，則幸其平居收斂驕慢之行。」〔註27〕此條高氏不將「居」訓為語詞，顯然注意到句子結構和語詞的作用。

高氏除不任意將難講字說成虛詞，以正前人之失外，於該作語詞而前人誤以實詞訓釋之難字，亦加嚴辨，例如：

一一　薄汙我私〈周南・葛覃〉

高氏認為「薄」在《詩經》中常常只作語助詞用，而且前代學者也都承認，他指出朱熹訓「薄」為「少」錯誤。

九七八　瞻言百里〈大雅・桑柔〉

高氏指出鄭箋把「瞻」和「言」講作兩個並列的動詞，不合乎上下文義，而將「言」當作語助詞。

三、對照同形式文句

任何古書訓解工作都必須先歸納同書相同形式文句，或其他相關典籍相同形式文句，然後加以對照，並分析其詞法、句法，王念孫釋「終風且暴」做了最好的示範。高氏書中亦常應用此方法，雖不免常犯錯（參第八章第二節強為比附詞義之失），但他應用此方法，使疑難詞句在對照和文法分析下，結構更為清楚，意義自然迎刃而解。

七三九　天步艱難〈小雅・白華〉

〔註27〕見龍師宇純〈試釋詩經式字用義〉，《書目季刊》二十二卷第三期（民國77年12月）。

　　毛傳將「步」以平常意思訓爲動詞「行」，鄭箋增字解經釋爲「天行此艱難之妖久矣」，把「艱難」當作名詞，以爲是及物動詞「步」（訓「行」）的直接受詞。高氏認爲「步」字這麼用並無佐證。因此他採朱熹把「天步」講作「時運」之說法，以爲「步」是名詞，而「艱難」是謂語，將此句串講成：「天的行動艱難。」高氏又引〈大雅・抑篇〉的「天方艱難」來對照證實，在此句「艱難」很清楚的不是名詞而是謂語。

四、比較上下文句

　　文章中的上下文往往有文法上、邏輯上、意義上的聯繫，因此遇到疑難字句，有時也可以審辨上下文得到解釋。例如：

　　一三八　景山與京〈鄘風・定之方中〉

　　毛傳：「景，大也。」此句是「大山與小山」。《水經注》引以爲「景山」是山名，所以此句是「景山與京」。

　　高氏認爲這些說法都未照顧到上下文，由於上句作「望楚與堂」，「望」爲動詞，和它完全平行位置的「景」也應該作動詞用，因此他採朱熹訓爲「測景以正方面也」的說法，並引〈大雅・公劉〉「既景乃岡」，毛傳訓「既景」爲「考於日景也」以及《周禮・土方氏》「掌土圭之法以致日景」，證明此句「景」用爲動詞。

　　三八二　予所蓄租〈豳風・鴟鴞〉

　　毛傳將「租」訓爲「爲」頗不好懂。孔疏說「租」是「祖」的同音假借字，《爾雅》訓「祖」爲「始」。「蓄」的意義是「畜養」，如此這句詩是：「予所創造的（指巢）」。韓詩（《釋文》引）訓「租」爲「積」，這句詩是：「我所聚積的」。但「租」訓「積」無根據。馬瑞辰以爲「租」在這裡是「苴」的省體，《周禮・鄉師》有「共茅苴」，意思是：「（祭祀時候）供茅草和稻草束（墊祭物用的）」。面對無法決定何者爲是的不同說法，高氏審查上文「予手拮据」、「予所捋荼」兩句和本句在意義上應有聯繫。「予手拮据」是我的手執握，下兩句「予所捋荼」、「予所蓄租」應是我手執握之物，因此「捋荼」是「擇取的荼草」，「蓄租」就是「聚積的稻草束」，馬瑞辰的說法是正確的。

　　一〇七八　彼徂矣岐有夷之行〈周頌・天作〉

　　此句韓詩作「彼徂者，岐有夷之行」，沈括把韓詩的文字改作「彼岨者岐有夷之行」，又斷作「彼岨者岐，有夷之行」，朱熹採用其說，訓作：「險峻的岐山有平的道路。」

　　高氏認爲此句和上一句「彼作矣」相對成文,「岐」字應該屬下一句,並且韓詩外傳和《說文》引詩都有「岐有夷之行」。高氏因利用對文特點,而修正前人斷錯的句子,把此句說成:「他去了,岐就有平坦的路」,將朱熹因斷錯句所作的訓解說通了。

　　六○二　君子如祉〈小雅·巧言〉

　　高氏以爲本句「君子如祉,亂庶遄已」和上句「君子如怒,亂庶遄沮」相對,君子如果表示忿怒(對壞人)──君子如果賜福(給好人)。因而他採毛傳訓「祉」爲「福」,用「祉」的平常意義,而且有佐證。

五、對照前後章文句

　　《詩經》絕大多數以疊章複沓形式來加強抒情和使音節迴環往覆,這樣特殊的形式對疑難字詞訓釋有莫大助益。雖然並非疊章位置的意思一定相同,但它們的意思經常是相類的。由於《詩經》疊章的特徵,高氏因而利用它協助訓釋,或以它來印證訓釋正確與否,舉例說明之。

五六　江有汜〈召南·江有汜〉

　　《說文》引作「江有沱」,「沱」是水名,高氏以爲古書中沒有相同的例,而且比較本篇第二、三章「江有渚」(高氏五七條釋渚,小洲也)、「江有沱」(高氏未釋,毛傳沱,江之別者),因而他以爲毛傳訓「汜」爲「決復入」比較好。

一二五　汎汎其景〈邶風·二子乘舟〉

　　由於古注家未釋「景」,高氏採王引之以爲「景」是「憬」的省體,「憬」的意義是「遠」。他並引〈魯頌·泮水〉「憬彼淮夷」,企圖證明「憬」有「遠」之意;但毛傳訓「憬」爲「遠行貌」,《釋文》引《說文》作「懬彼淮夷」,訓「懬」爲「闊」,有「遠」之意,而《說文》引詩云「憬,覺悟也」,魯詩和韓詩作「獷彼淮夷」,「獷」,韓詩訓「覺悟」,因爲沒有佐證,無法決定〈泮水〉的「憬」該如何解釋,不過高氏認爲此篇可以利用第二章完全相應的「汎汎其逝」幫忙,「汎汎其逝」沒有疑問的是:「漂蕩著,它過去了」。所以「景」也應當有一個表動作的動詞,成爲:「飄蕩著,它去遠了」。(珍玉案:高氏用「了」表示完成不動的狀態,並未能將「其」字的意思說出,「汎汎其景」和「汎汎其逝」都有逐漸去遠之意,而非動作完成後的靜止狀態。)據此高氏還決定〈泮水〉的「憬」也應作「遠」。

　　一四二　人而無止〈鄘風·相鼠〉

　　毛傳:「止,所止息也。」〈商頌·玄鳥〉有「維民所止」。鄭箋訓爲「容止」,《禮

記‧月令》有「有不戒其容止者」，韓詩訓「止，節也」，和鄭箋相同。《荀子‧大略》「盈其慾，而不愆其止」，〈不苟篇〉「見由則恭而止」。毛傳或鄭箋說法何者爲是，高氏引第一章有「人而無儀」，第三章有「人而無禮」，三章完全平行，意思應該相類，因此他選擇鄭箋的說法。

二三一　豈無他士〈鄭風‧褰裳〉

毛傳訓「士」爲「事」，高氏以爲「士」誠然常代替同音而語源相同的「事」字，但和第一章的「豈無他人」對照起來，於是他採鄭箋，將此句串講爲：「哪裡是沒有別的君子」。

二九二　白石鑿鑿〈唐風‧揚之水〉

朱熹將「鑿鑿」說成「巉巖貌」，沒有佐證。因此高氏認爲此句和下一章「白石皓皓」平行，可以證實毛傳訓「鑿鑿」爲「鮮明貌」正確。他並引《左傳‧桓公二年》「粢食不鑿」，杜預訓「鑿」爲「精」；《玉篇》引作「粢食不糳」，「糳」是本字，「鑿」在本篇和《左傳》都是假借字。《楚辭‧九章》「糳申椒以爲糧」，「糳」也是本字。「糳」的本義是「潔淨的，洗濯過的」；在本篇（寫作「鑿」）也就是被激流的水（揚之水）沖刷光潔的意思。

四五四　以匡王國〈小雅‧六月〉

輔廣（宋）訓「匡」爲「助」（馬瑞辰同），有《尚書‧盤庚》「不能胥匡以生」、《左傳‧僖公二十六年》「而匡救其災」等證例。高氏認爲他們的說法雖然也很好，但第三章作「以定王國」，因此仍以鄭箋訓「匡」爲「正」較好，而且也有先秦例證。

第六節　歸納相同詞求義

孟子說〈小雅‧北山〉傳云：「故說詩者不以文害詞，不以詞害志，以意逆志是謂得之。」〔註28〕這或者是有見於詩之辭義甚多，若以一義律之，則往往害其意。中國學者所謂「詩無達詁」，亦有見於此。這些論點都是認爲一字之立必與句中之義有關，所謂隨文乃隨句之義而詁。高氏之注釋，十分重視相同詞彙並列討論，雖然他經常將相同詞彙，錯誤的歸爲同義（參第九章第二節草率歸納詞義之失），但他將相同詞彙歸納在一起討論，企圖建立詞義系統的動機是很清楚的。舉例說明如下：

二○　繩繩兮〈周南‧螽斯〉

毛傳訓「繩繩」爲「戒愼」，雖然有「君子繩繩乎愼其所先」（管子宙合篇）、「末

〔註28〕見《孟子》萬章章句上。

世繩繩乎唯恐失仁義」（淮南子繆稱篇）等先秦證例，但高氏認爲本章和第一章「薨薨兮」皆喻螽斯之多，毛傳的說法不合適。而採朱熹訓「繩繩」爲「不絕」，並說「繩」的本義是「繩子」，也就是有「系列，連續」的意思，參看《老子》「繩繩不可名」。

接著他歸納出現相同詞彙的詩句，證明以朱熹的說法爲長：

（一）〈大雅・下武〉「繩其祖武」

雖然毛傳仍訓爲「戒」，但因〈螽斯篇〉「繩」的用法，仍以朱熹訓「繼」爲長。

（二）〈大雅・抑〉「子孫繩繩」

毛傳沒有訓釋。鄭箋訓「繩」爲「戒」，仍因〈螽斯篇〉「繩」的用法，應以《韓詩外傳》作「子孫承承」，訓「承接」爲長。

一一〇　有懷於衛〈邶風・泉水〉

《爾雅》、《方言》等書訓「懷」爲「至，來，歸」，在西漢「懷」當「至」講是十分普遍的，鄭箋亦訓爲「至」。由於毛傳未釋「懷」字，高氏以爲他用普通的意思，並歸納下面五個出現相同詞彙的句子，觀察「懷」的詞義。

（一）齊風南山：「曷又懷之」，高氏採毛傳訓爲「思」。

（二）檜風匪風：「懷之好音」，高氏採鄭箋「懷之以好音」，訓爲「顧念」。

（三）小雅鼓鐘：「懷允不忘」，高氏採朱熹說：「我想念到他們，眞的不能忘記」。

（四）大雅皇矣：「予懷明德」，高氏採朱熹說：「我眷念你的好品德」。

（五）周頌時邁：「懷柔百神」，高氏釋爲：「他撫慰了所有的神」。

這些句子「懷」字毛傳或鄭箋分別訓爲「來」或「歸」，但高氏都認爲不合適，他認爲古籍中沒有確定不疑的「懷」作「來」講的例。在所有引述的例中，都是用「懷」的平常的意義「懷念，想念，撫愛」比較好。因此雖然「懷」訓「來」通行於漢代口語之中，但在《詩經》各處都不能用。

一四二　人而無止〈鄘風・相鼠〉

高氏採鄭箋訓「止」爲「容止」。並引《禮記・月令》「有不戒其容止者」，韓詩（《釋文》引）：「止，節也」（節制，節操），《荀子・大略》「盈其慾而不愆其止」，〈不苟篇〉「見由則恭而止」等例爲證。接著他將《詩經》出現「止」字的句子，放在此條之後，一起討論。

（一）國雖靡止〈小雅・小旻〉

高氏採朱熹之說，訓「止」爲「定」，串講爲：「國家沒有安定。」引〈小雅・祈父〉「靡所止居」、「靡所底止」爲證，認爲三句意義皆相同。

（二）既愆爾止〈大雅・蕩〉

毛傳未釋，鄭箋訓爲「無有止息也」。高氏認爲不好，因採朱傳訓「止」爲「容止」，串講爲：「你的容止有錯」。

（三）淑愼爾止〈大雅・抑〉

毛傳訓「止」爲「至」，並說明：「爲人君，止於仁；爲人臣，止於敬……。」毛氏的意思是當心所處的地位。高氏不採毛說，而採鄭箋訓「止」爲「容止」，將此句串講爲：「十分當心你的容止」。

（四）匪其止共〈小雅・巧言〉

毛傳未釋，鄭箋未直接解釋「止」，只說：「不共其職事」，在注《禮記・緇衣》時，把這句詩比較明白的解釋作：「不止於恭敬其職」。陳奐將「止」當作語詞，「止共」就是「共止」，因押韻的關係而互倒。高氏認爲這些說法皆不可取，因而他採馬瑞辰引《韓詩外傳》作「匪其止恭」，「止恭」二字平列，與詩言「靖共」、「敬恭」、「虔共」句法正同。把「止」說成「儀止好，有禮節」（如上述各篇所講的容止）。

從高氏並列各家的訓釋中，我們發現傳統毛鄭於詞義的訓釋，簡直毫無標準，而且無系統可言。高氏將出現「止」字的詩句並列討論，得到當「容止」和「安定」兩組詞義，這樣的作法，對於詞義系統的建立，詩義的掌握幫助很大。當然如果他能將當虛詞用的「止」一併討論，那就更全面了。

四三三 四牡翼翼〈小雅・采薇〉

傳統注家對「翼翼」有不同的訓解：

毛傳：「翼翼，閑也」。

鄭箋：未釋此句，但〈巧言篇〉「四騏翼翼」，箋云：「翼翼，壯健貌。」

朱熹：「翼翼」爲「行列整治之狀」。

由於三說都通，確實難以抉擇。高氏說「翼」字單用或疊用，《詩經》裡都常見，不過解釋卻很紛歧，於是他舉《詩經》，甚至其他先秦典籍諸多例子爲說明（略），經過歸納對照，他對「翼」字的詞義系統提出很好的見解：

除去本義「翅膀，像翅膀」，「翼」至少又講作九種別的意義：恭敬，有秩序，嫺習，整飭，完成，強壯，盛多，幫助。其中有一些當然可以說是從一個基本意義演變出來的。由本義「肢膀」演變出來的意義「幫助」（用翅膀蓋覆——保護——援助——幫助），在古書中確有許多例證，如尚書臯陶謨（益稷）的「女翼」（你應該幫助）；孟子滕文公上：輔之翼之。還有些例證見左傳昭公九年，國語楚語等，很普通。這個意義對「以燕翼子」、「以引以翼」、「有馮有翼」三例最合宜。「恭敬」的意義也有佐證，

如國語周語講到詩經昊天有成命，説：夫道成命而稱昊天，翼其上也；禮記孔子閒居：威儀翼翼；其他見尚書大誥和逸周書諡法等。切韻有「廙」字，音與「翼」同，訓「敬」，古書未見。中文當「恭敬」講的字（敬、恭、謹等）經過引伸，也指「恭敬的注意，小心的留意，謹慎，守禮節，準確，有條理」和「粗心，大意，不守規矩」相反。於是，傳注中所謂「有秩序，嫻習，整飭」等解釋也就可以講通了。至於「壯，盛」的意思，我卻沒有替他們找到根源。我覺得只要用上面建立好的幾個意思（幫助，恭敬，有秩序），所有有問題的例子都可以講了。

接著他分別解釋所舉的句例：

　　楚茨篇：我稷翼翼──我們的稷（整飭）栽得有秩序。

　　信南山篇：疆場翼翼──疆界（仔細的整飭了）整齊。

　　文王篇：厥謀翼翼──他們的計謀（小心擬定的）有條理。

　　大明篇：小心翼翼──謹慎恭敬。

　　緜篇：作廟翼翼──他們謹慎（有秩序的）起廟。

　　常武篇：緜緜翼翼──（軍隊）連緜不絕而有秩序。

　　殷武篇：商邑翼翼──商的都邑（小心建立的）整飭。

　　六月篇：有嚴有翼──嚴肅而恭敬。

　　斯干篇：如跂斯翼──好像企立著那麼恭敬。

　　文王有聲篇：以燕翼子──用以使他的兒子安靜並且幫助他。

　　行葦篇：以引以翼──用以引進並且幫助他。

　　卷阿篇：有馮有翼──你有所依憑，有可以幫助你的。

　　禮記少儀：匪匪翼翼──是優美而（整飭）有秩序的。

　　論語鄉黨：趨進，翼如也（珍玉案：「翼如」和他句單用或疊用「翼」結構不同，高氏此例不當。）──他向前急走，謹慎而不亂。

　　墨子明鬼篇：萬舞翼翼──大舞有秩序。

　　高氏排比《詩經》及先秦文籍出現相同詞句例，一一辨析「翼翼」的不同用法，要比傳統毛、鄭、朱熹偏執一意訓釋爲優；而且他歸納「翼翼」的各種不同詞義，使我們更加明瞭它的詞義系統。

第七節　存疑待考

　　高氏雖然使用許多訓詁方法為《詩經》難字訓釋，然而以一個外國人，要面對三千多年前的中國典籍，其困難自不待言。本章第二節「疏通異文」，提到高氏經常面臨無法決定異文原來用那個字。面對所訓釋典籍的文字已無跡推尋它原先如何，固然造成釋義上的不知何者為是，更要為如此精簡的詩歌訓釋，以推求詩人作詩之義，其困難可以想見。高氏書中對於許多疑難字句的訓釋，雖常強為之解，但極少時候他也對實在無法決定該作何解之疑難字句，持保留態度，以示實事求是之精神，例如：

六二　壹發五豝〈召南・騶虞〉

　　高氏認為「壹發五豝」的「豝」和第二章「壹發五豵」的「豵」，由於後來的典籍上各有不同的釋義，很難決定在《詩經》時代確切該作如何解釋，因為無根據，於是他列出各家說法，而無法從各家不同的釋義中挑出一個正確的，下面就是各家對「豝」、「豵」的不同解釋：

壹發五豝

　　A．毛傳：「豝，豕牝也（母豬）。」

　　B．鄭眾（一世紀，周禮注引）：「豝，二歲豕。」

　　C．（禮記射儀）：「豝，一歲豕。」

　　D．朱熹：「豝，牡豕也（公豬）。」

以上除朱熹說法異於舊說，流於揣測外，高氏無法從前三種說法中確定該以何者為是。

二章：壹發五豵

　　A．毛傳：「豵，一歲豕。」

　　B．《爾雅》：「豕生三，豵」；同樣的：「犬生三，猣」（豬生三個小豬的叫「豵」；狗生三個小狗的叫「猣」）。

　　C．《說文》：「豵，生六月豕也」（生下六個月的小豬）。

高氏認為無法找到根據，在這些「豝」和「豵」的不同定義之中挑選一個正確的。

一一二　王事敦我〈邶風・北門〉

　　「敦」字，毛傳訓為「厚也」，高氏依其意串講為：「王的事厚厚的堆在我身上。」他認為「敦」*twən/tuən/tun 語源上和「屯」*d'wən/d'wən/t'un（屯積）很相近。先秦典籍證例有《呂覽・達鬱》「敦顏而土色者」；《左傳・昭公二十三年》「後者敦陳」；《國語・鄭語》「敦，大也。」〈大雅・常武〉的「鋪敦淮濆」，毛傳讀「敦」而訓「厚」；鄭箋則讀「屯」以為是「聚集」的意思。但此句，鄭箋訓「敦」為「投擲」；「王事

投擲在我身上」。《淮南子‧兵略》「敦六博，投高壺」，高氏認爲鄭箋的說法也可用，但毛傳的說法還是最爲確鑿。

一八一　女也不爽，士貳其行〈衛風‧氓〉

　　毛傳訓「爽」爲「差」，鄭箋再加以申述：「我心於女故無差貳，而復關之行有二意。」高氏認爲「爽」和「貳」在根本上都有「二，雙，兩面，雙重，二心，兩方週旋」的意思。關於「爽」，參看《國語‧周語》「言爽，日反其信」，韋昭注：「爽，雙也」；又同書「有爽德」；〈小雅‧蓼蕭〉「其德不爽」，毛傳也訓「爽」爲「差」。關於「貳」，參看《左傳‧僖公十五年》「貳而執之」，又僖公九年「不可以二」；又襄公五年「言王叔之貳於戎」。

　　魯詩作「士貣其行」，《爾雅‧釋訓》：「晏晏，旦旦，悔爽忒也。」「晏晏」和「旦旦」見於本篇末章，《爾雅》的訓解當是說這篇詩。王引之等人便以爲魯詩的文字是「爽」和「忒」。「忒」或作「貣」（如尚書洪範的「衍忒」史記作「衍貣」）而「貣」的字形近於「貳」，毛詩誤以「貣」爲「貳」。

　　毛詩作「士貳其行」，魯詩作「士貣其行」，兩家文字有所不同，到底是毛詩把「貣」誤作「貳」？還是魯詩把「貳」誤作「貣」？因爲《左傳‧成公八年》引這句詩作「貳」和毛傳一致，高氏認爲兩家的文字意思都很好，不過毛傳的佐證比較多。

第六章 《詩經注釋》之訓詁成績

前章探討高氏《詩經注釋》之訓詁方法，除了較注重難字之語源探討、虛詞之文法作用外，委實說並無異於王氏父子以來訓詁家所常用之方法，然而高氏《詩經注釋》何以在《詩經》訓解上被推為一部不可少之作，主要由於本書是目前最為全面收集前代重要注家訓解意見，一一評斷優劣，並從文字本身踏實作訓詁功夫的《詩經》注釋之作，而且在方法上較有規則可尋，雖然它有許多缺點，甚至可以說缺點多於優點（參七、八、九三章），但高氏以一個外國人，能如此全面有條理，引證資料詳盡的為《詩經》訓釋，至今還沒有人超過他的用功。他透過詩的文字，實際作訓詁工作，重新觀察歷來爭論最多的一部經書，確實為經書訓釋開創新的研究方式。高氏本書的成績可以分為以下幾節論述。

第一節 洞矚各家之是非

高氏本書可以說是目前訓解《詩經》羅列重要注家解說最為完整的一部，他收集具代表性注家的訓解，一一評其優缺，使向來難以取捨的訓解，經過客觀的討論，而優劣自現。本書較之前人訓解《詩經》提供更為清楚、有條理，合於科學方法的討論形式。以實例作為說明：

一七八 以望復關〈衛風‧氓〉

毛傳訓「復關」為「君子所近」，由於文意不太清楚，因而後來各家看法不一。高氏引Ａ說（朱熹、陳奐、王先謙皆主此說。）以為毛氏說「復關」是個「關名」，君子住的地方靠近那裡。高氏不同意此類說法，而引Ｂ說——鄭箋以為毛氏是說那個「君子」走近的地方。「復」應是普通動詞「回到」，而將此句說成：「來看望著他回到關上」。接著高氏又發抒己見說：「本篇說到一個異鄉男子，藉作生意為名，到

一個城市向一個女子求愛，婚期訂好在秋天；到時候，新娘想念他，爬到牆上，盼望著他從遠處回到關口。」所以B顯然可用。

一九一　垂帶悸兮〈衛風・芄蘭〉

毛傳：「垂其紳帶，悸悸然有節度。」高氏申說毛意，「悸」《說文》訓爲「心動」，也就是「激動」的意思。《列子・黃帝》有「震悸」；又〈穆王篇〉有「六藏悸悸」，如此這句詩是說：「下垂的帶子有節律的擺動。」高氏認爲毛傳的說法有佐證。

韓詩作「垂帶萃萃」，訓「萃」爲「垂貌」。高氏認爲此說無佐證。

馬瑞辰以爲「悸」和「萃」都是「繠」的假借字。《左傳・哀公十三年》有「佩玉繠兮」，「繠」是「下垂」的意思。

高氏認爲「繠」的上古音不好訂，它在中古音有 ńźwiɛ̌ 和 ńźwi 兩讀。即使我們把它的上古音訂作*ńiwəd，那也和「悸」*g̑ʼiwɐd 以及「萃」*dzʼiwəd 差得夠遠了，不能說它們有假借的關係。

二四八　子之還兮〈齊風・還〉

韓詩作「子之嫙兮」，訓「嫙」爲「好貌」，高氏以爲無佐證。齊詩作「子之營兮」，以「營」爲地名，高氏認爲「營」字韻腳不合。因而採毛傳訓：「還，便捷之貌。」

二九八　其葉湑湑〈唐風・杕杜〉

毛傳：「湑湑，枝葉不相比也。」高氏很努力找出這裡「不」字是多出的字，他以爲「湑」本來指「濾酒」，在這裡的意思無論是什麼，一定是個假借字。如果毛傳流傳下來沒有錯誤，毛氏或者是把「湑」當「胥」取「疏」的意思，(「胥」和「疏」語源同)。參〈小雅・角弓〉「兄弟昏姻，無胥遠矣」；《莊子・山木》「胥疏於江湖之上」。不過在這些例裡面，把「胥」講作「疏」並不是大家都承認的。〈角弓〉鄭箋訓「胥遠」爲「相遠」；《莊子》的「胥疏」注家們也還有不同的說法。不過「胥」字既與「遠」或「疏」連用，就可以看出「胥遠」和「胥疏」是眞正的複詞，兩個成分的意義都是「遠，疏」(朱駿聲和郭慶藩說如此)。又在古代地名中，「胥」和「疏」也有認作同義字的，如《左傳》的「蒲胥」，《呂氏春秋》作「蒲疏」。如此「其葉湑湑」講作「它的葉子很稀疏」就不算沒有根據了。不過毛傳的文字是不是沒有錯誤卻很可疑。誠然，第二章「其葉菁菁」，鄭箋訓「菁」爲「希少之貌」(毛傳訓「盛」)，就是盲從本章毛傳，足見傳文在鄭玄的時代已經如此了。然而〈小雅・裳裳者華〉「其葉湑矣」，毛傳卻訓「湑」爲「盛」；又〈車舝〉有同樣的一句，鄭箋也訓「湑」爲「盛」。由此看來，在本篇毛傳的「枝葉不相比」應當是錯誤的，「不」字是不該有而竄入的，原文當是「枝葉相比」(枝葉很密)。由第二章的「其葉菁菁」來看，

這個可能性更大了。

高氏十分詳盡分析毛傳致誤之因，因而他採朱熹訓「湝湝」爲「盛貌」，因爲朱子抓住〈裳裳者華篇〉毛傳的說法。

四三〇附　民靡有黎〈大雅・桑柔〉

毛傳：「黎，齊也。」毛氏的意旨何在，眾說紛紜，鄭箋相反的說「不齊」，更是難懂。朱熹說成：「人民之中沒有黑頭髮的」，王引之、馬瑞辰等人訓「黎」爲「老」，而且《國語・吳語》和《墨子・明鬼》都有「播棄黎老」高氏認爲馬瑞辰說「黎」*liər 是「耆」*g'iər 的假借字，音不合；雖然《尚書》「西伯戡黎」又作「西伯戡耆」，還是說不過去。「黎老」的「黎」大概只是「面目枯黑」，不似年輕人的鮮明光澤。

這幾家說法都有問題，因此他採嚴粲訓「黎」爲「眾」，說成：「人民沒有眾多（數目不多）。」高氏的理由是「群黎百姓」〈小雅・天保〉，鄭箋訓「黎，眾也」；「周餘黎民」〈大雅・雲漢〉鄭氏也訓「黎」爲「眾」、《尚書・堯典》的「黎民」，《僞孔傳》釋爲「眾民」，清朝的大學者也承認了。《尚書・皋陶謨》（益稷）的「萬邦黎獻」，《僞孔傳》和清朝的大學者如江聲，孫星衍等都訓「黎」爲「眾」。

五五一　豔妻煽方處〈小雅・十月之交〉

魯詩作「閻妻扇方處」，顏師古以爲「閻」是姓。齊詩作「剡妻煽方處」，「剡」也是姓，高氏認爲當姓講都無佐證。《說文》有一個本子不作「處」而作「熾」，高氏說「熾」不諧韻。因而他採傳統毛傳訓：「美色曰豔；煽，熾也」，並採孔疏訓「方」爲「並」，將此句說成：「美豔的妻子光輝的一同居處。」

七八三　矢於牧野〈大雅・大明〉

毛傳訓「矢」爲「陳」，高氏依其意說成：「在牧野列陣」，並說此說有〈皇矣篇〉「無矢我陵」爲證。

馬瑞辰據《爾雅》訓「矢」爲「誓」。高氏說「矢」用作「誓」是很普通的，如〈衛風・考槃〉「永矢弗諼」。但是「誓」又是戰鬥之前誓師的專稱，如《尚書》的篇名〈泰誓〉《左傳・成公二年》引作「矢」。又參看《論語・雍也》「夫子矢之曰」；《尚書・盤庚》「出矢言」。如此這句詩是：「在牧野誓師。」

高氏認爲兩個解釋都是可能的，並且都有證據。因此他進一步說明何以馬瑞辰的說法比較好，他認爲下一句既然正是誓詞的引述，而我們又知道武王在牧野之戰以前確曾對軍隊演說，因此馬氏訓爲「誓」較優。

九七五　滅我立王〈大雅・桑柔〉

鄭箋：「窮盡我王所恃而立者」（謂蟲孽爲害，五穀盡病）。高氏認爲這樣的說法和原文用字不合。

陳奐：「殘滅之道，本由王也」（珍玉案：此依董先生附註更正）。高氏說陳氏對自己訓解「立王」仍有懷疑，因而又說：或者「立」是「位」的省體。

馬瑞辰：「立」是「粒」的省體，「王」的意義是「長」；高氏依其意將此句說成：「毀滅了我們的五穀之長。」高氏認為這個說法真是怪異。

以上三家具代表性傳統注家的訓解都有缺點，因而他採用朱熹之說訓為：「它毀滅了我們立的王。」以其最為簡單可信。

第二節　證成前人之訓釋

所謂「訓詁明」並非簡單的附和前人訓解之對錯是非而已，更重要的是提出充份的證據，以增加前人論斷的說服力。不論是清代學者王氏父子、馬瑞辰、陳奐，甚或近人于省吾、屈萬里等，對於古籍的訓解，無不以旁徵博引，證成前人之說為訓詁目標。高氏在這方面的成績，亦值得提出，舉數例說明如下：

八八　泄泄其羽〈邶風·雄雉〉

高氏認為毛傳訓：「飛而鼓其翼泄泄然」，實在沒有告訴人家什麼，因此朱熹訓「泄泄」為「飛之緩也」比較好。

接著高氏引《左傳·隱公元年》「其樂也泄泄」，杜預注：「泄泄，舒散也」（珍玉案：其上對句「其樂也融融」，杜預注：融融，和樂也。融融泄泄雙聲，義同。）；《逸周書·武經》「用藏不泄」，注：「泄，怠緩也。」這裡「泄，洩（唐石經作洩）」就是「曳」（通常作「拕」講）的假借字。又引〈魏風·十畝之間〉「桑者泄泄」（唐石經作「洩洩」），《釋文》首章作「閒閒」，於是全句是：「採桑的人很悠閒」。「桑者泄泄」既然相類，一定有「舒緩」之意。

高氏引先秦文籍及《詩經》本身證例，為朱傳的說法疏解，更增加朱傳的可信。

九九　不我能慉〈邶風·谷風〉

高氏說「慉」字的說法歷來很紛歧，《釋文》引毛傳：「慉，興也。」《說文》：「慉，起也」，與此相似，引詩作「能不我慉」，字的次序和毛傳不同。由於下句作「反以我為讎」，反映出《釋文》所引毛傳和《說文》的「慉」有「喜歡」的意思，或許是用「興」和「起」的引申義 「高興，起興趣」了。《禮記·樂記》「不興其藝」；《尚書·益稷》「股肱喜哉，元首起哉」可為此說之證。

《釋文》引王肅：「慉，養也」，高氏說《釋文》以為「慉」是「畜」的繁體；今傳毛傳作「慉，養也」，顯然是據王肅說改的；「慉」和「畜」語源相同。

鄭箋：「慉，驕也。」高氏說這裡的「驕」是「喜愛」的意思，如《戰國策·秦

策》「驕張儀以五國之喜」。

高氏認爲以上三種說法都有理由，他用鄭箋的引申義說成：「你不能珍視我」。至於「畜」字由「畜養」變爲「珍視，愛惜，喜愛」的意思，他認爲可參看《孟子·梁惠王下》「畜君者，好君也」；《莊子·徐無鬼》「夫堯，畜畜然仁」。（珍玉案：此句馬瑞辰有精闢之見，高氏基本上本馬氏之說。）

一四五　大夫跋涉〈衛風·載馳〉

毛傳：「跋，草行也；涉，水行也」。高氏依其意說成：「一個大夫在草裡走（走荒野的小路），又走過河。」並爲毛傳的說法找到《左傳·襄公二十八年》「跋涉山川」的證例。對於毛傳的說法，高氏認爲尚有不足，他說「跋涉」又作一個複詞用，（爬過）不一定包括水，並舉《左傳·昭公十二年》「跋涉山林」爲例，說明本篇韓詩（《釋文》引）云：「不由蹊遂而涉曰跋涉」。這個注釋的意思並不是「不依照路徑走而涉水」，因爲高誘注《淮南子·脩務》有差不多完全相同的一句「不從蹊遂曰跋涉」，和水毫無關係。

高氏補充毛傳的說法後，又批評齊詩作「大夫載涉」，訓「載」爲「道祭」，將「載」和「涉」分開訓解不可信。

一四六　不能旋濟〈鄘風·載馳〉

「濟」，朱熹訓爲「渡」。高氏說古書常見如此用法，但他以爲毛傳訓「止」較好，並爲毛傳的訓釋引《尚書·洪範》「曰雨曰霽」（史記宋世家作「曰濟」）；《尚書》鄭本：「濟，雨止也」；《爾雅》：「濟，謂之霽」；《莊子·齊物論》「厲風濟」；《淮南子·天文篇》「大風濟」；〈覽冥篇〉「風濟而波罷」等證例。

接著他又分別從文意上比較毛傳和朱熹的說法，以爲毛傳把有關係的兩章全講成作者的心思，而朱熹則把「不能旋反」和「不能旋濟」說作實在的旅行的事，但「我思不遠」和「我思不閟」和旅行的事無關，兩相比較，高氏認爲毛傳始終一致，較朱傳可取，而他引許多先秦證例證成毛傳。

八三〇　克明克類〈大雅·皇矣〉

高氏說「類」字傳統注家有不同的說法，朱熹以爲「克類」就是「能分善惡」，《國語·楚語》「類物之官」，韋昭的解釋同，但在本句不能用此說。

高氏認爲毛傳訓爲「善」較合適，並爲毛傳的訓釋找許多證據──〈既醉篇〉「永錫爾類」（鄭箋把這個「類」講作「族類」，但是比照下文「其類維何」就不能用）；〈蕩篇〉「而秉義類」；《荀子·儒效》「其言有類」（珍玉案：此句「類」當「統類」講，高氏當「善」不當）；《逸周書·芮良夫》「後作類」；《左傳·僖公二十四年》「召穆公思周德之不類」（杜預注：類，善也）；《國語·晉語》「育類」等，而加以

申述說:「類」的本義是「種類」,引伸為「合乎儕類的,合乎標準的,好的」。上引《左傳》「周德之不類」正是這個意思。〈瞻卬篇〉「威儀不類」,毛傳訓「類」為「善」,也是一樣。由「合乎儕類,合標準」的意思再加引伸,就普泛的指「善」了。《昭公‧二十八年》引了這句詩,又云「勤施無私曰類」。《大雅‧桑柔》「貪人敗類」都應作「善」講。

高氏為毛傳的訓故引證疏通,可謂論據充足,更增強毛傳之可信。

第三節　疏通各家之異說

高氏對於各家的訓釋,如果發現彼此間,表面上雖然並不相同,但可以找出關連的,他往往加以說明,並疏通它們的關係,使各家紛雜的訓釋,得到統一。舉例說明如下:

九　服之無斁〈周南‧葛覃〉

毛傳:「斁,厭也」(飽足,厭倦)。高氏說同樣的用法見於〈大雅‧烝民〉、《尚書‧洛誥》等。「斁」的本義是「豐盛、過多、飽足」,參看〈商頌‧那〉「庸鼓有斁」(鐘和鼓聲音大),毛傳:「斁,盛也。」魯詩(楚辭注引)和齊詩(禮記緇衣引)作「服之無射」。高氏說「射」通常音*di̯ăk 而意義是「射箭」的「射」;在這裡是假借字,代替音讀是*di̯ăk,而意義是「飽足」的詞。「無射」也見於毛詩〈周頌‧清廟〉(無射於人斯),《禮記‧大傳》引作「無斁」。

七八　報我不述〈邶風‧日月〉

毛傳:「述,循也。」鄭箋把這個暗昧的注解申述作「不循禮」;朱熹說作「不循義理」。高氏依他們的意思申講成:「你不照禮(或理)報答我。」

韓詩(文選注引)作「報我不術」,訓「術」為「法」(珍玉案:韓詩「術」不必一定訓為「法」),高氏依其意說成:「你不照法度報答我」。

魯詩:《爾雅》:「不遹,不蹟也」;郭璞注:「不循軌跡」。高氏依其意說成:「你不按照常情報答我」。

接著高氏疏通這幾家不同的說法:「術」的本義是「路」,而「述」的本義是「循路」,語源相同。可是「遹」只和「述」同義(珍玉案:兩字不僅同義,亦有音之關係。)如在《尚書‧康誥》作「循」講;並不如某些晚期的注家所說,他們語源相同。所以,無論是那一個字,這句詩的意思總是清楚的:「你不依正道報答我」。

一二九　實維我特〈鄘風‧柏舟〉

毛傳:「特,匹也。」高氏說「特」的本義是「雄性」,匹配是由雄性的配偶引

申而來的。

韓詩（《釋文》引）作「實維我直」。高氏說《釋文》以爲「直」* d'iək 是「值」的假借字，「值」音*d'iəg，意義是「相等」。所以這句是：「他是和我相等的人」，也就是：「我的匹配」。不過「特」在《禮記》中往往寫作「牺」，那麼韓詩的「直」似乎更可能是「牺」的省體，而不是「值」的假借字（珍玉案：高氏之說法略有小疵，「直」可能只是「特」的假借用法，後轉注爲「牺」），毛韓兩家的訓釋都是「匹配」的意思。

一七四　庶姜孽孽〈衛風·碩人〉

毛傳：「孽孽，盛飾。」

韓詩（《釋文》引）、魯詩（呂氏春秋高誘注引）：「孽孽」作「轙轙」，訓「長貌」（釋文）和「高長貌」（高誘）。

高氏認爲毛詩和韓魯兩家的差別不大。「孽」*ngiat 和「轙」*ngât 是從同一個詞根來的，兩個聲符在古字中也可以互換。《尚書·盤庚》的「巊」《說文》引作「轙」。《呂氏春秋·過理》有「巊帝」（高臺），「巊」是「轙」的假借字。「轙」《說文》訓爲「載高」，和魯韓兩家的「轙」語源上是一個詞。在另一方面，《爾雅》云：「孽孽，戴也」，分明是解釋這句詩的意思。「戴」是「戴在頭上」，也就是「頭上戴首飾」。毛氏更說得活一點，就成了「盛飾」。如此說來，毛詩的「孽孽」和韓魯兩家的「轙轙」實際是從一個詞根來的，兩家解釋這句詩的意思都是：「扈從的婦女首飾戴得很高」。

二四五　瀏其清矣〈鄭風·溱洧〉

高氏先列出各家不同的說法如下：

（一）毛傳：「瀏，深貌。」

（二）《說文》引詩：「瀏，流清貌。」《楚辭·九辯》「乘騏驥之瀏瀏兮」，朱熹（王夫之等同）云：「瀏瀏，似流水。」

（三）韓詩（文選注引）作「漻其清矣」，訓「漻」爲「清」，參《莊子·天地》「漻乎其清」，或者就是用這一句詩。「漻」《切韻》和《釋文》音*gliôg（不過釋文又說是李軌音*gliôg）。《說文》訓「漻」爲「清深」，《莊子》注用這一說。《管子·小問》「漻然豐滿」，「漻」又有「深，寬」的意思。不過「漻」有時候又當「流」講，例如《呂氏春秋·古樂》「降通漻水」。

高氏認爲在各家注解中，「瀏」字有三種意義：「深」，「清」，「流」；「漻」字也有「清」，「清深」，「流」三種意義。兩字在語源上有關係，而且這個詞根和「流」*liôg也有關係（見楚辭、呂氏春秋之例）。「流」應是其本義，其他的成份都是附帶

的，這句詩可以說成：「清（流）深而清清的流。」

二一三　緇衣之蓆兮〈鄭風・緇衣〉

毛傳：「蓆（*dẓiǎk），大也。」高氏認為沒有佐證，或許在語源上和「奕」（*ziǎk）有關係。「奕」訓「大」，古書常見（如小雅六月）。

韓詩（《釋文》引）訓「蓆」為「儲」。高氏認為「儲」或許有些像《淮南子・俶真》的「儲與，扈冶，浩浩，瀚瀚」；「儲與」和「扈冶」，高誘訓為「褒大」，所以「儲與」是「堆積的，體積大的」，也就是「大」，這句詩也就是：「黑衣服（體積）真大。」假使這樣，韓毛兩家大體上是一樣的。

高氏的見解是正確的。《說文》訓「蓆」為「廣大也」，又與韓詩「儲」同韻部的「奢」字，《說文》訓為「張也」，「都」字，《廣雅・釋詁》：「都，大也」，《小爾雅.廣言》：「都，盛也」，這些字皆有音義關係。

二五五　維莠桀桀〈齊風・甫田〉

毛傳：「桀桀」猶「驕驕」也；高氏依其意說成：「雜草很高」，並說「桀」字音 *g'i̯at，意義是「禽類棲止的木柱」，又指「特立」；但《釋文》又引舊說音*ki̯at，又引出不同的說法來了。

接著他引馬瑞辰和陳奐的說法，說兩人以為「桀桀」*ki̯at 在這裡是「揭揭」的假借字；而依他們的意思把這句說成：「雜草很高」。有〈衛風・碩人〉「葭菼揭揭」，「揭」音*ki̯at 為證。

高氏認為馬瑞辰、陳奐的說法和毛傳釋文相合，可取。

五七六　是用不集〈小雅・小旻〉

毛傳訓「集」為「就」，高氏依其意串講成：「因此什麼都沒有成就。」

韓詩（外傳引）作「是用不就」，義同。

高氏說韓詩合乎本章的韻「猶」、「咎」、「道」，大概毛傳的文字原來是「就，集也」，後來倒成「集，就也」，而「集」又誤入正文。

八六五　以弗無子〈大雅・生民〉

毛傳訓「弗」為「去」，高氏依其意串講成：「因為要去除她的沒有兒子。」如《釋文》所說，這個「弗」當是「拂」的假借字。本篇第五章「茀厥豐草」，「茀」也是「拂」的假借字。

鄭箋：「弗之言祓也。」《太平御覽》引作「以祓無子」，高氏以為大概是因鄭箋而改。

高氏認為兩說並沒有什麼不同，而「祓」讀*p'i̯wət 語源上正和「拂」*p'i̯wət 是一個詞。

第四節 正濫用假借之失

高氏對於能以常義說通之疑難字詞，儘量不以假借訓釋，因而他對前賢往往換個音近之字來解釋難字最爲不滿，尤其是清代學者由於對古音的研究相當有成績，因而在爲古籍訓解時，往往喜歡用假借說字，本節即主要以高氏正清儒濫用假借之失作爲說明。

高氏對清儒泛濫而缺乏客觀標準的使用假借訓釋，綜合《詩經注釋》全書之討論，大致提出了四點批評：一、可以用本字本義說通卻不用。二、假借之音韻條件過寬。三、雖於音上假借無問題，但無先秦文籍作假借之證例。四、雖於音上假借無問題，但釋義勉強。一、二點不能用假借訓釋較無問題，但三、四點清代學者並非全能做到像王氏父子注重證據，治學謹嚴，因而習慣以假借當作訓詁的利器，而犯下錯誤。清代學者研究和注釋《詩經》的著述多達 360 餘種，馬瑞辰的著作爲其中較好的一種，但高氏書中對他和朱駿聲假借的批評最多。雖然有些時候高氏自己也不見得說對（參第八章第四節處理假借不當之失），但他指出清儒濫用假借的錯誤是應予肯定的。由於高氏對清代學者好用假借釋義的批評，有時不純粹僅屬於上述四種情形中之一種，因此舉例時不加區分。

一〇二 伊余來墍〈邶風・谷風〉

高氏採傳統毛傳訓「墍」爲「息」，於文意上可能不如王引之訓爲「愾」的假借，說成「怒」來得好；但他指出馬瑞辰以爲「懯」的假借，說作與「愛」相同的說法不能證實（珍玉案：馬氏原文「愛」，正字作「㤅」，說文「㤅，惠也」，「懯」，即古文「愛」字，此詩「墍」，疑即「懯」之假借字，「伊余來墍」，猶言「維予是愛」也。）確實點出清儒訓釋好用假借。「墍」屬曉母微部，「愛」屬影母微部，兩字聲母分屬牙、喉音，韻部雖同，卻分別在三、一等，不僅假借音韻條件太寬，亦無先秦典籍有兩字用爲假借之例，馬氏的說法不可接受。

王力〈訓詁學上的一些問題〉討論「關於古音通假」時曾提出：「兩個字完全同音，或者聲音十分相近，古音通假的可能性雖然大，但是仍舊不可以濫用。如果沒有任何證據，沒有其他例子，古音通假的解釋仍然有穿鑿附會的危險。」〔註 1〕他這番話，正是高氏對清儒的第三點批評，下文許多例子皆屬此類。而此條馬瑞辰的音韻條件太寬，又無證例，更不具備假借之條件了。

一三〇 中冓之言〈鄘風・牆有茨〉

〔註 1〕見王力〈訓詁學上的一些問題〉「關於古音通叚」，收入《王力文集》第十九卷（山東：山東教育出版社，1990 年 6 月一版一刷），頁 196。

此條高氏雖未眞正瞭解毛傳訓「中冓」爲「內冓」，係指宮中之意，而訓「中冓」爲「內室」；但他正確指出馬瑞辰以爲「冓」是「垢」或「詬」之假借，「中冓」即「中垢」，意爲：「內室詬恥之言」之誤，則相當有見地。雖然如馬氏說，這幾字可以互相假借，但此句並不需要用假借訓釋，即可說得很好。

二二九　乃見狂且〈鄭風・山有扶蘇〉

高氏採毛傳訓「且，辭也」，而不用馬瑞辰以爲「狂且」和下章「狡童」相當，不能是語詞，而是「伹」的假借。「伹」《說文》訓「拙」，高氏認爲「伹」字只見於《尚書・費誓》「伹茲淮夷」，朱駿聲以爲「伹」是「伹」的假借字，唯一之例難以爲證。

高氏將「且」字當語詞的說法確實比較好。此章「乃見狂且」的「且」爲押韻字，《詩經》亦不乏語詞「且」作爲韻尾字之例，如「惠而好我，攜手同行。其虛其邪，既亟只且」〈邶風・北風〉、「雖則如荼，匪我思且」〈鄭風・出其東門〉等例。「且」在《詩經》中常用爲語詞，《詩經》中疊章之對應，亦不如馬氏要求之嚴格，因此無必要說它假借爲實詞。

王力〈訓詁學上的一些問題〉一文，盛讚王氏父子治學嚴謹，於假借舉證時，不是簡單地把兩個聲同或聲近的字擺在一起，硬說它們相通，而是引了不少證據，舉了不少例子，以合乎語言的社會性原則，而不是主觀臆斷〔註2〕。馬瑞辰將常用爲語詞的「且」，以實詞訓釋，不僅不合於王力所說的語言的社會性原則，且僅以孤證爲例，亦難信服於人。「忽視語言的社會性」近似高氏對清儒好用假借的第四點批評，但很難和第三點絕然畫分。

二三五　風雨瀟瀟〈鄭風・風雨〉

高氏批評段玉裁以爲「瀟」是「潚」的假借字，《說文》訓「潚」爲「深清」，將此句說成：「風和雨深清」沒意思，而且段氏之假借亦無據。他引《御覽》作「風雨蕭蕭」，釋爲「風雨很冷」，並說這樣和第一章「風雨淒淒」相對，而且意思也比較好。

二七三　美如英〈魏風・汾沮洳〉

高氏採朱熹訓「英」爲「華」，將此句說成：「他如花一樣美。」而指出馬瑞辰以爲「英」是「瓊」或者是「瑛」的假借字，前者語音上不可能，後者或許可信。

此條馬氏和訓「狂且」一樣，太堅持相應句子同義的原則，爲了和下章「美如玉」對應，他將可以直接訓解的意思，用了不必要的假借義。

〔註2〕同註1，頁194。

三八七 烝在桑野〈豳風・東山〉

高氏批評馬瑞辰以爲「烝」*tîəng是「曾」*dz'əng的假借字，於音上無關係，他的見解是正確的。「烝」、「曾」分屬端母蒸部、精母蒸部，韻部雖同，但聲母相差太遠，不可能假借。於是他採《爾雅》訓「烝」爲「眾」。

四九八 約之閣閣〈小雅・斯干〉

高氏批評段玉裁以爲「閣」*klâk 或「格」*klǎk 是《說文》「鞈」*glâk 的假借字。「鞈」是「生皮的帶子」，古代有個音*glâk 的詞指「帶子」，雖然沒有問題，不過高氏反對他無根據而不必要的改讀，而採傳統毛傳訓「閣閣」猶「歷歷」。

五三四 有倫有脊〈小雅・正月〉

高氏採毛傳訓「脊」爲「理」，用「脊」的本義「脊骨」（見禮記）加以引申，「他們的話有脊骨」指「他們的話有基本的道理」，理由是很自然的。而批評陳奐以爲「脊」*tsiĕk 是「蹟」*tsiĕk 的假借字是受齊詩作「有倫有迹」的影響，說成「足迹」，「正則」，不如傳統毛傳之說法。高氏認爲「迹」和「蹟」不完全一樣，只是語源上有關係，齊詩的「迹」在這裡也不諧韻（韻腳是蹟*tsiĕk：脊：蜴*diĕk）。

五九二 鞫為茂草〈小雅・小弁〉

孔疏訓「鞫」爲「窮」，高氏依其意串講成：「完全是茂草」，並引《韓非子・揚權》「督參鞫之」（注訓「鞫」為「盡」）爲證。他批評朱駿聲以爲「鞫」*kiŏk 是「芃」*g'iôg的假借字，「芃」見於〈小明篇〉（珍玉案：我征徂西，至於芃野），指「荒遠，蔓生」，是沒有根據的假借揣測。

「鞫」、「芃」兩字雖聲母同屬見母，韻部覺幽對轉，可以假借，但以常義可以說通，仍應以高氏不以假借訓釋較優。

六八一 禾易長畝〈小雅・甫田〉

高氏採毛傳訓「易」爲「治」，用「易」字的平常講法，說成：「禾整治了，滿佈田畝」（珍玉案：此當作治田疇，高氏誤解成治禾。）並引《孟子・盡心上》「易其田疇」爲證；並指出馬瑞辰以爲「易」*diĕg是「移」*dia 的假借字，兩字音近，用「多」的意思，這樣的說法不能成立。

高氏不主假借主要由於「易」、「移」雖然聲母相同，但韻部分屬錫部和歌部，確實有距離，在對假借音韻要求嚴格下，高氏固不能同意馬氏的說法。

七三七 德音孔膠〈小雅・隰桑〉

高氏採魯詩訓「膠」爲「固」，而增字的串講成：「他的美名使我們緊密結合」，不如毛傳訓爲「德音穩固」直截簡單；但他批評馬瑞辰據《方言》以「膠」爲「膠」的假借，「膠，盛也」，「膠」字不見於先秦典籍，這樣對假借的要求是正確的，清代

學者有些時候實在太過於用假借訓釋了。

七四五　曷其沒矣〈小雅・漸漸之石〉

　　高氏以爲此句和第一章的「維其勞矣」相應，毛傳用「勞」的平常講法，此句也應該依毛傳講作「盡」，不過不說成：「登歷何時其可盡遍」（珍玉案：宜作終了），而釋爲「筋疲力盡」，高氏的訓解過於拘泥對稱句子意義完全相類。不過他指出馬瑞辰以爲「沒」*mwət《左傳・僖公二十二年》引詩作「殁」，當是「迦」*xmwet 的假借字，《廣雅》訓「迦」爲「遠」，馬瑞辰用鄭箋，以爲第一章的「維其勞矣」就是「維其遼矣」，和此句的解釋相合。馬氏用「迦」字，又寫作「忽」，但高氏認爲古書未見「迦」字，而不接受馬氏之假借說法。

七五〇　有芃者狐〈小雅・何草不黃〉

　　高氏批評朱駿聲以爲「芃」*b'um, b'ịum 是「驪」*b'ịwǎn 的假借字，《說文》訓「驪」爲「馬疾行」，高氏認爲「驪」字不見於先秦古書，而且這種假借也不可能。因而他採馬瑞辰訓爲「豐盛，多」，並引〈鄘風・載馳〉「芃芃其麥」（毛傳：芃，方盛長也）；〈曹風・下泉〉「芃芃黍苗」（毛傳：芃，美貌）；〈小雅・黍苗〉「芃芃黍苗」（毛傳：芃，長大貌）；〈大雅・棫樸〉「芃芃棫樸」（毛傳：芃，木盛貌）等例證明「芃」都有「盛」意，而說成：「有個厚毛的狐狸。」

　　和上條一樣，此條又是清儒好用假借之證明。高氏相當正確的指出朱駿聲無理由不用《詩經》本身證例，而用一個未見於先秦典籍的假借字之誤。

七八一　燮伐大商〈大雅・大明〉

　　高氏以爲「燮」是「躞」的省體，而將此句串講成：「進軍攻伐大商。」他將聯緜詞「躞蹀」分訓，釋「躞」爲「行」，雖然犯了聯緜詞不可分訓的嚴重錯誤，但他批評馬瑞辰以爲「燮」*sịap 是「襲」*dzịəp 的假借字，不合語音條件，則是正確的。「燮」屬心母葉部（古韻八部），而「襲」屬邪母緝部（古韻七部），聲韻母還是有些距離的。

　　「燮伐大商」的「燮」和本篇下文「肆伐大商」及〈皇矣篇〉「是伐是肆」的「肆」，皆可依鄭箋訓爲「犯突」，即「突襲」之意。

八六八　先生如達〈大雅・生民〉

　　此條高氏採毛傳訓「達」爲「生」，未若鄭箋訓爲「羊子」，《說文》有「羍」字，爲其本字，依鄭箋把此句說成：「后稷頭生，但如小羊出生之易」，相當合適。

　　不過高氏提出朱駿聲以爲「達」*t'ât 就是「泰（汰）」*t'ât 指「滑」的說法很勉強，這是很好的見解。兩字同屬透母，韻部分屬祭部和月部，相當接近，假借雖無問題，但說成：「第一個孩子生得快，好像滑的」，眞如高氏所提的第四點批評：

雖於音上假借無問題，但釋義勉強。

一〇四六　不留不處〈大雅・常武〉

高氏批評陳奐因為毛傳有「誅其君，弔其民」，而以為「留」是「劉」的假借字，指「殺」；「處」則是及物動詞，指「安止」；「不」字則是語助詞，把此句說成：「劉處，也就是殺而安止。」高氏認為這是把簡單的句子扭成稀奇古怪的模樣，為清儒典型臆斷之例。於是他用「留」和「處」的平常講法：「不要逗留，不要停處。」（珍玉案：其實高氏之意也就是鄭箋：……云不久處於是也。）

高氏批評陳奐好用假借，此句確實以平常之意即可說通，不需用假借訓釋。

一〇七一　文王之德之純〈周頌・維天之命〉

高氏說毛傳訓「純」為「大」，可把此句說得很好，而批評馬瑞辰假借為「焞」（光明）無必要。

此句以常義即可說通，確實無必要如馬瑞辰以假借訓釋。

清代學者批評王念孫父子訓詁「喜言聲近」、「專取同音之字為說者，頗不免輕易本字之失」〔註3〕，綜觀高氏對清儒濫用假借之批評，實在可以說，不僅王氏父子喜言聲近，清代學者普遍的都喜言聲近。

第五節　正濫用語詞之失

實詞和虛詞間的界線有時並不容易分辨，古漢語虛詞的研究確實還有許多問題尚待解決；就如治學謹嚴，講求證據的王氏父子治虛詞被推為最完備之作《經傳釋詞》，毛毓松先生仍指出其四項缺點：一、但言一聲之轉，未明詞氣語法，以至"鹵莽滅裂"處亦多。二、虛實不明，以正為誤，以實為虛。三、援用故訓，強為就我。四、濫用語詞，往往於不可解之處，即以語詞搪塞之〔註4〕。其他清代學者，或者傳統注家所犯之謬誤自不待言。由於歷來對虛詞訓釋的粗疏，也難怪高氏嚴厲指出「若干清代學者遇到難講的字句，往往說作沒有意義的語助詞，令人難以贊同。」〔註5〕雖然高氏自己亦不免犯不辨虛詞實詞之失（參第八章第五節），但他指出傳統注家虛詞訓釋的不當，及對似為不易之論的清儒語詞成就提出懷疑，檢討虛詞作用的問題，提供後人研究《詩經》語詞極佳示範，可以說是高氏的一項成績。

〔註3〕見胡元玉〈駁春秋名字解詁敘〉。
〔註4〕見毛毓松〈詞氣、訓詁與音韻──《經傳釋詞》的得失〉，《廣西師範大學學報》（1991年3月）。
〔註5〕見《詩經注釋》七七九〈篤生武王〉條。

一、對傳統注釋之批評

一五九　猗重較兮〈衛風・淇奧〉

高氏不同意朱熹訓「猗」爲歎詞，他引本句異文「倚重較兮」（如皇侃論語疏、楊倞荀子注、李善文選注、孔穎達儀禮疏）以爲「倚」當以常義釋爲「倚靠」，毛詩「猗」可能由於本篇首章「綠竹猗猗」而形誤。

二四〇　匪我思且〈鄭風・出其東門〉

《釋文》讀「且」爲*tsio，以爲是句尾語助詞，雖然「且」在《詩經》常作句尾語助詞，但高氏認爲本句和上章「匪我思存」一樣，因此「且」和「存」都應作動詞，而採鄭箋之說。

二九五　椒聊之實〈唐風・椒聊〉

《釋文》和朱熹用陸機說，以爲「聊」是個語助詞。高氏認爲「聊」作語助詞是常見的，不過在這裡文法上講不通，而用毛傳訓「椒聊」爲「椒」，將「聊」當作一個複詞的第二個成分。

此句「聊」與下句「條」押韻，不可作語詞，可證高氏之說正確。

九三〇　喪亂蔑資〈大雅・板〉

朱熹：「蔑猶滅也；資與咨同，嗟歎聲也。」〈大雅・桑柔篇〉「國步蔑資」，朱傳同樣訓「資」爲嗟歎聲「咨」。高氏認爲「咨」當歎詞用是普通的，如〈蕩篇〉「文王曰咨」，不過在這兩句「資」假借爲「咨」無根據，也不必要，因爲「資」前接「蔑」、「滅」，基本意義是毀滅，於文法文義上「資」都無作語詞之理由，而且「資」指「資材」是常見的，如《左傳》到處都有，因而他將此句釋爲：「有死亡、禍亂、以及資材的毀損。」

高氏不將「資」當作語詞是正確的，但他的說法有問題。

于省吾《澤螺居詩經新證》提出很好的說法，謹引於下，以補高氏之失。

> 按資應讀爲濟。古從次從齊之字，每音近相通。《禮記・昏義》「爲後服資衰」注「資當爲齊。」《易・旅》「得其資斧」，《釋文》：「子夏傳及眾家並作齊斧。」《荀子・哀公》「資衰苴杖者不聽樂」注：「資與齊同」……。《荀子・王霸》「以國齊義」注「齊當爲濟。」《易・雜卦》「既濟，定也」。《莊子・齊物論》「厲風濟則萬竅爲虛」注：「濟，止也。」止亦定也。傳訓蔑爲無，無猶未也。《韓非子・外儲說右上》「吾無與犀首言也」，言吾未與犀首言也。喪亂蔑濟，言喪亂未定也。國步蔑濟，言國步未定也。節南山「亂靡有定」，瞻卬「邦靡有定」，意皆相仿。傳、箋訓資爲資財，疏矣。

二、對清代學者之批評

九一 濟盈不濡軌〈邶風・匏有苦葉〉

王引之《經傳釋詞》卷十歸納許多「不」當發聲語詞之句子，訓釋此句及下句「雉鳴求其牡」說：

> ……違禮義不由其道，猶雉鳴而求其牡矣。飛曰雌雄，走曰牝牡。……案軌，車轊頭也。去地三尺有三寸。濟盈無不濡軌之理。不，蓋語詞。不濡，濡也。言濟盈則濡軌，此理之常也。而違犯禮義者何反其常乎……。

高氏則將「不」以實詞釋之，把此句串講成：「渡口雖然水滿，也不至於沾濕輪軸的尖端。」

在眾多「不」當語詞，比例而知，觸類長之的情形下，王氏之見似爲不勘之論。然仔細檢討《詩經》中「不」當語詞，後面從不接及物動詞，換句話說「不」下若接及物動詞，全都釋爲否定詞「不」，例如「不殄禋祀」、「后稷不克」、「靡神不舉」、「懵不知其故」（雲漢）、「不愆不忘」（假樂）、「慆慆不歸」、「自我不見」（東山）、「匪斧不克」、「匪媒不得」（伐柯）等諸多例子皆是，因此「不濡軌」句中「不」字當發聲詞似無理由。高氏不當語詞的說法確實比較好。

此句就文義而言正如鄭箋所說的「渡深水者必濡其軌。言不濡者，喻夫人犯禮而不自知。雉鳴反求其牡，喻夫人所求非所求。」此句和下句「雉鳴求其牡」都是一種反常現象。

四七二 徒御不驚，大庖不盈〈小雅・車攻〉

各家對「不驚」不同說法如下：

（一）《文選》注引或木作「不警」。

（二）孔疏訓「驚」爲「警」。

（三）王氏《經傳釋詞》亦將「不」說成語詞：

> 傳云：「不警，警也；不盈，盈也。」則「不」爲語詞，與訓「弗」者不同。不必增字以足之，解爲「豈不警乎」，「豈不盈乎」也。箋謂反其言美之，失其意矣。

此句「驚」（警）「盈」爲動詞，因而高氏既不將「不」訓爲語詞，亦不增字訓爲「豈不」反詰語氣，而釋爲一般否定詞。王氏之訓解雖可通，但和上例一樣，「不」後接動詞，仍採否定詞「不」之義爲長。

八一六 不聞亦式，不諫亦入〈大雅・思齊〉

王引之：「案不，語詞。不聞，聞也；不諫，諫也。式，用也。入，納也。言聞善言則用之，進諫則納之。」

高氏未採王氏將「不」、「亦」皆當語詞，而將此句釋爲：「沒有直接聽說的也用，不是諫諍的也接受。」以爲「不」應作否定詞。

此句依王氏之說雖亦可通，但四字中有二字爲語詞，似乎不太可能，而且循上例，「不」後接動詞，恐仍以當否定詞爲長。

八一四　不顯亦臨，無射亦保〈大雅・思齊〉

高氏以爲「不顯」就是「丕顯」，而不採《經傳釋詞》引毛傳「以顯臨之」，將「不」當成語詞。

姜昆武《詩書成詞考釋》將「不顯」當作成詞，她說：「不顯是初周成詞，頌贊之常詞也。金文、詩、書屢用之，不見於甲骨文。其字或作丕，或作不。……丕不實爲一字，證見於兩周吉金者至夥，丕顯一語，亦常混用不顯。不即丕，丕者後起分別文，分丕、不爲二字，此小篆劃一形體之辨也。丕、不一字而所以引伸爲大，及其本義所在，至此而明矣。……周初丕顯一詞，是頌贊帝君、賢哲、德業純美光顯、耿大之專用政治性頌贊，蓋兩周金文多爲作器者追記先賢、先王、賢君功德之銘文。」她亦將「無射」當成成詞，以爲「無射」或作「無斁」，證以金文，本指謹奉政事，至德純美，無怠無棄之謂〔註6〕。

姜氏所論信而有據，可補高氏之說，王氏語詞之說，顯然過於草率。

一〇七〇　不顯不承，無射於人斯〈周頌・清廟〉

高氏依然不採王引之將「不」訓爲語詞，而釋爲：「大大的顯赫和大大被尊重的人，總不厭倦人（的敬禮）。」

五八　舒而脫脫兮〈召南・野有死麕〉

高氏採毛傳訓「脫」爲舒遲，把此句說成：「慢慢的！舒舒服服的！」他認爲馬瑞辰將「舒」說成語詞不必要，詳參第四章第二節「詩經注釋之訓詁原則」——六、反對濫說語詞。

二八六　職思其居〈唐風・蟋蟀〉

高氏不同意馬瑞辰以爲「職」是個副詞性的助詞，意思和「尙」一樣，表示願望，而認爲「職」是個副詞，和《孟子・梁惠王上》「直不百步耳」的「直」及《尙書・秦誓》的「黎民亦職有利」的「職」一樣，當訓爲「只」（珍玉案：董先生於附註指出高氏之說和毛傳訓「職」爲「主」並無不同。）

五一八　弗問弗仕，勿罔君子〈小雅・節南山〉

〔註6〕見姜昆武《詩書成詞考釋》，（山東：齊魯書社，1989 年 11 月，一版一刷），頁 217 及頁 76。

各家對「勿罔」不同訓釋如下：

（一）毛傳訓爲「勿罔上而行」。

（二）鄭箋將「勿」當作「末」，訓爲「不問而察之，則下民末罔其上矣」，將「勿罔」當作複詞。

（三）馬瑞辰說鄭箋以「末罔」二字連讀，義終未洽。王尚書《釋詞》以「勿」爲語詞，「勿罔」即「罔」，猶之「不顯」即「顯」，「不承」即「承」，其說是也。

高氏依毛傳將「勿」直接訓爲「不要」，但這樣和上句「不問而察之」意思很難連貫。他雖然說錯，但他反對清代學者濫用語詞，則相當有見地。因爲《經傳釋詞》訓「勿」爲語詞僅此一例，若以語詞搪塞，確實有些草率，況「不顯」、「不承」、「不」亦不作語詞，前已論及。「勿」、「末」同屬明母，古音同在十五部，可相通假，應如鄭箋當作複詞「末罔」，在「弗躬弗親，庶民弗信；弗問弗仕，勿罔君子。」句中意思方通，意謂希望師尹明白不躬親，則百姓無信，不問而察之，則百姓末罔其上，不及時停止這些行爲，則百姓常殆。

五三七　彼求我則，如不我得〈小雅·正月〉

馬瑞辰等人說「則」是個沒有意義的語尾助詞，高氏認爲「則」字從不曾那麼用，因而他以實詞訓釋爲「法則」。詳參第五章第五節審文求義——二、嚴辨虛詞實詞。

五五七附　居以凶矜〈小雅·菀柳〉

陳奐以爲「居」是語詞，說成：「我就要有禍害和危險」，但不被高氏採用。他說上兩章「俾予靖之，後予極焉」和「俾予靖之，後予邁焉」和本章「曷予靖之，居以凶矜」相當。「後」和「居」對稱，所以「居」是「居止」，「終局」，全句應說成：「結果我要有禍害而可憐。」

高氏之見確實較陳奐任意以語詞搪塞爲優，不論是和前兩章意思相當，或是和上句「曷予靖之」，「曷」爲時間疑問詞「何時」意思之連貫，訓爲「終局」都是比較好。

九五二　謹爾侯度〈大雅·抑〉

陳奐以爲「侯」應作「維」，是個語詞。高氏認爲陳奐的說法錯誤，因爲在領格的代名詞和主要的名詞之間插進一個語助詞是文法上絕無之事。於是他採馬瑞辰引《孝經》援神契「諸侯行孝曰度」，把此句說成：「小心察看你的諸侯的法度。」

九八五　職涼善背〈大雅·桑柔〉

毛傳訓「涼」爲「薄」，各家對「薄」字有不同的解說。陳奐說全詩中「薄」字

皆語詞無實義，則「涼」亦爲語詞矣。高氏則以「涼」爲「掠」的假借字，釋爲：「你只是貪奪而不忠實。」高氏的假借訓釋雖然不可信，但他批評陳奐語詞說是正確的。毛傳所說的「薄」，恐非陳奐輾轉說成的語詞，或許以常義就可以說得很好。

一〇四八　匪紹匪遊〈大雅・常武〉

毛傳訓「紹」爲「繼」，說成：「不敢繼以遨遊。」由於毛氏未管第二個「匪」字，陳奐因而替毛氏解釋爲不是「非」，而是助詞。

高氏認爲陳奐的解釋毫無用處，而採鄭箋訓「紹」爲「緩」，說成：「不過他不耽延不（遊蕩）滯留。」（珍玉案：鄭箋釋「王舒保作，匪紹匪遊，徐方繹騷」爲：作，行也，紹，緩也，繹，當作驛。王之軍行其貌赫赫業業然，有尊嚴於天子之威，謂聞見者莫不憚之。王舒安，謂軍行三十里，亦非解緩，亦非敖遊也，徐國傳遽之驛見之，知王兵必克，馳走以相恐動。高氏大致未離其義，此條《經義述聞》有詳盡訓解，可補鄭箋不足。）

第七章　《詩經注釋》之訓詁缺失（上）

　　高氏《詩經注釋》所使用之訓詁方法雖承襲清儒，但於詞義歸納及語源、假借、虛詞訓釋確實有可取之處，也取得如前章所論之優點。但面對如此龐大，解釋如此紛紜的經書，錯誤自是難免，本章及第八、九章將討論其缺失。高氏所犯之失是錯綜複雜的，很難鉅細靡遺各種各類都提出檢討，因此像屈萬里先生提出的——不注意各詩著成時代、不注意地理的探討、不注意名物的探討〔註1〕，董同龢先生譯序提出的——沒能廣事蒐羅民國以來各學術刊物上發表的有關《詩經》字義詮釋的文章，以及學術界討論較多的成語問題〔註2〕，這些本非高氏所要致力的地方，就不再討論，而選取高氏犯錯較為嚴重，又極少被學界提出的一些缺失加以討論〔註3〕，希望從實際檢討中發現問題，給予《詩經注釋》重新評價。

第一節　蹈襲改字改讀之失

　　高氏訓釋難字雖主張不任意改字改讀，但在書中他卻也蹈襲前人，犯下不少輕易改字改讀的錯誤，對他自己提出的原則不能完全恪守，舉例說明如下。

〔註1〕見屈萬里〈簡評高本漢的詩經注釋和英譯詩經〉，《國立中央圖書館館刊》新一卷第一期（民國56年7月）。
〔註2〕高氏《詩經注釋》確如董先生所說，未能廣事蒐羅民國以來各學術刊物上發表的有關《詩經》字義詮釋的文章，例如王闓運《毛詩補箋》、林義光《詩經通解》、聞一多《詩經新義》、《詩經通義》等書。至於成語問題，在《詩經注釋》成書前，相關討論的文章有王國維《觀堂集林》〈與友人論詩書成語〉，高氏並未參考該文。《詩經注釋》成書後討論成語問題的有屈萬里《書傭論學集》〈罔極解〉〈詩三百篇成語零釋〉、姜昆武《詩書成詞考釋》，都可提供研究《詩經》成語之幫助。
〔註3〕除了董先生提出的過於重視先秦文籍證例，以及未利用語法；趙制陽提出的譯文不合中文語調等缺失外，其他幾不曾為學界提出討論。

二五　肅肅兔罝〈周南・兔罝〉

　　高氏說毛傳訓「肅」爲「敬」學究氣重，無法說通。朱熹說作「整飭」，也只是企圖減少毛傳的虛妄。他因而將「肅」字改成完全同音的假借字「櫹」，取《廣雅》訓「櫹」爲「擊」，當成一個重疊動詞，如「采采卷耳」；並引〈小雅・鴻雁〉「肅肅其羽」，亦作動詞振動講爲證，而否定傳統訓爲「羽聲」。

　　《詩經》中不乏「肅肅ＸＸ」之句子結構，因此高氏的改字顯然不必要，他又錯誤的改個用爲動詞的「櫹」，以爲「櫹櫹」連用仍應作動詞「擊」，甚至說這和「采采卷耳」、「肅肅其羽」的「采采」、「肅肅」用爲動詞相同。關於「采采」的問題，丁聲樹〈詩卷耳芣苢采采說〉早已提出精闢之見〔註4〕：

　　　　　周南卷耳芣苢兩篇之「采采」（「采采卷耳」、「采采芣苢」），昔人解詩者約有二說：一以「采采」爲外動詞，訓爲「采而不已」；一以「采采」爲形容詞，訓爲「衆盛之貌」。以全詩之例求之，單言「采」者 其義雖爲「採取」，重言「采采」必不得訓爲「採取」……。遍考全詩，外動詞絕未有用疊字者，此可證「采采」之必非外動詞矣。更考全詩通例，凡疊字之用於名詞上者皆爲形容詞，如：關關雎鳩。（周南關雎）肅肅兔罝，……赳赳武夫。（兔罝）

丁氏更指出：

　　　　　夫外動詞之用疊字，此今語所恆有（如言「采采花」，「鋤鋤地」，「讀讀書」，「作作詩」之類），而稽之三百篇乃無其例；……三百篇外先秦群經諸子中似亦乏疊字外動詞之確例，……疑周秦以上疊字之在語言中者，其用雖廣（如上所舉「名」、「狀」、「內動」諸詞皆是）而猶未及於外動詞；外動詞蓋只有單言，尚無重言之習慣，故不見於載籍。……

　　可見高氏此說是錯誤的。而且高氏除不明先秦時代外動詞只有單言，尚無重言之習慣外；亦忽略下句「椓之丁丁」，「椓」字作「擊」講，兩句並無同作擊兔罝之必要，尤其對照二、三章「肅肅兔罝，施於中逵」、「肅肅兔罝，施於中林」，若作「擊」講，如何打下兔罝，還能佈置在中逵、中林呢？顯然高氏的訓釋並不注意全文的貫串，亦證明丁聲樹所說動詞重言不能構成外動詞是對的。馬瑞辰以爲「肅肅」是「縮縮」之假借，乃兔罝結繩之狀。「縮」，數也，即密也，「肅肅」用以狀兔罝之密。這就是丁氏所言的：凡疊字用於名詞上者皆爲形容詞。

〔註4〕見丁聲樹〈詩卷耳芣苢采采說〉，《國立北京大學四十周年紀念論文集》乙編（上），北大《國學季刊》六卷三期（民國29年）。

五二二 卒勞百姓〈小雅・節南山〉

毛傳未釋，鄭箋訓「卒」為「終」。高氏採馬瑞辰以為「卒」是「瘁」的省體，其實馬瑞辰說：「卒者瘁之假借，卒亦勞也」，而非高氏所說的省體。省體字是音義完全相同，僅字形筆畫減省的異體字，它和假借字僅音有關係，而意義完全無關並不相同，但高氏經常不加分辨，全以省體說之，這是高氏為避開使用假借所犯的錯誤。而且他的省體觀念僅止於從字形筆畫是否減省，加以判斷，完全不顧文字發生之歷史。

接著高氏並舉〈蓼莪篇〉「生我勞瘁」，「瘁勞」和「勞瘁」一樣，以證明馬氏之說法有據。

其實此句無須改字，即可說通。「卒」用一般講法「終」；「勞」字亦見〈陳風・月出〉「勞心悄兮」，《淮南子・精神》高注：「勞，憂也。」

五四五 員于爾輻〈小雅・正月〉

高氏贊成朱駿聲以為「員」是「隕」的省體，並串講為：「（不要丟掉車箱兩旁的板），（貨物）會掉落在車輻上的。」上一章的「乃棄爾輔，載輸爾載」是這一說的強力支證，「輸」字當「墮落」講，參看《穀梁傳・隱公六年》「鄭人來，輸平。」這裡的「員」正和「輸」相當。

高氏的說法其實很有問題，丟掉車箱兩旁的板，貨物只會掉落在地上，絕不會掉落在車輻上。而且他拿上一章「乃棄爾輔，載輸爾載」作為本句的支證，不拿本章本句的上面三句「無棄爾輔，員于爾輻，屢顧爾僕」為證，也叫人匪夷所思。本章「不輸爾載」表結果，如何才能使車上載的貨物不掉落呢？上三句是條件，不要丟棄你車箱兩旁的板，增大你的車輻，而且要多看視你的御者。因此毛傳訓「員，益也」，不用改字就可以說得很好。如陳奐所說，毛公承受荀學，這裡是根據《荀子・法行》所引的逸詩：「轂已破碎，乃大其輻，……其云益乎。」大概毛氏以為這裡的「員于爾輻」和逸詩相像，意思是：「你加大（改良）你的輻。」「員」訓「益」沒有佐證。不過古籍中「員」和「云」可以互用，而「云」有時候又用作「芸」，「芸」有「多」的意思，所以毛氏或者以為《荀子》的「云益」就是「芸益」。（珍玉案：說文「奈」，大也，大从云聲，或可作為「員」訓「大」之佐證。）

高氏為了盡可能不用假借釋義，而刻意堅持從字形訓釋的省體觀念，結果他不僅經常說錯，還開清代學者突破文字形體，因聲求義訓詁成就的倒車，這是高氏訓詁方法上很嚴重的錯誤。

五四六 昏姻孔云〈小雅・正月〉

毛傳訓「云」為「旋」，高氏認為有「還歸」的意思，並批評毛說牽強。鄭箋訓

「云」爲「友」，高氏認爲他和孔疏解釋毛傳「旋」爲「周旋」差不多，只是說得更隨便一些。

高氏因此不採前兩說，而用他的省體方法，將「云」說成是同音「芸」的省體，而將這句串講爲：「他們的親戚很多」，並引「芸其黃矣」〈小雅・裳裳者華〉、「芸芸各歸其根」（老子）（珍玉案：老子作夫物芸芸，各復歸其根）、「萬物云云」（莊子）等先秦證例。

高氏所舉「芸芸」、「云云」等，雖可作爲「孔云」之證例，但「昏姻孔云」上句作「洽比其鄰」，也就是親近周圍的人，如果說成親戚很多，恐怕不如鄭箋訓「云，猶友也」，說成「親戚間友好」，較能和上句連貫。而且「云」、「友」之部和文部對轉，音有關係可互相假借，高氏避而不談，可見他堅持以省體，從字形釋義，開學術進步的倒車。

六〇五　遇犬獲之〈小雅・巧言〉

毛傳沒有注釋。鄭箋：「遇犬，犬之馴者，謂田犬也。」高氏批評鄭箋無佐證。王肅用「遇」的平常意義，說成：「它遇到狗，（狗就）捉住它。」高氏認爲這在文法上說不通；因而他採《釋文》所引舊讀「愚犬獲之」，並串講爲：「（狡黠的兔子滿處跑），一個笨狗也捉得住它。」他引《莊子・則陽》「爲物而愚不識」，《釋文》云：「愚或作遇」，所以毛詩的「遇」可以照樣的是「愚」的假借字。

高氏的訓詁原則是儘量採常義及儘量不用假借訓釋，王肅的說法於文法上並無不通，實無必要以假借訓釋。

六六九　既齊既稷〈小雅・楚茨〉

高氏以爲「齊」是「齍」的省體，「齍」見於《周禮》，指祭祀用的米穀，如〈旬師〉「以共齍盛」。《周禮》的「以共齍盛」，《禮記・祭統》作「以共齊聖」。他認爲「齊」和「稷」對稱，表明「齊」也應當就是祭祀用的穀子。本篇寫祭祀祖先，「齊」和「稷」正是一般用的祭品。

本句毛傳未訓「齊」，只訓「稷，疾也」。王肅（孔疏引）以爲毛氏把「齊」講作「整齊」。馬瑞辰《通釋》：「按齊、稷義相近。……傳訓稷爲疾，則齊當讀如徇齊之齊。」《爾雅・釋詁》：「齊，疾也。」馬氏把這一句說成：「既迅疾又敏捷」。

楊合鳴《詩經句法研究》歸納《詩經》「既……既……」結構的詩句說：「兩個"既"分別限制兩個意義相關的動詞或意義相同的形容詞，可譯爲"既……又……"」〔註5〕。此條高氏將「齊」、「稷」視爲名詞，不合於「既……既……」句法，但在六七

〔註 5〕見楊合鳴《詩經句法研究》（湖北：武漢大學出版社，1993 年 3 月一版一刷），頁 194。

○條「既匡既勑」，他卻正確的將「匡」、「勑」當成兩個意義相關的動詞。本句無疑以馬瑞辰的說法為優。

七一二 屢舞傲傲〈小雅・賓之初筵〉

毛傳：「傲傲，舞不能自正也。」高氏依其意說成：「他們屢屢歪歪斜斜的跳舞」，但批評毛傳無佐證。陳奐說，毛氏大概以為「傲」是「攲」的假借字（「攲」是「斜」，例見荀子）。但是「傲」*kiəg 不可能假借為「攲」*k'ia；而且「傲」在本章協韻，「攲」不能協韻。

高氏因而改字訓釋。《說文》有「顤」字，訓「醜」；《說文》又云：「今逐疫有顤頭。」「顤」事實上是面具，在《周禮》叫「方相」，醜怪可怕；這種面具是「方相氏」特別用來作「逐疫」跳舞的。《淮南子・精神》「視毛嬙西施猶顤醜」。「顤」又可寫作「欺」，見《列子・仲尼》「果若欺醜」；又作「倛」，見《荀子・非相》「仲尼之狀，面如蒙倛。」本篇描寫的正是一群醉客正胡亂跳舞。高氏認為「傲」是「倛」、「欺」、「顤」的或體，而把此句說成：「他們屢屢像戴假面具的舞者跳舞。」這裡高氏犯了大錯，或體字乃音義相同而形體不同的異體字，就高氏對各字的訓解實未具相同意義，豈能任意稱之或體字？何況也沒有借「傲」為「顤」的證據，也不是假借字。

高氏將疊音用為狀詞的「傲傲」，換成他認為當名詞，意義是「面具」的或體字「倛」，這真是極盡穿鑿附會之能事。先師周法高先生就曾指出高氏的《詩經注釋》有很多地方把重疊形式根據其構成份子的意義分開來講的錯誤〔註6〕。因為高氏改字後的訓釋，須在原文上增加不少文字，實不如毛傳當狀詞，修飾醉客跳舞之貌，於文意上來得通順。

七八一 爕伐大商〈大雅・大明〉

毛傳：「爕，和也。」《尚書・顧命》有「爕和天下」。

對於毛傳的訓釋，後人解說不一。鄭箋：「爕和伐殷之事」；朱熹：「順天命以伐商也」；陳奐：「天人會合伐商也」。

馬瑞辰以為上說皆不通，他將「爕」*siap 當作「襲」*dziəp 的假借字；說成：「襲擊攻伐大商」；但高氏認為這個講法不合於語音條件。

於是他以為「爕」是同音「躞」字的省體；這句詩是：「進軍攻伐大商」。「躞」字先秦古書未見；不過複詞「躞蹀」卻見於很早的《切韻》殘卷，六朝詩也很通行，

〔註6〕見先師周法高先生《中國古代語法・構詞篇》（中央研究院歷史語言研究所專刊之三十九，1962年8月初版），頁106。

《楚辭・九章》有「眾蹀躞而日進兮」。「蹀躞」和「躞蹀」相像，兩詞的關係和「扶服」、「匍匐」、「婆娑」、「媻娑」一樣，意義是「行」。

高氏若將「變」看成和聯緜詞「躞蹀」等不同字形有關，那麼顯然「變」不能單獨出現，而它和「伐」組成詞組，也一定和當「行」講的聯緜詞「躞蹀」無關，因此高氏釋爲「行」明顯是錯誤的。至於「變」該作何解？毛傳之訓解亦難說通，在此句應如「肆伐大商」、「是伐是肆」之「肆」，鄭箋訓爲「犯突」，詳參上章第四節「正濫用假借之失」。

七八五　時維鷹揚〈大雅・大明〉

毛傳：「鷹揚，如鷹之飛揚也。」高氏認爲原文當作「時維揚鷹」才合語序；如果說是爲押韻才改作「鷹揚」非常不好。於是他用王照圓和孫星衍據《爾雅》「鸞，白鷺也」的說法，以爲這裡的「揚」是「鸞」的省體：「他是鷹鸞」。如馬瑞辰所說：「《後漢書》高彪作箴曰："尚父七十，氣冠三軍，詩人作歌，如鷹如鸇"，鸇與鸞，白鷺同類，似亦分鷹揚爲二鳥，鷹鸞猶云鷹鸇耳。……」

「鸇」爲「晨風」，和「鷹」都屬於猛禽，將「鷹」和「鸇」相配十分相類，但「鸞」爲「白鷺」和「鷹」相配，卻十分不類，因此高氏的改字訓釋不可信，不如傳統毛傳之說法。

八五〇　庶民子來〈大雅・靈臺〉

毛傳未釋，鄭箋：「眾民各以子成父事而來攻之。」《孟子・梁惠王上》引本篇，意思就是這樣。高氏認爲這樣講，省略相當厲害。於是他從「子」得聲的字找到「孜」字，以爲「子」是「孜」的省體；這句詩是：「人民勤懇的來（做工）。」並引《尚書・皋陶謨》「予思日孜孜」；〈泰誓〉「孜孜無怠」；《大戴禮》曾子之言中「日孜孜」；《大戴禮》曾子疾病「孜孜而與來而改者」等證例。

基本上高氏所引的這些文籍證例都作疊詞，和本句「子」字單用的結構一點關係也沒有，因此並不能證明他的說法可信。何況各書皆作「孜」，何獨此省作「子」？古書靠口耳相傳，重音不重形，故以假借說之愈於省體之說。

俞樾《群經平議》經十一：

> 史記律書曰子者，滋也，言萬物滋於下也。……蓋古音子與滋同，似此文子亦當讀爲滋，說文水部滋，益也。……庶民滋來，言文王寬假之而庶民益來也，因假子爲滋。

俞氏以假借固可把本句說通，但「子」字以常義就可以說得很好。王力《漢語史稿》說「庶民子來」，「子」字名詞作副詞用，取其形似，等於現代說"像某物似的

"，並舉「豕人立而啼」、「嫂蛇行匍伏」等相類句子爲證〔註7〕。

本句鄭箋的說法有些增字解經，但大意就是王力講的眾民像兒子般前來，此說較高氏、俞氏都自然，於文意亦通；本句「子」字，雖不一定要以假借訓釋，但舉俞氏的說法，更可以顯示高氏過於重視字形，習慣從省體（珍玉案：嚴格說應是假借），而執著不以字音訓釋。

九九四　寧丁我躬〈大雅·雲漢〉

毛傳：「丁，當也。」鄭箋：「曾使當我之身有此。」後來的人都接受這個說法。但高氏不贊同，他認爲《爾雅》：「敵、彊、應、丁，當也。」「丁」和「敵」、「彊」、「應」同列；「當」是「強硬，對當」。「丁」在這裡訓「當」，意思是「強，壯」，例見《列子·說符》；又《逸周書·諡法》云：「丁迷而不悌者曰丁。」應用《爾雅》的意思，這句詩是：「天爲何對我們的人強硬。」不過這樣講還是不行的，因爲「丁」可以指一個在下的人對在上的人「強硬」，卻不能應用到上天。

高氏因而採改字的說法，他認爲「丁」是「打」的省體。《眾經音義》引《蒼頡篇》：「椎，打也。」《左傳·宣公四年》「箸于丁寧」，「丁寧」是一種敲打的鐘；「丁」就是「打」的省體，和本篇一樣。〈周南·兔罝〉「椓之丁丁」，「丁」也是「打」的省體。這句詩是：「他爲何打擊我們的身體」。

高氏所引之例與「寧丁我躬」無關。《左傳》「丁寧」照孔穎達疏是一種名叫「鉦」用以節鼓的器物，它雖是敲打以節鼓，但不能說這個字就是「打」的省體，並且「丁寧」是個專指名詞，豈能拿來和當動詞的「丁」對照？至於「椓之丁丁」，乃狀安置兔罝椎打之聲，也不能說是打的動作，而且「丁丁」疊音和「丁」單用亦不相同。

至於高氏說「丁」只能用於在下對在上的人強硬，不能用於上天，亦見高氏不甚瞭解「丁」（當）之意。〈小雅·正月〉有「父母生我，胡俾我瘉，不自我先，不自我後。」最足以解釋「丁」（當）是怨上天無情的命運安排，使我遭遇喪亂病苦。「丁」、「當」一聲之轉，通用絕無問題，因此毛鄭的說法是不錯的，高氏不用其說，還是導因於他慣用省體說義。

一○一○　以作爾庸〈大雅·崧高〉

鄭箋直接就「庸」字釋爲「功」。《左傳·成公十七年》的「有庸」，杜預注云：「庸，功也。」

高氏認爲下文是寫整治土地，因此毛傳訓「庸」爲「城」，以爲是「墉」的省體。

〔註7〕見王力《漢語史稿》第三章〈語法的發展〉（台北：泰順書局，1970年10月初版）頁385。

「墉」字見於《左傳・襄公九年》;《釋文》在那裡錄有省體「庸」,和本篇一樣。如此這句詩是「(利用那些謝的人)作你的城」。《禮記・郊特牲》有「水庸」,指「人工開的河」,原來的意思是「水牆」,就是「堤中間的水」。

此條鄭箋的說法雖可通,但高氏的理由堅實,因此他引毛傳的說法,就文意而言是比較好的。這裡所以提出來,並非他說錯,而是他的省體看法錯誤。《說文》庸
𤰞二篆並云用也,故《廣韻》以為庸古文,庸字不得為城𩫏,則以庸為城,仍是假借,不是省體。這又是因高氏堅持以形說義,避談假借錯誤之例。

一一四三　允猶翕河〈周頌・般〉

毛傳訓「翕」為「合」。馬瑞辰以為「猶」訓「若」,有「順」的意思。「猶」如何有「順」的意思比較難說;若依朱熹訓「猶」與「由」同,可以把這句說成:「(墮山喬嶽)眞的由著翕合的河,也就是(墮山喬嶽)東西順延而會合於黃河。」但高氏認為毛傳將「翕」訓為「合」,很牽強;於是他以為是「潝」的省體;《說文》訓「潝」為「水疾聲」,這句詩是:「他們順循湍急的河。」「潝」字未見於古書,高氏還為之引司馬相如〈上林賦〉「潗」字,以為是同一個字。

古書「翕」用為「合」常見,基本上高氏並不能破毛氏的說法。至於他的改字,依然是因為堅持以省體從字形上釋義所致,高氏自己一再主張先秦證例的價值,但在這裡他找不到先秦證例,還不是引用了漢以後的材料,當然我們對他所引的證例是難以相信的,比傳統的說法更為不好。而且本篇頌揚周所以受天命而王,毛傳盛贊周之山嶽綿長,東西相會於黃河,要比高氏改字,將此句說成周之山順循湍急的河,合於文意。

一一六四　六彎耳耳〈魯頌・閟宮〉

毛傳:「耳耳然,至盛也。」〈齊風・載驅〉「垂彎濔濔(又作垂彎爾爾)」,毛傳訓「濔」為「眾」。由此可知毛氏以為本篇的「耳」是「爾」的異文。用作句尾語助詞時,「耳」和「爾」的意義實際是一樣的。後來的注家也認為「爾」當「濔」用的時候也可以寫作「耳」。高氏認為這是不行的,因為〈載驅篇〉的「濔」(爾)音*niər,和「濟」*tsiər,「弟」*d'iər押韻;本篇的「耳」音*ńiəɡ和「子」*tsiəɡ,「祀」*dziəɡ押韻。「耳」不可能是「爾」的異文。

於是高氏以為「耳」*ńiəɡ是「餌」或「胹」*ńiəɡ的省體。《禮記・內則》「去其餌」,鄭注:「餌,筋腱也。」這個「餌」應該寫作「胹」;「胹」《切韻》訓為「筋腱」。如此,這句詩是:「六根彎像筋腱(那麼強韌)。」

高氏此條犯了和「屢舞傲傲」同樣將重疊形式根據其構成份子的意義分開來講的錯誤。「餌」和「耳耳」一點關係也沒有,先師周法高先生《中國古代語法・構詞

篇》指出：「疊音形式＋然，相當於《詩經》中的疊音形式。」〔註8〕因此「耳耳」相當於「耳耳然」是個狀詞結構，就是毛傳所謂的「至盛」，高氏改字穿鑿訓釋並不可取。

一一九六　受小共大共〈商頌・長發〉

毛傳訓「共」爲「法」；高氏依其意說成：「他受小的法則和大的法則」，並說清代學者唯一的引證是書序的「作大共」，馬融訓「共」爲「法」。

高氏認爲其實馬氏的注釋很隱晦；「共」字從來沒有那麼用的；而且書序的時代也是問題。因而他引魯詩（淮南子本經篇高誘注引）異文作「受小珙大珙」，這是據今傳本《淮南子》；道藏本是「受小拱大拱」。又《大戴禮・衛將軍文子》引齊詩，有的本子是「共」，和毛詩一樣；有的本子則是「拱」。鄭箋據此，訓毛詩的「共」爲「執」，以爲「共」是「拱」的省體，他說：「小共大共，猶所執揢小球大球也。」

爲了證明鄭箋的說法，高氏引《儀禮・鄉飲酒禮》「退共」，「共」也是「拱」的省體。《左傳・襄公二十八年》有「與我其拱璧」，「拱璧」的「拱」又作「珙」。「拱璧」就是「雙手拱執的璧」，又見於《老子》。無論「拱璧」的「拱」怎麼講或怎麼寫，它總是指一種圓形而中央有孔的玉石。毛詩的「共」就是「拱」或「珙」的省體；這句詩是：「他受小的拱璧或大的拱璧」。

高氏基本上未能破毛傳之說法，他改「共」爲「珙」字，訓爲「珙璧」，說是「雙手拱執的璧」，實在是望文生義。根據《左傳・襄公二十八年》，杜預注：「拱璧，大璧。崔杼有大璧」，若依杜注「共」即爲「大璧」，此句似無說成「接受小的大璧和大的大璧」之理，這可能和高氏堅持以形釋義有關；但高氏的說法就文意而言不如訓爲「法」。因爲本篇相對的兩句作──「受小球大球，爲下國綴旒」、「受小共大共，爲下國駿厖」，若說成接受大小拱璧，爲下國之表率，接受大小拱璧，下國受其庇護，實在不如說成接受大小法則有意思，而且比較能連貫文意。至於高氏苛求毛傳無證據，實強人所難。

除上舉十五例外，以下十例高氏亦犯同類之失。

四八四、鶴鳴於九皋〈小雅・鶴鳴〉

改「皋」爲「臭」，將「九皋」訓「九澤」誤。以屈萬里先生訓「高陵、高岸」爲長。

〔註8〕同註6，前已指出高氏不明如此構詞形式，又先師周法高先生《中國古代語法・構詞篇》，頁237～275，舉了許多《詩經》中疊音形式的句子，說明這樣的句子結構等於「疊音＋然」。

六一六、萋兮匪兮，成是貝錦〈小雅・巷伯〉

改「成」為「誠」，誤將動詞釋為狀詞。

六四二、率土之濱〈小雅・北山〉

改「濱」為「賓」，忽視此句與「溥天之下」，而非「莫非王臣」相對。

六五一、畏此罪罟〈小雅・小明〉

毛傳訓以常義「網」無不可，無必要改「罟」為「辜」。

六五三附、俾予靖之〈小雅・小明〉

毛傳訓以常義「治」無不可，無必要改「靖」為「靜」，附會說成：「假如我要默許它」。

八○二、虞芮質厥成，文王蹶厥生〈大雅・緜〉

將第二句「蹶」改為「蕨」，「生」改為「牲」，附會說：「文王把他們的犧牲放在蕨上」，不如鄭箋：「文王激動他們的天性」。

一○六二、無不克鞏，式救爾後〈大雅・瞻卬〉

改「式救爾後」為「式救爾躬」，不明「鞏」、「後」對轉。

一○八七、立我烝民〈周頌・思文〉

「立」訓以常義「定」最直截，無必要改為「粒」。

一一三四、不吳不敖〈周頌・絲衣〉

鄭箋訓「不敖」為「不傲慢」，最直截，且有《詩經》證例，無必要改「敖」為「謷」訓為「喧譁」。

一一三七、我龍受之〈周頌・酌〉

改「龍」為「寵」，將同義複詞分訓不同兩義。

第二節　外人語感不同之失

高氏在中國居住的時間不到三年，那麼短的學習，畢竟很難完全沒有文化背景的隔閡，而於語文的應用，也無法要求做到如中國人的語感，因此他在為《詩經》訓釋時，往往因為不完全瞭解中國人的表達習慣，或者受到外國語法的影響，有些奇怪彆扭的訓釋出現書中。趙制陽先生曾指出高氏譯文不合中文語調以致不通的例子「迨其謂之」、「左右芼之」、「匪舌是出」、「昊天罔極」、「戎成不退，飢成不遂」等條〔註9〕。本節更多舉高氏不符合中國人語感的訓釋，深入說明他在訓釋過程中，

〔註9〕見趙制陽〈高本漢詩經注釋評介〉，《東海中文學報》第一期（民國68年11月）。

如何因文化和語言表達習慣的不同，將句中關鍵性的難字，以外國人的想法解釋，而這在中國人是不太可能那麼說的。

四〇三　不遑將父〈小雅・四牡〉

毛傳訓「將」爲「養」，可以將此句說得很好，而且「將」*tsiang 和「養」*ziang 語源上有關係，但高氏偏要批評這種用音近的字解釋的辦法是大膽而沒有根據的，刻意找個《說文》的或體字「將」，訓爲「扶」，並引《左傳・襄公二十一年》「鄭伯將王自圉門入」，而將此句串講爲：「我沒空閒（扶持）扶養我的父親」（珍玉案：左傳應作「扶持」，不能如高氏說成「扶養、撫養」）。他還舉〈小雅・無將大車〉「將」字箋作「扶進」講，因此〈大雅・桑柔〉「天不我將」，「將」也應訓爲「扶」。

「鄭伯將王自圉門入」、「無將大車」兩句「將」字，固以訓「扶」爲安，但以此義套用在「不遑將父」、「天不我將」，總不如用「養」合於中國人的表達習慣。古籍中「將」訓「養」之例十分普遍，「將養」乃成詞，高氏未能瞭解「養」父親比「扶持」父親，更合於中國人之說法，他以「扶持」義用於許多意思和「扶持」有別的句中，讓人覺得他不熟悉中國話，不能區分多義詞。

四四七　保艾爾後〈小雅・南山有臺〉

毛傳：「艾，養也。」高氏不用毛傳的說法，而認爲「艾」和「乂」通用，當「管治」講，《尚書・皋陶謨》「俊乂在官」，《漢書・谷永傳》引作「俊艾在官」（珍玉案：「俊乂」乃俊德治能之士，高氏拿「俊乂」和「乂」對照不妥。）〈小旻篇〉「或肅或艾」，「乂」字當「治」講是常見的。因而將此句說成：「希望你保持並且管治好你的後代。」《尚書・康誥》有「用保乂民」，大家都承認「乂」當如《爾雅》訓「治」。本篇的「保艾」，顯然是和《尚書》的「保乂」一樣的。高氏還引〈小雅・鴛鴦〉「福祿艾之」，也認爲應將「艾」訓爲「治」，說成：「希望福祿（管治）安定他。」

高氏此條之誤，全在他缺乏中國人之語感。「或肅或艾」句中「艾」應作「治」講，但「保艾爾後」、「用保乂民」、「福祿艾之」三句，若依高氏訓「艾」爲「治」，串講起來一點也不合乎中國人的表達方式。《爾雅・釋詁下》分別有「乂治」及「乂養」條，高氏用「治」義解釋所有句子，顯出他對中國語言表達的體會有隔閡。

四九九　君子攸芋〈小雅・斯干〉

高氏從揚雄和《周禮》注引作「君子攸宇」異文，分析它的三種不同釋義。

A.「宇」是「訏」的假借字，《爾雅》訓「訏」爲「大」。

B.「宇」本來指「屋宇」，因此也指「蓋覆」（國語晉語：君之德宇，韋昭注：宇，覆也）；所以這句詩是「君子覆蓋的地方」。

C.「宇」有時候也當「居」講（由「屋宇」的意義引伸而來）如《逸周書・

作雒篇》「俾康叔宇於殷」；如此這句詩是「君子住的地方」。

在這三者中，高氏選擇B。他認為最能和上面兩句「風雨攸除」、「鳥鼠攸去」契合，事實上「君子覆蓋的地方」，這是很奇怪的說法，不合於中國人說話的習慣，不如C說。

五八六　螟蛉負之〈小雅·小宛〉

毛傳訓「負」為「持」。高氏將毛傳的意思更準確的釋為「背負」，並串講為：「孤獨的螟蛉把它們背在背上。」高氏只就字面訓解「負」字，雖然「負」可作「背」講，但這樣的訓釋不禁令人懷疑螟蛉背著螟蛉幹什麼？因為他未將「螟蛉有子，螟蛉負之」這句話背後指寄養、抱養的深層意義說出來。

高氏不同意馬瑞辰以為「負」是「孚」（孵養）的假借字，固然是因為兩字韻部不同，不能假借；但如果說成「負」通「伏」，《禮記·內則》「三日始負子」，注：「負子，謂抱之而使鄉前也。」《方言》卷八：「伏雞曰報」。義猶「抱」、猶「孵」，非借為「孚」，就不成問題了。說成螟蛉伏在螟蛉上，也就是馬瑞辰所說「孵養」的意思。這樣的講法，才能將這句話背後的深刻意思說出。正義云：「螟蛉，土蜂也，似蜂而小腰。取桑蟲負之於木空中，七日，而化為其子。」正是說螟蛉孵養螟蛉之子。

五九〇　溫溫恭人，如集於木〈小雅·小宛〉

毛傳云：「恐隕也。」高氏認為毛傳訓解這兩句的意思是：「做個溫和而恭敬的人，如同爬在樹上，怕掉下來，所以要小心謹慎。」他認為毛傳這樣講是因為下文是「惴惴小心，如臨于谷，戰戰兢兢，如履薄冰。」後來的人也都接受這個講法。本來高氏為毛傳所作的解釋，就已經很好了，尤其「如集於木」和「如臨于谷」、「如履薄冰」都用來譬喻溫溫恭人行為戒慎恐懼之狀。但高氏卻提出叫人啼笑皆非的想法：

> 如果作者的意思真是要用「集於木」來描寫一個危險的地位，他先前又說「溫溫恭人」就極其奇怪了。其實「集」字在詩經裡一般是指鳥在樹上棲止……，這種比喻就絲毫沒有「恐怕墜落」的意思，怕墜落也用不著溫和。這裡所寫的只是一種情景，如許多鳥似的，和睦而友好的一同安靜的歇在樹上：做溫和而有禮的人，如同（鳥）一同歇在樹上。

如高氏這樣的訓釋，真不知他該如何解說下面「如臨于谷」、「如履薄冰」兩句？而做個溫和有禮的人，和如同鳥一同歇在樹上，又有什麼關係呢？這裡明明是譬喻的寫法，他偏要說成寫一種情景，「如集于木」明明是譬喻溫溫恭人的處境危險，他偏要說成鳥，而且這些鳥是和睦友好的一同歇在樹上。這樣的瞭解詩意，簡直就是鬧笑話。

八三九　在渭之將〈大雅・皇矣〉

毛傳訓「將」爲「側」，兩字古雙聲，可能有語源關係，所以這句是說在渭水的兩旁。馬瑞辰和陳奐以爲「將」是「牆」的假借字，用「側牆」的意思，也就是「河岸」。高氏認爲這樣的訓詁在比較古的時候並沒有人用過，因爲《釋文》沒有給「將」字什麼異乎尋常的讀法。馬氏引證《左傳・成公三年》的「廧咎如」，《穀梁傳》作「牆咎如」，《公羊傳》作「將咎如」。

毛傳和馬瑞辰、陳奐的說法大致相同，應用於此句亦可說得很好。但高氏保留「將」的本讀*tsiang，用「進行」的意思，把這句說成：「在渭河（進行的）水道上。」高氏這樣的說法，不知道「水道上」三字由何而來，顯係增字。「將」在此句中屬所有格後面接的名詞，高氏以狀詞視之，毫無道理。此外，本句和上句「居岐之陽」係對句，都指周人遷徙的地點而言，若說成渭河水道，意思上不能通，而且也顯得奇怪。

除趙制陽先生所舉五例及上舉六例外，以下八例高氏亦犯相同之失：

一五　福履將之〈周南・樛木〉

採毛傳訓「將」爲「大」，不如鄭箋訓「助」合於國人語感，於疊章「綏之」、「成之」意義亦相類。

三七六　亟其乘屋〈豳風・七月〉

採毛傳訓「乘」爲「升」，說成：「讓我們快到房上去。」不如鄭箋訓「治」合於國人語感。

六〇六　往來行言〈小雅・巧言〉

將「流言」（參屈萬里先生之說）說成：「往來的人流行的話」，不合國人習慣說法。

六四八　不出於頴〈小雅・無將大車〉

採毛傳訓「頴」爲「光」，說成：「你將不能出至光明之中」，不如「不能離於憂」合於國人說法。

九三八　女炰烋于中國〈大雅・蕩〉

將此句串講爲：「你在中國亂叫」，不合國人說法，不明即鄭箋：「自矜氣健之貌」。

九五四　無言不讎〈大雅・抑〉

採鄭箋訓「讎」爲「答」，但串講成：「沒有未曾對答的話」，不似國人說法，應如屈萬里先生作「報應不爽」。

一〇〇九　登是南邦〈大雅・崧高〉

將「登」以常義訓「升」，說成：他升上那南方的國家。「升上」國人習慣作「往」。

一一九二　湯降不遲〈商頌・長發〉

將此句串講爲：「湯下降（不遲）恰是時候。」以國人習慣會說成：「湯出生適逢其時」。

第三節　割裂詞義之失

古書訓解十分重視同義複詞與聯緜詞等特殊詞彙，因爲辨識錯誤，往往影響詞義的瞭解，例如豳風七月「肅霜」、「滌場」兩詞到底爲動賓詞組，還是單純複音詞，互爲雙聲，乃古之聯緜字呢？雖然王國維《觀堂集林》提出雙聲聯緜詞之見解，頗爲學界肯定，但兩詞作爲動賓詞組亦可說通，這就造成訓詁的困擾了，可見正確辨識構詞並非易事。尤其是如此精簡詩的語言，更加困難。高氏書中所犯之失，除了將同義複詞分解爲不同意義外，有時亦將聯緜詞分訓，而影響詞義的瞭解，舉例說明如下：

一、將同義複詞分解爲不同意義

三四一　誰昔然矣〈陳風・墓門〉

高氏採毛傳的說法，以爲「昔，久也」，並以爲「誰」是用普通的意義，這句是一種辯駁的質問：「誰很久就是這樣了。」

就本詩第一章看，乃刺某在位者不良，國人雖知道，卻不能停止，很久他就是這樣了。一點也沒有辯駁質問的語氣，反而是無可奈何的感慨。

因此鄭箋將「誰昔」訓爲「昔也」；朱熹將「誰昔」說成「疇昔」；馬瑞辰認爲「疇誰，一聲之轉」，「誰」字在句中實在無法依普通之意思訓釋，它和「疇」字有音的關係，古音幽部和微部對轉，因此「雕琢」可以爲「追琢」，「九侯」可以爲「鬼侯」，馬瑞辰的說法是毫無問題的。這裡「誰昔」即「疇昔」，爲同義複詞應無問題。《爾雅・釋言》「誰昔，昔也」，此古人語不避複也。高氏不明此理，而分解爲兩義。

四九七　似續妣祖〈小雅・斯干〉

毛傳訓「似」爲「嗣」（音同），「嗣」有「繼承」、「接續」之義，和下字「續」爲同義複詞。依毛傳把這句詩說成：「他承接他的祖先」，意思很好，也容易瞭解；但高氏不採此假借的說法，而用「似」的本義「像」，又增字解經爲：「他像並且承接他的祖先」；更加一些不必要的臆測：「他的樣子像他的祖先，有相同的品德和威

望，沒有辱沒祖先，能繼續保持祖先的好品質。」

屈萬里先生引金文所載命官之辭，開首語多言「使續其祖考某官」，可證「似」應作「續」〔註10〕，「似」、「續」為同義複詞。

七六五　宣昭義問〈大雅・文王〉

高氏採孔疏將「義問」講作「善聞」（令聞），並將此句串講為：「宣揚昭明你的好名聲。」他將「宣昭」分為二義是有問題的，因為這兩個字意思相同。「宣」、「昭」皆「明也」，陳奐把「宣昭」看作複詞，指「使光明」。他並引證〈周頌・時邁〉「明昭有周」和〈臣工篇〉「明昭上帝」、《左傳・僖公二十七年》杜預注訓「宣」為「明」（珍玉案：指「民未知信，未宣其用」），又在《國語・晉語》（珍玉案：指「武子宣法，以定晉國」），韋昭也有同樣的注釋。高氏辯說這裡各家用作注釋的「明」字時常指「說明，使明白」，這倒是犀利的意見，《左傳》、〈晉語〉或作「說明，使明白」較好；然而〈周頌〉和〈臣工篇〉的「明昭」、〈大雅・桑柔〉「秉心宣猶」、〈周頌・雝〉「宣哲維人」，若作「說明」大概很難解釋清楚。其實這些「宣」字單用的例證，和此條「宣昭」連用是有不同的，高氏不能拿來對比，就高氏說成「宣揚昭明」而言，「宣揚」和「昭明」意思並無不同，都是「明著」的意思，這和單用的其他不同義項，不能混為一談。

七七二　以受方國〈大雅・大明〉

高氏採鄭箋訓為「那麼他就接受四方的國家」（珍玉案：鄭箋訓「方國」為「四方來附者」，和高氏的意思恐怕不是完全一樣）。高氏直接就字面加以訓解，值得商榷。

王念孫引《國語・晉語》：「今晉國之方，偏侯也，其土又小，大國在側」，這裡應說作：「晉國的領域是邊境的國土……。」依王氏之意「方」即「國」，這樣的說法古書中常見，例如「鬼方」、「人方」，「方」都指「國」。高氏所以那麼訓釋，是為了堅持他採用常義的原則，然就文意乃贊美文王小心謹慎，品德美好，能保有國土，而不是強調文王對外的武力。「受」說成「承受、保有」比「接受」適合文意，因此「以受方國」不能說為：「他接受四方的國家」。

九一六　無縱詭隨〈大雅・民勞〉

高氏採毛傳用「隨」的平常講法「依隨」，將此句說成：「不要放縱詭詐和依隨的人。」他不同意王引之將「詭隨」看成複詞，理由是王氏以為「隨」*dzwiɑ 是「譒」*t'wɑ 的假借字；《方言》訓「譒」為「詭」。「譒」字不見於先秦古籍，王氏以為它

〔註10〕見屈萬里《詩經詮釋》（台北：聯經出版事業公司，民國73年一版二刷），頁416。

和見於《戰國策・燕策》等書的「訑」（訑，訑，訑）是一個字，但高氏認爲在《廣韻》和一個《唐韻》的殘本裡雖然音「訑」爲*t'wâ；在較早的《切韻》裡，「訑」的音卻是*t'â，從聲符「它、㐆、也」來看，沒有介音 w 的音應該是對的，由此看來，以爲西漢通行的「譇」*t'wâ和「訑，訑，訑」*t'â，*dĭa，是一個字是不行的，最大限度只能說他們在語源上有關係。王氏的說法沒有先秦證例。

其實王引之已經提出「隨」是「譇」的假借字之說法，並引《方言》訓「譇」爲「詭」的證例，因此「詭隨」是同義複詞應無問題。至於王氏又引《戰國策・燕策》「訑、訑、訑、訑」和「譇」是一個字，高氏批評它們介音開合口不同，不能是一個字，這亦無妨，因爲這只是王氏爲加強《方言》證據，所提出之次要補充資料，無害於「詭隨」爲同義複詞之成立；更何況縱使非同一個字，至少它們也是音近的同源字，可以相通並不值得懷疑。

九三五　曾是掊克〈大雅・蕩〉

毛傳把「掊克」當成複詞，訓爲「自伐而好勝人也」（珍玉案：高氏誤會毛意，以爲「掊」訓「自伐」，又把「克」說成「克制」，茲依董先生附註訂正），就文意而言可以說得很好。但高氏不採用，他的理由是後來學者像陳奐以爲毛氏把「掊」*b'əg當作「伐」*b'ĭwăt的假借字，音實在相差太遠了。孔疏有一個本子「掊」作「倍」，以爲「倍」就是自己比人家好一倍，這個說法很滑稽。「掊克」在古書有許多例證，最早的見於《孟子・告子下》（珍玉案：……土地荒蕪，遺老失賢，掊克在位，則有讓），「掊」一定不能說成「倍」。朱駿聲又以爲「掊」是「嚭」*p'i̯əg的假借字；《說文》訓「嚭」爲「大」，在這裡是「自大」，但「嚭」在古書中只有當人名用的。「掊」又可能是「丕（不）」*p'i̯əg的假借字；因爲「音」（本來作「否」）實在是從「不」得聲，不過說音*b'əg的字做音*p'i̯əg的字的假借字是不能使人信服的。於是高氏認爲「掊」一般指「掊擊」，《莊子・人間世》「自掊擊於世俗者也」；又〈胠篋篇〉「掊擊聖人」，應用到這句詩便是：「那些人好（打擊克制）壓迫人。」

高氏所引《莊子》例子乃「掊擊」，和此句「掊克」不同，高氏爲了配合《莊子》的證例，勉強分解爲「打擊」和「克制」兩個不同意義，不僅支離破碎看待同義複詞，並且就文意言，不如毛傳的「自伐而好勝人」好。

一二〇四　勿予禍適〈商頌・殷武〉

毛傳僅訓「適，過也」。鄭箋把「予」講作「與」：「勿罪過與之禍適。」朱熹把「予」看作普通的代名詞，類似〈鄘風・載馳〉的「無我有尤」。高氏採朱熹之說，串講爲：「不要懲治和責罰我。」

王引之《經義述聞》將「禍適」看成複詞，並且將「予」字釋爲「施」，可以將

此句說得很好，高氏對他的說法有些微批評，但大致同意他的說法。王氏認爲「予」有「施」的意思；「禍」是「過」的假借字，意思是「過責」，所以這句詩是不施責罰。王氏引《史記》吳王濞傳的「擅適過諸侯」，以爲「適過」就是本篇的「禍適」。高氏認爲這是漢代的文獻，對先秦的語言不足爲證。倒是王氏所引《荀子・成相》的「罪禍有律」則比較要緊，「罪禍」的意義的確和「罪過」一樣；不過我們卻不一定非把「禍」讀作「過」不可；「禍」也就可以表示「艱苦的遭遇」或「懲治」。但無論怎樣，「禍適」總可以看作一個兩字實際同義的複詞。高氏既不否定「禍適」爲複詞，但不知道爲什麼最後他用朱子的說法，而不用王氏的？

除上舉七例外，以下五例高氏亦犯相同之過。

四一〇　鄂不韡韡〈小雅・常棣〉

將「鄂」訓「花鄂」，「不」訓「丕」，說成：「（常棣的花）突開盛大而鮮明。」反未採B說將「鄂不」當成同義複詞「花鄂」。

四二五　俾爾戩穀〈小雅・天保〉

將「戩」訓「翦」，「穀」訓「穀子」，說成：「天使你收割穀子」，有些望文生義。不明「戩穀」乃「福祿」，爲同義複詞，不能分訓兩義。

六一八附　授几有緝御〈大雅・行葦〉

採鄭箋訓「緝」爲「續」，「御」爲「侍」，說成：「授几的時候有（連續的）一排侍者。」將同義複詞「緝御」（踧踖之容）分訓成不同兩義。

七五八附　烈假不瑕〈大雅・思齊〉

採朱傳將「烈」訓「光」，「假」訓「大」，將同義複詞「烈假」（癘瘕，病也）分訓成不同兩義。

一一三七　我龍受之〈周頌・酌〉

將同義複詞「龍受」（膺受）說成：「我們受寵愛而接受它」，不僅改字，且訓爲不同兩義。

二、將聯縣詞分訓

一　窈窕淑女〈周南・關雎〉

毛傳訓「窈窕」爲「幽閒」，朱傳亦從之，此說頗切詩意。但高氏以此說無早期文籍證例，而爲毛傳找到《莊子・在宥》「窈」作「幽暗」、《說文》「窕」作「深肆極也」、《淮南子・要略》「窾窕穿貫」、「窕」作「穿孔，戳孔」等例證，由於「窕」從未作「深」講，高氏批評毛傳把當「幽暗」講的「窈」，和當「孔」講的「窕」，

連起來解作「獨處」，十分牽強。

「窈窕」為疊韻聯緜詞，高氏將兩字分訓，相當不當。

八二 死生契闊〈邶風・擊鼓〉

「契闊」，毛傳訓為「勤苦」，韓詩訓為「約束」。高氏認為兩說都很難找到證例，因採朱傳訓「隔遠」，並引《左傳・定公十九年》「鍥其軸」；《國策・魏策》「鍥脛」，「鍥」的意思是「割去」，引伸其義和這裡「契」的意思是「分隔」相合。又引《列子・黃帝》「黃帝緩步而闊視」；《韓非子・解老》「道闊遠」，而說這個說法可由下一章「于嗟闊兮」完全證實，「闊」字因為和同章第三句「于嗟洵兮」相應，「洵」當「遠」講，所以「闊」的意義也可以確定。

「契闊」為雙聲聯緜詞，高氏將兩字分訓不當。毛傳訓為「勤苦」或由「離別」引伸其義。

二一六 抑磬控忌，抑縱送忌〈鄭風・大叔于田〉

「抑」、「忌」一般都以為語助詞，但磬、控、縱、送各家或分訓或以為兩組複詞。高氏引毛傳、朱傳、馬瑞辰之說如下：

毛傳：「騁馬曰磬，止馬曰控，發矢曰縱，從禽曰送。」

朱傳「磬」、「控」、「縱」三字都用毛詩的說法，只有「送」卻另訓為「覆簫」。

馬瑞辰以為「磬」、「控」、「縱」、「送」不是四個單獨的詞，而是兩個複詞（珍玉案：高氏混淆聯緜詞與複詞），都是指「催馬」和「縱馬」，他的論證是「磬控」和「縱送」都有聲音上的關係（珍玉案：俞樾並有此說）。

馬瑞辰因「磬控」係雙聲聯緜字，「縱送」係疊韻聯緜字，而看成兩組聯緜詞，於意義上也能貫串，應可接受；但高氏不採用，甚至最早毛傳的說法他也認為不好，而標新立異的說：「磬」就是「擊磬」，「控」就是「控制」（馬），「縱」就是「放鬆」（弓弦），「送」就是「跟從」（箭去追蹤獵物）。高氏說「磬」是「擊磬」，這和打獵有什麼關係？況且「磬」字，如何能增字說成「擊磬」呢？顯見是他的臆測。

除上舉三例外，以下七例高氏亦犯同類之失。

一二〇 燕婉之求〈邶風・新臺〉

雖訓「燕婉」為「好貌」，但以〈鄭風・野有蔓草〉「清揚婉兮」對照詞意，不合聯緜詞特點。

二四二 邂逅相遇，適我願兮〈鄭風・野有蔓草〉

將「邂」說為「解」之繁體，訓「解」為「鬆懈，輕鬆」，將此句說成：「輕鬆而快樂的相遇，滿足了我的願望。」似將聯緜詞分訓。

三六六 一之日觱發〈豳風・七月〉

將聯緜詞「觱發」分成兩字舉證訓釋不當，以毛傳訓「風寒」為長。

三八八 町畽鹿場〈豳風・東山〉

雖採毛傳訓「町畽」為「鹿迹」，但又將「町畽」分成兩字舉證訓釋。

六四六 或王事鞅掌〈小雅・北山〉

雖採毛傳訓「鞅掌」為「失容」，但將兩字分別舉證。

六九九 間關車之舝兮〈小雅・車舝〉

雖採毛傳訓「間關」為「設舝」，但將「關」分開舉證不當。或以馬瑞辰訓「展轉」為長。

七四一 緜蠻黃鳥〈小雅・緜蠻〉

雖採毛傳訓「緜蠻」為「小鳥貌」，但將「緜」分開舉證，又說「蠻」當「小」無佐證。

第四節　堅採常義之失

從第四章第二節《詩經注釋》之訓詁原則，我們不否認高氏在為疑難字句訓釋時，主張儘量以採用常見義為原則，以不改字改讀為原則，或儘量採用本義，不用引伸義訓解，所得到的成果。但高氏拘泥堅持採用常見義，實際應用於疑難字詞訓釋，往往窒礙不通，甚至流於望文生義，將前人很好的說法，反而說得更壞，舉例說明如下：

一一五 愛而不見〈邶風・靜女〉

毛詩作「愛」，鄭箋加以申說：「愛之而不望見。」高氏認為可以依鄭箋之意，更為自然的說成：「我愛她，可是看不見她。」

但此句「愛而」連用，高氏說成動詞「愛」，恐怕並不合適，而且與上文「靜女其姝，俟我於城隅」，連起來看，既俟於城隅，何以會愛她而看不見她呢？文意便不能貫串。

魯詩「愛」作「薆」，訓為「隱」；所以：「她隱蔽著，我看不見她。」「愛」與「隱」雙聲對轉（珍玉案：古音愛屬微部，隱屬文部），魯詩的說法毫無問題。如此這句是說靜女在城隅等候我，但她和我開玩笑，隱藏起來，讓我見不著她，這樣的說法十分生動有趣。

另一說是將「愛而」合起來成為一個狀詞，「而」是狀詞語尾。「離騷」有「眾薆然而蔽之」，西漢《方言》中亦流行這個語詞，「愛而」即為「薆然」。齊詩將「愛」

字作「僾」，訓爲「仿佛」；所以：「她糢糊不清，我看不見她。」《禮記・祭義》有「僾然必有見於位」，鄭注：「微見貌。」「薆」、「僾」皆爲「愛」字之同音假借字，意義相近。「愛而」訓爲「隱隱約約」，猶如〈蒹葭篇〉的「宛在水中央」的「宛」字，此說亦通，只是說成隱隱約約看不見，不如說成躲藏起來看不見來得自然，而且文意上也比較生動。

無論如何，高氏將「愛」字用常義孤立訓釋，似乎不辨「愛而」在文法上連用，不能分訓。

一八九　能不我知〈衛風・芄蘭〉

高氏認爲毛傳訓爲「不自謂無知以驕慢人也」，似與此句用字不合。鄭箋訓爲「其才能實不如我眾臣之所知爲也」，兩個說法都不好。「能」就是平常的意義；「能不我知」就是「能不知道我嗎？」（為什麼他不知道我？）。王引之《經義述聞》卷五對「能」字有相當好的訓解，他說：

> 詩凡言宵不我顧，既不我嘉，子不我思，皆謂不顧我，不嘉我，不思我也，此不我知，不我甲，亦當謂不知我，不狎我，非謂不如我所知，不如我所狎也。能乃語詞之轉，亦非才能之能也，能當讀爲而，言童子雖則佩觿，而實不與我相知，蓋刺其驕而無禮，疏遠大臣也……。

王氏除了歸納《詩經》相同句子爲證外，並引許多先秦文籍證例（茲略），可以說是精密有據。高氏訓以平常之義，不僅無法表達童子之驕慢，而且硬將此句轉爲疑問語氣，就古漢語表達習慣「能不知道我嗎？」應作「豈不我知？」不可說成「能不我知」的，可見高氏的說法毫無依據。

三二一　交交黃鳥〈秦風・黃鳥〉

高氏先列出以下三家說法：

毛傳訓「交交」爲「小貌」，〈小雅・桑扈〉毛傳訓同，高氏以爲無佐證。

朱熹訓「交交」爲「飛而往來之貌」，用「交」的基本意義「交叉」；所以黃鳥交叉著飛。較晚的文學作品中，「交交」用爲「交叉著飛」的很多（例如溫庭筠的詩）〔註11〕。

嵇康（三世紀）詩有「咬咬黃鳥」（見文選）注引毛詩「交交黃鳥」，不過釋「交交」爲「鳥聲」，《莊子・齊物論》有「実者咬者」。

〔註11〕溫庭筠〈張靜婉採蓮曲〉「鸂鶒交交水塘滿」（一作膠膠）、〈常林歡歌〉「沙晴綠鴨鳴咬咬」（一作交交）、兩句「交交」顯然應作「鳴叫聲」，而非如高氏所說「交叉著飛」。又有韓偓〈從獵〉「有時齊走馬，也學唱交交」、薛濤〈十離詩・燕離巢〉「出入朱門未忍拋，主人常愛語交交」，這些「交交」都是摹聲詞，無作「交叉著飛」之意。

以上三說，毛傳或《文選》注的說法都很好，但高氏本持他採用常義的原則，贊成朱熹的說法（鄭箋亦作此說，高氏未引，特補充之）訓爲「交叉」。本章第一節討論「肅肅兔罝」，已引丁聲樹「考《詩經》通例，凡疊字之用於名詞上者皆爲形容詞。」批評高氏之誤。此條「交交」下接「黃鳥」，亦應作形容詞，恐怕很難說成「交叉」。這是高氏堅持拿出證據，發展出來的訓詁邏輯。如果用這樣的邏輯讀詩，〈關雎〉的「關關」毛傳釋爲「和聲」，古書也找不到相同例証，豈不要說成「關閉」而說成「有自閉症的雎鳩」嗎？顯然高氏堅採常義的訓詁原則是值得商榷的。

三八四　予尾翛翛〈豳風・鴟鴞〉

高氏說毛傳訓「翛翛，敝也」；說成：「我的尾巴磨損了」，已經很好。但高氏認爲無佐證，因而引唐石經異文「予尾脩脩」，認爲「脩」本來是「乾肉」，是個普通的字，因此這句詩應作：「我的尾巴（像乾肉）乾縮了。」高氏只想到「脩」作「乾肉」講，極爲常見，但當「乾肉」講的「脩」，古漢語並無兩字連用法。高氏強求毛傳的說法應有先秦證例，本已困難，任意換個普通意義的說法，亦要構詞完全相同，才可以用來對照。先師周法高先生曾指出高氏《詩經注釋》有很多地方把重疊形式根據其構成份子的意義分開來講〔註12〕，高氏不明古漢語構詞形式，「翛翛」疊音形式，猶如「翛翛然」〔註13〕，高氏以它的構詞成份訓解，並以爲用個通常一般的意思解釋最好，其謬誤可謂大矣。

四二五　俾爾戩穀〈小雅・天保〉

毛傳訓「戩」爲「福」，高氏認爲這樣講無佐證，後人申毛意見也不一致。陳奐以爲「戩」是「進」（進）的假借字，「進」就是「成功」，就是「幸福」，高氏認爲這也沒根據。朱駿聲堅持「戩」的本義既是「翦除」，這裡就是「除惡滅凶」，「清淨」，「吉祥」，和當「被除惡凶」講的「祓」又引申指「福」一樣（見郭璞爾雅注引詩〈大雅・卷阿〉的「蕭祿爾康矣」）（珍玉案：高氏作「祓福康矣」誤，此依詩原文更正）。《方言》卷七云：「福祿謂之被戩」，「被」和「戩」連用。高氏認爲這些說法都是經生氣重，而且想得太多。朱熹認爲「戩」與「翦」同，盡也。朱子的解釋是由〈魯頌・閟宮〉的「戩」或作「翦」而來的。正如「盡」又指「盡絕」又指「全盡」，「翦」和「戩」指「翦除」也指「全盡」。高氏認爲他的說法很牽強，於是他提出看法：

> 「戩」字只又見於魯頌閟宮說文所引的「實始戩商」，而毛詩作「實始翦商」。「戩」和「翦」在切韻和釋文都音*tsian/tsian/tsien，這就表示

陸法言和陸德明都以為「戩」只是「翦」的異文。但是「晉」的音是 *tsi̯ĕn/tsi̯ĕn/tsin，而韻母是-ĕn 的字從來不和韻母是-ɑn 的字諧聲，切韻和釋文的音就離事實太遠了。「戩」從「晉」得聲，音一定是 *tsi̯ĕn/tsi̯ĕn/tsin；又因為從「戈」，意義當是「割」，和「翦」字語源上有關係，可是並非完全相同。「翦」的意思是「翦除」（閟宮，毛傳據爾雅訓為「齊」，也就是周禮食醫的「劑」，鄭箋明白的訓「斷」），古書常見。由此在本篇，我把「戩」字就當本義「穀子」。上文說：天使你有許多增加，因此沒有一樣東西不豐富；現在的「俾爾戩穀，罄無不宜」便是：天使你收割穀子，所以（罄其所有）到末了沒有不（適當）好的。我不敢說爾雅訓「戩」為「福」或許就是從這一點意思來的：「福」（*pi̯uk）和「富」（*pi̯uɡ）語源上關係很近；而當「收割」講的「戩」也和「富」和「福」有關係。

高氏這裡十分努力要把「戩」字說成「割」，以別於毛傳訓為「福」，因為他堅持毛傳的說法要有佐證。他那麼堅持的結果，反而將常作「祿」講的「穀」字，也要用一般、通常的意思，訓為「穀子」了。把這句說成：「天使你收割穀子」，放到句中實在是很怪異，並不如依毛傳釋為「天使你有福祿」好。

五〇〇　如矢斯棘〈小雅・斯干〉

毛傳：「棘 *ki̯ək，稜廉也」，高氏懷疑《釋文》引韓詩作「如矢斯朸」，訓「朸」*li̯ək 為「隅」，毛氏是不是以為「棘」是韓詩「朸」的假借字呢？然而「朸」字在古書中也沒有實例。

朱熹：「棘，急也。」高氏認為照他的說法，「棘」*ki̯ək 是「亟」*ki̯ək 的假借字。

高氏認為所有注釋《詩經》的人都以為這一章是說宮室的建築：「如一個人那麼恭敬的企立，如一枝箭那麼有尖銳的稜角，如一隻鳥那麼展開肢膀，如一隻雉雞那麼飛著，是君子升登的廳堂。」這個比擬未免可笑得很。其實這些都是說君子自己的話：「如一個人那麼恭敬的企立，如一枝箭那麼行動很快，如一隻鳥那麼展開肢膀，如一隻雉雞那麼飛著，是登升的君子。」

高氏為堅持其採用一般說法的注釋原則，主觀的看法在此條發揮無遺。這明明是一首築室的詩，第三章「約之閣閣，椓之橐橐，風雨攸除，鳥鼠攸去，君子攸芋」，第四章「如跂斯翼，如矢斯棘，如鳥斯革，如翬斯飛，君子攸躋」，第五章「殖殖其庭，有覺其楹，噲噲其正，噦噦其冥，君子攸寧」，「君子攸芋」、「君子攸躋」、「君子攸寧」都是講居室，高氏竟然因為拘泥原則，而將它扭曲成說君子自己。

五三〇　憂心愈愈〈小雅・正月〉

高氏認為毛傳訓「愈」為「憂懼」，《爾雅》有「瘐瘐，病也」，或許是說本句詩，大概因為魯詩作「瘐瘐」，「瘐」和本章「胡俾我瘉」的「瘉」語源上相同是一個詞，毛傳訓「瘉」為「病」。那麼毛詩這裡的「愈」就是「瘐」或「瘉」的假借字，抄寫的人不願在一章之內重複的寫「瘉」字而改的（珍玉案：馬瑞辰已提出此說）。

朱熹訓「愈愈」為「益甚」，高氏依其意說成：「我心裡的憂傷有增無已。」

高氏認為朱熹用平常的意義，不必說為假借字最好，而且上一章「憂心京京」，依朱熹之訓解「京京，大也」，和本句是個相同的句子。事實上「京」本義為「大」，「京京」是否可以訓為「大」極有問題。高氏引《左傳‧莊公二十二年》「莫之與京」；《公羊傳‧桓公九年》：「京者何，大也。」用「京」單用，作為「京京」連用之對照，非常不合適，而且「京」連用也不可能和「京」單用意思相同。前面討論「六轡耳耳」、「予尾翛翛」條已指出先師周法高先生批評高氏的毛病就是太重視代表這一類重疊形式的漢字。

高氏將「愈愈」當程度副詞，依他的說法任何表程度的意思都可用「愈愈」，並不限於「憂心」，然而「愈愈」除了接在「憂心」之後外，從未被用在其他種程度之表現。《詩經》中有許多「憂心ＸＸ」結構的句子，如「憂心忡忡」、「憂心惙惙」（召南‧草蟲）、「憂心悄悄」（邶風‧柏舟、小雅‧出車）、「憂心殷殷」〈邶風‧北門〉、「憂心欽欽」〈秦風‧晨風〉、「憂心烈烈」〈小雅‧采薇〉、「憂心京京」、「憂心惸惸」、「憂心慘慘」、「憂心慇慇」〈小雅‧正月〉等不勝枚舉，用「殷殷」、「烈烈」等專為「憂心」使用的疊音詞，來說憂愁本身，而不是一個代表程度的副詞。因此毛傳訓為憂不去也，雖因文籍材料的局限，不能提出證據，但經由客觀材料的分析歸納，實在有他堅實的理由。高氏採朱熹說釋為「益甚」作程度副詞用，說成憂心愈來愈重，考《詩經》中一系列狀「憂」的詞彙和「益甚」意思並不相同，高氏常義的說法，顯然又出了錯誤。

六○八　既微且尰，爾勇伊何〈小雅‧巧言〉

高氏採毛傳：「骭瘍為微，腫足為尰」；說成：「你的腿疼，你的腳腫；你的勇氣是怎樣的。」並說「尰」和常用的字「腫」語源上關係很密切，所以這個講法是可信的；但「微」或「癓」指「腿疼」就沒有任何佐證了。

朱駿聲以為「微」是「黴」的省體，如《淮南子‧脩務》「舜黴黑」的「黴」。陳奐以為「微」是「瘣」的假借字，高氏認為不太好。

因此他提出另一說法：「微」就是如平常指「微小」。上文「居河之麋」比喻危險而不穩定的地位（小雅小宛六章有同樣的比喻），以下六句全敘寫他們的自大而實在微弱：他們沒有力量和勇氣，他們是禍亂的階梯；你微小而（腫脹）誇大，你的

勇氣是怎樣的；你的計畫大而多，你的（一同居處的人）從者有多少？

高氏批評陳奐「微」、「瘣」不能假借，兩字古音確實不能相通，又批評朱駿聲「微」爲「黴」字之省體不太好，皆有理由。但高氏自己將「微」以一般的意思釋爲「微小」，就整句文意而言是十分不恰當的。毛傳所謂「瘍」的意思是「潰爛」，高氏錯誤瞭解爲「腿疼」；「微」和當稀飯（煮爛的飯）講的「糜」雙聲，音十分接近，可以假借，因此毛傳的說法是不錯的。至於高氏強將「爾居徒幾何」的「居徒」釋爲「一同居處的人」，那眞是不明「居」作語詞，而堅持他的一般、平常意義至極了。

八三八　度其鮮原〈大雅・皇矣〉

毛傳：「小山別大山曰鮮。」高氏認爲這是根據《爾雅》而來的，不過看《爾雅》的文字，可知毛氏是誤解了《爾雅》。《爾雅》原文依郝懿行的句讀是：大山宮，小山霍，小山別，大山鮮。郭璞注又云：「大山」所以叫「鮮」，是因爲它們不相連接，也就是它們很「鮮少」。而且《爾雅》的文字還可能更有錯誤，「鮮」字原來可能作「解」，參郝懿行《義疏》。於是毛傳的「小山別大山曰鮮」可能任何佐證都沒有。〈公劉篇〉「陟則在巘」，毛傳釋「巘」爲「小山別於大山」。這就引起一些學者的揣測，以爲「鮮」和「巘」就是一個字，因爲它們音近，那是完全不合事實的〔註14〕。馬瑞辰又引證《禮記・月令》的「天子乃鮮羔」的「鮮」以爲一定和〈豳風・七月〉「獻羔祭韭」的「獻」一樣，《禮記》鄭注也說：「鮮」就是「獻」。

鄭箋訓「鮮」爲「善」。高氏說這樣講有許多例證，不過大致都是說品德的好。

以上各說高氏認爲都不合適，他以爲「鮮」本來是「新鮮」，時常指「鮮明」，如《易經・說卦》：「於稼也……爲蕃鮮（釋文：鮮，明也）。」這裡的「鮮」一定也是這個意思：王居住在鮮明的平原上。參看〈緜篇〉「周原膴膴」。

高氏對各家說法不滿，有他相當的理由，但他用「鮮」字一般的意義，說成「鮮明的平原」，這並不自然，而且「周原膴膴」、「膴膴」，乃指平原肥美，也不能說成鮮明。屈萬里先生《詩經詮釋》：「度，越也。《逸周書・和寤》云："王出圖商，至於鮮原。"孔晁注云："近岐周之地也。"」將「鮮原」指實爲地名，是不錯的說法。

八六八　先生如達〈大雅・生民〉

一般之訓解都採鄭箋將「達」讀作*t'ât，訓「羊子」。

鄭氏說：「生如達之生，言易也。」《說文》有「羍」字，訓「小羊」，鄭氏以爲「達」就是那個字的假借字。高氏認爲「羍」字沒有在任何古書出現過，這個解釋

〔註14〕「鮮」snjan，可能爲複聲母，和「巘」有音的關係。

非常沒有根據。於是他採毛傳的說法訓「達」為「生」，如〈周頌・載芟〉「驛驛其達」。採陳奐的說法訓「如」為「而」，他認為這一句和上一句「誕彌厥月」一氣，而串講為：「（她滿足了她的月份）第一個孩子就生出來了。」

高氏堅持「羍」字要在古書出現過，這更顯得他的強人所難。「羍」字雖不見用，但既有「羍」字，則其字不可疑，從羊大聲之說，亦無任何問題。因此鄭箋將「達」說成「羍」之假借，譬況的說法是很好的。

八九四 公尸來止熏熏〈大雅・鳧鷖〉

毛傳訓「熏熏」為「和說」；所以：「公尸來停留而且高興了。」高氏認為沒有佐證。《說文》引作「公尸來燕醺醺」，訓「醺」為「醉」；所以：「公尸來飲宴而且醉了」。高氏認為《說文》的說法比較好，「醺」實際上就是由「熏」繁衍出來的字，兩個字都音*xi̯wən。「熏」的本義是「氣」，在這裡指「薰了氣，醉」。《說文》的「燕」字比毛詩的「止」字更能合乎上一章的意思。

高氏這裡上了《說文》異文錯誤的當，本篇前四章皆作「公尸來燕來 X」，第五章改變句法為「來止熏熏」。「熏熏」不能釋為「醉」，因為下文有「公尸燕飲，無有後艱」，這裡公尸才來，實尚未燕飲，宜依毛氏訓為「和說」，較合文意。

高氏以簡單、一般的意思說成「薰了氣，醉」，不僅忽視句法，而且不合於上下文意。

一〇五三 不測不克〈大雅・常武〉

高氏先引各家不同說法，並加批評。

鄭箋：「不可測度，不可攻勝。」高氏未同意其說。

馬瑞辰：「測」是「側」的假借字，用「隱伏」的意思；「克」依《說文》訓「急」。這句詩是：「他們不埋伏，他們不急進。」高氏認為他的說法牽強附會。

陳奐：「不」是語助詞；「測」是「深」，所以這句詩是：「深測攻克也。」高氏認為更不合理。

於是他採 Waley 用常義的說法：「不測」就是「不可測量」（珍玉案：董先生認為此說和鄭箋並無不同），而將此句串講為：「不可測量，不可攻勝。」

高氏為求簡單、自然，不用馬氏假借甚至陳氏語詞的說法，確實比較好。但他的說法並無異於鄭箋，然為了堅持一般、簡單原則，而用 Waley 說的「測量」，否定鄭箋的「測度」，真如董先生所說不知高氏想如何分別兩家的說法了。

一一八四 受命不殆〈商頌・玄鳥〉

鄭箋把「不殆」講作「不解殆」；所以：「他受了命令，不懈怠（的執行）。」王肅就照字講：「他受了命令而不危殆。」高氏採王肅的說法，他認為這裡沒有絲毫理

由要用鄭箋將「殆」假借爲「怠」。

　　高氏採平常意義，雖可說通；但此句說孫子武丁受命不殆，接受命令與不危殆，並無必然的意義連繫，而黽勉盡力不懈怠，則意義連貫不可分，因此鄭箋的說法確實比較流暢自然。雖然爲古籍訓解，如高氏所說以儘量不用假借字爲原則，但在這裡用基本意義行不通，就得考慮讀古書背後之背景異於今，由於古書靠口耳相傳，寫成文字時難免以同音記音，後人讀古書就書面之文字解釋，往往講不通，一定要根據所記之音恢復本字才說得通。因此講假借有它不得已的理由，高氏未能認識古人書寫不甚計較字形，要以文意之貫通爲取決標準之道理，一再批評清儒濫用假借，主要由於他的認識不足。這裡的「不殆」正是「不怠」，是因爲兩字音同，在記音時而寫成的錯字。《詩經》中亦有「黽勉從事，不敢告勞」〈小雅・十月之交〉、「夙夜匪解，以事一人」〈大雅・烝民〉、「兢兢業業，孔塡不寧」〈大雅・召旻〉等許多不懈於職責的句子，〈商頌・殷武〉有「稼穡匪解」、「不敢怠遑」，亦爲讚美商君勤於政事，可以證明鄭箋「不解殆」假借的說法較合於《詩經》一貫的表達方式。

　　除上舉十三例外，以下二十例高氏都堅採常義，以避開使用假借義或引申義，結果往往將句子意思說得十分怪異，有些更不合上下文意。這呈顯高氏不明古書書寫背景重音不重形，以假借訓釋乃不得已之辦法；以及拘泥常義，而忽視上下文意之貫串等訓詁毛病。

　　四七　勿翦勿拜〈召南・甘棠〉

　　以常義將「拜」訓爲「折拜」、「屈曲」，不明乃「拔」之本字。

　　一九四　誰適爲容〈衛風・伯兮〉

　　以常義訓「適」爲「適合」，說成：「誰喜歡裝飾自己」，將主語誤作賓語，以毛傳訓「主」爲長。

　　三七三　八月剝棗〈豳風・七月〉

　　以常義訓「剝」爲「取」，不明當作「扑」假借，以毛傳爲長。

　　三七四　以介眉壽〈豳風・七月〉

　　以常義訓「介」爲「大」，不明與「匃」聲通，金文多用「匃」，應訓爲「求」。

　　四五二　六月棲棲〈小雅・六月〉

　　將「棲」訓以常義「棲止」，不明疊音詞不能以其構成份子訓解。

　　四五七　織文鳥章〈小雅・六月〉

　　以常義說成：「有織的花紋，鳥徽。」不明「織」應作「識」，通作「幟」，參馬瑞辰說。

四九七　似續妣祖〈小雅·斯干〉

以常義說成：「他像並且承接他的祖先」，不明「似續」複詞，猶言「繼續」。

五四二　終其永懷〈小雅·正月〉

以常義說成：「經常的懷念是永久的」，不明「懷」作「憂傷」，以鄭箋：「終王之所行，其長可憂傷矣」爲長。

六五四　式穀以女〈小雅·小明〉

以常義訓「以」爲「用」，又將「穀」作副詞，說成：「（神聽信你）他們要好好的用（待）你」。應以朱傳、王引之訓「以」爲「與」，說成：「善（福祿）及於汝」爲長。

六六八　如幾如式〈小雅·楚茨〉

以常義訓「幾」爲「數量多少」，不如毛傳訓爲「期」。

六八〇　攘其左右〈小雅·甫田〉

以常義訓「攘」爲「卻」，不合文意，以朱傳訓「取」爲長。

七四九　匪兕匪虎〈小雅·何草不黃〉

以常義訓「匪」爲「不」，不明借作「彼」。

七九四　度之薨薨〈大雅·緜〉

以常義訓「度」爲「量」，又說「聚土」，相當騎牆，以韓詩訓「填」爲長。

八三三　誕先登于岸〈大雅·皇矣〉

以常義訓「岸」爲「高岸」，並望文生義串講，以鄭箋訓「訟」爲長。

九一七　柔遠能邇〈大雅·民勞〉

以常義訓「柔」爲「柔和」，說成：「對遠方柔和，對近處的人和善。」不明以毛傳：「柔，安也」爲長，「能」亦以王引之當「而」爲長。

一〇三六　淮夷來求〈大雅·江漢〉

將「來」以常義訓爲「向某處求」（去），不如王引之當詞之「是」講。

一〇五五　懿厥哲婦〈大雅·瞻卬〉

將「懿」以常義訓「美」，不明作發語詞，同「伊」，相當於「維」。

一一二七　匪且有且，匪今斯今〈周頌·載芟〉

將「且」以常義訓「暫且」，不明應借作「此」，參陳奐之說。

一一五八　閟宮有侐〈魯頌·閟宮〉

將「閟」以常義訓「閉」，不明借作「祕」於文意爲長。

一一七三　壽胥與試〈魯頌·閟宮〉

將「試」以常義訓爲「試驗」，不明借作「比」於文意爲長，參馬瑞辰之說。

第五節　望文生義之失

　　高氏雖然經常批評前代注家訓釋望文生義，但他自己在訓解時亦經常為了求簡單，而流於不假思索，尤其他喜歡採用外國人的訓釋，往往在文化上難免隔閡，弄出一些望文生義的可笑訓解。

四〇五　每懷靡及〈小雅・皇皇者華〉

　　毛傳訓「每」為「雖」，「懷」為「和」，意思是：「雖然有中和的心懷，他們知道還是不能達到……。」鄭箋：「春秋外傳曰懷和為每懷也，和當為私。」朱熹訓「懷」為「思」，所以：「他們每每掛念，怕不能稱職。」高氏不用這些說法，而採 Waley 的譯述：「每個人都想謹守他的地位。」高氏加以解釋他的說法為：「（使者很多）每個人都怕落後（擔心不能到達）。」高氏的說法簡直望文生義，本詩共五章，除此章結尾作「每懷靡及」外，其他四章皆作「周爰咨諏」、「周爰咨謀」、「周爰咨度」、「周爰咨詢」，都是講到四處訪求賢者以為謀畫咨詢，若依高氏說謹守地位，和下文各章毫無關聯，不如採毛傳訓「每」為「雖」，「懷」則用懷念的普通意義，將此句訓為：「雖懷念可以咨詢的賢人，但不能相見。」

七六六　有虞殷自天〈大雅・文王〉

　　毛傳只訓「虞」為「度」。鄭箋更以為「有」就是「又」。其實毛鄭的說法：「又度殷所以順天之事而行之」，在文中可以說得很好；但高氏認為非常勉強而且說不通。於是他把「有虞」釋為「虞夏」朝代，而把這句說成：「有虞（最早的朝代）和殷（室）來自上天（就是受天之命的意思）。」高氏這樣不明句子結構，任意斷句，望文生義的解釋令人啼笑皆非。事實上全文皆讚美文王，這裡說他又憂慮殷人自天得天命，和「有虞」一點關係也沒有，高氏可謂穿鑿附會至極。

八〇二　虞芮質厥成，文王蹶厥生〈大雅・緜〉

　　毛傳：「質，成也；成，平也。」郝懿行認為「質」的本義既是「真實」，《爾雅》訓釋的「成」字實際上也就是「誠」；「質」字用作「信實，擔保」是普通的，《左傳》各處都是。如此，第一句是：「虞芮的國君保證他們的講和。」朱熹訓「質」為「正」，高氏認為並沒有什麼好處。鄭箋把第二句解說作：「文王激動他們的（好）天性（生，就是性）。」「蹶」有好幾個講法，其中之一是「機敏」。「激動」或者是由「機敏」引申而來的，高氏認為這樣的說法太顯經生氣。

　　於是他提出了個特殊的看法。他認為只要將「生」說成抽象的「生命」或「天性」，第二句都沒辦法講。因此他說這裡是說芮虞臣服於勢力增長的文王。他們納降，並且和別的情形一樣，訂一個條約，擔保守信。在那種禮節完成的時候，都有一個

莊重的祭祀，備有牲犧。高氏認爲「牲」原來就和「生」是一個語詞，基本意義是「活的東西」。《論語‧鄉黨》：「君賜之生，必畜之。」所以本篇的「生」和《論語》的「生」一樣，是指「牲畜」；換言之，「生」只是「牲」的省體，「生」是初文，「牲」是專爲指「牲畜」繁衍出來的。本篇的「生」是議和祭典的犧牲。而「蹶」是同音的「厥」的假借字，指祭祀的桌子。《禮記‧明堂位》描寫宗廟的祭典，說犧牲是陳列在兩種「俎」上，一種叫「梡」，一種叫「厥」。這裡是和議的祭祀，文王用的是「厥」。如此這兩句詩是：「虞芮保證議和的誠意，文王把他們的犧牲放在厥上。」

　　高氏這樣的訓解方式簡直就是望文生義，不顧全篇詩義贊美文王對混夷、虞、芮等小國的安撫，虞芮兩國達成協議，並無特別敘述文王將「牲」放在「厥」上之必要，何況誰都可以擺置祭品，亦無特指文王之必要；因此毛鄭的說法好些，若把「文王蹶厥生」句，「蹶」訓爲「動」，「生」訓爲「性」，說成文王感動虞芮之性，就篇義而言是很恰當的。

八二六　因心則友〈大雅‧皇矣〉

　　高氏同意毛傳：「因，親也，善兄弟曰友。」並將此句串講爲：「在他親愛的心中，他友善。」高氏認爲「因」的本義是「藉」，所以又指「依託，相愛」，這樣的訓解顯得望文生義。

　　朱熹訓「因心」爲「非勉強也」，「友」爲「善兄弟」，高氏爲之串講爲：「因天性而友善」，這個說法較上說好，但高氏未採此說。

八四一　不大聲以色，不長夏以革〈大雅‧皇矣〉

　　毛傳訓「夏」爲「大」，訓「革」爲「有所更」，並串講本句爲：「不大聲見於色，不以長大有所更。」孔疏說成：「……因說文王明德之事，不大其音聲以見於顏色，而加人不以年長大以有變革於幼時……。」陳奐釋爲：「你不改變先王之道。」高氏認爲這個解釋忽略了兩句完全平行的句法。

　　鄭箋以爲「夏」是「諸夏」，釋爲：「不虛廣言語以外作容貌，不長諸夏以變更王法者」，高氏認爲較前說更不合兩句平行的句法。

　　馬瑞辰用朱熹說把「以」講作「與」（朱氏說，這兩句其他的部分他不懂），他又大加稱讚而引述汪德鉞的荒誕的揣測，以爲「聲」是「發號施令」，「色」是「象魏懸書之類」，「夏」是「夏楚」（榎楚）（禮記學記：夏楚二物，收其盛也），「革」是「鞭革」。如此，這句詩是：「你不用大的號令和文告（珍玉案：馬氏意思是不道之以政），你不用長的夏楚和鞭革（珍玉案：馬氏意思是不齊之以刑）。」高氏十分嚴厲的批評他的說法：「我引述這種無聊的說法，只在表示嚴肅的學者如馬瑞辰，有時候也會提出這種無稽的意見。」

高氏認為 Waley：你的大名並沒有使你擺架子，你的偉大並沒有使你改變舊法，「大聲」和「長夏」（特出的偉大）相對，因此意義是：「大的名聲」。〈文王有聲篇〉「文王有聲」即為證例。高氏認為「以」字是和平常一樣的，有「因……而……」的意思；把「革」講作「改變舊法」也太經生氣了；「色」（表現）和「革」（改變）都指上文「予懷明德」的「明德」；如此這兩句詩是：「它不因為你的大名而表現出來，它不因為你特出的偉大而改變」；換言之：「雖然你有大名，它不表現出來；雖然你有特出的偉大，它不改變。」

高氏雖發現兩句平行，但他僅就字面意義訓釋，顯然未瞭解全句的真正意義。這段是帝告訴文王「予懷明德，不大聲以色，不長夏以革。不識不知，順帝之則」，如何順上帝之法則，就是要不識不知，眷念明德，不將喜怒之聲色表現於外，不常用夏楚鞭扑之刑。不能像高氏望文生義將「大聲」說成「大名」，「長夏」說成「特出的偉大」。

八三三　誕先登於岸〈大雅・皇矣〉

毛傳訓「岸」為「高位」；鄭箋訓「誕」為「大」（珍玉案：高氏誤作毛傳，茲依董先生附註訂正）。所以：「你將堂皇的先升到高位」。朱熹以為這是說道德：「你會堂皇的升至道的最高點」。「岸」通常指河岸或河床，特別是高的陡岸。高氏認為以「岸」比高位或道之至極，不免牽強。

鄭箋訓「岸」為「訟」，又訓「登」為「成」，所以：「堂皇的先把訟事完成。」高氏認為這一說更壞。

高氏認為 Waley：「你必須先佔住高地」。是一個新穎而實在的說法，並略為修正其說：如上文所說，「岸」不是普泛的指高的地方而是河岸或高岸。這一句也不是直接引述上天所說的話，這可以由句首語助詞「誕」的應用看出來。「誕」和「乃」的意思一樣。這句是說，上天警戒之後，文王就準備好了：那麼他先升登一個高岸。（觀察敵情）。

高氏望文生義的說法放到原文「帝謂文王：無然畔援，無然歆羨，誕先登於岸。」十分牽強，因為這是帝告誡文王在品行道德上及治國優先應作之事，因此鄭箋說成完成訟事，和這段要說的意思較能連貫，至於「誕」可以採《經傳釋詞》說法當成語詞。高氏或因下接「密人不恭，敢距大邦，侵阮徂共。王赫斯怒，爰整其旅，以按徂旅，以篤周祜」而望文生義的以為是戰爭前先登高岸觀察敵情吧！

八五八　昭茲來許〈大雅・下武〉

高氏認為「許」照平常講作「許可」；本句和下一句「繩其祖武」相連：他光明的來並且得到許可，繼續他祖先的腳步。這樣就和上一句「昭哉嗣服」是一氣的。

高氏之訓釋很明顯的增加了不少文字之外的意思，而且沒有理由要像他那麼說。

高氏自云：「茲」是「哉」的錯字，蒙上章「媚茲一人」而誤。「昭哉來許」的「昭哉」是上一句「昭哉嗣服」的「昭哉」的重疊。王應麟《詩考》引漢代的一個石刻正作「昭哉來許」。依他的意思，「昭哉」應釋為「光明啊！」乃感嘆語氣。「來許」該作何解？毛傳訓「許」為「進」，意思不清楚。高氏認為「進」可以當不及物動詞用，指「前行」；也可以當及物動詞用，指「進送」。鄭箋用前一個講法，又訓「來」為「勤」；所以：「他光明的辛勤前進（於善道）。」《爾雅》訓「來」為「勤」確是指「來」讀去聲，有「使來，鼓勵，刺激」的意思，如〈小雅・大東〉「職勞不來」。不過鄭氏應用到本篇，卻難免十分勉強；因為我們一定要講作：「他光明（受刺激，被招引）辛勤的前進。」「許」訓「進」也沒有任何佐證。《孟子・公孫丑上》「管仲晏嬰之功可復許乎」，趙歧釋「許」為「興」；不過這個「許」實在還是「期許」的意思。陳奐和馬瑞辰又以為毛氏是把「許」當「御」的假借字，因為《續漢書》注引詩作「昭哉來御」。「許」和「御」雖然都從「午」聲，音還是差得太遠。〈小雅・六月〉毛傳誠然訓「御」為「進」，不過那是「進送食物」的意思。「御」字有時候當「迎迓」講，卻從來不當不及物動詞「進」講。這些說法誠如高氏說都有問題，屈萬里先生《詩經詮釋》認為「來許」猶言「將來」，這個解釋放到本句簡單而通順，可以避免許多無佐證的說法，應可接受。

八七〇　克岐克嶷〈大雅・生民〉

毛傳：「岐，知意也；嶷，識也。」朱熹：「岐嶷，峻茂之貌。」高氏認為朱熹的說法不可用；毛傳的說法雖然不錯，但要將「岐」、「嶷」兩字都說成假借不太好。馬瑞辰以為「岐」是「跂」的假借字。「跂」是「企立」，在這裡是「直立」的意思。馬氏又以為「嶷」是「疑立」的「疑」的假借字。「疑立」常見於《儀禮》，鄭注釋為「正立自定之貌」。《儀禮》釋文音「疑」為*ngiək/*ngiət 兩音，有後一個音，是因為陸德明以為這個「疑」字就是《公羊傳・宣公十六年》的「仡」。前一個音和諧聲系統相合，也能在本篇諧韻。Weley 又改進馬氏的說法，不把「岐」說作「跂」的假借字，因為「跂」的意義只是「企立」；他只把「岐」字照平常讀，用《列子・說符》「岐路」和《淮南子・謬稱》「岐道」的「岐」的意思，在這裡講作「跨立」。高氏採 Waley 的說法串講為：「他能（跨立）邁步，他能站穩。」他的理由，除了 Waley 的說法只用一個假借外，就是這章詩講后稷之出生，不可能從嬰兒的爬行一下子就跳到成長的農人，馬瑞辰、Waley 說的序列較毛傳合理。

高氏以為一個孩子生出後，應該先邁步站穩，而非有知識，才合乎成長序列，這是望文生義想當然耳的看法。我們觀察本章「誕實匍匐，克岐克嶷，以就口食，

蓺之荏菽，荏菽旆旆，禾役穟穟，麻麥幪幪，瓜瓞唪唪」，正是讚嘆后稷剛會爬行，便能知事辨物，神異非常。而且「克岐」和「克嶷」是平行的兩部份，若採馬氏的說法「岐」是「企立」（或採 Waley 的說法「跨立」，邁步），為一動詞的結構，「嶷」是「疑立」，「疑立」根據《儀禮》鄭注：「正立自定之貌」是狀詞結構，顯然是不能平行的，不論馬瑞辰或 Waley 的說法，就文意或句法，都不如傳統毛傳，反而顯得有些望文生義。

一○四○　王國來極〈大雅・江漢〉

鄭箋以為這一句是說人民；又訓「極」為「中」；全句的解說是：「使來於王國，受政教之中正。」高氏認為這樣講非常經生氣，他認為這一句是屬令之詞。「來」和下文「來旬來宣」的「來」一樣，是命令詞，對召虎而言。「王國」是受詞，置於動詞之前，句法如第一章「淮夷來求」。「極」字用通常的講法「極端，盡極」。如此，這句詩是：「去走遍王國」；正好和下面的「于疆於理，至於南海」相接。同樣的意思在下一章又有表現。

其實鄭箋的說法是不錯的，「江漢之滸，王命召虎，式辟四方，徹我疆土。匪疚匪棘，王國來極。于疆於理，至於南海」本章和前兩章講的都是宣王命召穆公平淮南之夷，然後如何經營治理它，因此鄭箋說使淮南夷來王國，受政教之中正，不能說是經生氣。高氏硬將它和下章「王命召虎，來旬來宣，文武受命，召公維翰，無曰予小子，召公是似，肇敏戎公，用錫爾祉」說成都是王命令召虎個人，細繹兩章所說之對象確有不同，高氏不能僅憑「王國來極」、「來旬來宣」兩句都出現「來」字，就說這兩章都是說王命召公虎走遍王國，巡視宣揚政令之類的意思。整章詩其他文字連貫的意義，不容被忽視。

一○七四　無封靡于爾邦〈周頌・烈文〉

毛傳以為這是對諸侯講的話，訓「封」為「大」，「靡」為「累」；高氏串講為：「不要大大的在你們的國家牽連你自己（於罪）。」並舉「封」當「大」，「靡」當「連累」講的先秦證例，《左傳・定公四年》「吳為封豕長蛇」；《楚辭・離騷》也有「封狐」，《莊子・人間世》有「靡」字，指「連結」，可以引伸為這裡的「連累」。陳奐覺得毛傳的「累」就是「纍」，指「纏結」，有「桎梏」的意思；他引〈衛風・碩人〉的「胥靡」。如此，這句詩是：「不要在你們的國家做大的（帶桎梏的人）罪人。」

孔疏把「靡」講作「侈靡」：「不要在你們的國家大為奢華。」參看《禮記・檀弓》「若是其靡也」。

馬瑞辰以為「靡」的意思是「毀害」。《國語・越語》「靡王射身」，韋昭注訓「靡」為「損」。如此這句詩是：「不要大大的在你的國家為害。」

朱熹把「封」講作「專利以自封殖」；所以：「不要在你的國家自求多利而奢侈。」

高氏認爲以上幾家都說這句是對諸侯講的話，並不正確，應是對祖先說的。而且這幾家的說法太經生氣，只有 Waley 說成：「除去在你們的國家就沒有封土（高氏依其意串講爲：沒有封土不在你們的國家）」，最簡單最好。因爲他用「封」字的平常講法，又把「靡」當「不」講，這在《詩經》中也幾乎如此使用。下一句「維王其崇之」：「只有王（擡高）建立它們」，就是說：天下的諸侯都臣服於第一章所謂「烈文辟公」的後代周王。

高氏爲了求簡單，但未考慮文意的連貫，「烈文辟公，賜茲祉福，惠我無疆，子孫保之，無封靡于爾邦，維王其崇之……。」此詩不應如高氏所說是對祖先說的，就詩意看應是對子孫贊美先祖，期望子孫承繼先祖之事功，無做大爲害之舉，而崇敬先王。高氏爲了訓解的簡單，任意改換聽話的對象，望文生義訓解，這是訓解古書的大忌諱。

除上舉十例外，以下二十八例高氏亦犯同類之失。

二二五 舍命不渝〈鄭風‧羔裘〉

不明「舍命」爲成語「敷命」（珍玉案：見王國維〈與友人論詩書中成語書〉），而望文釋爲「放棄生命」。

二三三 有踐家室〈鄭風‧東門之墠〉

望文生義說成：「有些矮房子」，不明「有踐」如「籩豆有踐」，宜從毛傳訓爲「行列貌」。

三一八 蒹葭采采〈秦風‧蒹葭〉

望文生義將「采」訓爲「色彩」，將疊音詞以構成份子訓釋，宜以毛傳訓「盛」爲長。

四二五 俾爾戩穀〈小雅‧天保〉

望文生義說爲「天使你收割穀子」，不明「戩穀」爲複詞，當「福祿」講。

四九七 似續妣祖〈小雅‧斯干〉

望文生義說爲「他像並且承接他的祖先」，不明「似續」爲複詞，猶「繼續」。

五五三 豈曰不時〈小雅‧十月之交〉

望文生義訓「不時」爲「不合時令」，宜以毛傳訓「是」爲長。

五五三附 帝命不時〈大雅‧文王〉

同上。

六一四 有靦面目〈小雅‧何人斯〉

望文生義將「有靦」訓爲「有容顏」，不明「有」乃詞頭，「有靦」如「靦然」（羞慚貌）。

六二七　南山烈烈，南山律律〈小雅・蓼莪〉

望文生義將「烈烈」、「律律」訓爲「行列，有規律」，宜作「厲」、「崒」假借，指「山之陡峭」於文意爲長。

六六九　既齊既稷〈小雅・楚茨〉

不明「既……既……」後接形容詞，而將「齊」、「稷」當名詞，望文生義說成：「你拿來了祭穀，你拿來了稷」，應以毛傳（稷，疾也）、王肅（齊，整齊）之說爲長。

七三七　德音孔膠〈小雅・隰桑〉

望文生義說成：「他的美名使我們緊密結合」，宜以屈萬里先生：「語音高朗」爲長。

七五一　文王陟降，在帝左右〈大雅・文王〉

不明「陟降」爲成語，猶「往來」（參王國維之說），望文生義訓爲：「上升下降」。

七七二　以受方國〈大雅・大明〉

不明「方國」爲複詞，「方」即「國」，望文生義說爲：「四方國家」。

七七六　文定厥祥〈大雅・大明〉

望文生義說爲：「文王定一個吉祥的日子」，宜以鄭箋、朱傳用「禮」釋「文」，說成：「用好禮定其吉祥」，即今言「訂婚」。

七九四附　度其鮮原〈大雅・緜〉

不顧上下文意訓「度」爲「宅」，望文生義說成：「他居住在那鮮亮的平原」，不明「鮮原」宜作地名（參屈萬里先生之說），「度」訓以常義即可。

七九六　削屢馮馮〈大雅・緜〉

將「屢」訓以常義「一次又一次」，屢次削牆焉能使牆堅固？顯然望文生義，宜作「僂」（高處，隆起的地方）假借。

八〇六　遐不作人〈大雅・棫樸〉

以常義訓「作」爲「爲」，望文生義成：「他不也是一個人嗎？」宜訓爲「鼓舞，振作」，甚或「造就」。

八〇九　黃流在中〈大雅・旱麓〉

望文生義將「黃」說爲酒的顏色，不明乃酒器流水之口以黃金爲之。

八五一　濯征徐國〈大雅・靈臺〉

採毛傳訓「濯」爲「大」，又望文生義說還可說成：「他們（光亮的）旗幟鮮明

的征伐徐國。」

八五七　媚茲一人，應侯順德〈大雅‧下武〉

望文生義說成：「這個君王可愛，他的和順的德行有反應。」不明「媚」爲王受民愛戴，而非王本身品質；「應」是「應當」；「順德」是「愼德」。

八九四　公尸來止熏熏〈大雅‧鳧鷖〉

望文生義說成：「公尸來飲宴而且醉。」「熏熏」應依毛傳作「和悅」，不能以構成份子說爲「醺」，釋爲「薰了氣，醉」。

九一五　汔可小康〈大雅‧民勞〉

望文生義將「汔」當作「迄」的假借，說成：「到了可以小小休息的時候了。」應如鄭箋訓「幾也」，有「庶幾」之意，乃希冀之詞。

九七四　好是稼穡，力民代食〈大雅‧桑柔〉

望文生義說這是勸說領導人物鼓勵耕種的話，說成：「他們愛好耕種，剛強的人民世世代代的依以爲食。」不顧下文「稼穡維寶，代食維好」，和本句正好意思相反，宜訓如鄭箋。

一〇九〇　王釐爾成〈周頌‧臣工〉

望文生義說成：「王董理你們的成就。」應借「釐」爲「喜」（參馬瑞辰之說），「成」指「穀物豐熟」。

一〇九六　在彼無惡，在此無斁〈周頌‧振鷺〉

望文生義將「彼」、「此」當作「陳列的祭品」，說成：「那裡沒有不喜歡的東西，這裡沒有不愛吃的東西。」宜以鄭箋爲長。

一一〇九　陟降庭止〈周頌‧閔予小子〉

不明「陟降」乃成語，猶「往來」，望文生義說成：「他們從庭堂升，降到庭堂。」

一一五八　閟宮有侐〈魯頌‧閟宮〉

望文生義訓「閟」爲「關閉」，應借爲「祕」，於文義爲長。

一一七九　既戒既平〈商頌‧烈祖〉

望文生義將「平」訓爲「平靜」，應作「和」（味調勻和），接上文「和羹」於文意爲長。

第六節　增字解經之失

古書訓解爲疏通文義，最易增加一些原文所沒有的文字，這是不妥的。高氏注釋亦常犯增字解經毛病，舉例說明如下。

一六六　巧笑倩兮〈衛風・碩人〉

毛傳:「倩,好口輔。」高氏說:「輔」就是「酺」,指顎,特別是上顎,又指蓋覆上顎的肌肉,也就是「面頰」;例如《淮南子・脩務》:「奇牙出,靨酺搖。」這一句的起頭既是「巧笑」,Legge 就以為毛氏所謂「好口輔」就是「美的有酒窩的面頰」,全句的詩就是:「他靈巧的笑著,面頰上起了酒窩。」《論語・八佾》引了這句詩,馬融注云:「倩,笑貌。」他不採此說,因為沒有其他例證。

韓詩(釋文引,釋文錄有異文「蒨」):「倩,蒼白色(青白?藍白?灰白?)。」高氏說「蒨」最早見於《禮記・雜記》鄭注,指一種作染料用的紅色植物。「蒨」和「茜」(見於史記等書)「綪」(見於左傳等書)都是指一種染色的植物。這都是和韓詩的說法不同。大概韓詩的「蒼」是形體相似的「蒨」的誤字,「蒨」是「茜」的或體(見集韻);原文應當是「蒨白色」(帶紅的白色)。

高氏不用毛傳的說法,而採韓詩說成顏色。他認為此句和下句「美目盼兮」相對;「美目盼兮」既然是「好看的眼睛黑白分明」,這裡的「倩」就一定是顏色,韓詩注的文字雖然有錯,卻無疑的是指一種顏色。「倩」又作「蒨」,「蒨」有「紅」的意思證據很多。「倩」只是當「紅」講的「蒨」字的或體,這句詩一定要譯作「她靈巧的笑(的嘴)是紅的」。

依高氏的說法「巧笑是紅的」,簡直無法說通,顯然要增加「嘴」這句話才有所指,然而「嘴」是原文所無的。高氏以為此句和下句相對,下句說目之黑白分明,此句一定是說嘴的顏色,這雖是推理之當然,但是詩中要描寫的是碩人的「巧笑」而非「嘴」,強說兩句整齊相對亦不顧事實。

四三二　小人所腓〈小雅・采薇〉

毛傳訓「腓」為「辟」,後來的注家都作「避」的省體。陳啟源釋為:「……他們是普通兵士所躲避的。」王肅釋為:「……他們是普通兵士用以避害的。」這個說法很古,也說得很好,但高氏認為「腓」作「避」講在古書中沒有證據。因而他用「腓」字的本義「小腿」,《莊子・天下》「腓無胈,脛無毛」;《戰國策》「攫公孫之腓而噬之。」採程頤的說法:「(雄馬和他們拉的車)是士兵(用腿)步行跟從的。」〔註15〕高氏認為這個說法新穎實在,而且可以避免鄭箋將「腓」說成是「芘」的假借字。

「腓」本為「小腿」,在此句中如何能像高氏增加那麼多文字訓釋呢?又〈大雅・

〔註15〕董先生於附註指出程氏原文:「腓,隨動也。如足之腓,足動則隨而動也。」和高氏的解釋有出入。實則程氏把「腓」引申為「隨動」也是毫無根據的訓詁。

生民〉「牛羊腓字之」，高氏爲避開毛傳訓「腓」爲「避」，朱熹用「小人所腓」條鄭
箋訓「腓」爲「芘」，或馬瑞辰加以改進以爲是「扉」的假借字，亦用「腓」字的本
義「腿」，並串講爲：「牛羊放在他們的腿中間餵養他」，這也明顯的增加不少原文所
沒有的文字。

五五七　以居徂向〈小雅・十月之交〉

　　毛傳沒有解釋。鄭箋把「居」、「徂」二字顛倒，說成「以往居於向」。高氏認爲
除非這裡明顯可以證明是文字顛倒，否則這樣的講法是文法上不許可的。王引之以
爲「居」只是個語助詞，這一句等於「以徂向」。高氏認爲在這句「居」不一定要作
語詞，本章敘寫一個新城市的建立和皇父用高壓手段強迫人民遷徙，「居」字顯然是
用基本意義無疑。不過它不僅是指「居住」，並且還有「擇居」的意思，如〈雨無正
篇〉「昔爾出居」；〈大雅・皇矣〉「居岐之陽」；古書常有這樣用的。如此，本篇的「擇
有車馬，以居徂向」便是：「（他選擇有車馬的人），用以擇居而到向去。」高氏爲避
開王引之語詞之說法，除了在本句將「居」說成「擇居」增字解經外，也將〈小雅・
巧言〉「爾居徒幾何」、〈大雅・召旻〉「我居圉卒荒」等句的「居」分別釋爲「所與
居」、「居住的地方」。

六二六　欲報之德〈小雅・蓼莪〉

　　鄭箋：「之」猶「是」也；高氏串講爲：「我要報答這個德。」他認爲「之」當
「是」用，見於常有的「之子」，不過《詩經》中再沒有別的結合了。鄭氏的解釋很
脆弱。因此高氏採朱熹訓爲：「欲報之以德」，關於這種句法，〈檜風・匪風〉「懷之
好音」是一個確證。

　　我們不能說《詩經》中沒有例證的，就不能作相同訓釋，而硬增「以」字於句
中，雖能說通，但畢竟是離開了原詩，異於原詩了。

　　除上舉四例外，以下五例高氏亦犯同類之失。

二八九　弗曳弗婁〈唐風・山有樞〉

　　「曳」、「婁」即「拖拽」，也就是「穿著」，高氏增字串講：「你有衣裳不去穿著，
拖拽而行。」

四一八　寧適不來，微我弗顧〈小雅・伐木〉

　　採鄭箋增字說成：「寧召之適自不來，無使言我不顧念也。」不明「寧」、「乃」
一語之轉，應作「乃適然不來」。

五五三　豈曰不時〈小雅・十月之交〉

　　毛傳：「時，是也」，相當直截，但採朱傳增字作「時令」。

五五三附　帝命不時〈大雅・文王〉

同上。

八二六　因心則友〈大雅・皇矣〉

朱傳訓「因心」為「非勉強」（因天性而友善）相當好，無須增字說成：「在他親愛的心中，他友善。」

第八章　《詩經注釋》之訓詁缺失（中）

第一節　堅持先秦例證之失

　　雖然在第四章第二節我們已指出高氏「證據須出於先秦」的訓詁原則，確曾在某些地方得到較好的成績，而且講求證據也是從事任何學術研究必須秉持的原則，但為三千年前的《詩經》作訓解，要求證例也要出自《詩經》或其他先秦典籍，這確實相當困難，若依此要求，恐怕古書少有可信之言了。因此與其強求對早期注家的說法，一定要拿出證據，否則拒不接受，不如找出證據證明古人的說法錯誤，不可採信，而自己又能提出較古人更好的說法，然後才變易前人的成說。高氏訓釋《詩經》非常堅持無證不信的原則，而且這個證據更要出現在和《詩經》相當時代的先秦文籍，對於漢以後收入字書的證據，除《方言》外，高氏並不重視，雖然這很合乎科學的研究態度，但事實上根本無法如此理想做到，因此有時候連他自己也不免疏忽所提出的證例並不早於毛傳，他在書中往往為了尊重證據，而推翻傳統不錯的說法，並且將文意串講得牽強難通，這樣堅持先秦例證的訓詁原則是值得檢討的。董同龢先生雖然肯定高氏本書在《詩經》訓解上的成就，但在譯序也相當中肯的指出高氏這項訓詁毛病：

　　　　關於實字意義的決定，高氏是極端嚴格的執行一個最高原則，就是看在先秦古籍中有沒有相同的用例。有時候，某種解釋只見於某家古注或字典，在先秦古籍中沒有相同的用例，雖然由上下文看比較妥貼，他還是不採用。這好像是假定：見於詩經的字在其他古籍一定也有，而且今存先秦古籍就是原有的全部。以常情而論，這似乎是大有疑問的。古注或字典中對某些字的解釋在今存先秦古籍中找不到相同用例的，未必都不足取信。

古注家講師承，爾雅等字典多用古籍舊解，錯誤自是難免。固然不能奉爲
金科玉律，卻也不失爲備抉擇的資料之一。

茲舉例說明高氏之失如下：

二六　赳赳武夫〈周南·兔罝〉

毛傳訓「赳」爲「武貌」；所以：「勇武的戰士」。這樣的說法在詩中非常合適，
但因在古籍中沒有相同的例子，因而不被高氏採用。他引《後漢書》引作「糾糾武
夫」的異文，「糾」的正讀是*kiôg意義是「纏繞」。〈陳風·月出〉「舒窈糾兮」，「糾」
是假借字；本字的音讀是*kiôg，意義是「優雅」，後來寫作「嬌」，所以這句應爲：
「優雅的戰士。」

高氏引《後漢書》異文，將「赳」說成「糾」的假借，雖有《詩經》本身證例，
但是「窈糾」是聯綿詞，其中「糾」的成分能否用以說「糾糾」頗成問題，而且《後
漢書》的時代是東漢，未必即有先秦的底本如此。同時高氏說成「優雅的戰士」，也
不如「勇武的戰士」適合說他們是「公侯干城」，因此高氏千方百計找到的證據，有
時也並不那麼切合文意；換言之雖然毛傳沒有證據，也不是毫無意義的廢話，更何
況高氏沒有找到先秦證例推翻他的說法。

一七六　氓之蚩蚩〈衛風·氓〉

毛傳：「蚩蚩，敦厚之貌。」毛傳的說法可以形象寫出一個外貌敦厚的氓，以抱
布貿絲的機會，來向女子商量婚事。這個說法於文意可以說得很好，但高氏以爲無
佐證而不用。於是他採韓詩的說法，以爲「蚩」又作「嗤」，訓爲「志意和悅之貌」。
「嗤」字《說文》和《蒼頡篇》（一切經音義引）都訓「笑」；《列子·湯問》「如何
蚩而三召予」。韓詩的說法有古籍例證，高氏接受此說，而推翻傳統毛詩的說法。

高氏毫無理由以韓詩和《列子》證例推翻傳統毛傳的說法，何以韓詩必可信於
毛詩？又《列子》可能是魏晉時人託名僞作，亦不能理所當然視爲早於毛傳之先秦
證例。而且此句若依韓詩的說法，放到篇中，意義轉折並不如毛傳，我們在爲古籍
訓解時，如何能要求像「蚩蚩」這樣不常見的詞，一定也要出現於其他先秦典籍呢？
若像高氏那樣對前人無法提出先秦文籍佐證的所有訓解都加以質疑，那麼古人所說
的話簡直無一可信了。

三六六　一之日觱發〈豳風·七月〉

毛傳：「觱發，風寒也。」是說周的一月的日子有寒風，放到篇中相當合適，但
高氏認爲不論《說文》引作「滭冹」音義同，或韓詩（玉燭寶典引）作「畢發」，文
籍中沒有這些字訓「寒」的證例。因而他採〈小雅·蓼莪〉「飄風發發」，毛傳訓「發
發」爲「疾」（鄭箋訓爲「寒且疾」，是想調合兩篇的毛傳），他認爲這和「發」的本

義（如發矢）相合。《楚辭・天問》有「彈」字，意義是「射」。〈小雅・采菽〉有「觱沸檻泉」，「觱沸」（玉篇引韓詩作「渾沸」）和這裡的「觱發」語源上關係很相近，指泉水快速的噴出。高氏說《說文》的「渾泼」，參看《禮記・樂記》「奮疾而不拔。」「拔」又見《禮記・少儀》（珍玉案：毋拔來，無報往），訓「急疾」，分明和這裡的「發」有關係。《說文》根據的《詩經》大概原來是「畢发」，是許氏加上「冫」旁，迎合權威的毛傳。於是他將這句說成：「一月的日子有疾風。」

這裡我們實在不明白高氏為什麼不疑心韓詩是根據「畢弗」加「冫」旁？又為什麼不因觱沸沒有可信的證據，而懷疑毛詩的泉湧出貌，而依觱字沸字的本義講？且如高氏之言，發是發矢，彈是射，「風」字從何處來？觱發字並幫母，與下文栗烈並來母，可見是雙聲詞，不可分訓。高氏為將「觱發」說成「疾風」，引《詩經》本身證例「飄風發發」、「觱沸檻泉」，但「發發」構詞異於「觱發」，意義何以知其相同？而且「觱沸」的「泉湧出貌」同樣無證據，不應厚此薄彼只懷疑「觱發」的「風寒」。至於他分訓「發」和「彈」（引楚辭天問），更是不明古漢語特殊構詞。為堅持先秦文籍證據，高氏反而因此犯了不辨構詞之過。

四〇四 將母來諗〈小雅・四牡〉

毛傳：「諗，念也。」王引之《經傳釋詞》卷七又以為「來」是個助詞，和「是」一樣。於是這句詩是：「我想到扶養母親。」但高氏認為訓「諗」為「念」在古書中沒有任何例證，或者是《爾雅》的作者從字體上揣測的（「諗」從「念」聲）。至於王引之以「來」為「是」也沒有什麼理由，證據又非常微弱。因而他採鄭箋訓「諗」為「告」；所以：「我來報告我扶養母親（因為要回家，對上級報告）。」參看《左傳・閔公三年》「辛伯諗周桓公云……。」同樣的例證又見於《國語・魯語》和〈晉語〉。

高氏批評「來」訓為「是」證據微弱，古漢語中「來」當語助詞之情形並非沒有，王引之《經傳釋詞》卷七即云：「來，詞之是也。」引詩〈谷風〉「不念昔者，伊余來墍」、〈桑柔〉「既之陰女，反余來赫」、〈采芑〉「荊蠻來威」、〈江漢〉「淮夷來求」、「淮夷來鋪」、「王國來極」等例為證，不能說是證據微弱。至於「諗」訓為「念」，雖無先秦證例，但亦不能說未出現就是沒有，只能說材料太少，不可能同樣的詞句在不同先秦古書都出現，高氏強求證據不得，轉而採較早的鄭箋訓為「告」，但依鄭箋的說法，「告」義應為「訴說」，非向上級報告。依鄭箋之義亦不如毛傳合乎文意，因為全篇各章都寫出征者思歸，卻不得歸，如果只有最後一章寫因為要回家，來向上級報告扶養母親，這就全篇文意而言，十分不協調。所以高氏堅持不用漢以後字書的材料佐證，未必能得到最合適的訓解。

丁邦新〈詩經「諗」字解〉一文，則從文法上歸納出「來」當詞之「是」講時，

它上面的名詞一定是它下面動詞的止詞，因此這句詩絕不會是報告母親，或報告養母親的事，一定要講成思念母親或思念養母親的事〔註1〕。

五一一　節彼南山〈小雅‧節南山〉

毛傳：「節，高峻貌」；高氏認為無證例。因而他用「節」的本義「竹節」，也指「柱頭」，《爾雅‧釋言》寫作「卪」。《論語‧公冶長》「臧文仲……山節」，《禮記‧禮器》「管仲……山節」，都是「山形的柱頭」；注家都說這是帝王特有而臧文仲和管仲僭用的。「山形的柱頭」既如此堂皇，無怪乎本篇用作比擬的題材了。所以：「南山像柱頭。」

高氏引《論語‧公冶長》及《禮記‧禮器》「山節藻梲」，這句話是說臧文仲和管仲僭禮，住處柱頭雕成山形，樑上短柱則畫上藻文，言其奢也。高氏以這兩處的「節」都訓「柱頭」為證，認為「節彼南山」的「節」也應作「柱頭」。假如依高氏的說法訓為「像柱頭的南山」，並不同於「山節藻梲」加了作修飾的「山」和「藻梲」，有堂皇之意，那麼高氏的說法實不如毛傳「高峻貌」合於本章以南山譬況師尹之受萬民瞻仰來得合適。又《說文》：「卪，陬隅，高山之節也」，即此「節」之轉注字，已由「節」而形成轉注，必非一見於〈南山〉之詩可知。

七一○　酌彼康爵〈小雅‧賓之初筵〉

毛傳：「康，安也。」所以：「他們酌那安康的杯。」高氏認為這個說法古書常見，應可採用。

鄭箋：「康，虛也。」（據爾雅「㠊，虛也」）所以：「他們酌那空杯。」「康」是「穅」的初文，所以可以指「空」。參看《穀梁傳‧襄公二十四年》「四穀不升謂之康」；《方言》：「𥝩，空也。」《逸周書‧諡法》：「穅，虛也。」高氏認為鄭箋的說法也很好，不過《詩經》中許多「康」都指「安康」；同時《詩經》中沒有「康」當「空」講的例，因此他還是認為毛傳的說法較好。

現在我們的疑問是毛傳有證據的說法，就合詩意了嗎？什麼是安康的杯？馬瑞辰就鄭箋訓「康」為「虛」，更說：

> 說文㠊，水虛也，𥝩，屋𥝩食也，歉，饑虛也，義並相近，康荒古通用，爾雅釋文引郭云，㠊，本或作荒易包荒，釋文荒，鄭讀為「康」，云虛也，是其證。詩具贅卒荒，我居圉卒荒，傳箋竝云，荒，虛也。此假荒為康也，此詩康當為荒之假借，說文㳂，水之廣也，廣雅㳂，大也，㳂通作荒，釋名荒，大也，康爵義當為大，酌彼康爵，猶云酌彼大斗耳……。

這個說法顯然比毛傳要實際，我們能像高氏堅持後代字書所收字例一概不予採用，完全抹煞古注家所言亦前有所承嗎？

八二○　上帝耆之〈大雅・皇矣〉

毛傳：「耆，惡也。」高氏認為這個講法是由下句「憎其式廓」的「憎」字猜測而得的。清代學者以為「耆」是「諸」的省體。「諸」《廣韻》音*gʻiɛr/gʻji/kʻi，《廣雅》（卷二上釋詁）訓為「怒」。這個字只是字典上的字，古書中沒有實例，連《爾雅》和《說文》都沒有，所以這一說沒有任何佐證。

高氏因而把「耆」字假借作一個音*tʻiər/tśi/chï（上聲）而指「得，使，定，治」的語詞，時常訓為「致」；可是它並不是「致」的假借字，只是和「致」是語源上有關係；朱駿聲依《集韻》；以為它和「厎（底）」是一樣的，時常和「定」同義。本字「厎（底）」見於《尚書・禹貢》「震澤厎（底）定」（史記改「厎」（底）為「定」）；又「覃懷厎（底）績」（史記作「覃懷致功」）。

高氏因毛傳的說法只有《廣雅》證例，而不惜言假借，但訓為「定」與上下文不合，本句並無上帝定亂之意，「怒」係對上國（珍玉案：二為上之誤）之政不獲而言。高氏引《尚書》證例，以假借訓釋之結果，反而不適合文意。

一○五五　懿厥哲婦〈大雅・瞻卬〉

毛傳沒有注釋。鄭箋：「懿，有所傷痛之聲也。」馬瑞辰引證《國語・楚語》「於是乎作懿戒」。高氏認為韋昭雖然把「懿戒」講作「哀痛的警告」，其實「懿戒」也可以講作「美好的警告」；所以這個例並不妥實。馬氏又引《尚書・金縢》的「信噫」，馬融本「噫」作「懿」，這是把「懿」講作感歎詞的唯一例證。不過「信懿」只是一個異文；又如果看到〈金縢篇〉的「信噫」《史記》作「信有」，它的價值更要減低了，因為「有」字決不是一個感歎詞。

高氏認為鄭箋的說法缺乏有力的先秦證例，而採朱熹以常義訓「懿」為「美」。並引〈大雅・烝民〉「民之秉彝，好是懿德」、〈周頌・時邁〉「我求懿德」等句，說這是「懿」的平常講法。但高氏所舉之句子，「懿」在句中皆當狀詞，用以修飾後接的名詞，和本句「懿」後接指示詞「厥」，結構並不相同；而且「哲婦」、「哲」已有修飾之作用。「懿」自是不能再如朱熹訓為「美」。若訓為感嘆詞「噫」，因和「懿」聲母雖同為影母雙聲，但韻部分屬之、脂相差太遠；假如說成常見的「伊」（相當於發語詞「維」），則同屬影母脂部，就可以說得很好了。《詩經》中不乏「伊」當語首助詞例，參本章第五節不辨虛詞實詞之失「懿厥哲婦」條。

除上舉八例外，以下十八例高氏亦犯同類之失。

一　窈窕淑女〈周南・關雎〉

　　批評毛傳訓「窈窕」為「幽閒」無證例，而訓「好」。

三　左右流之〈周南・關雎〉

　　批評毛傳訓「流，求也」無證例，借為「罶」（捕魚竹器），忽視疊章作「左右采之」。

六四　耿耿不寐〈邶風・柏舟〉

　　批評毛傳訓「耿耿，儆也。」無證例，將「耿」借為「扃」（炯），將疊音詞以構成份子訓解。

七一　頡之頏之〈邶風・燕燕〉

　　批評毛傳訓「飛而上曰頡，飛而下曰頏。」無證例，說成：「飛的時候，伸直頸項」，於文意反不如毛傳。

一二三　新臺有洒〈邶風・新臺〉

　　批評毛傳訓「洒，高峻也。」無佐證，而用本義「洗淨」，說成：「新臺潔淨」，於文意反不如毛傳。

一三七　鶉之奔奔，鵲之彊彊〈鄘風・鶉之奔奔〉

　　批評毛傳訓「奔奔，彊彊，乘匹之貌。」無佐證，而說成：「鬥爭貌」，於文意反不如毛傳。

一五三　瑟兮僴兮〈衛風・淇奧〉

　　批評毛傳：「瑟，矜莊也。」無證例，說成：「鮮明」，於文意不如毛傳。

二八一　碩鼠碩鼠〈魏風・碩鼠〉

　　以「碩鼠」有《易・晉卦》「鼫鼠」證例，不用鄭箋：「碩，大也」，無必要。

三六〇　衣裳楚楚〈曹風・蜉蝣〉

　　批評毛傳：「楚楚，鮮明貌。」無證例，而訓「盛」，於文意不如毛傳。

四一二　每有良朋，況也永歎〈小雅・常棣〉

　　以「況」借作「怳」（憂傷），比附《楚辭》證例，批評毛傳：「況，茲也。」無佐證。

四一九　釃酒有衍〈小雅・伐木〉

　　批評毛傳：「衍，美也。」無佐證，而採朱傳訓「多」。

四四七　保艾爾後〈小雅・南山有臺〉

　　批評毛傳：「艾，養也。」只有〈小雅・鴛鴦〉「福祿艾之」證例，而訓「管治」。

五二八　憂心京京〈小雅・正月〉

　　批評毛傳：「京京，憂不去也。」無佐證。而說成「大」，不明「京京」只用以

狀憂。

五八五　壹醉日富〈小雅・小宛〉

批評馬瑞辰以「壹」為語詞，「富」為「畐」假借（說文訓為滿）無證例，望文生義說成：「他們專一於醉，並且一天一天的自大。」

七二五　無自暱焉、無自瘵焉〈小雅・菀柳〉

批評王念孫引《廣雅》訓「暱」、「瘵」為「病」，無佐證。採毛傳訓「暱」為「近」，就疊章意義相類而言不如王說。

八○五　奉璋峨峨〈大雅・棫樸〉

批評毛傳訓「峨峨，盛壯也。」無佐證，採《廣雅》訓「高」，「璋」為「灌酒之器」，說成「拿得高」，於文意反而奇怪。

九一六　無縱詭隨〈大雅・民勞〉

批評王引之將「詭隨」作複詞，無證例，而分訓成不同兩義。

九三二　价人維藩〈大雅・板〉

批評毛傳訓「价，善也。」無佐證，採朱傳：「价，大也」。

第二節　強為比附詞義之失

高氏訓釋《詩經》較王氏父子等清代學者更為全面並列各家不同意見，將相關材料客觀排列，一一分析比較各家優劣，突破傳統注疏之局限，這是十分科學化的訓詁方式。除此之外他亦學習王氏父子的訓詁辦法，將書中相同字詞，甚至引先秦文籍相同字詞並列比勘，雖然因此得到不少成績，但亦不乏牽強附會的許多錯誤。有時候高氏為了找證例支援他自己的說法，也常不顧句子結構是否相同，或者上下文意是否連貫，只要句中出現相同的字詞，就任意加以比對，張冠李戴起來。舉例說明如下：

一五三　瑟兮僩兮〈衛風・淇奧〉

毛傳訓「瑟」為「矜莊」，高氏以為沒有佐證，而訓「瑟」為「鮮明」，如〈大雅・旱麓〉第二章「瑟彼玉瓚」、第四章「瑟彼柞棫」，「瑟」字在兩處的意義都應作「鮮明」，「瑟彼玉瓚」是那玉瓚真潔淨鮮明；「瑟彼柞棫」是那些柞樹和棫樹真鮮明。

高氏不能因為鄭箋訓「瑟彼玉瓚」、「瑟」字為「絜鮮貌」，就一味套用於「瑟彼柞棫」，也將「眾多的樹木」（毛傳釋瑟為眾）說成「鮮明的樹木」。又引這兩句當「鮮明」用的詩本身證例，來證明「瑟兮僩兮」、「瑟」字也應訓為「鮮明」，而把本句釋為：「多鮮明，多嫻雅。」

本句「僩」字，如果依毛傳訓爲「寬大」，似乎是指人內在的風度氣質而言，因此和它平行位置的「瑟」也應該如是觀察。高氏說的「鮮明」，應指外貌，不如毛傳爲長。

四一二　每有良朋，況也永歎〈小雅・常棣〉

「況」字依毛傳釋爲「茲」，有「久」之意，在本句可以說得很好，但高氏不採用，而將「況」當作「怳」，「怳」指「憂傷」，《楚辭・遠遊》有「宜悵怳而永懷」，將此句說成：「雖然有好朋友，即使他們憂傷，他們也只有長歎。」高氏認爲這樣和下章「每有良朋，烝也無戎」（雖然有好朋友，即使他們很多，也沒有什麼幫助。）才能相應。接著他又爲作「怳」字作解說，他說：我們討論的語詞原來一定寫作「兄」，是個純借音的假借字。古時某個抄寫的人，以爲它是當「況」字用，就加上了一個水旁。但是「兄」顯然也可以做「怳」的假借字，……。雖然三字古音相近，但高氏之推測猶有疑問，因爲「水」旁和「心」旁畢竟不是容易混淆的。他又拿「僕夫況瘁」〈小雅・出車〉、「倉兄填兮」〈大雅・桑柔〉、「職兄斯引」〈大雅・召旻〉等句子加以對照。「職兄斯引」句，高氏將「兄」釋爲「況且」，「職況」是兩副詞連用，另外兩句「況瘁」、「倉兄」都是複合詞，高氏訓爲「愁苦而有病」、「憂傷和愁苦」，他認爲這兩句「憂傷」的意思可用於本句的「況」，但我們很清楚的看出這是完全不同的構詞，豈能隨意套用？而他何以不用「職兄斯引」的「兄」？依他自己的意思釋爲「況且」，或依毛傳釋爲「茲」呢？在主觀意識的套用下，恐怕高氏自己也說不清楚吧！

六六五　式禮莫愆〈小雅・楚茨〉

鄭箋訓「式」爲「法」，高氏同意其說，串講爲：「我們的法規和禮節沒有錯。」並比附《周禮・大宰》：「以九式節財用，一曰祭祀之式……，」及本章「如幾如式」，說毛傳訓「式」爲「法」，很清楚的，兩句的「式」字當有同樣的意義。因此這句正是講祭祀的法則，「式」和並用的「禮」都是祭祀用語。

高氏拿來對照的「以九式節財用」、「如幾如式」兩句和本句結構並不相同，那兩句「式」當名詞用，而在本句「式」字很難說成「法則」當名詞用，它可以作一個外動詞，以「禮」做受詞，如陳奐訓「式」爲「用」，這是比較好的說法。

七二九　綢直如髮〈小雅・都人士〉

毛傳只把這一句解說爲「密直如髮」，高氏認爲依他的說法，訓「密」的「綢」就和「稠」是一個詞。毛傳沒有講「如」，也沒有說整句的詩究竟怎麼講。高氏補充說「直」字在這裡不能用平常的意義，因爲說一個女子的頭髮「直」並不是讚美；第四和第五章卻特別說出那是鬈曲的。所以「直」當是「伸直」，也就是「長」。同

樣的，《左傳·定公九年》有「直蓋」，那也不是指「直的傘」（遮蓋棺材用）而是「高而長的傘」（伸出，伸得遠，高）。

接著高氏引〈邶風·旄丘〉「褒如充耳（褒如，褒而，褒然）」；〈鄭風·野有蔓草〉「婉如清揚（婉如，婉而，婉然）」；〈召南·何彼穠矣〉「華如桃李（華如，華而，華然）」等例，比附此句「如」字。他並未考慮所舉的這些句子「如」字前面只有一個字，而後面都是兩個字，和「綢直如髮」的結構形式並不相同，一味的以這些證例「如」用作狀詞尾，硬套在本句，得出的結果，自然可疑。王引之《經傳釋詞》歸納許多「如」字組成句子，說：「如，猶其也。」這樣的訓解不僅科學化，而且在本句當指示詞也能說得很好。

八二四　串夷載路〈大雅·皇矣〉

高氏先並列毛傳、馬瑞辰等人之訓釋。毛傳：「串，習；夷，常；路，大也。」王肅解說這一句（陳奐同）：「他們（周）習行常道所以偉大。」馬瑞辰採用《釋文》所見另一個本子的鄭箋訓「路」為「瘠」，釋作：「昆夷窮困了。」不論是毛傳或馬瑞辰的說法都有證例，在此情況下，高氏引〈大雅·生民篇〉「厥聲載路」，此句馬瑞辰沒有講，但依他解釋「串夷載路」應講作「他的聲音敗壞」，就〈生民篇〉「后稷呱矣，實覃實訏，厥聲載路」，「路」字很清楚的和「訏」相當，這樣的講法就錯了。基於這樣的比勘，高氏認為兩句的「路」都應作「大」，何況有《詩經》「路車」、「路寢」都訓「大」為證。為了要訓「路」為「大」，於是「串夷」也不能是「混夷」、「昆夷」、「畎夷」、「犬夷」了，而要展轉訓為「習行制度」，這是可商榷的。

高氏認為「串」就是「貫」，一般指「習行，習慣」，《荀子·大略》「惡民之串」。毛氏訓「夷」為「常」是根據《爾雅》的「彝，常也」。「彝」和「夷」同音，古書互用，如〈烝民篇〉的「民之秉彝」。《孟子·告子上》作「民之秉夷」，《禮記·明堂位》的「雞夷」就是「雞彝」，《尚書·洪範》的「是彝是訓」，《史記·宋世家》作「是夷是訓」……，高氏雖然舉了不少「串」、「夷」分訓之例，然而此兩字合併是否可另構成一專有名詞，是他不考慮的，他這樣任意套用是不足取的訓詁方法。

八五一　麀鹿濯濯〈大雅·靈臺〉

毛傳訓「濯濯」為「娛遊」，高氏以為這是把「濯」視為「趯、躍」的假借字；因為下句和這句相對作「白鳥翯翯」，「翯翯」為狀貌形容語，這裡「濯濯」也應為狀貌形容語，於是將它釋為「亮，有光澤」，並舉出和「濯」屬於同一詞群的「的」、「爛」、「灼」、「曜，耀」、「朝」、「昭」等字，都有「光亮」的意思。高氏的說法確實比毛傳好。

接著高氏將《詩經》中含相同詞的句子「王公伊濯」（大雅文王有聲）、「濯征徐

國」（大雅常武）、「濯濯厥靈」（魯頌殷武）放在一起，認為這幾句的「濯」、「濯濯」也應作「光明」講。高氏就是這樣不分辨疊用「濯濯」和單用「濯」句子結構不同，也不管訓釋的意思放到句中是否能說通，任意對比套用。像這三句，把「光明」的意思放到「濯濯厥靈」可以說通；但放在「王公伊濯」、「濯征徐國」，說成「王的工作光明」、「旗幟鮮明的征伐徐國」，就顯得很怪異了。「王公伊濯」句「公」字古通「功」，「濯」應如毛傳訓為「大」，說成王的功勞很大，比高氏說：「王的工作光明」清楚流暢多了。「濯征徐國」句，依高氏說成：「旗幟鮮明的征伐徐國」，似乎不合國人說法，若依毛傳、朱熹將「濯」釋為「大」，說成他們盛大的征伐徐國，就通順多了。這也是高氏在比對相同字詞時，不加分辨多義詞，任意套用所犯的錯誤。

———○ 訪予落止〈周頌·訪落〉

　　毛傳訓「訪」為「謀」，又訓「落」為「始」；依其意這句詩是：「計畫（討論）我的（治理）開始。」高氏認為「訪」本來是「審視」，關於「落」，郝懿行引證《逸周書·文酌》孔鼂訓「落」為「始」。高氏認為這個例證的意義是非常不清楚的，而且沒有可信的證據。因而他引《尚書·舜典》「二十有八載，帝乃殂落」。「帝乃殂落」講死去的父親，因此他認為這裡的「落」也應指死者；所以高氏把這句訓為：「我諦視死者。」高氏將出現相同字詞的句子，都視為應作同樣的訓解，但「殂落」是個詞組，指「天子之死」，是否「落止」也一定要說成「死者」，不能如毛傳說成「開始」呢？高氏強求上古罕存的文獻材料，提供像「落止」這樣不平常字詞的佐證，就客觀因素而言是做不到的。

　　本章「訪予落止，率時昭考」，亦無必然如高氏說成：「我諦視死者」，毛傳「計畫我的開始」之說，於文意反優。

———— 於乎悠哉〈周頌·訪落〉

　　毛傳訓「悠」為「遠」。鄭箋的解說是：「於乎遠哉」。

　　朱熹釋為：「……其道遠矣」。這些說法都是贊美武王之道深遠，和下句「朕未有艾」嗣王自言未有治才，文意上相當流暢；但高氏不用此說，他拿〈小雅·十月之交〉「悠悠我里」的「悠」講作「憂」，認為此句「悠」也應訓為「憂」，把這句串講為：「哦，多麼傷痛」，還認為這樣講合乎上下文義，其實文意已被高氏轉換了。他只看到相同的字，就任意套用，雖然這裡狀詞單用和疊用不影響意思，「悠哉」可以等同於「悠悠」，但「悠悠」仍作「遠」講，和他拿來對照的〈十月之交〉「悠悠」作「憂」，完全風馬牛不相及。高氏忽視中國文字的多義現象，任意套用而犯此誤。

　　Legge 在釋〈小雅·十月之交〉「悠悠我里」時，也犯了和高氏一樣任意套用相同字詞的錯誤，他以為「悠」常用為「遠」，因此把這句釋為：「我的村里很遠。」

不僅不明白「里」應作「瘴」，更不明白「悠悠」訓爲「憂」，以此義入彼義，牽強附會，當然要鬧笑話了。

除上舉八例外，以下三十三例高氏亦犯同類之失。

二六　赳赳武夫〈周南・兔置〉

將「赳赳」和「窈糾」比附。

七二　仲氏任只〈邶風・燕燕〉

將此句和「執仲氏任」比附。

七九　終風且暴〈邶風・終風〉

將此句和「洵美且仁」、「孔曼且碩」、「眾穉且狂」、「碩大且篤」比附。

八〇　謔浪笑敖〈邶風・終風〉

將「謔浪」和《莊子・齊物論》「孟浪」、《管子・宙合》「琅湯」比附。

八一　願言則嚏〈邶風・終風〉

將此句和「危乎忿懽」、「身有所忿懽」比附。

九四　習習谷風〈邶風・谷風〉

將「習習」和「習坎」比附。

一〇二　伊余來墍〈邶風・谷風〉

將此句和「民之所墍」比附，忽視文意。

一一八　新臺有泚〈邶風・新臺〉

將此句和「其顙有泚」比附，不明兩句「有」之作用不同。

一三七　鶉之奔奔，鵲之彊彊〈鄘風・鶉之奔奔〉

將「奔奔」和「忿埶以賁」、「元駒賁」、「虎賁」比附。

二二三　舍命不渝〈鄭風・羔裘〉

將「舍命」和「澤命不渝」、「釋命不渝」比附，不明其爲成語。

三一八　蒹葭采采〈秦風・蒹葭〉

將「采采」和「諸侯大夫皆五采，大夫二采」、「身服不雜采」比附。

三二九　子之湯兮〈陳風・宛丘〉

將「湯」和「琅湯」比附。

三八一　予手拮据〈豳風・鴟鴞〉

將「拮据」和「勾踐終拮而殺之」比附。

三八七　烝在桑野〈豳風・東山〉

將「烝在」和「烝也無戎」、「烝然罩罩」比附。

四六七附　**以車繹繹**〈魯頌‧駉〉

　　將此句和「徐方繹騷」、「驛驛其達」比附，全訓「盛大」。

四六七附　**驛驛其達**〈周頌‧載芟〉

　　同上。

四八九　**賁然來思**〈小雅‧白駒〉

　　將「賁然」和「忠誠盛於內，賁於外」之「賁」（飾）比附，不明即「奔然」。

六二七　**南山烈烈，南山律律**〈小雅‧蓼莪〉

　　將「烈烈」和「火烈具舉」；「律律」和「進律」比附。

六四〇　**廢為殘賊**〈小雅‧四月〉

　　將此句和「廢虐之主」比附。

六四六　**或王事鞅掌**〈小雅‧北山〉

　　將聯緜詞「鞅掌」和「鞅然不悅」、「居常鞅鞅」、「君怏然若有亡」比附。

六七六　**雨雪雰雰**〈小雅‧節南山〉

　　將「雰雰」和「玄紛純」、「獄之放紛」、「無有敢紛天子之教者」比附。

六八〇　**攘其左右**〈小雅‧甫田〉

　　將此句和「攘之剔之」比附。

六八五　**既方既皁**〈小雅‧大田〉

　　將「方」和「實方實苞」、「立必正方」、「授方」比附。

七〇六　**舉醻逸逸**〈小雅‧賓之初筵〉

　　將「逸逸」和「民莫不逸」、「逸豫無期」比附。

七一一　**威儀反反**〈小雅‧賓之初筵〉

　　將「反反」（昄昄）和「爾土宇昄章」比附。

七五三　**陳錫哉周**〈大雅‧文王〉

　　將此句和「假哉天命」、「鞫哉庶正」、「假哉皇考」比附。

七八六　**涼彼武王**〈大雅‧大明〉

　　將「涼彼」和「明明天子」比附。

八一五　**肆戎疾不殄**〈大雅‧思齊〉

　　將「戎疾」和「晉疾，楚將辟」、「深耕而疾耰之」、「疾力」、「事人而不順，不疾」比附。

八三五　**王赫斯怒**〈大雅‧皇矣〉

　　將此句和「胡斯畏忌」、「職兄斯引」比附。

九一四　**顒顒卬卬**〈大雅‧卷阿〉

將此句和「其大有顒」、「印印兮」比附。

九三五 曾是掊克〈大雅·蕩〉

將此句和「掊擊於世俗者也」、「掊擊聖人」比附。

一〇五五 懿厥哲婦〈大雅·瞻卬〉

將此句和「好是懿德」、「我求懿德」比附。

一〇八七 立我烝民〈周頌·思文〉

將此句和「烝民乃粒」比附。

第三節　不辨語法差異之失

高氏對於古漢語語法並不外行，但董先生在譯序批評他的《詩經注釋》，似乎始終沒有怎麼利用語法的觀念來做字義詮釋的幫助。前文各節討論高氏訓釋的缺失如蹈襲改字改讀、堅持採用常義等，許多時候是因為高氏未深切瞭解古漢語之語法（包含構詞）而致誤；但為討論的方便，不得不分散列在較為關鍵性的缺失各節中，不論如何高氏疏忽語法和構詞所犯的錯誤是相當嚴重的，茲再專節舉例探討。

一〇八 褎如充耳〈邶風·旄丘〉

高氏採毛傳的說法訓「褎」為「盛服」，串講為：「（哦！叔伯們），穿著盛服，還帶著充耳。」並加以解說：「褎」的本義是「袖子」（見唐風羔裘）；「褎如」（「如」＝「然」）就是「袖子式（的衣服）」，也就是「穿著長袖的衣服」。「褎如」是個狀語結構形式，高氏若把「褎」釋為名詞「袖子」，就不可能加上「如」、「然」，更不可能說成：「長袖的衣服。」這裡我們和董先生一樣，實在不明白高氏為何把「褎如」突然轉說成：「長袖的衣服。」

八四五 是類是禡〈大雅·皇矣〉

「類」、「禡」是什麼樣的祭祀，各家說法不一，在此因與語法無關不予討論。至於「是……是……」是什麼樣的文法結構，根據楊合鳴的說法是：賓（是）·述·賓（是）·述式，這種句式實乃"主·賓（是）·述"式的"潛主"變式。"潛主"隱含在詩中，依詩意均可補出〔註2〕。然而高氏不瞭解這樣的句式，因而誤以為前代注家將「是」字當作這一句的主詞，董先生於附註亦指出：「譯者不覺得任何以前的注家會這樣。他們或許會把"是"講作"此"，但是決不會以為"此"可以代表人。」高氏並舉《詩經》同樣的句法還有十五個例（珍玉案：高氏未引，茲代為引出。「是劉是濩」（周

〔註2〕參楊合鳴《詩經句法研究》（湖北：武漢大學出版社，1993年3月一版一刷），頁72。

南葛覃）、「是究是圖」（小雅常棣）、「是剝是菹」、「是烝是享」（小雅信南山）、「是
穫是畝」、「是任是附」（大雅生民）、「是顧是復」（大雅桑柔）、「是饗是宜」、「是斷
是度」、「是尋是尺」（魯頌閟宮）、「是斷是遷」（商頌殷武），以及本篇「是類是禡」、
「是致是附」、「是伐是肆」、「是絕是忽」，這些句子都為「是……是……」後加動詞
並列或連動形式），而且說：所有的「是」都是指示代詞，直接受格（如英文的 him,
them）作受詞用，置於動詞之前，如〈葛覃篇〉「是刈是濩」；〈信南山篇〉「是剝是
菹」；〈生民篇〉「是任是負」；……。特別要緊的是本篇同一章下文不遠也有這種句
子：「是伐是肆」，「是絕是忽」。所以現在已經十分清楚了，本句的「是」是受詞，
等於英文的 them, 指上文「執訊連連，攸馘安安」的俘虜和首級等，而將此句串講
為：「他獻祭他們給上帝，他在營地獻祭他們。」

　　董先生在附註指出高氏曾屢次說過，受詞置於動詞之前的，一定在否定句中。
但此句並非否定句，何以高氏會說成受詞置於動詞之前呢？他將代表潛主詞位置的
「是」誤認為是受詞的位置，這裡的潛主詞是文王，此句是說文王類祭和禡祭。上
文「執訊連連，攸馘安安」乃敘述文王之功，豈可任意附會成為這句的受詞呢？如
依高氏的見解，不知要如何訓解其他相同的句式了。

七四二　有兔斯首〈小雅・瓠葉〉

　　毛傳沒有注釋。鄭箋：「斯，白也」；所以：「有個兔子白頭的。」鄭氏說：「今
俗語斯白之字作鮮，齊魯之間聲近」，高氏則認為古音「斯」*siĕg 和「鮮」*siɑn 聲
音並無相似之處。

　　朱熹以為「首」是個量詞，「斯」是普通語助詞；所以兔首就是「一頭兔子」。
陳奐更引「牛三頭」為證。高氏認為我們倒不必說「斯」是語助詞，儘可以把它當
作指示詞。這句是：「有兔子那一頭」，也就是：「有那一頭兔子」。

　　鄭箋「今俗語斯白之字作鮮，齊魯之間聲近」的說法，清儒阮元《揅經室集》
「釋鮮」有詳盡的闡發。「斯」、「鮮」有聲音上之關係（詳參下節「處理假借不當之
失」討論「鮮民之生，不如死之久矣」），「斯」訓為「鮮」，於句中當作狀詞，可備
一說，高氏對鄭箋之批評可商。至於他不將「斯」當作語助詞，而說成指示詞是嚴
重錯誤的。這句結構「斯」字除用為狀詞外，亦可當作名詞後附語，作用是在句中
湊足音節，和「鹿斯之奔」、「螽斯羽」為相同的構詞形式，王引之《經傳釋詞》卷
八提出「斯」為語助之說法，應可確信。據楊合鳴指出本句的結構異於「有扁斯石」、
「有秩斯祜」，因為本句「有」後的「兔」是名詞，和其他兩句作狀詞不同，因此「斯」

不能和其他兩句一樣當成代詞「其」〔註3〕。高氏把「斯」作指示代詞是錯誤的，同時他將「有兔」釋爲「有一頭兔子」亦不明「有」字只當無意義的詞頭。在一五一條「有匪君子」他亦以實詞釋「有」字，可見他對古漢語語法的瞭解有問題。

一一八　新臺有泚〈邶風・新臺〉

毛傳：「泚，鮮明也」，高氏說成：「新臺很鮮明」，這樣就很好了；但他又說除了〈鄘風・君子偕老〉有「玼」字外，其他古籍中沒有同樣的例。因此他引《孟子・滕文公上》「其顙有泚」，說：一向以爲是「他額頭上有汗」，可能原來的意思是「他額頭上有發光的潮氣」。高氏這裡又將「有」釋爲有無的有，足見他不明白它只是加在形容詞前的一部份，只能作無意義的詞頭。而他把當狀詞「鮮明」的「有泚」和當名詞「汗水」的「有泚」畫上等號，不僅不明「有泚」在句中是個狀詞結構，而且他找出的證據放到句中毫無意義，反不如原先作「鮮明」好，他還硬將「汗水」轉說成：「發光的潮氣」，更是毫無道理。

九三七　侯作侯祝〈大雅・蕩〉

此句「侯」字的作用和「有兔斯首」的「斯」一樣，都用爲補足音節的襯音字，但分別置於句首及句中，它和下句「靡屆靡究」相對成文，「作」和「祝」，「屆」和「究」意義必須相類，在《詩經》中不乏這類的句子結構，如「以敖以遊」〈邶風・柏舟〉、「言旋言歸」〈小雅・桑扈〉、「不戢不難」〈小雅・桑扈〉、「式號式呼」〈大雅・蕩〉、「爰眾爰有」〈大雅・公劉〉……，高氏不明白這類句式，因而將和「祝」平行位置的「作」釋爲「起來，起始」，把此句串講爲：「他們起來詛咒」，這樣的訓釋破壞了句子的平行。

如果依高氏的說法我們不知道他將如何訓釋「侯薪侯蒸」〈小雅・正月〉？「薪」、「蒸」同爲柴草，和「作」、「祝」同爲詛咒，實無法用不同類的動詞釋「作」，這是高氏不瞭解古漢語句法所犯的錯。

一七○　朱幩鑣鑣〈衛風・碩人〉

高氏說毛傳訓「鑣鑣」爲「盛貌」。「幩」是馬銜兩旁的裝飾，形狀不一。毛氏的解釋讓我們不清楚他所說的「盛」是說馬銜裝飾得豐盛，或是說馬銜多？於是他採嚴粲的說法，以爲「鑣」是「馬銜」，而且特別是「馬銜外鐵」，還說這裡緊接「幩」字之後，如果不是用本義而僅僅乎作爲音同而有「盛」義的一個詞的假借字，那就很沒有道理了。所以他以爲「鑣鑣」和「人人」、「日日」等一樣，意義是「每個馬銜」，而「朱幩鑣鑣」就是「每個馬銜都有紅的裝飾」。

〔註3〕同註2，頁44。

　　高氏不明像「鑣鑣」這樣的疊音詞，不同於「燕燕」純爲音節需要的疊音結構，不能以它的構成份子分開來講。同時不明「鑣鑣」等於「鑣鑣然」訓爲「盛也」的道理，犯了和前幾節我們曾指出高氏不瞭解這類句型相同的錯。而他拿「人人」、「日日」兩個自由語形重疊來和「鑣鑣」兩個不自由的疊音語形對比，認爲「鑣鑣」也應作「每個馬銜」，這眞是大錯。先師周法高先生《古代漢語·構詞篇》就曾指出杜百勝和高氏都犯了太重視代表這一類重疊形式的漢字的毛病，他說杜百勝把「圉圉」的意思和「圉」相牽連，「洋洋」和「洋」相牽連。此外他把「遲遲」和「日日」（還有「人人」、「世世」）一樣看待，都當作distributives，其實像「日日」（＝「每日」）這一種組合不應該和其他的例子混在一起討論。這似乎有點不倫不類〔註 4〕。同樣高氏這裡說「鑣鑣」和「人人」、「日日」一樣，也是不倫不類。

四四三　烝然罩罩（一章）烝然汕汕（二章）〈小雅·南有嘉魚〉

　　此條高氏犯了和上條相同的錯，將疊音詞拆開，以其構成份子解釋。他採毛傳訓「罩」爲「籗」，「汕」爲「樔」，把這兩句串講成：「他們被罩在筐子裡的很多；他們被捉進捕魚器的很多。」這是高氏不明古漢語構詞所致之誤。「罩罩」、「汕汕」這兩組疊音詞依《說文》及馬瑞辰的說法訓爲「魚游水貌」可以說得很好。

二八五　誰之永號〈魏風·碩鼠〉

　　「誰」在本句有用爲主語和賓語的不同說法。鄭箋：「之，往也；永，歌也。」高氏依其意串講爲：「誰去詠唱而且呼叫。」朱熹訓爲：「永號，長呼也。言既往樂郊，則無復有害己者，當復爲誰而永號乎？」高氏認爲鄭箋當主語的說法簡單些，而且上文有「樂郊樂郊」，因此採鄭箋將「之」訓爲「往」。高氏的說法在句子結構上是有問題的，「誰」在本句是疑問代詞作賓語，置於述語之前，等於說「永號誰？」，「號」是個內動詞。《詩經》中相類似的句型有「伊誰云憎」、「伊誰云從」、「云誰之思」、「誰適與謀」、「誰適爲容」、「誰因誰極」等，「誰」都不作主語，而當前置賓語，高氏將「誰因誰極」句釋爲：「我依賴誰，我到誰那裡去」，正確的將「誰」字當作賓語前置，可是於本句及「誰適爲容」、「誰適與謀」句卻又將「誰」當作主語，可見高氏對於疑問句賓語前置的句式，未能完全掌握。

六一六　萋兮匪兮，成是貝錦〈小雅·巷伯〉

　　毛傳：「萋斐，文章相錯也。」《說文》引詩作「緀」，訓「文貌」。毛傳未釋「成」，後來的人都以爲就是平常的動詞。他們又以爲「萋斐」是名詞作這一句的主詞用（珍

〔註 4〕參先師周法高先生《古代漢語·構詞篇》（中央研究院歷史語言研究所專刊之三十九，民國 51 年 8 月初版），頁 99。

－162－

玉案：董先生在附註更正高氏誤會後人的說法。他說讀鄭箋以降關於「萋斐」的解釋，譯者實在看不出任何人是把「萋斐」當「成」字的主詞講。鄭箋：猶女工之集采色以成錦文，「成」的主詞是「女工」。孔疏：女工……使萋然兮斐然兮……以成是貝文，加了「然」字，顯然以為副詞，形容「成」。朱傳：因萋斐之形而文致之以成貝錦，主詞是上文的「時有……為巷伯者」。高氏顯然錯了，所說決非各家的意思。……），而將本句串講為：「花紋成為這個貝錦。」不過高氏因「萋」或「緀」字這麼講無佐證未採此說。

　　他認為「萋」在許多地方確當「盛多」講，「斐」當「文飾」講也是很普通的，這兩句又和下一章的「哆兮侈兮，成是南箕」相對成文，而「哆」和「侈」都無可否認的是形容詞，由此可知「萋」和「斐」都是形容詞，而不是動詞「成」的主詞。董先生在附註指出高氏誤會鄭玄以降學者，從未有人將「萋斐」當作「成」的主詞，各家的說法都和高氏一樣當形容語用。高氏又把「成」改為「誠」，將此句串講為：「貝錦真是繁富而有文采」，把「萋兮匪兮」當成形容詞，形容第二句的主要名詞「成是貝錦」，這種結構如〈邶風・旄丘〉「瑣兮尾兮，流離之子」；〈鄘風・君子偕老〉「瑳兮瑳兮，其之展也」。高氏的問題出在，這些句子除了前四句「……兮……兮」結構相同外，後面四字結構毫不相關。「流離之子」、「其之展也」和「成是貝錦」是個述賓結構不同，「成」是個動詞，「是」為襯音助詞，「貝錦」為「成」的結果賓語，這句是說「用交錯的文織成貝紋的錦」。高氏毫不必要改作「誠」，「成是貝錦」不能當作受「萋兮匪兮」修飾的主要名詞。高氏把句法弄錯了，因而不必要的將動詞「成」改成副詞「誠」，這也違背他不改字的原則。

六一七　哆兮侈兮，成是南箕〈小雅・巷伯〉

　　高氏此條和前條同樣把句法弄錯了，他將當動詞的「成」改為副詞「誠」，串講為：「南箕星真是偉岸而巨大」。這裡的「成是南箕」，指「織出來的錦文是很大的南箕星」，而不是高氏說的：「南箕星真是偉岸而巨大」。

　　除上舉十例外，以下二十六例高氏亦犯同類之失。

二五　肅肅兔罝〈周南・兔罝〉

　　「肅肅」為狀詞，不能當動詞。

一五一　有匪君子〈衛風・淇奧〉

　　將詞頭「有」以實義訓解。

一九四　誰適為容〈衛風・伯兮〉

　　誤將賓語「誰」作主語。

一九四附　誰適與謀〈小雅·巷伯〉
　　同上。

二五七　盧令令〈齊風·盧令〉
　　將「令令」說成「幾個鈴」，誤將不自由語形疊音詞以構成份子訓解。

三一八　蒹葭采采〈秦風·蒹葭〉
　　誤將疊音詞「采采」以構成份子訓解。

三一八附　蜉蝣之翼，采采衣服〈曹風·蜉蝣〉
　　同上。

三九八　赤舄几几〈豳風·狼跋〉
　　將「几几」以構成份子訓解。

四五二　六月棲棲〈小雅·六月〉
　　將「棲棲」以構成份子訓解。

五一八　弗問弗仕，勿罔君子〈小雅·節南山〉
　　將複詞「勿罔」分訓不同兩義。

五二八　憂心京京〈小雅·正月〉
　　將「京京」以構成份子訓解。

六一四　有靦面目〈小雅·何人斯〉
　　將詞頭「有」訓以實義。

六二七　南山烈烈，南山律律〈小雅·蓼莪〉
　　將「烈烈」、「律律」以構成份子訓解。

六六五　式禮莫愆〈小雅·楚茨〉
　　誤將動詞「式」當名詞。

六六九　既齊既稷〈小雅·楚茨〉
　　誤將狀詞「齊」、「稷」當名詞。

六九二　鞞琫有珌〈小雅·瞻彼洛矣〉
　　將詞頭「有」訓以實義。

六九九　間關車之鞁兮〈小雅·車舝〉
　　「間關」為「展轉」或「設鞁聲」，不能如高氏分訓，並當動詞。

七○○　思孌季女逝兮〈小雅·車舝〉
　　「思」為發語詞，不能如高氏當動詞。

七六六　有虞殷自天〈大雅·文王〉
　　「有」應作「又」講。非詞頭，卻訓為詞頭。

八三五　王赫斯怒〈大雅‧皇矣〉

「赫斯」等於「赫然」、「赫赫」，「斯」為狀詞語尾，不能當指示詞。

八三九　在渭之將〈大雅‧皇矣〉

「將」作名詞「側」，不能訓為「進行」，並增字訓釋此句。

九〇四　君之宗之〈大雅‧公劉〉

從文意上看，上句「飲之食之」，公劉為主詞；而此句公劉為受詞。

一一三一　獲之挃挃〈周頌‧良耜〉

將「挃挃」釋為「一下一下」，誤將疊音詞以構成份子訓解。

一一三三　載弁俅俅〈周頌‧絲衣〉

誤將「俅俅」以構成份子訓為「有裝飾的小帽」。

一一五九　實實枚枚〈周頌‧閟宮〉

誤將「枚枚」以構成份子訓為「一塊一塊」。

一一八六　龍旂十乘，大糦是承〈商頌‧玄鳥〉

此句主語為諸侯，而非高宗。

第四節　處理假借不當之失

　　雖然高氏「反對任意改字改讀」的訓詁原則糾正清儒濫用假借，得到一些成績；但他對這項原則的處理，並不十分恰當，有時該用假借訓釋，他卻堅守原則不用假借訓釋；有時候不該用假借訓釋，而他卻用假借訓釋，難免亦步清儒濫用假借後塵，令人懷疑他缺乏訓釋標準。

　　假借字無疑是讀古書的最大障礙，王引之《經義述聞》卷三十二「論經文假借」就說：「蓋古字之假借，在漢人已有不能盡通其義者矣。」，既然漢人已不能盡通其義，後人更不用說了，因此高氏對清儒喜談假借提出最多批評。他在本書中曾不只一次的說：「漢語裡同音字很多，如若只照音的關係去猜假借字，我們大可任意而為。」他的論點雖然值得我們警惕，但古書書寫背景靠口耳相傳，在傳抄過程中，經常寫假借字，這也是不爭的客觀事實。毛詩古文亦多通假字，據《清史稿‧馬瑞辰傳》，馬瑞辰常說：「毛詩用古文，其經字多假借，類皆本於雙聲疊韻。」清代學者如戴震的轉語說，王念孫將古音學和語音轉變理論運用到語義訓詁，於訓釋古書假借字都有極大貢獻。馬瑞辰繼他們之後，在《毛詩傳箋通釋》中貫串以聲音求語義的原則，對毛傳鄭箋之通釋，往往由雙聲疊韻明其通假之義。而高氏書中對王、馬假借之批評很多，雖偶能指出一些錯誤，但還是高氏錯誤居多。他在面對經常出現假借字的

毛詩時，往往堅持用常見的意義，或以省體解釋難字。為了刻意避開假借訓釋，有時候反而不顧文意是否貫串。因此當高氏批評清儒時，幾乎都是他固執己見，不明中國文字書寫習慣往往重音不重形。畢竟他對中國文字的瞭解遠不如清代學者，因此捨棄清儒以音釋義訓詁的大發現，而開學術進步倒車，將清儒說得很好的地方，反而說得更壞了。茲分不主假借而誤、主假借而誤兩點說明高氏處理假借不當之失。

一、不主假借而誤

此類係應作假借訓釋，而高氏卻不用假借訓釋。

三一〇　奉時辰牡〈秦風・駟鐵〉

高氏贊同毛傳依「辰」的常見意思訓為「時」（季節），此句是：「他們奉獻那些季節中的雄獸。」並引《詩經》及先秦文籍中許多「辰」當「時」講的證例，而批評馬瑞辰以「辰」為「震」的省體無根據。馬瑞辰說「辰」當讀為「震」，又說「辰」即「震」之省借。若以高氏慣用省體訓釋，他不應反對馬瑞辰之說法才對，這是高氏運用訓詁方法矛盾之處。馬瑞辰《毛詩傳箋通釋》說：「爾雅麋，牡麔，牝震，說文震，牝麋也，辰牡猶言騲牝。彼以騥為母，與牝對言，此以震為牝，與牡對言，其句法正相類。又襄四年左傳而思其麀牡，與此詩句法亦同，彼正以麀為牝鹿與牡對言也。……周官大司馬注鄭司農曰，獸五歲為慎，後鄭謂慎當作震，是震又大獸之通稱。吉日詩其祁孔有，箋云祁當作麎，詩疏引某氏曰瞻彼中原，其麎孔有，正當從大獸之訓，與此言震牡不同。」

毛傳：「辰，時也。冬獻狼，夏獻麋，春秋獻鹿豕群獸。」是講獸人獻獸以供君膳之事，而此詩寫的是虞人驅獸以供君射之事，實不能混為一談。說君王打獵，虞人只獻雄獸，似乎是不可能，因此以馬瑞辰的說法於文意為長。

五七九　是用不潰于成〈小雅・小旻〉

毛傳：「潰，遂也。」鄭箋解說全句：「故不得遂成也。」馬瑞辰以為「潰」*g'wəd 是「遂」*dzi̯wəd 的假借字，這一派的說法不錯，可是高氏批評這在音上說不過去，因而他採「潰」的本義「水決堤潰」和「暴亂」，而用引伸的說法「衝進」、「氣力強盛」，將此句串講為：「（他們好像造房子的人在路上商量）所以不用力於（工作的）成功。」

高氏的說法不如傳統毛鄭自然，而且「潰」屬群母微部，「遂」屬邪母微部，韻部相同，聲母其實也有關係，並非如高氏所說無音的關係。「貴」聲之「遺」讀喻四，李方桂擬音主喻四與邪母同音，「遂」即為邪母字，又若「貴」聲之「蕢」，與「彖」

聲之「隊」古雙聲，「貴」可能爲gd- 複聲母，而「豸」可能爲 sd-複聲母，高氏亦同意古漢語有複聲母存在，因此兩字聲母亦有關。

六一八附　授几有緝御〈大雅・行葦〉

高氏批評毛傳訓「緝御」爲「踧踖之容」，這個注釋無來由，很不容易明白。陳奐以爲毛氏是把「緝御」當「接武」的假借字，高氏認爲那在音上說不過去，如說毛傳把「緝」當「揖」的假借字還像一點。「緝御」就是「揖御」（拱揖侍御）。

高氏因而採鄭箋訓「緝」爲「續」；「御」爲「侍」；串講爲：「授几的時候，有（連續的）一排侍者。」高氏亦承認這樣的講法沒證例；不過「緝」音*tsʻiəp 訓「續」卻和「輯，集」*dzʻiəp，「戢」*tʂiəp，「濈」*tsiəp，「揖」*tsiep，tsiəp 等有關聯；和這些字合成一個詞群。

高氏引陳奐疏過於斷章，茲引原文作：

> ……緝讀爲戢，戢，聚也，御，進也，聚足而進曰緝御。曲禮堂上接武注，武，跡也，跡相接，謂每移足半躡之中，人之跡尺二寸，玉藻君與尸行接武注，尊者尚徐蹈半跡，緝御猶接武。緝接疊韻，御武疊韻，傳云踧踖之容者，論語鄉黨篇，君在踧如也，馬融注云踧踖恭敬貌，……。

陳奐將「緝」說成「戢」的假借，將「御」釋爲「進」，要比高氏釋爲「侍者」好，因爲几乃爲尊者設，以供憑依，態度恭敬要比一排侍者切合此句的意思，高氏因音無法說通，而望文生義訓釋。事實上「緝御」和「踧踖」有音的關係，詩「集」等同「就」，「緝」、「集」同音，「就」、「踧」音通。孟子曾西「蹵然」往，猶「蹴踖」也。「蹵然」用「蹙然」，而「御」爲複聲母 sŋ-與「踖」音近，將「緝御」視爲「踧踖」應無問題。詩「琴瑟在御」，阜陽漢簡本「御」作「蘇」。

六二四　鮮民之生，不如死之久矣〈小雅・蓼莪〉

高氏採毛傳之說將「鮮」釋爲「寡」，同時採朱熹訓爲「窮獨」的意思，而將此句串講爲：「窮獨的人民的生活不如許久以前死去。」而不用清儒阮元釋「鮮」，以爲古音「鮮」聲近「斯」，遂相通藉，「鮮民」當讀爲「斯民」〔註5〕。高氏認爲「鮮」*siɑn 並不和「斯」*siĕg有什麼音的相似；更不同意馬瑞辰利用阮氏所說假借的意思，而把「斯」講作「離析」。

高氏採毛傳訓「鮮」爲「寡」，但「寡」義爲「少」和朱熹所說的「窮獨」實在無關，高氏用朱熹之意串講，是毫無根據的，用毛傳「少」亦很難將此句說通。至

〔註5〕參《揅經室一集》卷一，阮元「鮮」、「斯」音近，遂相通藉，係承顧亭林、惠棟之說，阮元並求諸經傳，推求兩字通藉之跡，可謂信而有徵。

於他批評「鮮」、「斯」音不近，我們也可以找到兩字聲音上的的關係。「鮮」屬心母元部，「斯」屬心母支部，元部和支部雖無直接的關係，但耕部「夐」字《說文》說為奐（元部）聲，元部「猦」從璽（佳部）聲，元部「鸛」從益（佳部）聲，「鸛」異文作「圭」，「圭」亦屬佳部，可見耕部和元部，元部和佳部之間的關係，耕佳對轉，佳部與支部同屬段玉裁第十六部，因此元部和支部字還是可以找出關係的，阮元釋「鮮」為「斯」應可接受。

七三四　蓋云歸哉〈小雅·黍苗〉

鄭箋：「蓋，猶皆也」，高氏批評鄭氏以兩字為假借不明古音。朱熹將「蓋」看作補充語，有「就是，那麼」的意思，「云」則是沒有意義的虛字，高氏串講作：「那麼我們回家去」，《禮記·檀弓》「……蓋寢疾七月而沒。」高氏認為朱熹用「蓋」的普通意義就可以說得很好，因而採其說。又批評不須像陳奐、馬瑞辰以為「蓋」是「盍」的假借字。此句就文意而言，是徒役將南行，不知何時才能回鄉之歎，「蓋」字無法如高氏所說當轉接語「那麼」講。「蓋」當「何不」講時是ɣ-p 合音，通「盍」字。當「何時」講時讀ɣ，通「曷」字，又通「害」字，收-t 音。此句以當「何時」講，較合文意，高氏無法避開陳、馬二氏的假借說法。

七七七　纘女維莘〈大雅·大明〉

毛傳：「纘，繼也。」高氏認為第二章寫文王的母親是摯國的大任，而此句說文王的匹配莘國的女子繼承大任的后的地位。他認為馬瑞辰將「纘」作「孂」的假借字，《說文》訓「孂」為「自好」，《廣雅》訓為「好」，把這句說成：「美好的女子」，因「孂」字不見於古書，引用這些說法是無用的揣測。

高氏不明白毛傳的問題，出在太遙遠的顧慮本句和上章講大任的連貫，而忽略了和下句「長子維行」的連貫，因而採其說。這兩句是讚美太姒之德，說莘國娶來的好女子，她的德行和文王齊等，若依高氏的說法雖可通，但不僅意思較無力，而且也牽連太遠了。這也是高氏用普通之意，以刻意避開假借的錯誤。

八二三　其灌其栵〈大雅·皇矣〉

高氏採毛傳訓「栵」為「栭」（一種栗樹），而不用王引之以為「栵」是「烈」的假借字，因為「烈」和上句韻腳「翳」甚至韓詩的「殪」不押韻。

高氏這個說法是很奇怪的，「栵」與「烈」同從「列」聲，如果「烈」不韻，「栵」亦不韻，不然「栵」可韻，「烈」亦可韻。王引之在《經義述聞》卷六對此條提出堅實的看法，他認為：「菑翳灌栵汎言木之形狀，而下文椲椐駆柘方及木名。栵，讀為烈，烈，栭也，斬而復生者也，爾雅：烈，栭餘也，陳鄭之間曰栭，晉衛之間曰烈，秦晉之間曰肆，或曰烈。汝墳曰伐其條肆，長發曰苞有三櫱，皇矣曰其灌其栵，義

並同也。」

八五六　世德作求〈大雅・下武〉

鄭箋：「作，爲；求，終也。」並串講爲：「世世積德，庶爲終成其大功」。蘇轍訓「作」爲「起」；「求」字用平常的講法。高氏認爲「作」時常指「有所作爲」，如《孟子・告子下》「困於心衡於慮而後作」，因此是較好的說法，他串講爲：「他起而尋求累世的德行。」而批評陳奐、馬瑞辰以爲是「仇」的假借，說成：「他配得上累世的德行」，沒有可靠的例證。

他又引《尙書・康誥》「我時其維殷先哲王德，用康乂民，作求」，「作求」兩字的講法，注家的意見相差極遠。《僞孔傳》說作「爲求等」，孔穎達以爲那是「使他們平等」的意思，實際並非如此。蔡沈以爲《僞孔傳》的意思是訓「求」爲「等」；「作求」就是：「爲等匹於商先王。」這個說法同於清代學者的假借說。另一派江聲、孫星衍據《爾雅》訓「求」爲「終」，「作求」就是：「作個終結的成功」，這和鄭箋的說法相同。但高氏認爲這兩派的講法忽略了上文「往敷求于殷先哲王，用保乂民」，「求于殷先哲王」的「求」，無可否認的是「尋求」。所以「作求」的「求」也應該是相同的，兩句的意思原是一樣，只是說法略有不同。所以「我時其維殷先哲王德，用康乂民，作求」就是：「我時時想到殷先哲王的德行，

用以安定和治理人民；我起而尋求（他們的德行）。」他認爲《詩經》這句和〈康誥〉一樣，因此蘇轍的說法和〈康誥〉相合。

此條高氏的錯誤，還是在他堅持不用假借的說法。「求」作爲「仇」的假借，並不如他所說的無佐證。關雎「君子好逑」之「逑」，即「與侯好仇」之「仇」，何言乎無證？且「仇」用於〈康誥〉「作求」，說成「等匹於商先王」，於義亦較好。

八九五　威儀抑抑〈大雅・假樂〉

「威儀抑抑」又見於〈賓之初筵篇〉及〈抑篇〉，毛傳分別訓「愼密」和「密也」，意義是一樣的。高氏認爲「抑」的本義是「壓抑，抑制」，所以「威儀抑抑」或「抑抑威儀」是：「威儀（壓抑，抑制）高貴。」有《孟子・滕文公下》「禹抑洪水」；《國語・晉語》「叔魚抑邢侯」等證例。

清代學者（珍玉案：如陳奐詩毛氏傳疏）以爲「抑」爲「懿」的假借，訓爲「美」，高氏認爲在音上說不通。高氏之見是錯誤的，「抑」本是「印」的入聲，後轉入職韻，與即字的音變相同，〈賓之初筵〉、〈假樂〉並叶-t 之入聲韻。董先生在附註亦指出「抑」如高氏說或有一音*i̯ĕt，可以和「懿」假借。

高氏用「抑」的本義壓抑，不知「壓抑」和「威儀美好高貴」何關？更何況「抑抑」爲疊音詞，豈能以構成份子訓解？又他說「抑」訓「美」，大概是引申義壓抑——

一壓平──平（不皺），「平」和「美」亦不知有何關係？因此還是清儒假借說於文義為長。

九八一　大風有隧，有空大谷〈大雅・桑柔〉

　　高氏採毛傳用一般的意思訓「隧」為「道」，串講為：「大風有它的道路，深深的大谷。」而不用王引之以為「隧」*dziwəp 是「遺」*g̑iwɛd 的假借字之說法，王氏引《呂氏春秋・本味》高誘注「行迅謂之遺風」，高氏批評這是證據薄弱而不能說通的臆測。

　　事實上高氏不明「遺」屬喻四，「隧」屬邪母，兩字音近，李方桂先生並擬其音為 r-。王引之《經義述聞》卷七訓釋此條對傳統毛鄭的說法有精闢的批評，高氏仍蹈傳統之誤，未能掌握後人較好的說法。依王氏之說，此二句應作：「大風之狀，則有隧矣；大谷之狀，則有空矣。」先言有空，後言大谷，變文與下為韻耳。大風、大谷兩不相因，不必謂大風出於大谷，並分別舉《詩經》中相同的句子為證。可見毛傳曰：「隧，道也」，箋曰：「大風之行有所從而來，必從大空谷之中」，這樣的說法是不明《詩經》句子結構形式的。王氏還引《楚辭・九歌》「衝風起兮橫波」，王逸注曰：「衝，隧也，遇隧風，大波湧起」。據此則古謂衝風為隧風，隧風即遺風也。《呂氏春秋・本味》「遺風之乘」，高誘注曰：「行迅謂之遺風」，《文選・聖主得賢臣頌》「追奔電，逐遺風」，李善注曰：「遺風，風之疾者也」。「遺」與「隧」古同聲而通用，「隧」之言迅疾也，「有隧」形容其迅疾也，「有空」亦形容大谷之辭也。

一一五二　不告于訩〈魯頌・泮水〉

　　毛傳未釋，鄭箋訓「訩」為「爭訟之事」，串講成：「無以爭訟之事告於治訟之官者。」〈小雅・節南山〉「降此鞫訩」，傳訓「訩」為「訟」，高氏採該章毛傳的說法，而將此句串講為：「他們不以爭訟報告。」清儒陳奐、王先謙等人以為「告」是「鞫」的假借字，訓「窮」，有「極刑」的意思，「訩」和同音的「凶」一樣，串講成：「他們對凶惡的人不用極刑。」高氏批評這是奇妙而不能接受的揣測。

　　事實上高氏拿〈節南山〉「降此鞫訩」和此句相提並論是不明句子結構的。本句清儒以「告」為「鞫」，是「鞫於訩」，和〈節南山〉之「鞫訩」結構不同。兩句的「鞫」分別作動詞和狀詞，意思亦有別，當動詞如清儒訓為「窮，極刑」之意，當狀詞如毛傳訓為「盈」，鄭箋訓為「多」之意（參節南山毛鄭之訓），不能混為一談。

一一五七　大賂南金〈魯頌・泮水〉

　　高氏說毛傳訓「賂」為「遺」，用一般的意思，說成：「他們大量的贈送我們南方的金屬」，這樣可以說得很好。他批評馬瑞辰以為「賂」就是「輅」的假借之說法十分可笑，因為淮夷不可能贈輅車。

此句雖然一般《詩經》注家如朱子、王先謙、屈萬里先生皆採毛傳的說法；但馬瑞辰的假借說於文意並無不通。這段詩作「憬彼淮夷，來獻其琛，元龜象齒，大賂南金。」是說淮夷來進貢——元龜、象齒、大賂、南金等寶物，這些寶物是名詞並列結構。而且前面已說來獻其琛，末句是否有必要再說「大量贈送」，恐怕值得考慮。說淮夷不可能贈輅車，稍嫌武斷。

除上舉十二例外、以下十四例高氏亦犯同類之失。

三七三　　八月剝棗〈豳風・七月〉

「剝」應借為「扑」，不宜訓「取」。

三七四　　以介眉壽〈豳風・七月〉

「介」應借為「匄」，不宜訓「大」。

四五七　　織文鳥章〈小雅・六月〉

「織」應借為「幟」，不宜以常義訓解。

四八五　　其下維蘀〈小雅・鶴鳴〉

「蘀」應借為「檡」，不宜以常義訓「落」。

五八五　　壹醉日富〈小雅・小宛〉

「富」應借為「畐」，不宜以常義訓「盛」。

五八六　　螟蠃負之〈小雅・小宛〉

「負」應借為「孚」，不能以常義訓「背負」。

六六八　　如幾如式〈小雅・楚茨〉

「幾」應借為「期」，不能以常義訓「數量多少」。

六八五　　既方既皁〈小雅・大田〉

「方」應借為「房」，不能訓為「齊」。

七五八附　　烈假不瑕〈大雅・文王〉

「烈假」應借為「癘瘕」，不能訓為「光輝和偉大」。

七八九　　陶覆陶穴〈大雅・緜〉

「陶」應借為「掏」，不能訓為「治土」；「覆」應借為「復」，不能訓為「覆蓋」。

八四七附　　佛時仔肩〈周頌・敬之〉

「佛」應借為「弼」，不能訓為「大」。

八六八　　先生如達〈大雅・生民〉

「達」應借為「羍」，不能訓為「生」。

一一二七　　匪且有且，匪今斯今〈周頌・載芟〉

「且」應借爲「此」，不能訓爲「暫且」。

一一八四　受命不殆〈商頌・玄鳥〉

「殆」借爲「怠」，較訓「危殆」於文意爲長。

二、主假借而誤

此類包括假借的說法錯誤和不必要的假借訓釋。

九七　我躬不閱，遑恤我後〈邶風・谷風〉

毛傳訓「閱」爲「容」，他的依據是〈曹風・蜉蝣〉「蜉蝣掘閱」，本義作「洞穴」，引申爲「容身之地」、「容納」，這個說法在本句可以說得很好：「我這個人還不被容納，我還怎麼來得及顧到以後的事呢？」而且高氏也舉出《文選》注引《莊子》逸文「空閱來風」和宋玉〈風賦〉的「空穴來風」相同。《老子》「塞其兌，閉其門」，俞樾以爲「兌」就是「閱」的省體等許多先秦證例，但高氏仍批評此說勉強而不自然。因此他尋求更簡單的說法，《左傳・襄公二十五年》引詩作「我躬不說」，認爲「說」古書往往假借作「悅」，而將此句串講成：「現在我還不被喜歡呢！那還有功夫憂慮以後的事。」高氏找到《左傳》異文，雖可更簡單訓釋，但他既不能破傳統毛傳說法，改字或假借的解釋方式，反而又是他素所反對的，此句批評毛傳勉強，就毫無道理了。

三三一　值其鷺羽〈陳風・宛丘〉

高氏採《漢書》顏師古注：「值，立也。」串講爲：「你豎立鷺羽。這是以「值」（*d'iəg去聲）爲「植」（*d'iəg去聲）的假借字，參看《淮南子・人間》「植耳」（豎起耳朵聽）。朱熹直接訓「值」爲「植」。《御覽》引這句詩，改作「植其鷺羽」。高氏認爲「值」、「植」完全同音，兩字聲符也相同，可以假借。

高氏不採毛傳訓：「值，持也」（*d'iəg平聲），將「值」作爲「持」的假借字，他認爲上說於音上都是去聲，較此說好。但高氏的問題出在鷺羽乃舞者所持以指麾，如何能無冬無夏的植（豎）立著呢？顯然以毛傳所說的「持」較合於文意。而且「值」、「持」同屬定母之部字，毫無問題可以假借。

三五四　棘人欒欒兮〈檜風・素冠〉

高氏採毛傳訓「棘」爲「急」，串講成：「（情急）哀傷的人很瘦。」並引〈小雅・采薇〉「玁狁孔棘」；〈雨無正〉「孔棘且殆」；〈大雅・文王有聲〉「匪棘其欲」；〈抑〉「俾民大棘」等句，「棘」皆作「急」講。「棘」字又有「急速」的意思，如〈小雅・斯干〉「如矢斯棘」，毛傳亦訓爲「急」。高氏批評中國學者都以爲「棘」是「急」的

假借字，這在語音上說不過去，而應當是「亟」的假借字，〈邶風・北風〉「既亟只且」；〈豳風・七月〉「亟其乘屋」（鄭箋訓「亟」為「急」）。

高氏將「棘」說成「亟」之假借，雖然於音上無問題，但「情急之人」是很奇怪的說法，不如惠棟、馬瑞辰的說法好。惠棟《九經古義》卷五：「素冠云棘人欒欒兮，傳云：棘，急也。棟案：棘，古瘠字，義雲章作瘠，義雲切韻又作胅，字相似，因誤為棘，呂覽任地曰：肥者欲棘，高誘曰，棘，羸瘠也，詩云：棘人之欒欒。」馬瑞辰對惠氏的看法有贊同亦有不贊同之處，曰：「……讀詩記引崔靈恩集注作悈人，蓋以棘悈雙聲，爾雅棘悈同訓急，故轉為悈人耳。方言悈，老也，郭注老人皮瘠之形，亦與瘠義近。惠氏九經古義曰：考古瘠字，義雲章作瘠，義雲切韻又作胅（見汗簡），字相似，因誤為棘。今按欒欒既為瘠貌，則棘即為瘠可知。惠氏以棘為古瘠字是也，又以棘為瘠與胅形近之誤則非。說文瘠，瘦也，瘠，古文瘠，玉篇同棘，為瘠之假借。呂覽任地曰：棘者欲肥，肥者欲棘，高誘注：棘，羸瘠也。詩棘人之欒欒，言羸瘠也，正訓棘為瘠，說文孌，朧也，引詩棘人孌孌為正字，毛詩作欒欒假借字。」

惠棟和馬瑞辰的說法不盡是，「棘」、「瘠」聲不同，非古「瘠」字。「棘」訓「羸瘠」，今猶「骨瘦如柴」，為義之引申。

六○五　遇犬獲之〈小雅・巧言〉

高氏採《釋文》引舊讀為「愚犬獲之」，把此句串講成：「一個笨狗也捉得住他。」《莊子・則陽》「為物而愚不識」，《釋文》云：「愚或作遇」，高氏因此認為毛詩的「遇」，可以照樣是「愚」的假借字。

但此句實無必要以假借訓釋，王肅用「遇」的平常意義：「它遇到狗，（狗就）捉住它。」可以說得很好。

九一五　汔可小康〈大雅・民勞〉

「汔」有兩派不同說法：

（一）毛傳：「汔，危也。」孔疏：「而又危耳近於喪亡。」高氏認為依此「汔」是「迄」的假借字；《漢書》引魯詩正作「迄可」，「迄」是「到」的意思。孔疏說成：「已經近於喪亡，應該小小的安息了。」

（二）鄭箋：「汔，幾也」；有「庶幾」的意思。清代學者有不同的說法，馬瑞辰以為「汔」、「幾」音近假借；其他家根據《說文》「汔，水涸」立說，《說文》的講法和《易經》「小狐汔濟」有關係，「小狐汔濟」，依干寶注，是「小狐狸在水乾涸的時候過河」。《廣雅》又云：「汔，盡也」，《呂氏春秋・聽言》有「汔盡」。王念孫以為「汔」和「既」有關係。王先謙就以

為「汔」在這句是「盡，僅僅乎」的意思：「希望他們（僅僅乎）至少可以有小的安息」又有一些人，如段玉裁，以為「汔」由「水涸」、「幾乎乾涸」，可以引伸為一般「幾乎」的意思；高氏依此派說法，將這句詩說成：「他們幾乎可以有小的安息。」

高氏採第一種說法，事實上第二種說法「乞」與「幾」同屬微部，聲亦近，清代學者假借甚或引申為「幾乎」絕無問題。但是高氏不用清儒的假借說，而採《漢書·元帝紀》引這句詩異文「迄可小康」，顏師古注云：「迄，至也。」如此毛詩的「汔」只是「迄」的假借字，高氏將此句串講為：「（人民已經很勞苦了），到了可以小小休息的時候了。」

高氏採《漢書·元帝紀》的異文，引顏師古的假借訓解，這對於一向注重較早證據的高氏來說是很反常的。既然清代學者已經對毛詩文字作出很好的假借訓釋，高氏採較晚文獻的說法，不足以取信。

一○二三　衮職有闕〈大雅·烝民〉

高氏認為鄭箋用「職」的平常意義「職位，職務」，說成：「衮衣的職位有闕時，（只有仲山甫能補它）。」把「衮職」指王，王有失職時，（只有仲山甫能改善他），這樣的比擬是不對的。「補」本來是補綴破的東西，可是現在卻是「衮衣」，如何用補呢？因而高氏認為「職」是同音的「織」的假借字；應說成：「（王的袍子上的）繡花織物有破洞時，（只有仲山甫能補它）」，這是比喻王的缺點，《禮記·玉藻》「士不衣織」，鄭注也把「織」講作色絲的織物。

高氏假借的說法實在有些多此一舉，「衮」為「衮衣」，「天子之服」。「衮職」為「天子之職事」，鄭箋：「云衮職者，不敢斥王之言也。」因而高氏將「職」假借為「織」，以衣上織物破洞喻王之缺點，太過迂曲了。

除上舉六例外，以下九例高氏亦犯同類之失。

二五　肅肅兔罝〈周南·兔罝〉

將「肅」借為「橚」，訓「擊」，外動詞無疊用情形。

二六　赳赳武夫〈周南·兔罝〉

將「赳」借為「糾」，拿「赳赳」和「糾糾」比附，訓「優雅」，過於穿鑿。

六四○　廢為殘賊〈小雅·四月〉

將「廢」借為「怫」，訓「大」，和「廢虐之主」、「華廢而誣」比附，過於穿鑿。

六五一　畏此罪罟〈小雅·小明〉

「罟」以常義「網」可說通，無須穿鑿比附借為「辜」。

　　七八五　**時維鷹揚**〈大雅·大明〉

　　「揚」訓以常義「飛揚」即可，借爲「鸉」反不合文意。

　　九四六　**維德之隅**〈大雅·抑〉

　　「隅」訓以常義「廉」即可，借爲「偶」反不合文意。

　　九七七　**進退維谷**〈大雅·桑柔〉

　　「谷」訓爲「山谷」，引申爲「窮」即可，借爲「穀」反不合文意。

　　九八五　**職涼善背**〈大雅·桑柔〉

　　「涼」訓爲「薄」即可，借爲「掠」反不合文意。

　　一〇八七　**立我烝民**〈周頌·思文〉

　　「立」訓以常義即可，無須借爲「粒」。

第五節　不辨虛詞實詞之失

　　虛詞是古漢語特有的一種語言現象，古人在屬詞造句時，爲了連結語言單位或表達某種語氣的需要，而加上的一些沒有實在意義的語詞。由於虛詞與實詞同用一字，又由實詞虛化其意而來，因此要辨識虛詞並不容易，阮元在《經傳釋詞》序說：「實詞易訓，虛詞難釋」，就是指出以往注家不辨虛詞，往往以實詞釋之，造成失誤。高氏書中一再批評清代學者將難講的字都說成語詞，這固然是因爲像王氏父子透過因音求義，比例而知，觸類長之，謹嚴的訓詁態度所得的結果仍有缺陷，尤其是對語詞的作用，清儒普遍未作詳盡說明，這也難怪高氏質疑。不過畢竟清儒於語詞訓釋所得的成果是不容否定的，高氏指出不當作語詞之字，往往仍是他錯的時候居多。舉下列九個常作語詞，但高氏堅持不以語詞訓釋之例說明之。

一、不

　　「不」字在《詩經》作爲語詞十分普遍，但高氏堅持用爲否定詞「不」、否定疑問詞「豈不」。固然王氏《經傳釋詞》歸納「不」的語詞用法有疏漏之處，但並非全無可取之處，高氏皆以實義訓釋，恐亦有不當。例如以下幾條，「不」的作用乃湊足音節，仍以語詞爲長。

　　六九三　**不戢不難，受福不那**〈小雅·桑扈〉

　　王引之：傳云：「戢，聚也。不戢，戢也。不難，難也。那，多也。不多，多也。」則「不」爲語詞。箋乃云：「不自斂以先王之法，不自難以亡國之戒，則其受福祿亦

不多也。」失之。

高氏釋為：「他們不和睦嗎？他們不恭敬嗎？」將「不」說成否定疑問詞，係受朱熹釋「豈不」增字訓釋之影響。

七五八附　烈假不瑕〈大雅‧思齊〉

高氏採毛傳訓「烈」為「業」，又採朱熹說訓「假」為「大」，而將本句串講為：「他的光輝和偉大沒有汙點」，他引〈豳風‧狼跋〉「德音不瑕」證此句。而不用鄭箋假借為「癙瘕」，訓「病」，馬瑞辰把「不」釋為語詞，而將本句說成：「他遏止癙疫」。高氏拿「德音不瑕」對照，並未考慮其美周公德音不已之意，而硬將彼句「不瑕」套用在此句，將遏止癙疫原意，曲解為光輝偉大的德行沒有汙點，以符合「德音」之意，簡直強為就我。此句宜以王引之釋「肆戎疾不殄，烈假不瑕」：「……案不語詞。不殄，殄也。不瑕，瑕也。言大疾則絕矣，厲假之病則已矣……。」為優。

七五九　其麗不億〈大雅‧文王〉

高氏採朱熹之說認為這裡「不」就是「豈不」，是一種反問的用法，和本篇第三章的「無念爾祖」一樣，「無」字不應如毛傳、王引之等把它當作語詞。

王引之：「不，語詞。不億，億也。商之孫子，其麗不億，猶曰子孫千億耳。箋以為不徒億，失之。」高氏之訓釋明顯的在「不」上增一「豈」字，以成反問詞，更不足取。

八一五　肆戎疾不殄〈大雅‧思齊〉

此句和下句「烈假不瑕」對文為意，七八五附「烈假不瑕」條前已討論，「不」以作語詞為宜。

「肆」一般皆當發語詞，馬瑞辰以為「不殄」就是「殄」，將「不」當作語詞，高氏不同意語詞之說，認為應該把「不殄」看作反問詞：「大的疾病不是消除了嗎？」和上例一樣也是不足取的增字解經方法。高氏又立一說將「戎疾」釋為「王心理上的品質，是一種偉大的活力」，而將「不」釋為否定詞，串講成：「他的偉大的活力是不可消滅的。」其隨心任意訓解，及見解之騎牆於此可見。

二、思

「思」字在《詩經》可以說是最為常用的語詞之一，或置句首、句中、句末，十分普遍，王引之《經傳釋詞》卷八全面歸納此字用為語詞例。高氏在訓四四四、嘉賓式燕又思、四九○、勉爾遁思、六九四、旨酒思柔、八九九、思輯用光、一一四六、思馬思疆這幾條時，都將「思」字釋為語詞，但下面兩例，高氏竟然堅持不以

語詞釋之，足見其毫無原則。

四 寤寐思服〈周南·關雎〉

清代學者將「思」字當作句中助詞，但高氏不以語詞釋之，而在毛傳訓「服」為「思之」外（珍玉案：毛傳未釋「思」字），又說「思服」是一個複合詞，如《尚書·康誥》「服念五六日」。

高氏將《尚書》的例子和此句相比，並不恰當。《經傳釋詞》歸納「旨酒思柔」（桑扈、絲衣）、「無思不服」（文王有聲）、「於乎皇王！繼序思不忘」（閔予小子）等「思」字作為句中助詞例，「寤寐思服」之形式雖然和這些句子不同，但「服」意為「思念」，若其前之「思」字再以實義訓解，確實不易說通，未若王氏作句中助詞，其作用在湊足音節為優。

七〇〇 思孿季女逝兮〈小雅·車舝〉

高氏將「思」釋為平常的意思，說成：「我想念那美麗的年輕的女子並且去會她」，並舉〈谷風篇〉「思我小怨」為證。高氏不明白「思我小怨」上句作「忘我大德」，思字在該句作動詞，而本句「思」下接當主詞的形容詞詞組「孿季女」，不能當動詞思念講，應如王引之訓為語首語助詞。王氏《釋詞》並引「思皇多士」（文王）、「思齊大任」（思齊）等例，以證明《詩經》以「思」為句首助詞之形式。先師周法高先生《古代漢語·構詞篇》稱「思」居狀詞前者為「狀詞前附語」。

三、斯

「斯」字在古漢語中經常加在狀詞或名詞之後，用為無意義的後附語，其加在狀詞之後，往往有加強形容的作用。一六附螽斯羽條，高氏正確的將「斯」字當成常用的語助詞，這個語詞接在名詞之後，純為延長音節語氣之需。但下面兩例高氏卻意外的以指示詞訓釋，堅持其音和「此」相近，「斯」，「此」也為常語，而忽視在這兩句「斯」純用為語氣詞，不能以常語訓釋。

七四二 有兔斯首〈小雅·瓠葉〉

高氏將「斯」釋為指示詞，說成：「有兔子那一頭」，也就是：「有那一頭兔子」。王氏在《釋詞》卷八舉「螽斯羽」（螽斯）、「鹿斯之奔」（小弁）兩例證明「斯」為句中語助詞。又在《經義述聞》卷三十二「語詞誤解以實義」說「螽斯羽」螽羽也，「鹿斯之奔」鹿之奔也，「有兔斯首」兔首也。而解者以螽斯為斯螽，以斯首為白首，則失之矣。衡諸王氏之說，高氏謬誤顯見。

八三五 王赫斯怒〈大雅·皇矣〉

高氏認爲朱熹和清代學者都以爲「斯」是個文法上的用語（珍玉案：《經傳釋詞》以「斯」和「其」同義，王氏之說法亦值得檢討。）很有可能。但他又懷疑「斯」可能是個指示詞，用在名詞「怒」之前，而「赫」是個及物動詞，如〈小雅・正月〉「維號斯言」的「斯」，這句應如 Waley 所說的：「王發出他的忿怒」；或者可以等於「此」，作受詞用，置於動詞之前，如〈桑柔篇〉「胡斯畏忌」的「斯」，〈瞻卬篇〉「職兄斯引」的「斯」，而這句詩是：「王威嚴的爲此發怒」，高氏認爲後說較好，因爲「胡斯畏忌」的「畏忌」和這裡的「怒」很像，此外把「赫」講作副詞也比講作動詞好。

由高氏的意見，我們發現他根本不瞭解所舉的這些句子和本句結構完全不同，「斯」在這裡作狀詞「赫」的後附語，結合在一起有重言「赫赫」的意思，和他所舉的「斯言」、「胡斯」、「斯引」、「斯」字乃由代詞演變而來，仍含有複指意味，並不相關。高氏抓住出現相同字的句子任意對比，不重視句子結構，忽視語法顯然錯誤。

四、居

《經傳釋詞》卷五王氏舉「日居月諸」（柏舟）、「以居徂向」（十月之交）、「上帝居歆」三處「居」當語詞之例，高氏除於「日居月諸」句將「居」字當語詞外，另兩處都以實義釋之。其他《釋詞》未引的「居」字句，高氏亦有誤訓爲實義者。

五五七　以居徂向〈小雅・十月之交〉

高氏不採王引之將「居」釋爲語詞，作用在湊足音節，「以徂向」意爲：「並且和他們到向去」。而用「居」的基本意義，並拘泥「擇有車馬，以居徂向」，增字釋爲「擇居」，這是錯誤的。

五五七附　爾居徒幾何〈小雅・巧言〉

高氏採鄭箋將「居徒」釋爲「所與居之人」，而不採馬瑞辰將「居」釋爲語詞，等於「爾徒幾何」。高氏認爲「居」在此句爲表詢問之語氣詞，類似《莊子・齊物論》：「何居乎？形固可使如槁木，心固可使如死灰乎？」「居」之用法。事實上高氏誤會「何居乎」「居」字亦作語詞，等於何乎？「居」即馬氏所謂之語詞，而非鄭箋「所與居」之意。

五五七附　我居圉卒荒〈大雅・召旻〉

高氏採鄭箋之說作：「我們居住的地方和邊界都荒蕪了」，若依毛傳訓「圉」爲「垂」（邊陲），指整個國域，「居」訓實爲「居住的地方」，反顯累贅，仍以馬瑞辰

將「居」當語詞爲長，「我居圉卒荒」等於「我圉卒荒」，「居」只是個無意義的語詞，其作用在慨歎延緩語氣。

五五七附　　上帝居歆〈大雅·生民〉

王引之以爲「居」是語詞，等於「上帝歆」。但高氏不用王說，而採鄭箋訓「居」爲「安」，說成：「上帝安樂的享受」。又引本篇「居然生子」爲證，高氏任意拿結構不同的句子，比對意思，是不足取的。此句「居」字作用爲補足音節，不必要以實義訓釋。

五、寧、能

王引之在《經傳釋詞》卷六「寧」字條下說：「寧，猶乃也，語之轉。」又說：「家大人曰：乃、寧、曾，其義一也。」王氏父子於虛詞訓釋的最大貢獻就是因音求義，從聲音入手，探尋形體差別很大的虛字，找出它們間的共同點，揭示它們在意義上的相互關聯。「寧」、「能」、「乃」三字同屬泥紐，聲音有關，意義自可相通。高氏釋「寧」爲「胡」，兩字聲紐韻部皆無關，意義無相通之可能，亦見高氏於古音之認識不及王氏。

七七　　寧不我顧〈邶風·日月〉

王引之、馬瑞辰等清代學者釋「寧」爲「乃」，以兩字一語之轉，但高氏不以語詞釋之，而採朱熹訓「寧」爲「何」，說成：「你爲什麼不顧我」。又引〈子衿篇〉「子寧不嗣音」及《易·繫辭下》「寧用終日」爲證。

高氏採朱熹之說將「寧」訓爲「何」，當成一個疑問副詞，但兩字聲韻母毫無關係，朱熹之訓釋並不可靠。高氏又任意拿出現相同字的句子爲證，亦不明一詞多義現象，企圖以一義解釋所有的句子，顯然行不通。

四一八　　寧適不來，微我弗顧〈小雅·伐木〉

毛傳未釋「寧」字，只說：「微，無也。」高氏採鄭箋釋爲：「寧召之適自不來，無使言我不顧念也」，這等於並未訓釋「寧」字。陳奐將「寧」字講作疑問副詞：「他們去而不來，是到什麼地方？他們不要不顧念我」；這樣增字的說法亦不合適。王氏《釋詞》雖未引此例，但亦可比例而知，觸類長之，將此句「寧」釋爲語詞。

五四○　　燎之方揚，寧或滅之〈小雅·正月〉

高氏採鄭箋將「寧」釋爲「如何」，說成：「營火正（舉起）燒得很高，如何有人能滅息它」，而不用王氏及馬瑞辰將「寧」釋爲語詞「乃」。這裡高氏仍堅持他一貫將「寧」釋爲發問副詞的見解，但增字說成「如何」。

九八〇　寧為荼毒〈大雅・桑柔〉

陳奐以為「寧」是發問的副詞，和「胡」很相像，高氏採其說，串講成：「他們為何是慘苦的毒物。」並引〈小雅・正月〉「胡為虺蜴」為證。「寧」和「胡」聲韻母毫無關係，陳奐的訓釋很有問題，但高氏不辨，堅持將「寧」當成疑問副詞，而不用「寧」、「乃」一語之轉，訓為語詞。

九九四　寧丁我躬〈大雅・雲漢〉

高氏又將「寧」釋為「為何」，說成：「他為何打擊我們的身體」，而不釋為語詞。

九九九　寧俾我遯〈大雅・雲漢〉

高氏又採陳奐說將「寧」釋為「胡」，說成：「他為何使我們逃匿。」而不用馬瑞辰和王氏釋「寧」為「乃」。

一〇六一　寧自今矣〈大雅・瞻卬〉

高氏仍以「寧」為「胡」，說成：「它（憂患）為何是現在。」而不採王氏訓為語詞「乃」，「言不自我先，不自我後，而乃自今也。」

一八九　能不我知〈衛風・芄蘭〉

王引之等清代學者以為「能」*nəng就是「而」*ńi̯əg，高氏明知「能」、「而」以及「乃」*nəg都是語源上有關係的語助詞，但為堅持他用常義的原則，而忽視這些字可以語轉，將此句釋為：「能不知道我嗎？（為什麼他不知道我）。」

一九二　能不我甲〈衛風・芄蘭〉

高氏亦採「能」字常義，說成：「他能不和我親近嗎？」如此訓釋顯然為採常義而增字解經，未若清儒「能」、「乃」、「而」轉語之說。

六、來

王引之《經傳釋詞》卷七釋「來」為詞之「是」也，但高氏多以實詞訓之。

四〇四　將母來諗〈小雅・四牡〉

王引之《經傳釋詞》以為「來」是個助詞，和「是」一樣。但高氏認為將「來」字釋為語詞無理由，因而他採一般的意思，將此句說成：「我來報告我扶養母親。」

一〇三六　淮夷來求〈大雅・江漢〉

王引之、馬瑞辰等清代學者都將「來」釋為「是」，高氏說：王氏的推測（見經傳釋詞，證據薄弱）以一項文法現象為出發點，那就是在一般情形下，受詞置於動詞之前時，都綴上一個「是」字或「實」字，如〈邶風・日月〉的「下土是冒」。但高氏認為在少數情形下，也有不用「是」或「實」的，那是因為放在前面的字表示

語氣的著重，如這裡便可以說作：「淮夷是他們去尋求的」。

　　高氏認爲此句和第三章「王國來極」，第四章「來旬來宣」，「來」字都是表現王那方面的人執行命令的行動，因此「來」是說戰士們去尋求淮夷，〈小雅・采芑〉「荆蠻來威」，也是同樣的句子。於是他採鄭箋簡單的說作：「他們去尋求淮夷」，用「來」的基本意義「向某處來」。這幾個句子在動詞之前再加上「去」，以表示動作的對象，反而顯得增字解經，有些詰籟不通。

　　一〇三七　淮夷來鋪〈大雅・江漢〉

　　高氏將「來」釋爲「去」，亦不當「是」講。串講爲：「他們去困擾淮夷。」

　　一〇四〇　王國來極〈大雅・江漢〉

　　高氏不將「來」釋爲「是」，而說和下文「來旬來宣」的「來」一樣，是命令詞，對召虎而言。「王國」是受詞，置於動詞之前，和「淮夷來求」句法相同，而將此句說成：「去走遍王國」。

　　一〇四一　來旬來宣〈大雅・江漢〉

　　高氏用「來」字一般的意思，將此句串講成：「到各處去宣達我的命令」。而不訓爲語詞「是」。此句王氏《釋詞》雖未引爲證例，但可比例、觸類歸爲語詞。

　　一〇四一附　遹追來孝〈大雅・文王有聲〉

　　高氏亦不訓「來」爲「是」，而用一般的意思，將此句串講爲：「爲追思前王，他來，並且有孝心。」高氏之串講於句意並不通，此句王氏《釋詞》亦未引爲證例，但亦可歸納用爲語詞「是」，言追思先王之志以爲孝也。

七、逝

　　七六　逝不古處、逝不相好〈邶風・日月〉

　　王引之《經傳釋詞》卷九歸納「逝」用爲發聲詞說：「逝，發聲也。字或作噬。詩日月曰：乃如之人兮，逝不古處。言不古處也。碩鼠曰：逝將去女，適彼樂土。言將去女也。有杕之杜曰：彼君子兮，噬肯適我。言肯適我也。桑柔曰：誰能執熱，逝不以濯。言不以濯也。逝皆發聲，不爲義也。傳箋或訓爲逮，或訓爲往，或訓爲去，皆於義未安。」而高氏卻將這些「逝」字用基本意義，訓爲「逮」，並說等於「到了……的地步」，衡量這些例子，「逝」字若以實字訓爲「逮」，反而不好解說，不如作含有執意或誓願之發聲語氣詞。

　　九七二　誰能執熱，逝不以濯〈大雅・桑柔〉

　　毛傳未釋「逝」字，鄭箋釋爲「去」，高氏認爲鄭箋的說法不好講，因而採《墨

子‧尚賢中》引詩作「孰能執熱，鮮不用濯」，串講成：「誰能拿住熱的東西？很少人不洗（把手弄濕）。」

高氏以改字避開難講字的訓詁態度，恐怕值得商榷，不如王氏《釋詞》將「逝」說成發聲詞，可以不必改字就說得很好。它的作用在表示寧願。

八、懿

一○五五　懿厥哲婦〈大雅‧瞻卬〉

本章第一節「堅持先秦例證之失」已討論此條，茲不贅述。懿與伊同屬影母脂部，可相假借。「伊」當語首助詞相當於「維」，《詩經》中有伊余來墍〈邶風‧谷風〉、伊其相謔、伊其將謔〈鄭風‧溱洧〉、伊誰云憎〈小雅‧正月〉、伊誰云從〈小雅‧何人斯〉、伊寡婦之利〈小雅‧大田〉等，不乏其例。

九、亦

高氏在八一四「不顯亦臨，無射亦保」條下說：「亦」就是填空的語詞，如《詩經》中時常有的（召南草蟲：亦既見止；邶風柏舟：亦汎其流；又泉水：亦流於淇；小雅采薇：歲亦莫止；周頌有客：亦白其馬……）但下例他不知為什麼以實義訓釋，而不用語詞之說。

一○九三　亦服爾耕〈周頌‧噫嘻〉

高氏採鄭箋訓「亦」為「大」，因為「亦」當「奕」用是常見的，他把本句串講為：「偉大的做你的耕種。」認為這樣的講法比朱熹將「亦」當作語詞，意思比較多而生動。

高氏這樣的訓詁觀念實在毫無原則可言，既歸納「亦」的語詞用法，又生出不必要的文意，還說這樣意思比較多而生動，太過求新求變，反不足取。

除上舉九字三十一例外，以下五例高氏亦犯不辨語詞之失。

式：一○三　式微式微，胡不歸〈邶風‧式微〉

將「式微」訓為「用處微小」，不如丁聲樹訓「式」為「語詞」。

抑：五五二　抑此皇父〈小雅‧十月之交〉

「抑」為感歎詞「噫」，不能說有略帶「不過」（亦）的意思。

否：六一二　否難知也〈小雅‧何人斯〉

「否」等於「不」，宜作「語詞」，高氏增字訓為「不入」。

期：六九八　實維何期〈小雅・頍弁〉

　　將語詞「期」誤以常義訓解。

時：一〇八一　時邁其邦〈周頌・時邁〉

　　將開頭助詞「時」，誤訓爲「按時」。

第九章 《詩經注釋》之訓詁缺失（下）

第一節 忽視文意貫串之失

「一詞多義」爲古文字詞普遍現象，因而判斷事理，推尋文義，爲訓釋古籍必須掌握的原則。高氏的訓詁方法雖然也注意上下文意連貫（參第五章第五節審文求義），但仍有疏忽的地方，使得串講不順，甚至怪異，舉例說明如下：

四五二　六月棲棲〈小雅・六月〉

高氏採「棲」的基本意義「雞的棲止」，串講成：「在六月裡的休止時期」，除了犯將「棲」字疊用和單用不別之失外，亦未注意「六月棲棲」的句法，「棲棲」應是六月的狀詞。同時本章作「六月棲棲，戎車既飭。四牡騤騤，載是常服。玁狁孔熾，我是用急。王于出征，以匡王國。」從文意觀察，顯然是說整飭戎車等戰備之事，以攻伐頻頻入犯之玁狁，而不可能六月是個可以休止的時期。

四六○　師干之試〈小雅・采芑〉

高氏不採朱傳：「師，眾；干，扞也；試，肄習也，言眾且練也。」（珍玉案：高氏誤會其意說試，肄，習也；被訓練的一群保護者。）及馬瑞辰：「按春秋莊四年《左傳》，楚武王荊尸授師子焉。杜注引《方言》，子者戟也，此詩干當讀干戈之干，謂盾也。《方言》盾，自關而東或謂之干，師干猶言師子，古人出師，蓋隨取兵器以授之，如武王伐紂執黃鉞，楚武王授師子之類。干舞以象武事，授師以干，亦取扞敵之義。」而採毛傳：「師，眾；干，杆；試，用也」；並將此句串講成：「作爲一群保護者用」。

高氏的訓解忽視本章及二、三章皆言練兵，末章才說征伐，朱熹或馬瑞辰說法較優。

四八八　有母之尸饔〈小雅・祈父〉

　　高氏採毛傳用「尸」的一般意思「陳」，串講爲：「有母親陳列食物」；而不用馬瑞辰引《白虎通義》：「尸之爲言失也」之說。

　　本句高氏說成「有母親陳列食物」和「胡轉予於恤」，使予「靡所止居」、「靡所底止」，軍士怨久役，憂心不能奉養完全不類。高氏的說法是從鄭箋：「己從軍，而母爲父陳饌飲食之具，自傷不得供養也」而來，顯然這樣的說法有些迂曲，不如說成「失饔」。但《白虎通》說「尸之爲言失也」，原只是聲訓，不可藉此說「尸」有「失」義，但「尸」、「失」只有聲調的不同，說爲假借，應該沒問題。

六四二　率土之濱〈小雅・北山〉

　　高氏因齊詩魯詩都作「率土之賓」，而以爲這句和下句「莫非王臣」相應，「賓」有「賓服，臣民」的意思，而將此句串講爲：「所有土地上的子民，沒有一個不是王的臣僕。」高氏這樣的訓解除了過於重視三家詩外，還忽視上文作「溥天之下，莫非王土」，和本句「率土之濱，莫非王臣」是對句，而不是「率土之濱」和「莫非王臣」相應，因此「濱」以毛傳訓「涯」爲長。

六八〇　攘其左右〈小雅・甫田〉

　　高氏批評鄭箋讀「攘」爲「饟」是不必要的改讀，又批評朱熹訓「取」，有「攘奪，偷取」等不好意味，而採胡承珙訓「攘」爲「卻」，並串講成：「我擯除隨從的人，（自己去嚐什麼好什麼不好）。」如此訓解固然並無不可，但上文作「曾孫來止，以其婦子，饁彼南畝，田畯至喜」，主要是說田畯嘗婦女送來田間的食物，取左右之食，或者是說田畯拿婦女送來田間的食物餽贈給左右吃，而不可能說田畯嘗食物時還要擯除左右之人，高氏的訓釋不如鄭箋、朱傳通達。

七一三　式勿從謂〈小雅・賓之初筵〉

　　毛傳未釋，高氏批評鄭箋以實詞說「式」字錯誤，而贊同朱傳將「式」當作句首語助詞，並說「從」和「謂」是並列的動詞，《詩經》中常有這樣的句法，如〈大雅・召旻〉「民卒流亡」，〈小雅・采薇〉「不遑啓居」，〈大雅・板〉「不可救藥」，〈小雅・伐木〉「於粲洒埽」等。「從」在這裡是「依順」，如《左傳・襄公二十八年》：「小事大……從之如志，禮也。」「謂」用作及物動詞而指「對……說」的特別多，如《論語・爲政》「或謂孔子曰……」，而將此句串講爲：「不要依順他們，不要對他們說話。」

　　「從」、「謂」爲多義詞，高氏雖用常義訓釋，但顯得望文生義，而且不合文意。本章作：「凡此飲酒，或醉或否，既立之監，或佐之史，彼醉不知，不醉反恥。式勿從謂，無俾大怠……。」龍師宇純〈試釋詩經式字用義〉一文討論此句有較好之說：

「式當表希冀；謂字當訓使，式勿從謂，言幸其勿從而使之多飲也。」〔註1〕

七六六　有虞殷自天〈大雅・文王〉

高氏將此句串講成：「有虞（最早的朝代）和殷（室）來自上天」，而不採毛傳訓「虞」為「度」，鄭箋以「有」為「又」，「又度殷所以順天之事而行之」的說法。

高氏之訓解只就表面字義為說，並未顧及全篇詩義在敘述文王的事功，而本句是說文王又憂慮殷得天命，和更早的虞夏一點關係也沒有。

七八六　涼彼武王〈大雅・大明〉

此句毛傳訓「涼」為「佐」，韓詩作「亮彼武王」，訓「亮」為「相」，《爾雅・釋詁下》：「詔、亮、左右、相，導也」，「亮」訓「相」有證例，可以接受；但高氏不採毛傳，而將此句說成「亮彼武王」，意謂「武王光明」，以為和〈江漢篇〉的「明明天子」相像，「亮」是本字，而「諒」是假借字，「亮」字上古指光明。高氏的說法雖亦可通，但放在「維師尚父，時維鷹揚，涼彼武王，肆伐大商」句中，主語是尚父，武王只是受佐助的對象，如依高氏把武王當主語，上下文意便無法貫串。

九二七　老夫灌灌〈大雅・板〉

高氏採《尚書大傳》注引異文作「老夫嚾嚾」，以為「嚾」和「喚」是一個詞，指「叫，吵」，如《荀子・非十二子》「嚾嚾然不知其所非也」，楊倞注：「嚾嚾，喧囂之貌。」而將此句說成：「老年人喧叫，（下一句「年輕的人驕傲」）。」並批評毛傳訓「灌灌」猶「款款」是從表面上用音近的字來解釋難講的字，「灌」*kwân（去聲）是「款」*kwân（上聲）的假借無根據，《爾雅》有「懽懽，憂無告也」，可以曲解為「實在的憂愁」，清代學者以為毛詩的「灌」就是這個「懽」的假借字，不過「懽」這麼講並無例證。

茲引馬瑞辰的說法如下：

> 老夫灌灌，傳灌灌猶款款也，瑞辰按灌款以疊韻為訓，說文懽，喜款
> 也。款，意有所欲也。胡承珙謂灌為懽之借，故說文引爾雅正作懽懽。

「灌」與「款」同屬元部，疊韻為訓應無問題。「懽」《說文》作「喜款也，從心雚聲，《爾雅》曰懽懽愮愮，憂無告也」，段注：「釋訓文懽懽，即大雅之老夫灌灌，傳曰灌灌猶款款也，懽本訓喜款，而憂者款款然之誠，亦與喜樂之款款同其誠切，許說其本義，《爾雅》說其引申之義也。」段注正可用來說明高氏用《爾雅》的引申義批評清儒以「灌」為「懽」的假借是不明「懽」的本義，至於何以「灌灌」不能

〔註1〕見龍師宇純〈試釋詩經式字用義〉，《書目季刊》第二十二卷第三期（民國 77 年 12月）。

如高氏訓爲「叫，吵」？應就上下文義觀察，本章作「天之方虐，無然謔謔。老夫灌灌，小子蹻蹻。匪我言耄，爾用憂謔，多將熇熇，不可救藥」，顯然是老者盡其款誠以告少者之言，而非老者喧囂。

除上舉九例外，以下三十二例高氏亦犯同類之失。

一一　薄汙我私〈周南·葛覃〉

下句「薄澣我衣」、「汙」、「澣」相類，高氏訓「汙」爲「浸濕」，似不可信。

二六　赳赳武夫〈周南·兔罝〉

訓「赳赳」爲「優雅」，不如「武貌」合於文意。

二八　施於中逵〈周南·兔罝〉

訓「逵」爲「有許多車轍的地方」，似乎不適宜佈置兔罝。

四三　誰其尸之〈召南·采蘋〉

訓「尸」爲「陳設」，不如「主持」合於文意。

一八三　靡室勞矣〈衛風·氓〉

訓「靡」爲「無」，又增字解經，不如訓「習」好講又合於文義（珍玉案：參龍師宇純〈詩義三則〉一文）。

三六九　蠶月條桑〈豳風·七月〉

高氏未決定「條桑」該作「折桑樹」或「挑桑樹」，就文意兩說皆不通，應說成「桑葉茂盛」。

四〇四　將母來諗〈小雅·四牡〉

將「諗」訓「報告」不通，應作「念」。

五〇〇　如矢斯棘〈小雅·斯干〉

將「棘」訓「疾」，說君子如箭行動快，不合文義講宮室建築，應作「稜廉」。

五一一　節彼南山〈小雅·節南山〉

將「節」訓爲「柱頭」，不如「高峻」於文意爲長。

六〇一　僭始既涵〈小雅·巧言〉

採韓詩「僭始既減」，說成「虛言最先被削減」，與上文「亂之初生」、下文「亂之又生」文意不合。

六〇二　君子如祉〈小雅·巧言〉

說成「君子賜福好人」，忽視對句作「君子如怒」，「祉」以作「喜」爲長。

六三五　六月徂暑〈小雅·四月〉

上句「四月維夏」，此句「徂」應採鄭箋訓「始」才合文意。

六七九　攸介攸止，烝我髦士〈小雅・甫田〉

　　望文生義說爲：「我們富了，我們幸福了，我們送禮物給好官員。」不明就文意「介」、「止」應作「舍息」，「烝」應作「接見」，「髦士」爲「俊士」（農夫中優秀者）。

六九九　間關車之舝兮〈小雅・車舝〉

　　就文意「間關」不能說成「放在中間，差入」，應爲「車舝聲」或「展轉」。

七一四　俾出童羖〈小雅・賓之初筵〉

　　說成：「你使他們表現得像沒有角的牡羊」（成人而像小孩子），有些穿鑿，宜作「醉客說牡羊無角」可笑的話。

七四五　曷其沒矣〈小雅・漸漸之石〉

　　說成：「哦！多麼沒氣力」不合文意，宜作「曷時始能行盡悠遠山川。」

八一七　肆成人有德，小子有造〈大雅・思齊〉

　　就文意而言乃文王感化百姓，使成人有德，未成年人有成就，不能說成文王自己做一個成人有德行，做一個小孩子有深造。

八二四　串夷載路〈大雅・皇矣〉

　　將「串夷」訓爲「貫彝」（習行制度），無根據比附詞義；將「路」訓「大」於文意亦不通。應作「混夷勢衰」。

八二五　天立厥配〈大雅・皇矣〉

　　說成：「天給它自己立一個配對」，於文意不如「天給他（王）一個配偶（后）」。

八九〇　景命有僕、釐爾女士〈大雅・既醉〉

　　將前句說成：「大命和從者」，於文意不通，宜作「天命使汝有僕從」。

八九四　公尸來止薰薰〈大雅・鳧鷖〉

　　將「薰薰」說成「薰了氣，醉」，不合文意，宜作「和悅」。

九三四　其命多辟〈大雅・蕩〉

　　上文作「疾威上帝」，訓「辟」爲「法則，規則」不如「邪辟」合文意。

九三九　時無背無側、以無陪無卿〈大雅・蕩〉

　　說成：「不分反背和偏邪的人」、「不分陪臣和大臣」不合文意，以毛傳爲長。

九七七　進退維谷〈大雅・桑柔〉

　　以常義訓「谷」即可，無須借爲「穀」，訓「善」於文意反不通。

九七九　弗求弗迪〈大雅・桑柔〉

　　說成：「他不求官位，不自己干進」不合文意。此句主詞爲王，非良人。

一〇二五　朕命不易〈大雅・韓奕〉

　　上句「虔共爾位」，若將「易」說成「容易」，不如「改易」合於文意。

一〇四〇　**王國來極**〈大雅・江漢〉

將「極」以常義訓為「極端，盡極」，說成「去走遍王國」，無意思。宜作「正」，說成「使淮夷取正於王國」為長。

一〇九六　**在彼無惡，在此無斁**〈周頌・振鷺〉

將「彼」、「此」訓為「祭神的東西」，不合文意。

一一一二　**將予就之，繼猶判渙**〈周頌・訪落〉

說成「如果將來我成功，接著我還是要鬆懈」，不合文意。尤其下文「維予小子，未堪家多難」，為慨歎文王家遭多難，此句正好相反，有期望之意，應以馬瑞辰「幫助我因襲他，繼續圖謀偉大」為長。

一一八〇　**來假來享**〈商頌・烈祖〉

說成「我們來到而獻祭品」，不明主語為神，「享」同「饗」，應作「神來享受祭品」。

一一九三ａ　**受小球大球**〈商頌・長發〉

下句「為下國綴旒」，說成受法則比受球玉合文意。

一一九六　**受小共大共**〈商頌・長發〉

下句「為下國駿厖」，說成受法則比受拱璧合文意。

第二節　草率歸納詞義之失

第五章第六節舉出高氏歸納相同詞求義之成績，但就客觀而言高氏說錯的還是比較多。尤其有時候他拿完全無關的詞彙並列討論，如七四一條將「緜蠻黃鳥」的「緜蠻」和「緜緜翼翼」、「緜緜其麃」的「緜緜」比附，顯得有些不倫不類。高氏在作詞義歸納時，往往忽視文義，未用較優的說法，甚至錯誤訓解；或者忽視文法、詞性，將不同詞拘泥的歸成同義，舉例說明如下：

四六七　**會同有繹**〈小雅・車攻〉

高氏採王先謙以為「有繹」就是「繹繹」，《文選・甘泉賦》注引韓詩訓「繹繹」為「盛貌」，並歸納〈商頌・那〉「庸鼓有繹」、「萬舞有奕」、〈魯頌・駉〉「以車繹繹」、〈大雅・常武〉「徐方繹騷」、〈周頌・載芟〉「驛驛其達」等條，亦應作「盛大」講。

這幾句除了「會同有繹」、「庸鼓有繹」之「有繹」可作「盛大」講外，「以車繹繹」、「徐方繹騷」、「驛驛其達」皆不應作「盛大」。「以車繹繹」，毛傳訓「繹繹」為「善走」，因本篇第一章「以車彭彭」，第二章「以車伾伾」，第四章「以車祛祛」，

都寫馬善走，而不是它們的數量（珍玉案：高氏亦提出此見，但不知何以最後又選擇韓詩訓繹繹為盛貌。）

「徐方繹騷」高氏依韓詩訓「繹」爲「盛」，說成：「徐方大爲震動」，未注意「繹騷」爲同義複詞。馬瑞辰「繹騷」連言的說法比較好，謹引如下：

　　徐方繹騷，傳繹，陳；騷，動也。箋繹，當作驛。瑞辰案說文繹，抽
　　絲也。即抽字，抽絲則有動義，引伸爲擾動之稱，與騷之訓擾同義，繹騷
　　連言猶震驚竝舉也，箋竝失之。騷者，慅之假借，說文慅，動也。

「驛驛其達」高氏採陳奐訓繹繹爲盛貌，並串講爲：「苗生長得很盛。」這樣的訓釋忽視「達」應如鄭箋說成「出地也」，既是出地，就不可能說苗生長得很盛，此句還是馬瑞辰的說法較好，謹引如下：

　　驛驛其達，傳達，射也。箋達，出地也。瑞辰案，生民傳達，生也。
　　爾雅釋訓繹繹，生也，正釋詩驛驛其達。方言達，芒也，郭注謂杪芒射出，
　　與毛傳合，射即初生射出之貌，故箋以出地申釋之。

四九一　不我肯穀〈小雅・黃鳥〉

高氏說由本義「穀子」雖然可以引申訓爲「養」，但在《詩經》中並沒有什麼好例證，在此條下他歸納〈小雅・小弁〉「民莫不穀，我獨於罹」、〈王風・大車〉「穀則異室，死則同穴」、〈小雅・甫田〉「以穀我士女」、《周禮・大宗伯》「子執穀璧」、〈小雅・小宛〉「握粟出卜，自何能穀」等句子，說「穀」在各處都可以訓爲「善」。

高氏如此歸納詞義，很難叫人信服。「不我肯穀」句「穀」在助動詞「肯」後，當作動詞「養」，而不應作狀詞「善」。「穀則異室，死則同穴」，前後句相對，「穀」引申作「食穀爲生」。「以穀我士女」，因上文作「以祈甘雨，以介我稷黍」，所以「穀」宜訓爲「養」，其他句才可如高氏訓爲「善」。

四九七　似續妣祖〈小雅・斯干〉

高氏將「似續妣祖」、「維其有之，是以似之」〈小雅・裳裳者華〉、「似先公酋」〈大雅・卷阿〉、「召公是似」〈大雅・江漢〉、「以似以續，續古之人」〈周頌・良耜〉、「式穀似之」〈小雅・小宛〉等句「似」字都訓爲「像」，這是十分粗糙的歸納詞義。這幾句除了「式穀似之」句是說善似螟蛉之肖蜾蠃，「似」字可釋爲「像」外，其他各句「似」皆應作「續」講。「似續妣祖」的「似續」是個同義複詞，高氏誤將兩字分解爲不同意義，說成：「他像並且承接他的祖先」，反顯增字解經，應如毛傳訓爲「嗣」，似嗣同音，似便是嗣，「似續」即「繼承」。「似先公酋」，上句作「俾爾彌爾性」，高氏釋爲：「使你達到天年，像先公終結他們一樣（壽終正寢）」，這樣的解釋難免臆測。「酋」乃「猷」之省借，謀也，依高氏採用常義原則亦應解作「謀略」，

如何能作「終結」講呢？不如說成：「使你長壽，繼承先公的謀略。」「召公是似」高氏說成：「召公，你像他」，雖可通，但於詩義王命召虎：「來旬來宣，文武受命，召公維翰。無曰：『予小子』召公是似，肇敏戎公，用錫爾祉」，採毛傳訓「似」為「嗣」，說成：「繼承召公」比較好。「以似以續，續古之人」高氏說成：「相像，繼續，繼續古時的人（的工作）」，為避用假借，高氏不將「似」訓為「續」，採「像」常義訓釋，才會產生「相像，繼續」如此不通順的句子。

五六七　辟言不信〈小雅・雨無正〉

高氏將此句和〈大雅・文王有聲〉「皇王維辟」句的「辟」字都訓為「君長」，而將〈板〉「民之多辟，無自立辟」的「辟」字訓為「邪辟」、〈抑〉「辟爾為德，俾臧俾嘉」的「辟」訓為「法」。後兩例可以接受，但將此句「辟」比附「皇王維辟」，訓為「君長」實在牽強，因為「皇王維辟」與其上章「王后維翰」句法相同，「翰」為名詞，假借為「楨榦」之「榦」，因而「辟」亦應為名詞。高氏又引〈小雅・桑扈〉「百辟為憲」、〈大雅・棫樸〉「濟濟辟王」、〈假樂〉「百辟卿士」、〈烝民〉「式是百辟」、〈韓奕〉「以佐戎辟」、〈周頌・烈文〉「烈文辟公」、「百辟其刑之」、〈雝〉「相維辟公」、〈載見〉「載見辟公」、〈商頌・殷武〉「天命多辟」等句皆作「君長」，以證這兩句也應以同義訓解。其實很明顯的高氏所舉之例「辟」全用為名詞，或與其他詞複合為名詞，和討論的兩句結構形式不同。「辟言不信」句「辟」作狀詞「合法」，其結構猶如本篇「聽言則答」、「譖言則退」、「巧言如流」，高氏歸納詞義不辨文法詞性，對於討論詞義是無法避免錯誤的。

六五三　靖共爾位〈小雅・小明〉

高氏因韓詩（韓詩外傳引）異文作「靜恭爾位」，而將此句串講成：「安靜的（沈思的）尊敬你的官職」，這是毫無理由的尊重韓詩異文，而且將安靜之「靜」，又騎牆釋為「沈思」。本句「共」固可為「恭」之假借，但「靖」並無「安靜」之意，毛傳和《爾雅・釋詁》訓為「謀」，也就是「思慮」之意。高氏除將此句「靖」釋為「安靜」外，又將「俾予靖之」〈小雅・菀柳〉釋為：「假使我要默許它。」此句除了不可將「靖」釋為「默許」外，「俾」亦無作「假使」之意，而且「它」是什麼？高氏也沒說出來，因此「靖」仍以訓「謀」為優。高氏又引「實靖夷我邦」〈大雅・召旻〉，說成：「那些人（蟊賊）（是）要治平我們的國家（的人」）、「日靖四方」〈周頌・我將〉說成：「我天天平治四方（的國家）」，將「靖」都訓為「治」，其實這兩句「靖」都能以「謀」說通，亦無必要作此訓釋，足見高氏歸納詞義缺乏嚴格標準，而有些隨意。

七九四　度之薨薨〈大雅・緜〉

　　高氏批評「蔍蔍」和上句「陾陾」相當，訓爲「仍舊、相隨，一個跟一個」，並不可取。又批評前人喜將難講字說成狀聲詞，漠視此句下接「築之登登」、「削屢馮馮」，「登登」、「馮馮」顯然是狀聲詞之事實。

　　由於不願將「蔍蔍」說成狀聲詞，此句高氏因而用「度」的平常講法「量」，說成：「（他們成一長列的聚土），他們一大群人量它。」很不明白的以「聚土」、「量」解說「度」，使人難曉其意。他批評馬瑞辰以「度」爲「塿」的省體，《廣雅》訓「塿」爲「塞」。又說中國的小學家以爲「塿」*d'ɑk 或「斁」*d'ɑk（說文訓「閉」）是「杜」*d'o 的或體，在音上說不通。董先生已指出他的上古音有問題，「杜」的上古音應是*d'âg，「度」在此依馬瑞辰的說法訓爲「塡土」，要比高氏在「聚土」、「量」之間騎牆爲優。

　　接著他又引〈大雅・皇矣〉「維彼四國，爰究爰度」，採朱熹訓「度」爲「謀」，有「估量」之義，此句高說正確。再引〈大雅・皇矣〉「度其鮮原」，採馬瑞辰的說法訓「度」爲「宅」，如〈文王有聲〉「度是鎬京」的「度」。「度」固然可作爲「宅」（居住）的假借字，但這段話是「依其在京，侵自阮疆，陟我高岡……度其鮮原，居歧之陽，在渭之將……」，就上下文義看，周只是越過大平原，之後才定居下來。《逸周書・和寤》亦云：「王出圖商，至於鮮原。」孔晁注云：「近歧周之地」，可證。從這裡亦可看出高氏歸納詞義忽視上下文義，而顯粗糙，也和他採用常義的訓詁原則有所違背。

八三七　依其在京〈大雅・皇矣〉

　　高氏將此句「依」說成「據居」，而不採王引之以爲「依」和「殷」語源有關係，訓爲「多」。他又並列〈周頌・載芟〉「有依其士」、〈魯頌・閟宮〉「上帝是依」，都將「依」訓爲「盛」或「壯大」，於「上帝是依」條並說同於「楊柳依依」、「依彼平林」。

　　毛毓松〈詩經句中的"其"〉一文提出「其」字用在狀謂之間，狀語往往是單音形容詞或象聲詞，謂語則是動詞或形容詞，並舉宛其死矣、溫其如玉、淒其以風、瀏其清兮、坎其擊鼓、嚶其鳴矣等例說明〔註2〕。此句「其」字亦用在狀謂之間，雖然謂語非動詞或形容詞，而是介詞片語，但亦可視爲相同形式。

　　〈秦風・小戎〉有「溫其如玉」、「溫其在邑」，鄭箋訓「溫其」爲「溫然」，「溫其在邑」與「依其在京」形式完全相同，因此王引之的說法較高氏有據。

〔註2〕見毛毓松〈詩經句中的「其」〉，《廣西師範大學學報》（哲學社會科學版），第三十卷第一期（1994 年 3 月 25 日）。

「有依其士」句，高氏作「壯大」講，認爲和「思媚其婦」相對，當成狀詞，是正確的。「上帝是依」句，高氏拿「楊柳依依」、「依彼平林」對照，相當不合適，因爲句子結構完全不同，這裡「依」一定得作動詞，可訓爲「依憑」（如屈萬里先生說成：上帝附其身）和當狀詞的「依」豈能任意比附？何況姜嫄踩了上帝的足跡而懷孕，怎能說使她旺盛多子？此例亦見高氏歸納詞義不重文法。

八八六　令終有俶〈大雅·既醉〉

高氏採毛傳訓「俶」爲「始」，將本句說成：「好的結局有它的開始」，並舉「俶載南畝」〈小雅·大田〉等例爲證。接著他又將〈大雅·崧高〉「有俶其城」一併討論，採毛傳訓「俶」爲「作」，串講成：「他們開始作它的城」，說這是「俶」訓「始」的意義引申。

高氏將兩句「俶」皆訓「始」，極成問題。「令終」依姜昆武《詩書成詞考釋》之說，乃金文及先秦經籍中常用祝嘏專用或成詞之一，非一般之言善終，此乃言受天之祐得以善終，或祈禱於天，以求得善終〔註3〕。因此「有俶」、「俶」很難再說爲「善」，「有」也不能當無意義的詞頭。高氏的串講，於文意上不如屈萬里《詩經詮釋》：「有，又也。俶，始也。令終有俶，言前輩以善終，後人又以善始」，較合於祈禱之詞。但他將此句「俶」訓爲「始」是不錯的；可是「有俶其城」句，「有」爲詞頭，後接的「俶」則爲狀詞「善」，用以修飾其城，不能如高氏訓爲「作」，又說是「始」的引伸。

除上舉八例外，以下十五例高氏亦犯同類之失。

一一五　愛而不見〈邶風·靜女〉

將此句「愛」和「愛莫助之」皆訓常義，不明「愛而」爲狀詞結構。

一五三　瑟兮僩兮〈衛風·淇奧〉

將此句和「瑟彼玉瓚」、「瑟彼柞棫」之「瑟」皆訓「鮮明」，以作「矜莊」爲長。

二一八附　王事旁旁〈小雅·北山〉

將此句和「駟介旁旁」之「旁旁」都作狀聲詞，本句應作「盛」方通。

三七四　以介眉壽〈豳風·七月〉

將此句和下四句「介」皆訓「大」，宜作「求」。

三七四附　以介我稷黍〈小雅·甫田〉

三七四附　介爾昭明〈大雅·既醉〉

三七四附　**介以繁祉**〈周頌・雝〉

三七四附　**是用大介**〈周頌・酌〉

五二一附　**靡有夷屆**〈大雅・瞻卬〉

　　將此句和「君子如屆，俾民心闋，君子如夷，惡怒是違」之「屆」皆訓「緩和」，應訓「終止」。

五二一附　**君子所屆**〈小雅・采菽〉

　　採朱傳將此句「屆」訓「至」，於文意不如鄭箋訓「極」，指裝飾得盡善盡美。

五二一附　**致天之屆**〈魯頌・閟宮〉

　　將此句「屆」訓「極」，就文意不如鄭箋訓「極」（殛）。

八二七附　**奄觀銍艾**〈周頌・臣工〉

　　此句「奄」能否和「奄有四方」同訓「大」？值得懷疑。朱傳訓「忽遂之間」，頗切文意。

八五一附　**王公伊濯**〈大雅・文王有聲〉

　　誤將此句「濯」和「麀鹿濯濯」同訓「光明」。又「公」通「功」，「濯」應訓「大」。

八五一附　**濯征徐國**〈大雅・常武〉

　　同上誤將「濯」訓「鮮明」，應訓「大」。

一〇二四附　**有虔秉鉞**〈商頌・長發〉

　　「有虔」為「虔然」，不能和「虔劉我邊陲」之「虔」同訓為「殺」。

第三節　重視三家不當之失

　　漢代傳詩有齊魯韓毛四家，魯齊韓起於西漢初年，於文景時立為博士，統稱三家詩，為今文詩學，毛詩晚出，東漢平帝時始立為博士，為古文詩學。三家詩魏晉以後陸續亡佚，而毛詩由於有大經學家鄭康成為之作注，加上唐代孔穎達作五經正義，因而奠立詩經學的地位。三家詩的價值，直到清代陳喬樅《三家詩遺說考》、王先謙《詩三家義集疏》之作完成，又開始被重視，因只是零星輯佚所得，無法窺得全貌，而無法與毛詩抗衡。雖然如此，三家詩異文和釋義有時候也可以用來證補毛傳或糾正毛傳訓詁之誤。基本上毛傳是長於訓詁的，高氏大體和學界看法一致，比較尊重毛傳的說法，但他絕非完全否認三家詩的價值，毛傳缺乏證例的時候，他也會引三家詩證補之，或以三家糾正毛詩之誤，而取得訓詁成績〔註4〕。

〔註4〕關於毛傳與三家義之優劣，詳參文幸福《詩經毛傳鄭箋辨異》第二篇第一章「毛傳

但高氏書中亦難免犯過於重視三家詩異文之失，明明三家詩異文不可用，卻要和毛詩並列引出，說無法決定異文何者爲是，甚至錯誤的採用三家詩異文或釋義，令人質疑三家詩何以可信於毛詩？舉例說明之：

九二　旭日始旦〈邶風・匏有苦葉〉

高氏批評毛傳：「旭，日始出也」沒有佐證，而採韓詩異文（文選注引）作「煦日始旦」，訓「煦」爲「暖」，並引《說文》：「昫，日出溫也」，《墨子・經說上》「昫民（以溫和對待人民）」等證例，而將此句說成：「暖和的太陽黎明升起。」

此條高氏過於重視韓詩異文及釋義，朱傳：「親迎以昏，而納采請期以旦。」「旦」是「明」，和韓詩釋爲「暖和的太陽」無關，不如毛傳「日始出」之說。更何況「旭」、「煦」不同音，高氏亦未交代何以毛作「旭」爲不足取？

三六九　蠶月條桑〈豳風・七月〉

毛詩「蠶月條桑」，無傳。鄭箋：「條桑，枝落采其葉也」。鄭箋的說法和下文重複，應以俞樾《群經平議》經九「桑葉茂盛」之說爲優，謹引其說如下：

> 樾謹按采桑之事尚在下文，若此句已言斬條於地，就而采之，則下又云取彼斧斨以伐遠揚，於文複矣，且斬條於地而采之，亦不得但謂之條桑，箋義非也。蠶月條桑與四月秀葽文義一律，禹貢厥草惟繇，厥木惟條，說文草部薅，艸盛貌，引夏書曰厥草惟薅，薅爲草盛貌，則條爲木盛貌，此條字義與彼同，條桑言桑葉茂盛。

但高氏引韓詩異文（《玉篇》引）作「蠶月挑桑」，釋爲：「在蠶月，他們挑桑樹」，並引《左傳・宣公十二年》有「挑戰」爲證，而說不能決定《詩經》原文是那個字，不僅過於重視韓詩異文，而且所舉《左傳》證例亦不相干。

五二四　蹙蹙靡所騁〈小雅・節南山〉

高氏認爲鄭箋訓「蹙蹙」爲「縮小之貌」，說成：「我視四方，土地日見侵削於夷狄，蹙蹙然，雖欲馳騁，無所之也。」雖有〈大雅・召旻〉：「昔先王受命，有如召公，日辟國百里，今也日蹙國百里」；毛傳訓「蹙」爲「促」、《孟子・梁惠王下》的「蹙頞」也是「緊縮鼻根」等證例，但將四方說成縮小，有些牽強，因他引魯詩（爾雅引）：「蹙蹙，述鞠也」，以爲「述」是「迒」的假借字，「迒鞠」是「困擾而力竭」，有《左傳・成公十六年》：「南國蹴蹴」（珍玉案：左傳作「……曰南國蹴，射其元王，中厥目，國王傷不敗何待，公從之。……」未知高氏據何作南國蹴蹴？）

與三家義比較」，文氏以毛傳優於三家義，三家義往往又可用來證補毛傳。高氏注釋四二、於以湘之、二七六、上慎旃哉、三一三、俴駟孔群等條，皆以三家詩證補毛詩，而將難字訓釋。

及〈小明篇〉「政事愈蹙」，毛傳訓「蹙」爲「促」等證例，而認爲本篇的「蹙蹙」，依照這兩個例，也可以說是指句中的主詞而言：「（我看看四方）我大爲困擾，沒有地方馳騁。」

此條高氏拿「蹙蹙」連用和「蹴」、「蹙」單用一起討論，並不適合；同時四方縮小應如鄭箋所說日見侵削於夷狄，而非高氏瞭解的四方怎麼會縮的牽強之意。

六〇一　僭始既涵〈小雅・巧言〉

毛詩作「僭始既涵」，毛傳：「僭，數；涵，容也。」鄭箋：「僭，不信也；既，盡；涵，同也。王之初生亂萌，群臣之言不信與信盡同之不別也。」高氏以毛鄭都用假借釋義（高氏以爲鄭箋以「涵」是「咸」的假借），而引韓詩異文（《釋文》引）「僭始既減」，訓「減」爲「少」，將此句說成：「虛言最先被（削減）駁斥了。」認爲這個說法不用假借又實在，而且合乎上下文。

此句上下文作：「亂之初生，僭始既涵；亂之又生，君子信讒。」若依高氏說成虛言最先被駁斥了，與「亂之初生」不合。

七一九　民胥然矣，民胥效矣〈小雅・角弓〉

高氏採用韓詩異文（潛夫論和白虎通引）作「民斯傚矣」，而理所當然推想上句也是「民斯然矣」，將「斯」釋爲「就要」，反對鄭箋訓「胥」爲「皆」（珍玉案：高氏誤作毛傳）。並將第一章「無胥遠矣」的「胥遠」當作同義複詞，「胥」是「遠」的意思，而反對鄭箋或毛詩學派全體誤將「胥」訓爲「相」。

高氏將「胥遠」視爲同義複詞的理由參二九八、其葉湑湑，他認爲〈小雅・角弓〉「兄弟昏姻，無胥遠矣」；《莊子・山木》「胥疏於江湖之上」，「胥」與「遠」或「疏」連用，就可以看出「胥遠」和「胥疏」是眞正的複詞，兩個成分的意義都是「遠，疏」，而且朱駿聲和郭慶藩都如此說。又在古代地名中，「胥」和「疏」也有認作同義字的，如《左傳》的「蒲胥」，《呂氏春秋》作「蒲疏」。高氏如此對照詞義並不周全。龍師宇純〈詩經胥字析義〉一文歸納《詩經》中出現的十八個「胥」字有三種意思：「訓相取義爲互、訓皆取義爲俱、以胥爲語詞，疑同訝。」並於校後記指出：朱駿聲《說文通訓定聲》以胥爲疏的借字，據下文云：「爾之遠矣，民胥然矣。」但用一遠字承上文，足見朱說不當原意〔註5〕。高氏不察，而誤用朱駿聲之說。

至於「民胥然矣，民胥傚矣」鄭箋訓「胥」爲「皆」，於詩義通順，且歷來各家訓解並同，高氏無理由以韓詩異文「民斯然矣，民斯傚矣」必可信於毛詩。

一〇八四　執競武王〈周頌・執競〉

〔註 5〕見龍師宇純〈詩經胥字析義〉，《東海學報》第三十二卷（民國 80 年 6 月）。

　　高氏不採鄭箋以常義訓「執」爲「持」,「能持彊道者維有武王耳」之說。而引韓詩(《釋文》引)釋「執」爲「服」,將「執」和「競」當作並列的兩個詞,以爲這樣的說法在文法上比較好。他說「執」訓「服」,表示韓詩以爲「執」是「慹」的省體。「慹」見於《莊子・齊物論》,意義是「懾怖」;《切韻》*ȵi̯əp 和*ȶi̯ɛp 兩音,讀後一個音就和「慴」是一個詞。馬瑞辰說,《史記・項羽本紀》的「慴服」在《漢書・朱博傳》作「慹服」;又在《漢書・陳咸傳》和本篇一樣,用簡單的「執」字。不及物的「慹」,在這裡用作使令動詞,意思是「使怕」;正如《左傳・昭公十二年》「以懼吳」的「懼」是「使懼」,而把此句說成:「武王可怕而強。」

　　高氏之訓解前後矛盾,他說「執」、「競」爲並列的兩個修飾詞,「競」爲「強」,「執」就不可能是使令動詞「使怕」,《左傳》「以懼吳」,「使懼」和高氏最後串講爲「可怕」並不相同。「執」依鄭箋訓爲「持」就可通,且合於高氏儘量以常義訓釋原則,實無必要視爲並列修飾語,高氏過於重視韓詩訓釋。

　　除上舉六例外,以下七例高氏亦犯同類之失。

六四　耿耿不寐〈邶風・柏舟〉

　　採魯詩異文「炯炯」,誤將疊音詞以構成份子訓爲「光亮」,應以毛傳訓「儆」爲長。

一七六　氓之蚩蚩〈衛風・氓〉

　　採韓詩訓「蚩蚩」爲「志意和悅之貌」,舉「如何蚩而三召予」爲證,牽強比附,仍以毛傳「敦厚貌」爲長。

二一九　二矛重喬〈鄭風・清人〉

　　不採毛傳、孔疏,而採韓詩「二矛重鷮」,很難說韓詩可信於毛詩。

四三九　檀車幝幝〈小雅・杕杜〉

　　毛傳訓「幝幝」爲「敝貌」於文意不錯,無必要採韓詩異文「檀車緩緩」,並舉不同結構證例,將「緩」訓「緩」。

六四二　率土之濱〈小雅・北山〉

　　採齊詩異文「率土之賓」,不合對句「溥天之下」意思。

六五三　靖共爾位〈小雅・小明〉

　　採韓詩異文「靜恭爾位」,並主觀訓釋,應以毛傳爲長。

八六〇　匪棘其欲〈大雅・文王有聲〉

　　鄭箋訓「棘」爲「急」,說成「文王不急於完成一己之欲」,於文意不錯;但採齊詩「匪革其猶」,說成「他不改變他的計畫」,反不如鄭箋。

又有時高氏亦將三家詩異文和毛詩並列，以十分重視三家的態度註明無法決定異文何者爲是。例如：

一三一　不可詳也〈鄘風・牆有茨〉

韓詩異文「不可揚也」，於文意不如毛詩。

二六八　四矢反兮〈齊風・猗嗟〉

韓詩異文「四矢變兮」，於文意不如毛詩。

第四節　同源訓釋寬泛之失

高氏《詩經注釋》較之清代學者更常探討難字的語源，使讀者對難字有更全面的瞭解，第五章《詩經注釋》之訓詁方法「以同源詞釋義」，已探討高氏應用同源訓釋的方法，及所取得的成績，確實超過語源概念並不普遍的清代學者，而成爲《詩經注釋》的訓詁特色。但高氏書中偶而也會在該用同源訓釋處，忽略這項訓詁法寶而致誤，舉例說明之：

三五七　匪風發兮〈檜風・匪風〉

三五八　匪車偈兮〈檜風・匪風〉

三五九　匪車嘌兮〈檜風・匪風〉

七四九　匪兕匪虎〈小雅・何草不黃〉

這幾句高氏都將「匪」字釋爲「不是」，「不是風吹起來」、「不是車子去了」、「不是車子沒有節制的跑」、「我們不是兕，我們不是虎」，而不採王念孫、馬瑞辰等人將「匪」釋爲「彼」。

馬瑞辰的說法基本上是根據王念孫而來，謹引《經義述聞》卷五：

> ……襄八年左傳子駟引詩云云，杜預注曰，匪，彼也。行邁謀謀於路人也，不得於道，眾無適從也。顧氏寧人杜解補正曰，案詩上文云，謀夫孔多，是用不集，發言盈庭，誰敢執其咎，則杜解爲長。古人或以匪彼通用，二十七年引詩彼交匪敖作匪交匪敖，惠氏定宇毛詩古義曰，案此必三家詩有作彼者，故杜據彼爲說。雨無正云，如彼行邁，其意略同，又漢書引桑扈詩亦作匪，荀子勸學引采菽詩匪交匪舒，今詩上匪字作彼，或古匪彼通用，如顧說是也。家大人曰，案廣雅曰匪，彼也，其訓本於三家。小閔三章曰，如匪行邁謀，是用不得於道，四章曰，如彼築室於道謀，是用不潰于成，語意正相同，則匪即彼也，是以廣雅及杜注皆訓匪爲彼。詩中匪字多有作彼字用者，鄘風定之方中篇，匪直也人，秉心塞淵也，檜風匪

風篇，匪風發兮，匪車偈兮，言彼風之動發發然，彼車之驅偈偈然，小雅
都人士篇，匪伊垂之，帶則有餘，匪伊卷之，髮則有旟，言彼帶之垂則有
餘，彼髮之卷則有旟，猶上文言彼都人士，垂帶而厲，彼君子女，卷髮如
蠆也。說者皆訓匪爲非，而其義遂不可通矣。

王氏的說法十分周全，較之高氏訓「非」，於文意無法說通爲優，但高氏仍不肯
採信，他的理由爲「匪」或「非」*pi̯wər 不能就是「彼」*pia 的借音字，因此不能
把「匪」講作「那個」。我們看「匪」屬幫母微部，「彼」屬幫母歌部，聲母相同，
韻部表面確如高氏所說相差很遠，但這兩部還是可以找到它們的關係。方言「微」
或與「歌」通，如「帥」字，兼「微」、「祭」二部，此絕不可否認者。「祭」部又與
「歌」部其先本爲一部〔註6〕，豳風七月「七月流火，九月授衣」，而「火」字後世
入「歌」韻，即爲方言微部可轉入歌部之證，王氏等人根據古訓將「匪」釋爲「彼」
實是一大成就。高氏訓以常義，未能以轉語同源詞訓釋而致誤。

大體上高氏疏忽探究同源的情形比較少，反而過於寬泛的應用同源訓釋，以下
就不必要的同源訓釋、避談假借誤從同源觀點釋義、將音義無關之字視爲同源三點，
分別舉例說明如下：

一、不必要的同源訓釋

高氏並不常犯此項錯誤，仍舉以下二例說明之。

一〇六　瑣兮尾兮〈邶風·旄丘〉

高氏採毛傳訓「瑣尾」爲「少好之貌」，下句「流離之子」則爲「流離鳥的小鳥」，
並說「尾」是「娓」的簡體，「娓」的意義是「美好」，「娓」和「美」語源相同。

這兩句詩有無必要如毛傳的說法，確實難以決定；但細究詩義頗有怨「叔兮伯
兮」不來協助之意，因末尾作「叔兮伯兮，褎如充耳」，所以這兩句應有強烈對比之
意。

朱傳訓「瑣，細；尾，末也」；又訓「流離」爲「漂散」，這是就常義訓解，頗
合此處詩義；但不知高氏何以不遵守盡量採用常義的訓詁原則，而要將「尾」改成
「娓」，又破壞不任意改字改讀的訓詁原則，而以同源訓釋？

七九〇　聿來胥宇〈大雅·緜〉

毛傳訓「胥」爲「相」，此「相」究爲「互相」抑「視」，十分模糊，鄭箋將「爰

〔註6〕參張慧美《王力之上古音》，東海大學博士論文（民國85年1月），頁146〈祭部獨立的問題〉。

及姜女，聿來胥宇」句串講爲：「於是與其妃大姜，自來相可居者」，依鄭意「相」乃「視」之意。龍師宇純〈詩經胥字析義〉一文，探討毛鄭以後各家對「胥」字的訓解，有「互相」和「視」兩派不同之見，最後將此句與「無胥遠矣」、「載胥及溺」、「不胥以穀」、「維予胥忌 」、「壽胥與試」、「淪胥以鋪」、「無淪胥以敗」、「無淪胥以亡」等句，「胥」義歸屬於訓相取義爲「互」類，不主訓「視」〔註7〕。

高氏既不採「互相」，也不採「視」之義，而說「胥」和「須」語源上有關係，應作「等候，停留」講，並引《管子‧大匡》「將胥有所定，姑少胥其自及」；〈君道篇〉「不胥時而落」；《韓非子‧知分》「不肯胥賞」；《莊子‧至樂》「蝴蝶胥也化而爲蟲」；《孟子‧萬章上》「帝將胥天下而遷之」等許多例，證明本句和〈公劉篇〉「于胥斯原」、「胥」字正是用「等待、停留、不再向前」的意思。

高氏所引例子「胥」字皆可訓「須」，兩字爲同源，但《詩經》「胥」字無一處作「須」義，高氏不辨「胥」字多義現象，任取其中一義，以語源相同強爲訓解，實無必要。

二、避談假借，誤從同源觀點釋義

高氏犯此項錯誤顯然要多些，這可能和他反對改字改讀的訓詁原則有關，舉以下四例說明之。

四一五　和樂且孺〈小雅‧常棣〉

高氏採 Waley「他們安靜，快樂，中和」之說，認爲 Waley 大概是想到古代指「柔弱，懦怯」的語詞 *ńįu 一般寫作「懦」，「孺」字很可能也是從同一個詞根來的，原來是「弱小者」的意思。鄭玄注《禮記‧儒行》，說「儒」者的「儒」*ńįu 是「優也，私也」，明白的以爲「儒」字和「懦」字有關係。《說文》又有「嬬」字*ńįu 訓「嬾」（弱）；「嬬」又見於或本《易‧歸妹》，指妻子（弱者）。

此句高氏訓「孺」爲「柔弱」於文義上不通，就疊章意義相類而言，下章作「和樂且湛」，「湛」又作「耽」，韓詩云「樂之甚也」。屈萬里先生《詩經詮釋》懷疑「孺」爲「濡」字之假借，有「滯久」之意，是較可信的說法。高氏爲避免用假借說義，而用語源，但不合文意。

六一八附　授几有緝御〈大雅‧行葦〉

此條高氏採鄭箋訓「緝，續也；御，侍也」，並將此句串講爲：「授几的時候，有（連續的）一排侍者」，他認爲雖然這樣講沒有例證，不過「緝」訓「續」卻和「輯」、

「集」、「戢」、「濈」、「揖」等有關連，和這些字合成一個詞群。

第八章第四節「處理假借不當之失」已指出毛傳訓「緝御」爲「跙踖之容」，陳奐以爲當是「接武」的假借，「緝御」和「跙踖」、「接武」有音的關係，高氏因忽視詩義，儘量不用假借訓釋，而批評毛傳、陳奐之誤。「緝」和「輯」、「集」、「戢」、「濈」、「揖」雖有音義關係，但就篇義而言，仍應以毛傳、陳奐假借訓釋較優，無必要如高氏從同源探尋。

七二六　後予極焉（一章）後予邁焉（二章）〈小雅・菀柳〉

一般注家採鄭箋訓「極」爲「誅」，訓「邁」爲「行」，引申爲「放」，這裡用「放逐」之意，並非說不通。

但高氏批評「邁」引伸爲「放」非常勉強，他不接受的理由如下：

> 按詩經各句相應的規律，這裡的「極」和「邁」應當和那裡的形容詞「凶，矜」相當。「極」的本義是「頂點，極限」，所以時常又指「到極端，窮盡」，如孟子梁惠王下：何使我至於此極也；楚辭離騷：相觀民之計極……。至於「邁」，白華篇：視我邁邁，毛傳云：邁邁，不說（悅）貌；釋文引韓詩作「視我怖怖」，有些注家以爲毛詩的「邁」*mwad 就是韓詩「怖」*p'wâd 的假借字；正確的說，「邁」和「怖」是從一個詞根來的字；無論如何，這個講法是一致承認的了。如此我們得到的解釋是：第一章：以後我將沒有辦法；第二章：以後我要被恨；第三章：末了，我將痛苦而可憐。

本詩三章並非如高氏所說相應，因第三章結構和前兩章顯然不同。同時高氏拿「邁邁」疊詞和「邁」單用牽強對照，並不合適。「邁」、「怖」聲仍有隔，故高氏從其同韻，以同詞根說之。但「怖」《說文》：「惶怒也（巳即怲）」，和「邁，行也」，完全無意義上的關係，這是高氏不明毛詩〈白華〉「邁邁」乃《釋文》引韓詩「怖怖」之假借。爲避開假借訓釋，高氏誤將意思無關的字，說成從同一詞根而來。

一一五八　閟宮有侐〈魯頌・閟宮〉

高氏採毛傳訓「閟」爲「閉」，將此句串講爲：「關閉的廟清靜」，並說「閟」和「閉」有語源關係，這麼講是普通的；而不採鄭箋訓「閟」爲「神」，以爲是「祕」的假借引伸義。

「閟」、「閉」雖同源，但說成「關閉的廟」，於文義實在毫無意義，和下句「實實枚枚」意思亦不相連，不如鄭箋由「祕」假借訓爲「神」，有「邃祕」之義有意思。此條高氏避談假借而以語源訓釋，卻忽視了文意。

三、視音義無關字為同源

高氏犯此類之失亦較多，可能和他對同源詞音義要求太寬有關，舉以下四例說明之。

三九　被之祁祁〈召南・采蘩〉

高氏認為「祁祁」是「大」的意思，將此句串講為：「她的首飾多盛大」；並說「祁」和「頎」語源上關係密切，正如「飢」和「饑」一樣。

高氏不採毛傳訓「祁祁」為「舒遲」是正確的，王引之《經傳釋詞》引《廣雅》曰：「童童，盛也」；《釋名》曰：「幢，童也，其貌童童然也」，皆謂盛貌也。並說：〈小雅・大田〉「有渰萋萋，興雨祁祁」，〈大雅・韓奕〉「諸娣從之，祁祁如雲」，「祁祁」亦盛貌；但高氏此兩條採毛傳訓「徐緩」，顯然違背他訓釋標準較為一致的主張。此外他的語源說法也錯誤，董同龢先生於附註亦予指出：「祁和頎以及飢和饑，語源上是否相關是大有問題的，據最近的研究，他們不同在一部，而飢和饑意義也不一樣。」

「祁」、「頎」雖有「大」意，但「祁」屬脂部，而「頎」屬微部或文部，韻部有別。「飢」、「饑」情形相同，且《說文》：「饑，穀不熟（即饑荒）」；而「飢，餓也」，意義實在並不相關〔註8〕。高氏竟用同源觀念來看待，自無可取。

一二四　不殄〈邶風・新臺〉

毛傳訓「殄」為「絕」。鄭箋以為「殄」當作「腆」，「腆，善也。」高氏認為《禮記》古文的「不殄之酒」決不可能作「不斷絕的酒」講，此句「不殄」亦無疑的是「不善」，而與「不腆」同義。「殄」和「腆」同一詞根，《詩經》原文是「殄」或「腆」現在不能決定。

《說文》：「腆，設膳腆腆多也」；又「殄，盡也」。「腆」、「殄」意思不僅無關，「多」與「盡」還正相反；而且《儀禮》鄭注「腆」古文作「殄」，是音同通用，高氏說同詞根，以其兩義不相涉，顯然錯誤。

二二○　駟介陶陶〈鄭風・清人〉

高氏採毛傳訓「陶陶」為「驅馳之貌」，將此句串講為：「四匹帶甲的馬跑著」，而不採朱熹訓「陶陶」為「樂而自適之貌」。他的理由是本章「駟介陶陶」應和第一章「駟介旁旁」相應，而「駟介旁旁」他在二一八條訓「旁旁」為摹聲詞，描寫一種有壯盛的動作。同時他認為從訓詁上說「陶」*d'ôg（去聲）語源上大概是和同音

〔註8〕王力《同源字論》（載《中國語文》1978年1月，亦收入《同源字典》）認為「饑」、「飢」是具有因果關係的同源字，恐怕於義的要求太寬。

的「蹈」*d'ôg有關係。《禮記·祭義》的「陶陶遂遂，如將復入然」，鄭注訓「陶陶遂遂」爲「相隨行之貌」，不能引爲例證，因爲「陶」《釋文》讀*dịog而不讀 *d'ôg，同時它的字義如何，後人還有許多爭論。〈王風·君子陽陽〉的「君子陶陶」，毛傳訓爲「和樂之貌」，不過「陶」也讀*d'ôg，平聲，而不讀《釋文》和《切韻》標注的*d'ôg，去聲。高氏認爲「陶陶」的基本意義當是「熱烈，深摯」，轉變爲「憂愁」，和朱熹「樂而自適」之說正好相反，因此朱說也不能用，還是毛傳訓「驅馳之貌」最好。

《孟子·萬章上》有「象往入舜宮，舜在床琴，象曰鬱陶思君爾」，高氏將「鬱陶」誤引作「陶陶」，並以「鬱陶」之意用於「陶陶」，否認朱熹「樂而自適」之說，確實粗疏。又「陶」在詩中和「軸」、「抽」、「好」押韻，爲覺幽通韻，同屬古韻第三部，不須如高氏所說讀爲去聲。高氏說「陶」和「蹈」同源，兩字雖同屬幽部，但意義不同。「蹈」《說文》訓爲「踐」，而「陶陶」乃疊字，不能拆開以單字「陶」和「蹈」對照，王風「君子陶陶」之「陶陶」，毛傳訓爲「和樂之貌」，高氏向重訓釋一致性，此句結構完全相同，亦應訓爲「和樂之貌」，無理由此處又盲從毛傳之誤，將意義無關的「陶」、「蹈」視爲同源。

五七一　旻天疾威〈小雅·小旻〉

毛傳未釋「旻」，不過在〈王風·黍離〉曾說「旻」就是「閔」，此說後來注家差不多都承認，但高氏認爲這個說法在許多地方都不合上下文義，如「旻天疾威」：「慈悲的天可怕」；《左傳·哀公十六年》「旻天不弔」：「慈悲的天不憐憫」；《尚書·多士》「不弔旻天」：「不憐憫的慈悲的天」。因而他引《爾雅》釋「旻天」爲「秋天」，後人有不同申述，《孟子·萬章》趙歧注說作「幽暗的天」（本篇朱熹集傳用此說），《尚書·多士》馬融注以爲「旻」是「秋之殺氣」，高氏以爲馬融的講法似乎可信，古代把「秋」和「肅殺，嚴厲」連在一起是常見的，「旻」字在語源上或許和「忞」有關係。

《說文》：「旻，秋天也。」段注：「秋氣或生或殺，故以閔下言之。」以「閔」釋「旻」，並非如高氏所說於許多地方不合上下文義，反更強烈表現天之示警，連慈悲的天都可怕或不憐憫。高氏以爲「旻」和「忞」語源有關，兩字古音雖同屬十三部，但「旻」（閔）和「忞」（強）意思似乎正好相反。

第五節　訓釋標準不一之失

董先生在譯序稱讚高氏《詩經注釋》較之清儒精密進步，其中第二項爲「取捨

之間有一定的標準」：

> 比較幾個說法的優劣，高氏最著重他們有沒有先秦文籍中的實例來做
> 佐證；或者都有佐證的話，又要看證據的多寡和可靠性如何。如果有兩個
> 或兩個以上的說法都可以成立，次一步的標準就是用上下文中相關的句子
> 來對照，看那一個最合用。如果所有的說法都沒有先秦文籍中的實例來作
> 佐證，那就要看在訓詁上，或由字形的結構上說，或由本義和引申義來說，
> 或由音的假借來說，又或由他自己所謂「詞群」的觀念來說，是那一個說
> 法最合理。訓詁上不止一個說法講得通的時候，還是利用上下文的關係來
> 決定。又如果兩個說法在他看來都是一樣可用的，結果他總是取較古的一
> 個（往往便是漢儒的說法），他的理由是：較古的說法得之於周代傳授的
> 可能性多。

　　基本上董先生對高氏的贊許是不錯的，細讀全書，的確多半時候高氏皆採這樣
的標準，可是偶而也有違背原則的地方，例如他既主張反對任意改字改讀（參第四
章第二節），可是又不免犯蹈襲改字改讀之失（參第七章第一節）；既主張比較上下
文句（參第五章第五節），可是又不免犯忽視上下文意貫串之失（參第九章第一節）
等等。由於高氏未能堅守訓釋標準，難免讓讀者產生無所適從之感，這不能不說是
高氏的一項缺失，而這也反映了訓詁問題的複雜，並不能死守幾項標準。茲舉高氏
書中並非偶見的幾類訓釋標準不一例子說明如下。

一、採漢以後證例

　　高氏採先秦文籍證例的訓釋標準，固然使得許多前人說法更有證據，但太過堅
持這個訓釋標準，也造成如第八章第一節「堅採先秦例證之失」不少窒礙不通的例
子，這就顯示一種原則標準不可一成不變，在訓詁應用時還需考慮諸多複雜的因素。
姑不論高氏此標準之成敗，但以高氏嚴格批評清代學者採較晚文獻材料為證，他自
己卻不遵守此標準，恐怕我們不應視而不見，例如：

三二四　隰有六駁〈秦風・晨風〉

　　毛傳：「駁，如馬，倨牙，食虎豹。」並且《管子・小問》也有這樣的一個獸，
按理此說有先秦文籍證例，應為高氏接受，可是高氏以為「隰有六駁」和下章「隰
有樹檖」相當，因此本句也應說「樹」才對。

　　高氏的錯誤在他太堅持《詩經》中對句意思一定相類，事實上《詩經》中對句
的意思並不是一定要相類，也有毫不相關的情形，甚至高氏亦不完全信守此標準（詳

參下文二、不主張疊章意義相類）；而且《詩經》中的「樹」都作「樹X」的結構形式，如「樹杞」、「樹桑」、「樹檀」（鄭風將仲子，「樹檀」又見小雅鶴鳴）以及本篇的「樹檖」，本句言「六駁」，而不言「樹駁」除非「六」不為基數，而以「六駁」為一詞組，其不得為樹名是顯然的。但高氏引證的不僅只是漢以後陸機的《毛詩草木鳥獸蟲魚疏》：「駁馬，木名，梓榆也。」還說這裡的「駁」是「駁馬」的省稱，於是這句詩是：「窪地有六棵駁樹」。使得我們無法理解，一定要說明數量，而不與前章的「樹檖」一致，而採取「樹駁」的結構。高氏又引崔豹《古今注》「駁」作「駮」，以為「六駁」是一種葉子像樟樹的樹名。如此「六」字就成了一個複詞的一部分，而這句詩是：窪地有「六駁」樹，總算把六字的問題解決了，但高氏所引仍然是漢以後的文獻，而且究竟「六駁」是「六棵駁樹」？抑或是「六駁樹」？自己形成矛盾，無法解決。

以下五例高氏亦採漢以後證例：

三八　被之僮僮〈召南・采蘩〉

引《廣雅》：「童童，盛也」雖切文意，但違原則。

三二一　交交黃鳥〈秦風・黃鳥〉

引溫庭筠詩為證，並誤解「交交」為「交叉」。

三四七　舒夭紹兮〈陳風・月出〉

採張衡〈西京賦〉「要紹」，訓「夭紹」為「美」，雖切文意，但違原則。

五○七　九十其犉〈小雅・無羊〉

採邢昺《爾雅疏》引《尸子》訓「犉」為「牛高七尺」，雖切文意，但違原則。

六三七　百卉具腓〈小雅・四月〉

「腓」無法找到先秦證例，亦據《爾雅》訓「病」。

二、不主疊章意義相類

四八五　其下維蘀〈小雅・鶴鳴〉

高氏不採王引之、馬瑞辰將「蘀」假借為「檡」（珍玉案：「檡」為何種樹木詳參《經義述聞》卷六），而拿鄭風「蘀兮蘀兮」、豳風「十月隕蘀」和此句對照，並採毛傳訓「蘀」為「落」，而忽視下章相對位置「其下維穀」，毛傳訓「穀」為「惡木」的相同句法。依高氏一向本持的標準，本句「蘀」也應該是一種樹木，而不能和它篇一樣訓為「落葉」；雖然高氏可以回說因為沒「蘀」借為「檡」的例證，但他如何能滿足一貫主張的疊章意義相類呢？這顯現當高氏為堅持儘量不用假借原則

時，他就可以批評清代學者的看法太要求一致，而「隰有六駮」條他自己卻又可以如此要求一致，至此我們眞要懷疑高氏無標準，無原則了。

一五 福履將之〈召南・樛木〉

高氏採毛傳訓「將」爲「大」，將此句串講爲：「快樂與尊貴使他偉大吧！」並引〈商頌・長發〉「有娀方將」，〈豳風・破斧〉「亦孔之將」，《禮記・月令》「日就月將」等例，並且說明西漢《方言》還流行「將」訓爲「大」之說法；還說「將」和「壯」同源，「壯」爲「強大，強壯」。而不考慮用鄭箋和其他兩章對句「福履綏之」、「福履成之」的相類意義，訓「將」爲「扶助」。

以下四例高氏亦不主疊章意義相類：

五 左右芼之〈周南・關雎〉

將「芼」說成一種菜，和疊章「流之」、「采之」不類。

六五六 淮水湝湝〈小雅・鼓鐘〉

將「湝湝」說成「冷」，和首章「湯湯」作「大水貌」（或水聲）不類。

六五八 其德不猶〈小雅・鼓鐘〉

「不猶」採毛傳作「不若」，和上章「其德不回」（回，邪也）不類。

七三六 其葉有幽〈小雅・隰桑〉

以「幽」之常義訓「黝」（黑色），與前二章「有難」、「有沃」作「美盛」不類，應引申其義訓解。

三、不採常見義

採常義是高氏十分堅持的訓釋標準，但有時以常義可以說通，而高氏卻輕易違背原則，令人不知何以然，例如：

二八一 碩鼠碩鼠〈魏風・碩鼠〉

鄭箋訓「碩」爲「大」，此說最爲常見，但高氏卻不用，而採《藝文類聚》引樊光以爲「碩鼠」就是《易・晉卦》的「鼫鼠」（爾雅訓爲一種種類不明的齧齒類動物），因爲兩字都音*ʑi̯ak，可以互相假借，高氏在這裡不僅引較晚的類書證例，而且違背他一向堅持儘量不用假借訓釋的原則。

二八二 三歲貫女〈魏風・碩鼠〉

高氏不採朱熹以常義訓「貫」爲「習」，而採毛傳訓「貫」爲「事」。

四九五 成不以富，亦祇以異〈小雅・我行其野〉

此句《論語》引詩作「誠不以富」，朱熹以降注家們都以爲「成」是「誠」之省

體。朱熹釋為：「雖實不以彼之富而厭我之貧，亦祇以其新而異於故耳。」將「富」說成「財富」，將「異」說成異於故，頗合高氏堅採常義訓釋原則；可是他卻將此句說成：「你眞是不能因此得到好處，你只是因此做錯了事。」附會的說：「本篇是一個棄婦的責備之詞，末了預斷不義的丈夫從他的新歡得不到幸福。」

我們實在不知道高氏何以放棄常義不用，而將「成不以富」說成：「你眞是不能因此得到好處」，更將「亦祇以異」說成：「你只是因此做錯了事」。「以」在句中表原因，不能訓為「得到」、「因此」，「富」亦不能訓為「好處」，「異」更不能說成「作錯事」，高氏實在是扭曲了詩意。

以下六例高氏亦不採常義訓釋：

八六一　維禹之績〈大雅‧文王有聲〉

不採毛傳訓「績」為「業」，鄭箋訓「功」，而借為「迹」。

八八五　昭明有融〈大雅‧既醉〉

不採朱傳以常義訓「融」為「明之盛」，而用毛傳訓「長」。

九七一　為謀為毖，亂況斯削〈大雅‧桑柔〉

馬瑞辰以常義訓「亂況」為「亂狀」，頗切文意。高氏卻說成「禍亂增加」，反而牽強。

一〇八四　執競武王〈周頌‧執競〉

鄭箋以常義訓「執」為「持」，頗切文意；但高氏卻說成「服」（慹服，使怕），以為和「競」是並列的兩個詞。

一〇八七　立我烝民〈周頌‧思文〉

採鄭箋將「立」借為「粒」，不用常義「定」。

一一四二 a　敷時繹思〈周頌‧賚〉

不採毛傳以常義訓「繹」為「陳」，而用韓詩訓「豐盛」，誤和「繹繹」對照。

四、不講求證據

講求證據為訓詁之根本原則，高氏訓釋最重視是否有證據，尤其證據愈多愈好，但有時候他竟然連這最基本的標準也不要了，例如：

二五〇　履我即兮〈齊風‧東方之日〉

毛傳將此句及〈商頌‧常發〉「率履不越」句「履」皆訓為「禮」，並從正面將此句說成：「是子以禮來，故我就之」；鄭箋則認為是虛擬之辭：「在我室者以禮來，我則就之與之去」，皆以兩字音同而借用，並將此句斷作「禮，我即兮」，但高氏不

探毛鄭之說法，而毫無證據的說「履」用爲及物動詞，「履我」如「就我」，「奔楚」等，應該說成「走向我而來」，並批評朱熹將「履我」說成「躡我之跡」不能接受。高氏說法的錯誤，龍師宇純曾詳析「走」字三種用法並提出批評〔註9〕：

> 一、《史記‧淮陰侯傳》的「走水上軍」，義同「奔水上軍」；二、「走鋼索」，腳踩鋼索行走；三、借用《史記》的「走水上軍」爲例，意思是「趕跑了水上軍」。龍師以爲後二者「走」是及物動詞，第一例相當於高氏所說的「履我」，與後二者的絕對差異，以見其不爲及物動詞，更是十分明白。「小旻」詩云「如履薄冰」，《論語‧鄉黨》云「行不履閾」，《易‧履》云：「履虎尾」，《左傳‧僖公十五年》云「君履后土而戴皇天」，都是履字用爲動詞之例，意思便是「躡」，其下名詞直接爲其受詞，沒有「履」字用爲「走向」講的。可見不以「履」字爲動詞則已；以爲動詞，便無法跳出朱熹窠臼，說「履」爲「走向」，只是自我作古而已。

一一二〇　有噴其饁〈周頌‧載芟〉

高氏先列出毛傳和《說文》的說法，並批評之。

毛傳訓「噴」爲「眾」；所以：拿食物來的很多。沒有佐證。

《說文》訓「噴」爲「聲」；所以：他（吃）帶來的食物有聲音。沒有佐證。

由於「噴」是罕見字，兩說皆無佐證，但高氏說：「我們只能用最古的解釋」，雖然此句以毛傳爲長，但這違反他講求證據的原則，更何況往往數說都缺乏證例時，他並不一定都尊重最早的毛傳。

〔註9〕見龍師宇純〈詩義三則〉，載《王叔岷先生八十壽慶論文集》（民國82年6月）。

結　論

　　《詩經注釋》作者高本漢先生今已作古，學界以本世紀漢學研究泰斗推崇其研究成績，此書亦被推爲《詩經》研究具有時代意義的一部重要著作。本文經過探討，發現其確實具有如第六章所說的「洞矚各家之是非」、「證成前人之訓釋」、「疏通各家之異說」、「正濫用假借之失」、「正濫用語詞之失」等幾項優點；而高氏較清儒訓詁進步的地方，也約略有以下三點：

　　一、跳脫傳統注疏局限，網羅更多重要注家訓釋，引用更多相關材料，使讀者對所討論的文字瞭解更爲徹底，在選擇何說爲優時，除了讓讀者知其然外，亦知所以然，提供前所未見的古籍訓解示範。

　　二、注意所討論文字的語源探究，使讀者對語言分化、文字孳乳、以及語義分析有較全面的瞭解。

　　三、重視語詞的文法作用，不輕意以無義、發語詞、句中助詞搪塞。

　　高氏的《詩經注釋》爲中國古書訓解建立新模式，後來的《詩經》注釋書籍大都模仿他的做法。但高氏注釋往往不守舊說，求新求變太過，而流於主觀，忽視傳統注釋可用的說法。茲就本文檢討高氏的訓詁原則及訓詁相關知識之値得商榷處，分別提出結論。

一、訓詁原則的問題

　　高氏提出「反對經生氣」、「釋義須有證據」、「證據須出於先秦」、「反對任意改字改讀」、「儘量用常見義」、「反對濫說語詞」等六項訓詁原則（見第四章第二節），就書中所討論疑難字句而言，其中以「反對經生氣」較沒問題；「反對濫說語詞」，高氏雖不免因顧慮不周而犯下一些錯誤，但他重視語詞的文法作用，頗能正前人濫說語詞之失。至於「釋義須有證據」、「證據須出於先秦」，甚至「儘量用常見義」、「反

—211—

對任意改字改讀」等，高氏本持這四項原則，在某些字句訓釋上雖然取得一些成果，但他似乎太拘泥於這些原則，反而顯得態度不客觀，甚至成為他的缺失。例如：

（一）拘泥常義及佐證

　　為古籍訓解採常義及要求有佐證，應該是最基本的要求；但如果過於堅持，就可能如高氏犯了如下種種缺失：

　　將「交交黃鳥」說成：「黃鳥交叉著飛」，不明《詩經》通例，凡疊字之用於名詞上者，皆為形容詞；將「愛而不見」說成：「我愛她，可是看不見她」，不明「愛而」為狀詞結構；將「能不我知」說成：「能不知道我嗎？」不明「能」、「乃」語轉，以及古漢語「能不知道我嗎？」習慣上說作「豈不我知」；將「俾爾戩穀」說成：「天使你收割穀子」，不明如此訓釋就文意而言突兀不通；將「憂心愈愈」的「愈愈」依朱傳釋為一般程度副詞「益甚」，不明《詩經》的表達習慣，「愈愈」專用於「憂心」等等。

（二）拘泥證據須出於先秦

　　為《詩經》訓釋，固然以有先秦文籍證例最符科學；但不能如高氏除要求佐證外，更拘泥先秦證例。因為這得假定見於《詩經》的字，在其他先秦文獻一定也有，而這在客觀上是不可能的。此外高氏不重視漢以後注釋與字書的材料，亦值得商榷，因為毛鄭等古注家講師承，《爾雅》等字書亦多用古籍舊解，而非憑空虛造，有時不失為備抉擇的資料之一。高氏無此認識，過於拘泥證據須出於先秦，而犯了如下種種缺失：

　　將「赳赳武夫」說成：「優雅的戰士」，而批評毛傳將「赳」訓為「武貌」無據，卻不悟如此訓解於文意反不如毛傳；將「旽之蚩蚩」的「蚩蚩」依韓詩說成：「志意和悅之貌」，並引《列子》例證，推翻傳統毛傳訓「敦厚之貌」，不明韓說不一定可信於毛傳，及《列子》乃魏晉時的偽作；將「將母來諗」說成：「我來報告我扶養母親」，不明如此訓釋於文義並不通順，並且古漢語語法「來」當詞之「是」講時，它上面的名詞一定是它下面動詞的止詞，此句一定得說成「思念母親或思念養母親的事」；將「酌彼康爵」的「康」依毛傳訓為「安」，否定《爾雅》、《說文》等字書訓為「大」，不明古注家亦前有所承；將「懿厥哲婦」與「民之秉彝，好是懿德」等出現「懿」字的句子相比，訓「懿」為「美」，不明句子結構不同不能比附等等。

（三）拘泥不改字改讀

　　為古書訓解固然以不改字改讀為原則，但遇到文義實在無法說通時，就必須考慮古書書寫背景重音不重形，經常寫假借字之事實，改字改讀訓釋有其必要性。過

於堅持不改字改讀，就可能如高氏犯了如下種種缺失：

　　將「蓋云歸哉」，依朱熹把「蓋」看作補充語，有「就是，那麼」的意思，而不考慮「蓋」可通「盍」，當「何不」講；將「威儀抑抑」的「抑」，以本義說成「壓抑」；而不從音上考慮它和「懿」的關係；將「大風有隧，有空大谷」，依毛傳用本義釋「隧」為「道」，而不從音上考慮它和「遺」的關係，作「迅疾」講；將「大賂南金」，依毛傳用本義訓「賂」為「遺」，而不從音與語法上考慮它和「輅」的關係等等。這些都顯示高氏只顧堅守不輕言假借，而不顧文意貫串。

二、訓詁知識的問題

　　高氏「網羅古訓」、「疏通異文」、「校勘訛誤」、「因聲求義」、「審文求義」、「歸納相同詞求義」等訓詁方法和清儒並無不同，而這些也是一般常用的訓詁方法。經過本文的探討，我們發現造成他訓釋錯誤的主要原因，並非方法問題，而是他的文字、音韻、訓詁、文法等知識值得商榷，茲就本文研究所得提出結論：

（一）文字、音韻、訓詁等知識

　　撰者在第五章第二節探討高氏的訓詁方法——疏通異文，檢索他所謂的省體、繁體、或體字例時，發現他的文字觀念幾乎僅有字形，而無音義關係的考慮，因而往往將屬於假借的字例，說成省體、繁體、或體字，想舉出他正確分辨的例子，都相當困難。而這種錯誤在後來的幾章亦經常出現，尤其他非常喜歡以省體說字，例如第七章第一節「蹈襲改字改讀之失」，他將「卒勞百姓」的「卒」說成是「瘁」的省體，「昏姻孔云」的「云」說成是「芸」的省體，「既齊既稷」的「齊」說成是「齋」的省體，「庶民子來」的「子」說成是「孜」的省體，「以作爾庸」的「庸」說成是「墉」的省體等等。其實這些都屬假借關係，但高氏將它們換了個說法，好像說成省體一切便都沒有問題，但何以作省體，豈不仍然須要解釋？

　　此外，撰者在檢討高氏訓釋的其他缺失時，亦發現除了他的古音學說有問題外，致誤之因主要由於他堅持常義，或刻意以省體，從字形上訓釋，來達到儘量不用假借訓釋的原則。例如他將「員于爾輻」的「員」說成「隕」的省體，不明「員」、「云」互用；將「寧丁我躬」的「丁」說成「打」的省體，不明「丁」、「當」一聲之轉（以上例見第七章第一節）；將「受命不殆」的「殆」，以常義釋為「危殆」，不明「殆」、「怠」通假（以上例見第七章第四節）；將「是用不潰于成」的「潰」以常義說成「水決堤潰」，不明「潰」、「遂」通假；將「世德作求」的「求」以常義訓為「尋求」，不明「求」、「仇」通假（以上例見第八章第四節）；將「閟宮有侐」的「閟」以常義

說成「關閉」，不明「閟」、「祕」通假（以上例見第九章第四節）等等。

高氏如此堅採常義，刻意從字形說義，拘泥原則的結果，造成他大開訓詁學術進步倒車，將清代學者好不容易從以形釋義窠臼跳出，發現「故訓聲音，相爲表裡」〔註1〕、「比次聲音，推迹故訓，以得語言之本」〔註2〕等研究語詞當依聲音，不能拘牽形體的論點一一又推翻了，而這亦不符合高氏「因聲求義」的訓詁方法，高氏書中在使用方法上是經常矛盾的。魏建功曾說：「錢玄同先生說過：但我對高公也有不敬之點，即是戴東原、王念孫以來，從聲音研究而拋開形體，這一點很新很確很進步的中國語言文字研究，高公尚未夢見……。」〔註3〕撰者研究《詩經注釋》和他有同感，確實高氏訓釋難講字詞，於中國語文相關知識的應用稍嫌不足。高氏用現代語文學的方法，爲難字一一標示音值，較之清儒對古音粗略間架的瞭解確實是進步，也糾正了清儒好用假借說字的一些錯誤。但他對上古音的認識，並不比王氏父子、馬瑞辰等人高明，有些比較特殊的古音聲母韻部關係，他並不瞭解。又因爲過於堅持常義，而使他儘可能不用假借訓釋，這實在是不明古書書寫背景重音不重形的客觀事實。

（二）文法知識

一般學者容易注意到高氏本書較少使用文法作爲訓釋的根據，大概是因爲高氏在這方面犯錯較多之故。審文求義高氏豈有不知？但確如董先生在譯序批評他似乎始終未怎麼應用這一訓詁利器，這點造成他訓詁上許多致命的錯誤：

1、割裂詞義之失

如本文第七章第三節所指出的將「誰昔然矣」說成：「誰很久就是這樣了」；將「似續妣祖」說成：「他像並且承接他的祖先」；將「以受方國」說成：「那麼他就接受四方的國家」等例，都是誤將同義複詞分解成不同的意義。將「抑磬控忌，抑縱送忌」說成：「擊磬、控馬、放鬆弓弦、跟從獵物」，不明「磬控」爲雙聲聯緜字、「縱送」爲疊韻聯緜字，不可拆開分訓。可見高氏往往不辨古漢語特殊構詞，甚至不顧文意是否通順，而將詞義割裂訓解。

2、強為比附詞義之失

如本文第八章第二節所指出的拿「式禮莫愆」和「以九式節財用」、「如幾如式」

〔註1〕見戴震《六書音均表序》。
〔註2〕見章炳麟《國故論衡·小學略說》。
〔註3〕魏文載1935年《古音學研究》，撰者未見，轉引自周斌武〈應該對高本漢的漢語學說重新評價〉一文，載《中國語文》1958年11月號，893～894頁。

比附；拿「綢直如髮」和「褎如充耳」、「婉如清揚」、「華如桃李」比附；拿「於乎悠哉」和「悠悠我里」比附等等，可見高氏注釋往往不顧句子結構是否相同，或者上下文意是否連貫，只要句中出現相同的字詞，就任意比對。

3、不辨語法結構之失

如本文第八章第三節所指出的將「有兔斯首」說成：「有那一頭兔子」，不明「有」乃詞頭，更不明「斯」在此句的作用不能當指示詞；將「朱幩鑣鑣」的「鑣鑣」視同如自由語形「日日」、「人人」，說成：「每個馬銜」，不明古漢語不自由語形疊音詞不可照字解釋；將「誰之永號」說成：「誰去詠唱而且呼叫」，不明「誰」應作賓語而非主語等等。可見高氏書中往往不分析句子的文法結構，及難字在句中的文法作用。

4、不辨虛詞實詞之失

高氏十分重視語詞的文法作用，糾正清儒遇到難講字喜用無義、語詞搪塞的毛病，雖值稱許，但亦不免忽視《詩經》常見的語詞用法，或錯誤瞭解難講字的文法作用。如本文第八章第五節所指出的將「其麗不億」的「不」釋爲「豈不」；將「思變季女之逝兮」的「思」釋爲「思念」；將「王赫斯怒」的「斯」釋爲「此」；將「逝不古處」的「逝」釋爲「到了…的地步」等等，皆不明這些難講字應作語詞。

5、草率歸納詞義之失

如本文第九章第二節所指出的將「會同有繹」、「庸鼓有繹」之「有繹」和「以車繹繹」、「徐方繹騷」、「驛驛其達」之「繹繹」、「繹」皆作「盛大」講；將「不我肯穀」、「民莫不穀，我獨于罹」、「穀則異室，死則同穴」、「以穀我士女」、「握粟出卜，自何能穀」各句之「穀」皆作「善」講；將「辟言不信」、「皇王維辟」之「辟」和「百辟爲憲」、「濟濟辟王」、「百辟其刑之」、「相維辟公」、「載見辟公」、「天命多辟」等句之「辟」皆作「君長」講等等，高氏皆於訓釋時忽視文法、詞性、上下文義，而將不同詞草率的歸納爲同義。

除了拘泥訓詁原則和訓詁相關知識值得商榷外，高氏在實際訓釋的過程中，有時候也犯了如第九章第五節所討論的訓釋標準不一之失，令人對他的原則無所適從。無疑的，我們對高氏的《詩經注釋》是應該重新予以評價。固然對高氏的詩經學觀念，及提出用現代科學方法研究傳統典籍所獲得的成績應予肯定，尤其是第六章所提到的優點。我們可以學習他爲難字收集相關文獻材料的努力，以及客觀排比各家不同訓解，將相同詞彙並列討論的訓詁方式，但對於他遇到障礙時，未能恰當應用訓詁原則，及由於文字、音韻、訓詁、文法等專業知識問題，而造成不少訓釋

錯誤的結果（珍玉案：**去其重複，本文指出將近 350 條，實際應超過此數**），亦應不客氣的指出；因為他並非一般文化背景不同的外國人，而是本世紀西方漢學界的泰斗，自然要以嚴於常人的標準要求他。

參考書目

（依書籍性質分類排列，先列專書，後列期刊論文，
作者一律不加敬稱，出版年月民國一律換成西元。）

一、著者、譯者生平及論著

1. 陶振譽等著，〈瑞典三位漢學家剪影〉《世界各國漢學研究論文集》，（中國文化研究所，1962 年 9 月，臺初版。）
2. 胡光鷹，〈百年來影響我國的六十洋客〉《傳記文學》38 卷 3 期（1981 年 3 月）
3. 梅祖麟，〈高本漢和漢語的因緣〉《傳記文學》39 卷 2 期（1981 年 8 月）
4. 王天昌，〈瑞典漢學家高本漢先生〉《書和人》597 期（1988 年 6 月）
5. 張世祿譯，《中國語與中國文》（上海商務印書館，1931 年版。）
6. 張世祿譯，《高本漢詩經研究》，《說文月刊》1 卷 5、6 期合刊。
7. 賀昌群譯，《中國語言學研究》（上海商務印書館，1934 年 6 月初版。）
8. 張世祿譯，《漢語詞類》（上海商務印書館，1937 年版。）
9. 趙元任、羅常培、李方桂合譯，《中國音韻學研究》（上海商務印書館，1940 年版。）
10. 董同龢譯本，《高本漢詩經注釋》（中華叢書編審委員會，1960 年 7 月印行。）
11. 杜其容譯，《中國語之性質及其歷史》（中華叢書編審委員會，1963 年 5 月版。）
12. 馮承鈞譯，〈原始中國語爲變化語說〉《東方雜誌》26 卷 5 號（1929 年）
13. 董同龢，〈中國語之性質及其歷史〉《書評》，《科學彙報》第 1 卷第 2 期。
14. 董同龢，〈評高本漢原始中國語爲變化語說〉《科學彙報》第 1 卷第 2 期。
15. 周法高，〈評高本漢原始中國語爲變化語說〉《大陸雜誌》特刊第 1 輯（1952 年 7 月）
16. 王廣慶，〈高本漢對清代詩經學家批評及其詩經研究二文讀記〉《中央日報・學人》88 期（1958 年 6 月 24 日）
17. 周斌武，〈應該對高本漢的漢語學說重新評價〉《中國語文》（1958 年 11 月）

18. 林語堂，〈左傳真偽考與上古方音〉，見《語言學論叢》（臺北：文星書店，1967年 5 月臺一版。）

19. 林語堂〈答馬斯貝羅論切韻之音〉，收入《語言學論叢》（臺北：文星書店，1967年 5 月台一版。）

20. 董同龢，〈書評——漢文典〉《圖書季刊》新第 4 卷第 3、4 期合刊。

21. 屈萬里，〈簡評高本漢的詩經注釋和英譯詩經〉《國立中央圖書館館刊》新 1 卷 1期（1967 年 7 月）

22. 陳舜政，〈高本漢著作目錄〉《書目季刊》第 4 卷第 1 期（1969 年 9 月 16 日出版。）

23. 趙制陽，〈高本漢詩經注釋評介〉《中華文化復興月刊》12 卷 7 期（1979 年 7 月）又載《東海中文學報》第一期（1979 年 11 月）

24. 董同龢，〈高本漢的詩經研究〉見丁邦新編《董同龢先生語言論文選集》（臺北：食貨出版社，1981 年 9 月。）

25. 徐高阮，〈董同龢先生小傳〉《史語所集刊》第 36 本上冊（1965 年 12 月）

26. 董同龢遺稿，鄭再發整理，〈古籍訓解和古語字義的研究——一個工作計畫的擬議〉《史語所集刊》第 36 本上冊（1965 年 12 月）

27. 丁邦新，〈謹記語言學家董同龢先生〉《幼獅月刊》第 40 卷第 6 期。又收入《中國語言學論集》（臺北：幼獅月刊社，1979 年 2 月版。）

二、《詩經》注釋及研究

1. 陸德明，《經典釋文》「毛詩音義」，（上海商務印書館影印清抱經堂叢書本，《叢書集成初編》，1936 年 6 月初版。）

2、《十三經注疏‧詩經》（臺北：藝文印書館出版，未註出版年月。）

3. 朱熹，《詩集傳》（臺北：藝文印書館，1974 年 4 月三版。）

4. 惠棟，《九經古義》（商務叢書集成，1937 年 12 月初版。）

5. 王引之，《經義述聞》（臺北：鼎文書局影印清咸豐十年皇清經解本，1973 年 5月初版。）

6. 陳奐，《詩毛氏傳疏》（臺北：台灣學生書局，1986 年 10 月一版七刷。）

7. 王先謙，《詩三家義集疏》，（1915 年虛受堂家刻本）。

8. 馬瑞辰，《毛詩傳箋通釋》（臺北：藝文印書館影印光緒十三年二月廣雅書局刻本。）

9. 俞樾，《群經平議》，收入《春在堂全書》（臺北：中國文獻出版社，1971 年版。）

10. 林義光，《詩經通解》（臺北：中華書局，1982 年 10 月。）

11. 于省吾，《澤螺居詩經新證》（北京：中華書局，1982 年 11 月一版一刷。）

12. 屈萬里，《詩經詮釋》（臺北：聯經出版事業公司，1984 年一版二刷。）

13. 朱守亮,《詩經評釋》（臺北：台灣學生書局,1988 年一版二刷。）

14. 文幸福,《詩經毛傳鄭箋辨異》（臺北：文史哲出版社,1989 年 10 月初版。）

三、文字、聲韻、訓詁、語源

1. （漢）許慎撰,（清）段玉裁注,《說文解字注》（臺北：天工書局,1987 年 9 月再版。）

2. 王筠,《說文釋例》（國學整理社,1936 年 11 月初版。）

3. 李孝定,《甲骨文字集釋》,（中央研究院歷史語言研究所 1965 年版。）

4. 朱廷獻,〈詩經異文集證〉《中興大學文史學報》第十四期（1984 年 6 月）

5. （宋）陳彭年等重修,《重校宋本廣韻》（臺北：廣文書局,1969 年 10 月 3 日版。）

6. 張日昇、林潔明合編,《周法高上古音韻表》（臺北：三民書局,1973 年 9 月版。）

7. 王力,《詩經韻讀》,收入《王力文集》第六卷,（山東：山東教育出版社,1984 年 11 月一版一刷。）

8. 董同龢,《上古音韻表稿》,（中央研究院歷史語言研究所 1991 年 4 月景印臺四版。）

9. 龍宇純,〈有關古韻分部內容的兩點意見〉《中華文化復興月刊》第 11 卷第 4 期（1978 年 4 月）。

10. （漢）揚雄著,（清）戴震疏證《方言疏證》（臺北：台灣商務國學基本叢書,未註出版年月。）

11. （清）郝懿行《爾雅義疏》（臺北：藝文印書館,1980 年 10 月版。）

12. （清）王念孫,（民國）陳雄根標點《廣雅疏證》（香港：中文大學出版社,1978 年版。）

13. 俞樾等著,《古書疑義舉例五種》（北京：中華書局,1963 年 12 月一版三刷。）

14. 齊珮瑢,《訓詁學概論》（臺北：廣文書局,1970 年 8 月再版。）

15. 張文彬,《高郵王氏父子學記》,師大國文研究所博士論文（1978 年）

16. 岑溢成,《訓詁學及清儒訓詁方法》,香港新亞書院博士論文（1984 年）

17. 郭在貽,《訓詁學》（湖南：湖南人民出版社,1986 年 10 月一版一刷。）

18. 劉又辛、李茂康,《訓詁學新論》（四川：巴蜀書社,1989 年版。）

19. 胡楚生,《訓詁學大綱》（臺北：華正書局,1990 年 9 月三版。）

20. 齊沖天,《訓詁學教程》（河南：中州古籍出版社,1992 年 1 月一版一刷。）

21. 高本漢著,陳舜政譯,《先秦文獻假借字例》（臺北：中華叢書編審委員會,1974 年 6 月版。）

22. 劉又辛,《通假概說》（四川：巴蜀書社,1988 年 11 月一版一刷。）

23. 陸宗達、王寧,〈因聲求義論〉《遼寧師院學報》（1980 年 6 月）

24. 董同龢,〈假借字問題〉,見丁邦新編《董同龢先生語言學論文選集》(臺北:食貨出版社,1981 年 9 月版。)

25. 王曉平,〈馬瑞辰毛詩傳箋通釋的訓釋方法〉《文史》25 輯,(北京:中華書局,1985 年 10 月。)

26. 王力,〈訓詁學上的一些問題〉,收入《王力文集》第十九卷,(山東:山東教育出版社,1990 年 6 月一版一刷。)

27. 周祖謨,〈清代的訓詁學〉,收入《語言文史論集》(臺北:五南圖書出版公司,1992 年 11 月初版一刷。)

28. 黃愛平,〈乾嘉學者王念孫王引之父子學術研究〉,收入林慶彰編《中國經學史論文集》(臺北:文史哲出版社,1993 年 3 月初版。)

29. 龍宇純,〈詩義三則〉,見《王叔岷先生八十壽慶論文集》(1983 年 6 月)

30. 丁邦新,〈以音求義,不限形體——論清代語文學的最大成就〉,載《第一屆清代學術研討會論文集》(中山大學中文系編印,1993 年 11 月出版。)

31. 高本漢著、張世祿譯,《漢語詞類》(臺北:聯貫出版社,1976 年 4 月。)

32. 姚榮松,《上古漢語同源詞研究》,師範大學博士論文 (1982 年)

33. 王力,《同源字典》(臺北:文史哲出版社,1983 年 7 月初版。)

34. 任繼昉,《漢語語源學》(四川:重慶出版社,1992 年 6 月一版一刷。)

35. 王力,〈同源字論〉《中國語文》(1978 年 1 月)

36. 鍾敬華,〈同源字判定的語音標準問題〉《復旦學報》(1989 年 1 期)

四、語法、虛詞、詞彙

1. 周法高,《中國古代語法・造句篇》,中央研究院歷史語言研究所專刊之三十九,(1961 年 4 月初版)

2. 周法高,《中國古代語法・構詞篇》,中央研究院歷史語言研究所專刊之三十九,(1962 年 8 月初版)

3. 《王力,漢語史稿》(臺北:泰順書局,1970 年 10 月初版。)

4. 向熹,《詩經語言研究》(四川:四川人民出版社,1987 年 4 月一版一刷。)

5. 易孟醇著,《先秦語法》(湖南:湖南教育出版社,1989 年 7 月一版一刷。)

6. 王力,《漢語語法史》,見《王力文集》卷十一,(山東:山東教育出版社,1990 年 3 月一版一刷。)

7. 楊伯峻、何樂士,《古漢語語法及其發展》(北京:北京語文出版社,1992 年 3 月一版。)

8. 楊合鳴,《詩經句法研究》(湖北:武漢大學出版社,1993 年 3 月一版一刷。)

9. 丁聲樹,〈詩卷耳芣苢采采說〉《國立北京大學四十周年紀念論文集》乙編(上),北大《國學季刊》6 卷 3 期 (1940 年)

10. 王顯，〈詩經中跟重言作用相當的有字式、其字式、斯字式和思字式〉《語言研究》（1959 年第 4 期）

11. 劉淇，《助字辨略》（臺北：台灣開明書店，1958 年 4 月版。）

12. 王引之撰，孫經世補，《經傳釋詞/補/再補》（臺北：漢京文化事業有限公司，1983 年 4 月初版。）

13. 李孟楚，〈詩經語詞表〉《國立中山大學語言歷史研究所週刊》11 集，123、124 期合刊（1930 年 3 月 26 日）

14. 戴璉璋，〈詩經虛詞釋例〉《淡江學報》（文學門）11 期（1973 年 3 月）

15. 黃德寬，〈詩經"不"字疑義〉《安徽大學學報》（1985 年 4 期）

16. 楊合鳴，〈略論詩經中"句中襯字"式〉《宜昌大學學報》（1988 年 1 月）

17. 龍宇純，〈試釋詩經式字用義〉《書目季刊》第 22 卷第 3 期（1988 年 12 月 16 日）

18. 毛毓松，〈詞氣訓詁與音韻──經傳釋詞的得失〉《廣西師範大學學報》（1991 年 3 月）

19. 龍宇純，〈詩經胥字析義〉《東海學報》32 卷（1991 年 6 月）

20. 毛毓松，〈詩經句中的"其"〉《廣西師範大學學報》第 30 卷第 1 期（1994 年 3 月 25 日）

21. 杜其容，《毛詩連綿詞譜》，台灣大學中文研究所碩士論文（1956 年）

22. 王力，《漢語詞彙史》，見《王力文集》卷十一（山東：山東教育出版社，1990 年 3 月一版一刷。）

23. 姜昆武，《詩書成詞考釋》（山東：齊魯書社，1989 年 11 月一版一刷。）

24. 唐圭璋，〈詩經複詞考〉《制言半月刊》17 期（1936 年）

25. 丁邦新，〈詩經「諗」字解〉《孔孟月刊》1 卷 3 期（1962 年 11 月）

26. 周法高，〈聯緜字通說〉，見《中國語文論叢》（臺北：正中書局，1981 年 10 月。）

27. 侯占虎，〈同義複詞的訓釋〉《古籍整理研究學刊》（1988 年 4 期）

五、校　勘

1. 陳垣，《校勘學釋例》（中華書局，1959 年 12 月一版一刷。）

2. 胡楚生，〈高郵王氏父子校釋古籍之方法與成就〉《中興大學文史學報》16 期（1986 年 3 月）

3. 賴炎元，〈高郵王念孫引之父子的校勘學〉《中國學術年刊》十期（1989 年 2 月）

六、經學、詩經學

1. 梁啓超，《中國近三百年學術史》（台北：中華書局，1956 年 2 月臺一版。）

2. 胡樸安，《詩經學》（臺北：台灣商務印書館，1978 年 12 月版。）

3. 皮錫瑞，《經學通論》（臺北：台灣商務印書館，1980 年 6 月版。）

4. 蔣善國，《三百篇演論》（臺北：台灣商務印書館，1980 年 6 月版。）

5. 梁啟超，《清代學術概論》（臺北：台灣商務印書館，1985 年台二版。）

6. 李家樹，《詩經的歷史公案》（臺北：大安出版社，1990 年 1 月版。）

7. 林葉連，《中國歷代詩經學》（臺北：台灣學生書局，1993 年版。）

七、一般論集

1. 王國維，《觀堂集林》（臺北：文華出版公司，1968 年 3 月版。）

2. 屈萬里，《書傭論學集》（臺北：台灣開明書店 1969 年 3 月版。）

3. 許世瑛，《許世瑛先生論文集》（臺北：弘道文化事業有限公司，1974 年 8 月 1 日版。）

4. 陳新雄，《鍥不舍齋論學集》（臺北：台灣學生書局，1984 年 8 月版。）

5. 沈兼士，《沈兼士學術論文集》（臺北：中華書局，1986 年版。）

6. 周祖謨，《語言文史論集》（臺北：五南圖書出版有限公司，1992 年 11 月初版。）

索　引

凡　例

1、本索引爲便於檢索本文討論高氏《詩經注釋》優缺點而編，僅收第六、七、八、
　九等四章對高氏訓釋優缺點表示己見 221 條；歸爲某類缺失，僅列序號、文句，
　略述致誤原因，而未討論各條，則不收入。
2、本索引依高氏《詩經注釋》序號編排。

九一	濟盈不濡軌	邶風・匏有苦葉	105
九二	旭日始旦	邶風・匏有苦葉	196
九七	我躬不閱 遑恤我後	邶風・谷風	172
九九	不我能慉	邶風・谷風	94
一〇二	伊余來墍	邶風・谷風	99
一〇六	瑣兮尾兮	邶風・旄丘	200
一〇八	褎如充耳	邶風・旄丘	159
一一五	愛而不見	邶風・靜女	127
一一八	新臺有泚	邶風・新臺	161
一二四	不殄	邶風・新臺	203
一二九	實維我特	鄘風・柏舟	96
一三〇	中冓之言	鄘風・牆有茨	99
一四五	大夫跋涉	衛風・載馳	95
一四六	不能旋濟	衛風・載馳	95
一五三	瑟兮僩兮	衛風・淇奧	153
一五九	猗重較兮	衛風・淇奧	104
一六六	巧笑倩兮	衛風・碩人	144
一七〇	朱幩鑣鑣	衛風・碩人	161
一七四	庶姜孽孽	衛風・碩人	97
一七六	氓之蚩蚩	衛風・氓	148
一七八	以望復關	衛風・氓	91
一八九	能不我知	衛風・芄蘭	128, 180
一九一	垂帶悸兮	衛風・芄蘭	92
一九二	能不我甲	衛風・芄蘭	180
二一三	緇衣之蓆兮	鄭風・緇衣	98
二一六	抑磬控忌 抑縱送忌	鄭風・大叔于田	126
二二〇	駟介陶陶	鄭風・清人	203

四○四	將母來諗	小雅・四牡	149, 180
四○五	每懷靡及	小雅・皇皇者華	136
四一二	每有良朋 況也永歎	小雅・常棣	154
四一五	和樂且孺	小雅・常棣	201
四一八	寧適不來 微我弗顧	小雅・伐木	179
四二五	俾爾戩穀	小雅・天保	129
四三○附	民靡有黎	大雅・桑柔	93
四三二	小人所腓	小雅・采薇	144
四四三	烝然罩罩 烝然汕汕	小雅・南有嘉魚	162
四四七	保艾爾後	小雅・南山有臺	119
四五二	六月棲棲	小雅・六月	185
四六○	師干之試	小雅・采芑	185
四六七	會同有繹	小雅・車攻	190
四七二	徒御不驚 大庖不盈	小雅・車攻	105
四八五	其下維蘀	小雅・鶴鳴	206
四八八	有母之尸饔	小雅・祈父	186
四九一	不我肯穀	小雅・黃鳥	191
四九五	成不以富 亦祇以異	小雅・我行其野	207
四九七	似續妣祖	小雅・斯干	122, 191
四九八	約之閣閣	小雅・斯干	101
四九九	君子攸芋	小雅・斯干	119
五○○	如矢斯棘	小雅・斯干	130
五一一	節彼南山	小雅・節南山	150
五一八	弗問弗仕 勿罔君子	小雅・節南山	106

五二二	卒勞百姓	小雅・節南山	111
五二四	蹙蹙靡所騁	小雅・節南山	196
五三〇	憂心愈愈	小雅・正月	130
五三四	有倫有脊	小雅・正月	101
五三七	彼求我則 如不我得	小雅・正月	107
五四〇	燎之方揚 寧或滅之	小雅・正月	179
五四五	員于爾輻	小雅・正月	111
五四六	昏姻孔云	小雅・正月	111
五五一	豔妻煽方處	小雅・十月之交	93
五五七	以居徂向	小雅・十月之交	145, 178
五五七附	爾居徒幾何	小雅・巧言	178
五五七附	我居圉卒荒	大雅・召旻	178
五五七附	上帝居歆	大雅・生民	179
五五七附	居以凶矜	小雅・菀柳	107
五六七	辟言不信	小雅・雨無正	192
五七一	旻天疾威	小雅・小旻	204
五七六	是用不集	小雅・小旻	98
五七九	是用不潰于成	小雅・小旻	166
五八六	螟蛉負之	小雅・小宛	120
五九〇	溫溫恭人 如集于木	小雅・小宛	120
五九二	鞫爲茂草	小雅・小弁	101
六〇一	僭始既涵	小雅・巧言	197
六〇五	遇犬獲之	小雅・巧言	112, 173
六〇八	既微且尰 爾勇伊何	小雅・巧言	131
六一六	萋兮斐兮 成是貝錦	小雅・巷伯	162

六一七	哆兮侈兮 成是南箕	小雅・巷伯	163
六一八附	授几有緝御	大雅・行葦	167, 201
六二四	鮮民之生 不如死之久矣	小雅・蓼莪	167
六二六	欲報之德	小雅・蓼莪	145
六四二	率土之濱	小雅・北山	186
六五三	靖共爾位	小雅・小明	192
六六五	式禮莫愆	小雅・楚茨	154
六六九	既齊既稷	小雅・楚茨	112
六八〇	攘其左右	小雅・甫田	186
六八一	禾易長畝	小雅・甫田	101
六九三	不戢不難 受福不那	小雅・桑扈	175
七〇〇	思孌季女逝兮	小雅・車舝	177
七一〇	酌彼康爵	小雅・賓之初筵	150
七一二	屢舞僛僛	小雅・賓之初筵	113
七一三	式勿從謂	小雅・賓之初筵	186
七一九	民胥然矣 民胥效矣	小雅・角弓	197
七二六	後予極焉 後予邁焉	小雅・菀柳	202
七二九	綢直如髮	小雅・都人士	154
七三四	蓋云歸哉	小雅・黍苗	168
七三七	德音孔膠	小雅・隰桑	101
七四二	有兔斯首	小雅・瓠葉	160, 177
七四五	曷其沒矣	小雅・漸漸之石	102
七四九	匪兕匪虎	小雅・何草不黃	199
七五〇	有芃者狐	小雅・何草不黃	102

七五八附	烈假不瑕	大雅・思齊	176
七五九	其麗不億	大雅・文王	176
七六五	宣昭義問	大雅・文王	123
七六六	有虞殷自天	大雅・文王	136, 187
七七二	以受方國	大雅・大明	123
七七七	纘女維莘	大雅・大明	168
七八一	燮伐大商	大雅・大明	102, 113
七八三	矢於牧野	大雅・大明	93
七八五	時維鷹揚	大雅・大明	114
七八六	涼彼武王	大雅・大明	187
七九〇	聿來胥宇	大雅・緜	200
七九四	度之薨薨	大雅・緜	192
八〇二	虞芮質厥成 文王蹶厥生	大雅・緜	136
八一四	不顯亦臨 無射亦保	大雅・思齊	106
八一五	肆戎疾不殄	大雅・思齊	176
八一六	不聞亦式 不諫亦入	大雅・思齊	105
八二〇	上帝耆之	大雅・皇矣	151
八二三	其灌其栵	大雅・皇矣	168
八二四	串夷載路	大雅・皇矣	155
八二六	因心則友	大雅・皇矣	137
八三〇	克明克類	大雅・皇矣	95
八三三	誕先登于岸	大雅・皇矣	138
八三五	王赫斯怒	大雅・皇矣	177
八三七	依其在京	大雅・皇矣	193
八三八	度其鮮原	大雅・皇矣	132
八三九	在渭之將	大雅・皇矣	121

八四一	不大聲以色 不長夏以革	大雅・皇矣	137
八四五	是類是禡	大雅・皇矣	159
八五〇	庶民子來	大雅・靈臺	114
八五一	麀鹿濯濯	大雅・靈臺	155
八五六	世德作求	大雅・下武	169
八五八	昭茲來許	大雅・下武	138
八六五	以弗無子	大雅・生民	98
八六八	先生如達	大雅・生民	102, 132
八七〇	克岐克嶷	大雅・生民	139
八八六	令終有俶	大雅・既醉	194
八九四	公尸來止薰薰	大雅・鳧鷖	133
八九五	威儀抑抑	大雅・假樂	169
九一五	汔可小康	大雅・民勞	173
九一六	無縱詭隨	大雅・民勞	123
九二七	老夫灌灌	大雅・板	187
九三〇	喪亂蔑資	大雅・板	104
九三五	曾是掊克	大雅・蕩	124
九三七	侯作侯祝	大雅・蕩	161
九五二	謹爾侯度	大雅・抑	107
九七二	誰能執熱 逝不以濯	大雅・桑柔	181
九七五	滅我立王	大雅・桑柔	93
九八〇	寧為荼毒	大雅・桑柔	180
九八一	大風有隧 有空大谷	大雅・桑柔	170
九八五	職涼善背	大雅・桑柔	107
九九四	寧丁我躬	大雅・雲漢	115, 180
九九九	寧俾我遯	大雅・雲漢	180

一〇一〇	以作爾庸	大雅・崧高	115
一〇二三	衮職有闕	大雅・烝民	174
一〇三六	淮夷來求	大雅・江漢	180
一〇三七	淮夷來鋪	大雅・江漢	181
一〇四〇	王國來極	大雅・江漢	140, 181
一〇四一	來旬來宣	大雅・江漢	181
一〇四一附	遹追來孝	大雅・文王有聲	181
一〇四六	不留不處	大雅・常武	103
一〇四八	匪紹匪遊	大雅・常武	108
一〇五三	不測不克	大雅・常武	133
一〇五五	懿厥哲婦	大雅・瞻卬	151, 182
一〇六一	寧自今矣	大雅・瞻卬	180
一〇七〇	不顯不承 無射於人斯	周頌・清廟	106
一〇七一	文王之德之純	周頌・維天之命	103
一〇七四	無封靡于爾邦	周頌・烈文	140
一〇八四	執競武王	周頌・執競	197
一〇九三	亦服爾耕	周頌・噫嘻	182
一一一〇	訪予落止	周頌・訪落	156
一一一一	於乎悠哉	周頌・訪落	156
一一二〇	有嗿其饁	周頌・載芟	209
一一四三	允猶翕河	周頌・般	116
一一五二	不告于訩	魯頌・泮水	170
一一五七	大賂南金	魯頌・泮水	170
一一五八	閟宮有侐	魯頌・閟宮	202
一一六四	六轡耳耳	魯頌・閟宮	116
一一八四	受命不殆	商頌・玄鳥	133
一一九六	受小共大共	商頌・長發	117
一二〇四	勿予禍適	商頌・殷武	124